KB163422

The Boleyn Inheritance

불린가의 유산 II

The Boleyn Inheritance

Copyright © Philippa Gregory 2006
All rights reserved.

Korean translation copyright © 2009 by Hyundae Munwha Center.
Korean translation rights arranged with ROGER, COLERIDGE AND WHITE LTD.
through EYA(Eric Yang Agency).

이 책의 한국어판 저작권은 에릭양 에이전시를 통한
ROGER, COLERIDGE AND WHITE LTD.와의 독점 계약으로
한국어 판권을 현대문화센타가 소유합니다.
저작권법에 의하여 한국 내에서 보호를 받는 저작물이므로
무단 전재와 무단 복제를 금합니다.

The Boleyn Inheritance

불린가의 유산

필리파 그레고리 지음 | 황옥순 옮김

II

캐서린

1540년 6월, 노퍽 저택, 램버스

자, 내가 가진 게 얼마나 되는지 어디 한번 볼까. 우선 왕이 처음 내게 하사했던, 살인죄로 처형당한 사람들이 남긴 집들과 땅이 있다. 한적한 회랑에서 한 번 안기고 얻은 보석들도 있다. 큰아버지가 지불한 드레스가 여섯 벌. 대부분 이번에 새로 맞춘 것이고 드레스마다 갖춰 쓸 후드도 다 따로 있다. 새할머니 집에는 내 전용 침실이 생겼다. 전용 접견실에다 하녀도 몇 명 생겼다. 하지만 아직 왕비나 공주가 거느리는 귀부인 시녀는 없다. 나는 거의 매일 드레스를 사들인다. 강 건너에서 상인들이 갖가지 비단을 둘둘 말아 메고 온다. 내가 드레스 장사를 한다 해도 믿을 정도다. 재봉사들은 드레스 시침질을 하면서 내가 보던 것 중 가장 아름답다고, 꽉 끼는 스토마커가 이렇게 절묘하게 어울린 아가씨는 일찍이 없었다며, 핀을 잔뜩 문 입으로 웅얼거리며 말한다. 또 바닥까지 몸을 굽히고 치마 아랫단을 접어 넣으며 이렇게 어여쁜 젊은 아가씨는 처음 본다고, 여자들 사이에서 단연 으뜸이라고, 단연 왕비감이라고 한다.

이런 대접을 받으니 신이 난다. 내가 좀 더 사려 깊은 아이라면, 또는 좀 더 진중한 아이라면, 내가 모시던 불쌍한 왕비님의 처지를 생각하며 그분이 앞으로 어떻게 될까 하는 생각에 마음이 아프겠지만, 그리고 지금까지 세 명의 왕비를 죽이거나 죽도록 방치했고 어쩌면 넷째 왕비까지 죽일지 모르는 남자와, 그것도 할아버지뻘인 데다 고약한 냄새까지 풍기는 남자와 곧 결혼해야 한다는 불쾌한 생각에 속이 상할 것이 분명하지만, 나는 그 따위 것은 신경 쓰고 싶지 않다. 앞선 왕비들이야 각자 팔자가 그런 것이고, 목숨이야 하느님이 정하신 대로, 그리고 왕이 뜻한 대로, 결국 제명대로 살다 죽는 것일 뿐 나와는 하등 상관없는 일이다. 나와 사촌 간이었던 앤 불린의 경우도 다르지 않다. 앤 왕비를 떠올리는 것도, 또 앤을 왕비 자리에 올려놓고 나중엔 처형장으로 내몬 것도 우리 큰아버지라는 생각도 모두 부질없다. 앤도 한때는 왕비전을 차지하고서 원 없이 드레스를 맞추고 보석을 주렁주렁 달고 살았다. 앤은 앤대로 궁정에서 가장 아름다운 여인으로 떵떵거리고 살면서 온 집안의 영웅이자 일족의 자랑거리로 군림하던 세월이 있었다. 이제 내 차례가 왔을 뿐이다.

나도 그렇게 살 거다. 나는 신나게 살 거다. 화려한 옷과 재물, 다이아몬드와 연애, 승마와 춤에 대한 목마른 열망은 나도 앤에 못지않다. 나는 인생을 즐기고 싶다. 나는 매사 최고의 것만, 최고 중에 최고의 것만 가지고 싶다. 그리고 운이 좋으면, 그리고 왕의 마음만 잘 맞춰주면 — 하느님, 왕을 굽어 살피소서! — 최고 중의 최고만 골라 가질 수 있다. 애당초 내가 기대했던 건 궁정에서 세도가의 눈에 들어 지체 높은 가문의 며느리로 선택되고 장차 궁정에서 전도유망한 사람과 혼약을 맺는 것이었다. 그것이 내 꿈의 정점이었다. 그런데 상황이 달라졌다. 기대 이상이 되었다. 다른 사람도 아닌 왕의 눈에 든 것이다. 잉글랜드 국왕이 나를 원한다. 지상의 신이자, 만인의 어버이이며, 그 자체로 법이요, 하늘의 뜻인 사람이 나를 원하게 된 것이다. 내가 하느님의 대리인으로 지상에 내려온 사람에게 선택된 것이다. 아무도 왕이 하는 일을 막을 수 없고 아무도 감히 왕을 부인할 수 없다. 지금까지 나를 보고 욕정을 품었던 남자들과는 차원이 다르다. 왕은 심지어 인간의 차원을 넘어선다. 신으로 숭앙받는 사람이 나를 선택했다. 지금 그분이 나를 원하고 있고, 큰아버지의 말에 따르면 그분의 청혼을 받아들이는 것은 내 의무이자 영광이다. 내가 잉글랜드의 왕비가 된다. 상상도 못 했던 일이다. 내가 잉글랜드의 왕비가 된다. 앞으로 내가, 이 캐서린 하워드가 내 것으로 꼽을 것들이 얼마나 많아질지 그저 두고 볼 일이다!

사실 솔직히 말하면 왕의 배우자이자 왕비로 잉글랜드 최고의 여성 지위에 오르는 것을 두고 두려워 벌벌 떨어야 할지 기뻐 폴짝폴짝 뛰어야 할지 정말 모르겠다. 왕이 나를 원한다는 생각에 그저 우쭐하고 짜릿하긴 하다. 그래서 그런 기분에만 집중하기로 했다. 그래서 왕이 아무리 신과 같은 존재라 해도 결국은 다른 남자와 다를 것 없고, 그것도 육신이 노쇠해 발기 불능에 화장실에서 일 보는 것조차 힘든 늙은 이라는 생각일랑 떨쳐 버리련다. 그런 늙은이가 뜬금없는 욕정과 헛된 자만에 사로잡혀 내 젊은 몸을 원하는 바람에 내가 매일 밤 별짓을 다해 흥분시켜야 한다고 생각하니 처량하기 짝이 없지만 그 기분을 애써 무시해야 한다는 걸 잘 안다. 왕이 내가 원하는 걸 준다면 나도 왕이 원하는 걸 줄 수 있다. 그보다 더 공정한 거래는 없다. 왕에게 몸을 파는 상상을 하고 있자니 웃음이 나올 지경이다. 하지만 왕이 원하는 게 그거라면, 그리고 그 대가로 엄청난 비용을 지불하겠다면, 내가 시장 장사치들처럼 내 자신을 팔지 못할 것도 없지.

우리 새할머니, 노퍽 공작 부인 말씀이 내가 아주 영리한 아이라서 가문에 부와 영광을 가져다 줄 보물단지란다. 왕비 자리는 아무리 야심이 많은 여자라 해도 쉽게 넘볼 수 있는 위치가 아니다. 하지만 단지 왕비 자리에 오르는 것 이상이 될 수도 있다. 만약 내가 아이를 회임해 아들을 낳기만 하면, 우리 가문은 시모어 가문 못지않게 떵떵거리며 살 수 있다. 그리고 만약 제인 시모어가 낳은 에드워드 왕자가 죽기라도 하면 — 물론 하느님이 왕자를 굽어 살피시겠지만 어쨌든 왕자가 죽기라도 한다면 — 그땐 내 아들이 잉글랜드의 왕위를 잇게 될 테고, 우리 하워드가는 왕의 외가가 된다. 그렇게 되면 우리가 왕족이 되는 거나 진배없다. 그리고 온 나라를 통틀어 하워드 가문을 따를 세도가는 없어진다. 우리 가문 사람들 모두 그런 복을 가져다준 나에게 감사할 것이다. 큰아버지 노퍽 공작도 나의 후원에 그저 황송할 따름이라며 내 앞에서 머리를 조아리겠지. 이런 생각을 하니 웃음이 나온다. 하지만 공상에 젖어 있을 수만은 없다.

내가 모시던 안나 왕비 생각을 하면 나도 진정으로 마음이 아프다. 왕비가 궁정 생활에 즐거움을 찾아 가는 것을 지켜보면서 그분의 시녀로 지내는 것도 나쁘지 않았을 텐데. 하지만 이왕 이렇게 된 거 어쩔 수 없는 것이다. 게다가 행운이 찾아왔는데도 마음 아파하는 건 바보나 할 짓이다. 왕비는 그저 죄를 짓고 처형당한 다른 남자들과 다를 바 없다. 나는 그저 주는 대로 그들이 남긴 땅을 받기만 하면 된다. 아니면 집에서 쫓겨나 수녀원에 갇힌 여자들과 같다. 모두 우리 가문의 배를 불려 주는 사람들일 뿐이다. 우리의 이득을 위해 희생되지 않을 수 없는 존재들일 뿐이다. 이게 세상 돌아가는 이치라는 걸 나도 안다. 다른 사람들이 힘들게 살아가는 게 내 잘못은 아니지 않는가? 그저 언젠가 왕비의 앞날에도 나처럼 행복이 찾아오기를 바랄 뿐이다. 어쩌면 독일인지 어딘지 아무튼 자기 나라로, 자기 남동생에게로 돌아가겠지. 불쌍하긴 하다. 어쩌면 원래 결혼을 약속했다는 그 남자와 결혼할지도 모른다. 큰아버지 말로는 이미 다른 남자와 정혼한 여자가, 정혼 사실을 뻔히 알면서도 잉글랜드에 온 것은 아주 나쁜 일이라고 했다. 그런 일을 저지를 수 있었다니 놀라울 뿐이라고 했다. 그런 이야기를 듣고 보니 나도 왕비가 다르게 보인다. 항상 음전한 처녀처럼 굴더니. 그런데 그렇게 발칙한 일을 꾸밀 수 있다니 정말 믿을 수가 없다. 물론 큰아버지가 다른 남자와의 혼약 어쩌고 했을 때 불쌍한 내 첫사랑 프랜시스 데르햄이 떠오르는 건 어쩔 수 없었다. 프랜시스와 주고받은 결혼 약속은 누구에게도 언급한 적이 없다. 그리고 그런 일은 아예 잊어버리고 그런 일은 있지도 않았던 것처럼 행동하는 게 상책이다. 온갖 유혹으로 가득한 세상에서 젊은 여자로 산다는 것은 정말이지 쉬운 일이 아니다. 난 다른 남자와 혼약해 놓고 우리 왕과 결혼한 안나 왕비를 탓할 마음은 없다. 물론 나라면 그런 짓은 저지르지 않겠지만 말이다. 나와는 경우가 다르다. 나는 프랜시스 데르햄과 정식으로 결혼식을 올린 적도, 심지어 제대로 혼약을 약속한 적도 없다. 아무렴, 없고말고. 그때 나는 제대로 된 드레스도 입고 있지 않았다. 그러니까 명백히 그건 정식 결혼식이나 지킬 의무가 있는 언약은 아니었다. 그때 우리는 그저 공상에 빠진 철부지들에 불과했고, 의미 없는 키스나 몇 번 주고받은 게 다였다. 정말로 그 이상은 아니었다. 왕비가 본국으로 가서 첫사랑과 결혼하는 것도 그다지 나쁘지 않을 것이다. 나 또한 프랜시스 데르햄을 언제나 정겨운 마음으로 기억할 것이다. 누구에게나 첫사랑은 항상 낭만인 동시에 추억으로 남기 마련이다. 적어도 늙어 빠진 남편보다야 낭만적이지 않을까? 그리고 내가 왕비가 되면, 프랜시스에게 뭐라도 아주 좋은 일을 해 주고 싶다.

안나

1540년 6월 10일, 웨스트민스터 궁

하느님, 저를 구해 주소서. 사랑하는 하느님, 저를 구해 주소서. 제 모든 친구와 후원자들은 한 사람도 빠짐없이 런던탑에 감금되었습니다. 사람들은 이제 곧 저를 잡으러 오겠죠. 저를 잉글랜드로 데려온 토머스 크롬웰은 체포되었고 반역죄로 기소되었습니다. 반역죄로요! 크롬웰은 왕의 충직한 신하였습니다. 아니, 왕의 충직한 개였습니다.

그가 반역자라니 왕의 사냥개마저 코웃음 칠 노릇입니다. 그가 반역을 했다니 말도 안 됩니다. 이 결혼 때문에 그는 처형당하겠지요. 크롬웰이 참수대에서 도끼날에 목이 달아난다면 그 다음 차례는 틀림없이 저일 겁니다.

칼레에서 저를 처음 반겨 주었던 친애하는 릴 경도 가톨릭을 비밀리에 신봉하며 교황주의자들과 역모를 꾸몄다는 반역죄를 뒤집어썼습니다. 릴 경이 저를 왕비로 환영한 이유는 왕이 저와는 왕자를 낳을 수 없다는 걸 미리 알고 있었기 때문이라는군요. 그는 체포되었고 역모를 꾸민 혐의로 기소되었습니다. 릴 경이 꾸민 역모 계획 속에 저도 핵심 인물로 언급되었답니다. 그가 결백하다고 주장해 봐야 쓸모없는 짓입니다. 말도 안 된다고 항변해 봐야 소용없습니다. 런던탑 지하에는 잔혹한 악한들이 끔찍한 일을 저지르는 방이 있다고 합니다. 이 악한들에게 고문을 당하면 없던 죄도 자백하게 된다는군요. 고통을 견딜 수 없으니까요. 왕명에 따라 죄수들의 사지를 절단할 수도 있답니다. 잉글랜드는 원래 그렇게 잔혹한 나라가 아니었지만, 왕이 괴물로 변한 지금은 그런 끔찍한 일이 용납된다고 합니다. 릴 경은 훌륭한 가문에서 태어난 점잖은 사람인데 고통을 참지 못하여 그들이 바라는 대답을 할 것입니다. 그 대답이 무엇이든 말입니다. 그러고 나서 죄를 자백한 반역자가 되어 참수대로 끌려가겠지요. 하지만 릴 경이 저에 대해 무어라 자백하라고 강요받았을지 아무도 모를 일입니다.

이제 그들은 그물을 좁혀 오고 있습니다. 얼마나 가까이 조여 오는지 제 눈에도 보일 정도입니다. 제가 왕에게서 아들을 낳을 수 있는 능력을 앗아 갈 줄 미리 알고 있었노라고 릴 경이 대답한다면 저는 죽은 목숨입니다. 다른 사람과의 혼약이 취소되지 않는데도 제가 왕과 결혼했다고 토머스 크롬웰이 토설한다면 제가 맞이할 것은 참수대뿐입니다. 그들은 내 친구인 릴 경을 가두고, 내 후원자인 토머스 크롬웰을 체포했습니다. 그들을 고문하여 원하는 증거를 얻어 내면 저를 잡으러 올 것입니다. 잉글랜드에서 저를 도와줄 사람은 단 한사람뿐입니다. 그 사람에게 큰 기대는 하지 않지만 그 외에는 다른 친구가 없으니까요. 그래서 유일한 친구인 클레베스의 대사 카를 하르스트를 불렀습니다.

더운 날이어서 유리창은 모두 바깥을 향해 활짝 열려 있었다. 궁정 사람들의 뱃놀이 소리가 밖에서 들려왔다. 그들은 류트를 켜고 노래를 부르며 웃고 있다. 이렇게 멀리서도 그들이 억지로 웃고 있다는 사실을 알 수 있다. 방은 서늘했고 그늘져 있지만 우리 두 사람 모두 식은땀을 흘리고 있다.

대사는 독일어로 나지막이 말했다.

"말을 구했습니다. 말을 구하려고 런던 전역을 헤집고 다녔습니다. 한자 동맹에서 온 상인들에게 간신히 빌렸어요. 여비도 빌렸고요. 곧 이곳을 떠나야 할 것 같습니다. 매수할 만한 근위병만 찾으면 곧 떠날 수 있습니다."

나는 고개를 끄덕이며 말했다.

"당장, 당장 떠나야 해요. 크롬웰에 대해서는 뭐라고들 하나요?"

"정말 끔찍합니다. 이 사람들 완전 야만인이에요. 크롬웰은 곤경에 처한 줄도 모른 채 아무 생각 없이 추밀원으로 들어갔다고 합니다. 그런데 그의 친구며 동료 귀족들이 그의 의원 배지와 훈장을 뜯어내고는 까마귀들이 죽은 토끼를 쪼듯 그를 구타했다고 합니다. 흉악범 취급을 당하며 끌려갔다고 합니다. 재판조차 없을 거랍니다. 증인도 필요 없고 혐의를 입증할 필요도 없답니다. 사권 박탈법에 따라 참수될 예정인데 그냥 왕명만 있으면 된다는군요."

"왕이 명령을 내리지 않을 수도 있지 않을까요? 자비를 베풀 수도 있지 않을까요? 몇 주 전만 해도 백작으로 임명하고 호의를 보였잖아요."

"속임수죠. 그저 속임수일 뿐입니다. 그렇게 왕이 선심을 쓴 후에 체포되었으니 얼마나 기가 막혔겠습니까? 왕이 노린 것도 그거겠지요. 크롬웰은 자비와 용서를 구하겠지만 왕은 절대 봐주지 않을 겁니다. 크롬웰은 반역자로 처형당할 겁니다."

"왕이 작별 인사라도 했나요?"

"아니요. 아무런 경고도 없었습니다. 크롬웰과 왕은 평소와 다름없이 헤어졌고 특별한 점은 없었답니다. 그래서 크롬웰은 평소처럼 추밀원 회의에 들어갔지요. 비서 장관으로서 평상시처럼 오만하고 근엄하게 회의를 주관하게 될 거라 생각했겠죠. 그런데 바로 그 순간 체포당했답니다. 옛 정적들의 비웃음 속에서 말이죠."

두려움이 엄습했다.

"그러니까 왕은 작별 인사를 하지 않았군요. 사람들이 그랬어요. 왕은 절대 작별 인사를 하지 않는다고요."

제인 불린

1540년 6월 24일, 웨스트민스터 궁

우리는 왕비의 내실에 말없이 앉아 가난한 이들에게 보낼 셔츠를 꿰매었다. 하워드는 왕비전에서 나가 최근 몇 주 내내 램버스 노퍽 공작의 저택에서 할머니와 같이 지내고 있다. 왕은 거의 매일 저녁마다 캐서린을 찾아가 왕이 아닌 일반인처럼 그들과 정찬을 즐겼다. 왕실 바지선을 타고 왕의 신분을 애써 감추려 들지도 않은 채 드러내 놓고 강을 건너다녔다.

왕이 결혼한 지 겨우 여섯 달 만에 하워드 가문의 여식을 정부로 맞아들였다는 소문이 온 시내에 파다했다. 밖에서 아무것도 모르는 이들은 왕에게 정부가 있는 것을 보면, 왕비의 회임이 기정사실이니 이토록 축복이 넘치는 세상이 어디에 있냐고들 했다. 왕비가 튜더가의 아들이자 후계자를 회임했으니 왕은 늘 그랬듯이 다른 데서 재미를 찾는다는 것이다. 내막을 잘 아는 우리네 같은 사람들은 아무것도 모르는 이들의 말을 애써 고치려 들지도 않았다. 캐서린의 집에서는 캐서린 하워드가 순결한 처녀처럼 왕과 잠자리를 같이 하지 않도록 단단히 단속하고 있다는 것을 우리는 알고 있다. 왕비도 여전히 순결하다는 사실을 알고 있다. 그런데 앞으로 무슨 일이 벌어질지는 알지 못할 뿐더러 알 수도 없다.

왕이 없는 궁정은 이제 제멋대로다. 안나 왕비와 우리 시녀들이 정찬을 들러 가서 보면 상석의 왕좌는 텅 비어 있다. 그러니 법도가 있을 리 없다. 정찬장은 윙윙대는 벌통처럼 쑥덕공론과 소문으로 들끓었다. 모두 승자 편에 서기를 바라지만 어느 쪽이 이길지는 아무도 몰랐다. 두려워서든, 최근의 공포가 끔찍해서든 아무튼 궁정을 떠난 가문들도 있다. 구교 지지자로 알려진 사람들은 누구나 위험한 상태이므로 자택으로 가 버렸다. 신교를 지지하는 사람들은 왕이 신교 세력에 등을 돌리고 다시 하워드가의 여식을 총애하며, 스티븐 가디너가 새로운 기도문을 사용하는 척하지만 예전의 로마 가톨릭 기도문을 그대로 쓰고 있는 것에 두려워하고 있다. 게다가 개혁파 크랜머 대주교는 이제 완전히 한물갔다. 궁정에는 기회주의자와 무모한 자들만 남았다. 온 세상이 질서도 없는 아수라장이 된 것만 같다. 왕비는 접시에 담긴 음식을 금 포크로 찍어 휘휘 돌리며 먹는 척하면서 고개를 푹 숙이고 있다. 왕비 자리에서 버림받고 궁에서도 소외된 왕비를 보려고 잔뜩 호기심에 찬 눈을 반짝이며 몰려온 사람들의 시선들을 피하기 위해서다. 궁에서의 마지막 밤, 어쩌면 이 세상에서의 마지막 밤이 될지도 모르는 왕비를 보려고 혈안이 된 수백 명의 시선을.

식탁을 치우자마자 우리는 처소로 돌아왔다. 왕이 없다 보니 저녁 정찬 후에 왕을 위해 열리는 연회도 없기 때문이었다. 왕이 없으니 왕비도 없는 듯했고 왕실도 없는 듯했다. 모든 것이 바뀌거나 더 많은 것이 바뀔 것이라고 예상하며 다들 떨고 있다. 무슨 일이 벌어질지 아무도 모르다 보니 하나같이 위험한 기미에 촉각을 곤두세웠다.

그리고 구속 얘기가 나돌았다. 오늘은 헝거포드 경이 런던탑에 끌려갔다는 소식이 들렸다. 그의 여러 가지 죄목에 대해 들었을 때, 나는 마치 한낮의 햇살에서 얼음 창고로 걸어 들어가는 기분이 들었다. 헝거포드 경은 우리 남편처럼 비정상적으로 다른 남자들과 남색 행위를 한 죄로 기소되었다. 또 우리 남편 조지가 누이 앤과 근친상간으로 기소되었듯이, 친딸을 겁탈한 죄로 기소된 것이다. 그리고 조지나 앤과 마찬가지로 왕의 죽음을 예언한 반역죄로 기소되었다. 헝거포드 경의 아내도 과거에 내가 그랬듯이, 남편에게 불리한 증언을 하러 불려 갈 것이다. 생각만 해도 온몸이 덜덜 떨리는 바람에 나는 왕비의 내실에 앉아 정신을 바짝 차리고 셔츠 단을 제대로 꿰매려고 안간힘을 썼다. 귓속에서 북 치는 소리가 요란하게 울렸다. 열병에 걸린 것처럼 양 볼이 뜨겁게 훅훅 달아올랐다. 다시 똑같은 일이 벌어지고 있다. 헨리 왕은 또 자기 친구들에게 등을 돌렸다.

왕은 자기가 보기 싫은 사람들에게 마구잡이로 혐의를 씌워 다시 유혈극을 벌일 것이다. 지난번 헨리 왕은 오랫동안 증오를 불태우며 복수할 기회를 노리다 우리 남편과 앤 왕비, 그리고 네 남자를 처형했다. 헨리 왕이 다시 복수극을 펼칠 기세임은 누가 봐도 알 수 있었다. 그런데 그 대상이 누구일지는 하늘만이 알고 있다.

왕비 처소에서는 억센 천을 뚫고 실을 당기는 십여 개의 바늘 소리만이 나직이 들렸다. 예전에 아치형 실내에 가득하던 온갖 웃음소리나 음악 소리, 게임 소리 같은 것은 사라졌다. 우리 중 누구 하나 말할 엄두도 내지 못했다. 왕비는 늘 입이 무거웠다. 이렇게 으스스한 며칠 사이에 왕비는 침묵의 공포 속에서 더욱 신중한 벙어리가 되었다.

나는 전에도 죽음의 공포를 느끼는 왕비를 본 적이 있다. 그래서 무슨 일인가 일어나기를 기다리는 왕비전의 분위기가 어떤 것인지 잘 알고 있다. 왕비가 폐위되리라는 걸 알고 있는 왕비의 시녀들이 어떻게 은밀한 시선을 교환하는지 알고 있다. 그런데 불똥이 어디로 튈지는 아무도 몰랐다.

왕비 처소에는 빈 자리가 몇 개 있다. 캐서린 하워드는 이미 가버린 터라 캐서린이 없는 이곳은 분위기가 착 가라앉았고 무덤처럼 적막하다. 릴 부인은 얼마간 몸을 숨긴 채 자기를 용기 있게 인정해 줄 몇몇 친구들을 찾느라 통곡하며 애간장을 태우고 있다. 사우샘프턴 부인은 구실을 만들어 궁정에서 나갔다. 부인은 왕비를 잡으려고 쳐 놓은 덫에 자기 남편이 걸릴까 봐 두려워하는 눈치였다. 사우샘프턴 경은 왕비가 잉글랜드에 처음 왔을 때 아주 친했다. 앤 바셋은 자기 아버지가 체포되고 나서부터 시름시름 앓는 바람에 친척 집으로 가 버렸다. 캐서린 캐리는 이렇다 할 말 한마디 없이, 왕비들의 추락을 다 알고 있는 자기 어머니가 데려갔다. 메리 노리스의 어머니는 이런 일에 워낙 익숙해서 메리 노리스를 집으로 불러들였다. 왕비에게 변치 않는 영원한 우정을 다짐했던 이들은 왕비의 추락과 동시에 자기네도 벼락을 맞을까 봐 바들바들 떨고 있다. 왕비 시녀들도 왕비를 잡으려고 놓은 덫에 걸릴까 봐 다들 겁먹고 있다.

그러니까 본인이 왕비의 몰락에서 희생양이 아니라 첩자라는 사실을 알고 있는 이들을 빼고는 다들 겁먹고 있다. 왕비전에 있는 왕의 첩자들은 나와 러틀랜드 부인과 캐서린 에지콤이다. 우리는 안전할 것이다. 적어도 우리 세 명은 무사하리라.

내가 어떤 증언을 해야 하는지는 들은 바 없고 진술서대로 선서해야 한다는 소리만 들었다. 아무렴 어떠랴. 내가 안전할지 공작에게 물었더니 왕의 신임을 다시 얻으면 기쁘지 않겠느냐며 딴소리를 했다. 내 생각에는 내가 더 이상 할 말도, 할 일도 없는 것 같다. 이번 시류에 전념하면서 왕의 변덕이라는 조류에 밀려다니는 부목처럼 떴다 잠겼다 하면 그만이다. 익사하지 않으려고 발버둥치면서 옆에서 익사하는 사람들을 동정하리라. 그리고 솔직히 말해 다른 사람들을 짓누르고 기회를 잡으면 나는 안전하게 살아날 수도 있다. 난파선에서는 자기 목숨이 제일 중요하니까.

요란하게 문 두드리는 소리가 나더니 시녀 하나가 비명을 질렀다. 그 소리에 우리는 일제히 벌떡 일어났다. 근위병들이 문에 서 있었다. 우리를 체포하러 왔구나 싶어 마냥 기다렸다. 나는 얼른 왕비를 쳐다봤는데 표정이 백지장처럼 하얗게 질려 있다. 죽은 사람처럼 창백했다. 입술은 공포에 질려 새파랗다.

문이 열리더니 우리 시외삼촌 노퍽 공작이 나타났다. 머리에는 사형을 언도하는 판사처럼 검정 모자를 쓰고 있었다. 침울한 표정을 한 게 꼭 죽은 사람 같았다.

"왕비님."

공작은 들어와 왕비에게 깍듯하게 허리를 굽혀 인사했다.

왕비는 자작나무처럼 몸을 바들바들 떨었다. 나는 왕비한테 다가가 넘어지지 않게 팔을 부축하다. 팔을 파르르 떠는 왕비는 내가 자기를 체포하려고 그러는 줄 안 모양이다. 그래서 나는 공작이 용건을 말하는 동안 왕비를 부축하며 달랬다.

"아무 일도 아니에요."

왕비에게 이렇게 귓속말은 했지만 내가 그것을 어찌 알겠는가. 복도에 근위병 대여섯 명이 보이지 않게 서 있다는 사실밖에는 몰랐다.

왕비는 당당하게 머리를 들고 똑바로 섰다.

"아……안녕하세요, 공작님."

인사하는 왕비의 목소리는 떨렸다. 공작은 부드러운 목소리로 용건을 말했다.

"추밀원에서 보내서 왔습니다. 아뢰옵기 황송하오나 이 도시에 역병이 발생했다고 합니다."

왕비는 그 말을 알아들으려고 애쓰며 얼굴을 찡그렸다. 공작의 입에서 의외의 말을 들었다는 기색이다. 시녀들이 웅성댔다. 역병이 돌지 않았음은 우리 모두 다 아는 사실이다.

"전하께서 왕비님의 안위를 염려하고 계십니다. 리치몬드 궁으로 모시라는 분부를 내리셨습니다."

왕비가 떨고 있다.

"전하 오십니까?"

"아니요."

이제 누구나 왕비가 추방당했음을 알게 되겠지. 이 도시에 역병이 돌았다면 헨리 왕은 램버스 나루터까지 가는 내내 류트 연주와 새로운 사랑의 트라랄라 노래를 부르며 템스 강을 오르락내리락할 위인이 절대 아니다. 템스 강에 소용돌이치는 저녁 연무에 전염병이 돈다면 헨리 왕은 뉴포레스트나 에섹스로 피신했겠지. 병을 끔찍이 무서워하니까. 왕자는 웨일즈로 보내고 왕도 진작 갔겠지.

그러니 왕을 아는 사람은 역병이라는 보고가 거짓인 데다 이것이 왕비에게 다가온 첫 시련임을 직감했다. 조사가 진행되는 동안 가택 연금부터 시키고 이어 혐의 부여, 법정 심리, 재판, 형을 선고하고 나면 죽는 것만 남을 것이다. 이런 식으로 카타리나 왕비가 죽었고, 앤 불린 왕비가 참수형을 당했다. 이제는 클레베스의 안나 왕비 차례다.

"떠나기 전에 나 전하 만날 수 있어요?"

가엾은 왕비는 떨리는 목소리로 물었다.

"내일 아침 떠나시라는 어명을 받고 왔습니다. 틀림없이 전하께서 리치몬드 궁으로 왕비님을 뵈러 가실 겁니다."

왕비는 비틀대다가 두 다리가 꼬였다. 내가 부축하지 않았다면 넘어질 뻔했다. 공작은 수고했다고 칭찬하는 듯, 나한테 고개를 끄덕이더니 뒤로 물러나 인사하고는 새색시를 부르러 온 저승사자가 아니라는 듯, 홀연히 방을 떠났다.

나는 왕비를 의자에 앉히고 한 시녀에게는 물 한 잔을, 다른 한 시녀에게는 포도주 창고에 얼른 달려가 브랜디 한 잔을 가져오라고 일렀다. 두 시녀가 마실 것을 가져오자마자, 내가 왕비에게 한 잔씩 차례로 먹여 주었다. 왕비는 고개를 들고 나를 쳐다봤다.

"나 대사 만나야 해요."

왕비가 쉰 목소리로 말했다.

나는 고개를 끄덕였다. 왕비가 원한다면 대사를 만날 수는 있지만 그가 왕비에게 도움이 될 일은 하나도 없으리라. 나는 시종에게 하르스트 대사를 불러오라고 일렀다. 대사는 정찬장에서 식사를 하고 있을 것이다. 식사 시간이면 언제나 뒤쪽에 있는 테이블에서 식사를 할 테니까. 클레베스 공작이 정식 대사처럼 그에게 집을 마련할 만한 보수를 주지 않다 보니 가엾은 대사는 생쥐처럼 궁정의 식탁을 기웃거릴 수밖에 없다.

대사는 달려 들어와 왕비가 의자에 앉아 가슴에 칼을 맞은 것처럼 웅크린 모습을 보고는 주춤했다.

"가 봐요."

이런 왕비의 말에 나는 방 끝까지 갔지만 밖으로 나가지는 않았다. 문에서 들어오는 사람들을 감시하는 척하며 서 있었다. 두 사람이 무슨 말을 하는지 알아듣지는 못하지만 배짱 좋게 왕비만 남겨 두는 위험천만한 일을 할 수는 없는 노릇이다. 부두 곳곳에서 경비병들이 지키고 있겠지만, 만에 하나 왕비가 대사한테 패물을 주고 두 사람이 정원과 강으로 통하는 사실 문으로 몰래 빠져나가지 않도록 철저히 감시해야 한다.

두 사람이 모국어로 뭐라고 웅얼거렸다. 대사는 도리질을 했다. 왕비가 대사에게 무슨 말을 하려고 하면서 흐느끼자, 대사는 왕비의 손과 팔꿈치를 토닥이며 진정시켰다. 사냥개 조련사가 안달하는 암캐를 달래듯이 진정시켰다. 나는 문에 등을 기댔다. 대사는 우리 계획을 뒤집어엎을 수 있는 인물은 아니다. 왕비를 구할 만한 위인도 아니다. 그러니 우리가 대사를 두려워할 필요는 없다. 이 남자는 왕비가 참수대에 올라가더라도 여전히 왕비를 구하기 위해 자기가 할 수 있는 일을 머리 터지게 고민만 하고 있을 사람이다. 이 남자의 도움에 기대고 있다면 왕비는 이미 죽은 목숨이나 다름없다.

안나

1540년 7월, 리치몬드 궁

기다리는 걸 제일 싫어하는 내가 이제 기다리는 일 외에는 할 수 있는 게 아무것도 없다. 사람들이 내게 무슨 죄목을 씌우려는지 궁금해하며 그들이 나를 체포하러 오기를 기다리고 있다. 내 머리를 쥐어짜며 변론을 생각해 내야 할 그날을 기다리고 있다. 하르스트 대사는 잉글랜드를 떠나야 한다는 내 생각에 동의했다. 왕비 자리를 포기하고, 결혼 서약을 깨며, 클레베스와 잉글랜드의 동맹을 망치는 일이 되겠지만 어쩔 수 없다. 클레베스와 동맹을 깬 잉글랜드가 프랑스와 연합하여 에스파냐와 전쟁을 벌인다 해도 어쩔 수 없다. 내 소임을 제대로 다하지 못한 탓에 잉글랜드가 유럽에서 전쟁을 일으킬 수도 있다는 걸 생각하면 끔찍하지만 나로서는 어쩔 도리가 없다. 잉글랜드에 평화와 안정을 안겨 주고 싶었지만 왕과 관계가 틀어지는 바람에 결국 전쟁을 일으키게 되고 말았다. 하지만 어쩔 도리가 없다.

하르스트 대사는 내 친구인 릴 경과 내 후원자인 토머스 크롬웰이 처형되고 그 다음은 내 차례라고 확신하고 있다. 무자비한 폭압에서 잉글랜드를 구하기 위해 내가 할 수 있는 일은 없다. 내가 할 수 있는 일이란 고작해야 내 목숨을 구하는 일 정도뿐이다. 하지만 내가 어떤 죄를 뒤집어쓸지, 어떻게 하면 그 죄명을 벗을 수 있을지조차 알 수 없다. 내겐 공식 재판도, 판사도, 배심원도 없을 것이다. 그들이 무슨 죄목을 들이대든 내겐 변론의 기회조차 없을 것이다. 릴 경과 크롬웰 경도 사권 박탈법에 따라 죽을 것이다. 그저 왕의 서명 하나면 된다. 하느님이 자신을 인도한다고 믿는 왕은 생살여탈권을 휘두르는 신이 되었다. 왕은 나를 어떻게 죽일지도 이미 계획해 두었을 것이다.

나는 바보처럼 망설였다. 내 생각만큼 나쁜 상황이 오지 않을지도 모른다는 헛된 기대를 품고 며칠을 지체했다. 어쩌면 왕에게 현명한 조언을 해 줄만한 이성적인 사람들이 있을지 모른다고 생각했다. 하느님이 왕에게 무엇이 상식인지 보여 주고, 자신의 욕망을 우선시해서는 안 된다고 가르쳐 주길 기도했다. 혹시 어머니가 내게 어떻게 대처하라는 전갈을 보내지 않을까 기대했다. 아니면 빌헬름이라도 내가 재판받도록 그냥 두지는 않겠다고, 내 처형을 막겠노라고 전갈을 보내오지 않을까 하는, 말도 안 되는 기대감을 품었다. 그렇게 지체하던 어느 날 하르스트 대사가 말 여섯 필을 준비했으니 떠날 채비를 하라고 알려 왔다. 그러나 얼마 후 대사는 심각한 표정으로 오더니 항구가 봉쇄되었다고 했다. 왕명에 따라 아무도 잉글랜드에서 나갈 수도,

잉글랜드로 들어올 수도 없다는 것이었다. 어떤 배도 출항할 수 없었다. 말을 타고 항구까지 간다 해도 배를 타고 떠날 수 없는 상황이었다. 게다가 그렇게 도망간다면 내게 죄가 있다고 자백하는 꼴이 되고 만다. 나는 이제 잉글랜드에 갇힌 신세가 되었다. 내 조국 클레베스로 돌아갈 방도가 없다.

바보처럼 나는 그동안 내 처소를 지키는 근위병을 어떻게 통과할까, 어떻게 하면 몰래 말을 구할 수 있을까, 어떻게 하면 사람들 눈에 띄지 않고 조용히 궁을 빠져나갈 수 있을까만 궁리했다. 하지만 문제는 그게 아니었다. 왕은 모든 것을 꿰뚫어 보고 있었다. 정말 하느님처럼 모든 일을 내다봤다. 사실 궁을 빠져나가기도 힘들었을 테지만 우리는 이제 클레베스로 갈 배도 구할 수 없다. 우리는 이 섬나라에 고립되었고 나는 왕의 포로가 되었다.

하르스트 대사는 여러 정황을 보건대 사람들이 곧 나를 잡으러 올 것 같다고 했다. 왕이 나라 전체를 봉쇄한 걸 보면 클레베스의 가족들이 내 소식을 미처 알기도 전에 나를 심문하고 유죄 판결을 내려 참수하려는 속셈인 것 같다. 그러면 유럽의 다른 나라들이 항의나 비판도 하지 못 할 것이다. 모든 일이 끝나고 내가 처형된 후에야 유럽 사람들은 이곳 섬나라에서 무슨 일이 벌어졌는지 알게 될 것이다. 하르스트 대사의 말이 맞다. 아마 며칠이면 모든 게 끝나겠지. 아니 어쩌면 내일 당장 끝날지도 모른다.

잠을 이룰 수 없었다. 밤새 창가에 앉아 새벽하늘을 지켜보았다. 오늘 밤이 이 세상에서 마지막 밤일지도 모른다. 무엇보다 인생을 헛되이 보낸 게 후회스럽다. 내게 주어진 모든 시간을 아버지와 남동생 그늘에서 허비했고 지난 몇 달은 왕의 비위를 맞추느라 허비했다. 내 자신을 작은 불꽃처럼 소중히 여기지 못했으며 내 뜻대로, 내 생각대로 산 게 아니라 나를 호령하는 남자들의 뜻대로 살았다. 아버지가 내게 붙여 준 별명처럼 내가 진정 흰 바다매였다면 아무도 없는 추운 곳에 둥지를 틀고는 높이 날아올라 자유롭게 바람을 타고 다녔을 텐데. 새 장에 갇힌 매처럼 나는 늘 묶여 있었고 온갖 속박에 얽매여 있었다. 자유롭지도 않았을 뿐더러 제대로 세상을 볼 수도 없었다.

내가 이 밤을, 이번 주를 무사히 넘긴다면 앞으로 내 자신을 위한 삶을 살리라 하느님께 맹세했다. 하느님이 나를 구하신다면 나는 동생이나 딸, 아내가 아닌 순수한 나 자신의 삶으로 하느님의 이름을 영광되게 하리라. 그러나 이 위기를 무사히 넘길 수 있을 것 같지 않다. 하느님은 나를 구해 주시지 않을 것이다. 헨리가 나를 봐주지도 않을 것이다. 2주가 지나면 나는 이 세상 사람이 아닐지도 모른다.

황금빛 여름 태양이 떠올라 세상이 조금씩 환해지는 동안 나는 창가에 앉아 강을 응시했다. 행여나 왕실 바지선이 깃발을 펄럭이며 북소리에 맞춰 노를 저으며 나를 런던탑으로 데려가기 위해 오지 않는지 지켜보았다. 시녀들이 내게 에일과 빵, 버터를 가져다주었다. 노 젓는 사람들이 박자를 맞추기 위해 울리는 북 소리만 들려도 내 가슴이 쿵쾅쿵쾅 뛰었다. 그 소리가 너무나도 크게 들리는 듯했다. 북소리가 들릴 때마다 나는 바로 그들이 오는구나, 이제 나를 데리러 오는구나 싶었다. 늦은 오후 무렵 마침내 그들이 왔다. 하지만 우습게도 군단이 아니라 딱 한 사람이 왔다. 리처드 비어드. 그는 아무런 예고도 없이 작은 1인용 배를 타고 왔다. 나는 그때 정원을 산책 중이었다. 주머니 속에 들어 있는 손은 차가웠고 공포로 오그라든 발은 아무 감각도 느끼지 못했다. 고개를 숙이고 활짝 핀 장미꽃 사이를 걷고 있었지만 그 진한 향기조차 맡을 수 없었다. 멀리서 보면 행복한 여자, 장미 정원을 거니는 젊은 왕비로 볼 수 있을 테지만 가까이서 보면 창백하게 질린 멍한 얼굴을 볼 수 있을 것이다.

비어드는 왕비에게 예를 갖추듯 허리 숙여 인사했다. 비어드는 '왕비님' 하고 불렀다.

나는 고개를 끄덕였다.

"전하께서 편지를 보내셨습니다."

그가 내민 편지를 받긴 했지만 내 손으로는 뜯을 엄두가 나지 않았다. 그래서 비어드에게 뜯어 달라고 했다.

"뭐라고 쓰여 있나요?"

비어드는 솔직히 말해 주었다.

"전하께서는 지난 몇 달 간 미심쩍었던 문제, 즉 왕비님과의 결혼에 얽힌 문제를 조사했다고 하십니다. 전하께서는 왕비님이 이미 혼약한 몸이셔서 이번 결혼이 적법치 않은 게 아닌지 걱정하고 계십니다. 그래서 조사를 좀 더 하실 예정이랍니다."

"우리가 결혼한 게 아니라는 건가요?"

"왕비님이 적법하게 결혼하신 게 아니라는 말씀이시지요."

비어드는 친절하게 내 말을 바로잡아 주었다.

나는 고개를 가로저으며 바보처럼 말했다.

"무슨 말인지 모르겠어요, 도대체 무슨 말인지."

나중에 그들이 모두 왔다. 추밀원 위원 절반가량이 수행인과 하인들을 대동하고 나타났다. 조사에 동의하라는 말을 하러 온 것이다. 나는 동의하지 않았다. 앞으로도 동의하지 않을 작정이다. 그들 모두 이곳 리치몬드 궁에서 나와 함께 밤을 보낼 예정이다. 나는 그들과 식사하지 않겠다. 동의하지도 않겠다. 절대로.

아침이 오자 그들은 내게 내 시녀 세 사람이 조사 위원회에 증인으로 소환된다고 했다. 그러나 시녀들에게 무슨 질문을 할지는 알려 주지 않았다. 누가 위원회에 출두해 내게 불리한 증언을 할지도 끝내 알려 주지 않았다. 위원회에 증거로 제출될 서류 사본을 달라고 했지만 그들은 내게 아무것도 보여 주지 않았다. 하르스트 대사는 이런 불공평한 처사를 불평하며 빌헬름에게 편지를 썼다. 하지만 이미 너무 늦었다는 것을 우리는 잘 알고 있다. 항구가 봉쇄되어 어떤 소식도 잉글랜드를 떠날 수 없으니까. 우리는 외톨이가 되었다. 아니 나만 혼자다. 하르스트 대사의 말에 따르면 앤 불린도 재판 전에 조사를 받았다고 한다. 조사, 그게 바로 그들이 하려는 일이다. 앤의 시녀들도 앤이 무슨 행동을 했고 어떤 말을 했는지에 대해 문초를 받았다. 내 시녀들처럼. 이렇게 조사를 통해 수집된 증거들로 앤은 재판을 받았다. 앤 불린에게 불리하게 판결이 났고 앤이 처형당한 지 한 달도 채 안 되어 왕은 앤의 시녀였던 제인 시모어와 결혼했다. 나를 위해서는 재판도 열리지 않을 것이다. 왕의 서명 하나면 되니까. 더 이상은 필요하지 않다. 결국 왕이 어린 캐서린 하워드와 결혼할 수 있게 내가 죽어야 한단 말인가? 늙은 왕에게 가운 하나만 받아도 기꺼이 잠자리를 같이 할 철부지 어린 것이 왕비가 될 수 있도록 내가 죽어야 하다니 이게 있을 법이나 한 일인가?

제인 불린

1540년 7월 7일, 웨스트민스터 궁

우리는 왕실 바지선을 타고 리치몬드 궁에서 런던 웨스트민스터 궁으로 들어간다. 배는 우리를 위해 만반의 준비가 되었고, 왕은 우리가 편히 갈 수 있도록 수고를 아끼지 않고 배려한다. 우리란 나를 비롯해 러틀랜드 부인과 캐서린 에지콤 세 사람을 말한다. 유다의 후예인 우리 세 여자는 우리의 소임을 다하려고 가는 것이다. 호송대로서 우리와 함께 하는 사우샘프턴 경은 클레베스의 안나를 잉글랜드로 맞아들였고 왕에게 안나가 예쁘고 쾌활한 왕비감이라고 고한 덕에 왕의 신임을 다시 받았다고 느낄 게 뻔하다. 사우샘프턴 경과 동행하는 사람은 본인들의 소임을 다해서 왕의 환심을 사고 싶어 하는 오들리 경과 서퍽 공작이다. 이들은 우리가 진술을 마치고 나면 조사 위원회에 왕비에게 불리한 증언을 할 예정이다.

캐서린 에지콤은 좌불안석이다. 무슨 말을 해야 할지도 모르고, 성직자들 가운데 누군가가 자기에게 유도 심문해서 함정에 빠뜨리면 당황해서 엉뚱한 소리를, 아니 사실을 발설할까 봐 겁을 먹고 있다. 그거야말로 얼마나 끔찍한 일인가! 하지만 나는 고등어 내장을 긁어내는 독하디 독한 늙은 생선 장수만큼이나 마음이 아주 편안하다. 그래서 나는 내가 예상한 바를 말했다.

"우린 조사 위원들의 얼굴도 보지 못할 겁니다. 유도 심문 당할 일은 없어요. 누가 캐서린의 거짓말을 의심하겠어요? 진실을 원하는 사람은 절대 없을 것 같은데요. 왕비를 변호할 사람이 있을 턱이 없지요. 캐서린은 입도 뻥끗할 필요가 없을 거예요. 우린 작성된 진술서에 서명만 하면 될 테니까요."

"그렇지만 혹시…… 그 말이 쓰여 있으면 어떡해요? 그들이 왕비를……."

캐서린은 말을 하다 말고 강 하류를 바라봤다. 하도 겁먹어 차마 '마녀'라는 말을 꺼내지도 못한다.

"그것까지 캐서린이 왜 읽어요? 서명 위에 뭐라고 써 있든 그게 뭐 그리 중요해요? 거기에 서명한다고 동의했지, 그걸 읽겠다고 동의한 건 아니잖아요?"

"하지만 내 증언으로 왕비에게 피해를 주고 싶진 않아요."

맹한 캐서린이 말했다.

나는 아무 말도 하지 않고 눈썹만 치켰다. 굳이 말할 필요가 없었다. 화창한 여름날, 우리가 왕실의 바지선에 올라 열심히 강을 건너는 것은 아무런 잘못도 없는 젊은 왕비를 파멸시키기 위해서다.

이 사실을 우리 셋은 다 알고 있다.

"부인은 서명만 했어요? 그때? 전번에?"

캐서린이 주저주저하면서 물었다.

"아니요."

나는 담즙 맛이 하도 써서 강물에 침을 확 뱉어 버리고 싶었다.

"아뇨, 앤과 남편 때는 이번만큼 잘하지 못했어요. 이번에는 우리가 얼마나 더 잘하는지 볼까요? 그땐 사람들이 다 지켜보는 가운데 법정에 들어가 성경에 손을 얹고 맹세하고 나서 증언할 수밖에 없는 상황이었거든요. 판사 앞에서 남편과 시누이에게 불리한 증언을 할 수밖에는 없었어요. 판사 앞에서 그렇게 말할 수밖에 없었거든요."

캐서린은 살짝 진저리를 치며 덧붙였다.

"무서웠겠어요."

"물론이지요."

"최악의 사태가 두려웠겠지요."

"내 목숨을 건진다는 건 알았어요."

이렇게 나는 노골적으로 대답하고는 다시 말을 이었다.

"그런 이유로 러틀랜드 부인과 나처럼 캐서린도 오늘 여기에 있는 거죠. 클레베스의 안나 왕비가 유죄로 밝혀져 처형된다고 하더라도 적어도 우린 왕비와 같이 죽진 않을 거예요."

"그런데 조사 위원회는 왕비가 뭘 했다고 할까요?"

캐서린의 물음에 나는 어이없다는 듯 웃었다.

"아아, 말할 사람은 우리지요. 왕비를 기소하는 것도 우리고요. 우리가 기소하고 선서할 겁니다. 왕비가 뭘 했는지 말할 사람은 우리라고요. 조사 위원회는 그 죄 때문에 왕비가 죽어야 한다는 소리만 할 거예요. 그리고 우리는 곧이어 왕비의 죄를 찾아낼 겁니다.”

천우신조로 나는 왕이 남자 구실을 못하는 것이 왕비 탓이라는 데어떤 서명도 할 필요가 없었다. 왕비가 왕에게 주술이나 마법을 건다느니, 사내 대여섯 명과 동침을 했다느니, 비밀리에 무슨 괴물을 낳았다느니 하는 따위의 증언은 하지 않아도 되었다. 이번에는 그렇게 말할 필요가 없었다. 우리 셋은 동일한 진술서에 서명했다. 진술서에는 왕비가 매일 밤 처녀로 왕과 잠자리를 했다가 매일 아침 처녀 그대로 일어났다고 우리한테 털어놨으며, 이런 왕비의 말로 미루어 볼 때 왕비는 뭐가 잘못인지도 모를 정도로 바보가 확실하다고 쓰여 있다. 왕비에게 아내가 되려면 잠자기 전에 입맞춤을 해야 한다고 말했다고 적혀 있었다. 아침 인사뿐만 아니라 다른 것도 해야 한다고 말했다고 적혀 있었다. 우리가 이런 식으로는 왕자를 회임할 수 없다고 말해 주었는데도 왕비는 더 이상 알고 싶지 않다고 말한 것으로 되어 있다. 우리 네 사람만 있는 왕비의 사실에서 조금도 주저하지 않고 통역도 없이 유창한 영어로 그런 얘기들이 오간 것으로 각본은 짜여져 있다.

나는 리치몬드로 가는 바지선을 타기 전에 공작을 찾았다.

“왕비가 이렇게 말하지 않았다는 걸 조사 위원회가 알고 있나요? 우리가 대화했다고 진술한 게 다 거짓이라는 사실을 알아요? 왕비전에 있던 사람이라면 이게 거짓말인지 금방 다 알 텐데요. 사실 우린 왕비가 알고 있는 몇 마디로 주고받다가 대여섯 차례 반복하고 나야 겨우 서로 무슨 얘기를 했는지 알아들어요. 게다가 왕비를 아는 사람이라면 왕비가 우리와 이런 대화를 할 리가 없다는 걸 알 텐데요. 이만저만 신중한 왕비가 아닙니다.”

“상관없네. 조사 위원회가 원하는 건 왕비가 아직도 처녀임을 입증하는 진술서니까. 더 이상은 필요 없네."

공작의 말투는 오만했다. 몇 주 만에 처음으로 나는 저들이 왕비를 살려 줄지도 모른다는 생각이 들었다. 그래서 물었지만 감히 낙관할 수는 없었다.

"왕비를 내치기만 할까요? 전하는 왕비에게 남자 구실을 못하게 한 죄를 씌우진 않으시겠지요?"

"왕비를 제거할 걸세. 오늘 그대의 진술서가 왕비가 아주 요망하고 간교한 마녀라는 사실을 입증하는 데 도움이 될 게야."

나는 숨이 콱 막혔다.

"어떻게 제가 왕비에게 마녀 죄를 씌웠다는 겁니까?"

"그댄 왕비가 왕이 남자 구실을 못하는 것을 알고 있다고 진술했어. 왕비가 사실에서까지 시녀들에게 부부 관계를 어떻게 하는지 하나도 모르는 척했다고 말한 것으로 되어 있네. 그대 말대로 누가 왕비의 주장을 믿을까? 아무나 그런 말을 하나? 어떤 여자가 왕의 침소에 들어가서 그리도 모를 수 있지? 세상천지에 어떤 여자가 그렇게 무지할 수 있어? 왕비가 거짓말을 한 게 불을 보듯 뻔하지. 그러니 음모를 은폐한 게 확실한 거야. 마녀임이 자명한 것이라고."

"하지만…… 하지만…… 저는 왕비의 결백을 입증하는 진술서로 생각했는데요? 아무것도 모르는 처녀라는 진술서 아닌가요?"

나는 말을 더듬었다.

"바로 그걸세."

공작은 음흉하게 웃으며 말을 이었다.

"그게 장점이지. 왕비전에서 인정받는 그대들 세 사람이 진술한 내용은, 왕비를 성모 마리아처럼 순결하거나 헤카테 마녀처럼 아주 교활하거나, 두 가지 중 하나를 입증한 셈이네. 어느 쪽이든 왕이 요구하는 대로 쓰일 걸세. 로치포드 부인, 수고 많으셨어. 맘에 들어."

나는 할 말이 없어 아무 말도 하지 않고 배로 갔다. 공작은 한때 내 길잡이 노릇을 했었다. 그때 공작의 말을 듣지 말고 조지의 말을 듣는 편이 나았을지도 모르겠다. 지금 그이가 내 곁에 있다면 나한테 충고 했을지도 모른다. 어서 왕비한테 가서 달아나라는 귀띔을 해 주라고. 사랑과 충성이 궁정에서 입신출세하는 일보다 더 중요하다고 했을지 도 모를 일이다. 왕의 눈에 드는 일보다 내가 사랑하는 사람들과 신의 를 지키는 일이 더 중요하다고 했을지도 모른다. 그런데 조지는 이제 내 곁에 없다. 앞으로도 그이가 나한테 자기는 사랑을 믿는다고 말해 줄 수 없다. 그러니 나는 그이 없이 살 도리밖에는 없다. 평생을 그이 없이 살아야 한다.

우리는 리치몬드로 돌아간다. 바지선이 더 천천히 갔으면 좋으련만 순풍이 분다. 궁으로 쏜살같이 달려가지 않기를 나는 빌었다. 궁으로 가면 왕비는 우리 배를 지켜보고 새파랗게 질리겠지.

"우리가 무슨 짓을 한 거예요?"

캐서린 에지콤이 울상을 지으며 묻더니 리치몬드 궁의 아름다운 탑 들을 바라보았다. 캐서린은 우리가 안나 왕비와 대면하면 왕비가 거 짓 없는 시선으로 우리를 하나씩 번갈아 보면서 우리가 하루 온종일 나가서 자기에게 불리한 증언을 하고 왔다는 사실을 눈치 채리라 이 제야 느낀 모양이다.

"우린 당연히 할 일을 했어요. 왕비의 목숨을 구했을 수도 있고."

나는 딱 잘라 말했다.

"아하, 부인이 시누이를 구했던 식으로요? 남편을 구했던 식으로 요?"

캐서린이 독기가 서린 말을 내뱉었다. 나는 고개를 돌려 외면한 채 대꾸했다.

"나 그런 말 한 적 없어요. 그렇게 생각도 한 적 없고."

안나

1540년 7월 8일, 리치몬드 궁

   조사 이틀째다. 그들은 나와 왕의 결혼이 적법한지 아닌지 조사 중이다. 자신들이 직접 조작한 증거를 뒤적이며 심각하게 회의를 하는 척했다. 난 그 모습을 보고 비웃어 주고 싶은 마음뿐이었지만 이젠 비웃을 힘마저 없다. 조사 결과가 어떻게 나올지 우리 모두 알고 있다. 왕의 부름으로 자리에 참석한 성직자들이 이 모든 게 예쁜 계집애를 탐낸 왕의 죄악에서 비롯됐으니 왕에게 무릎을 꿇고 용서를 구하라고, 이 결혼을 인정하라고 간언할 턱이 없다. 왕의 교회에서 왕에게 보수를 받는 그들이, 신앙심 깊은 성직자들이 모두 처형당한 와중에 목숨을 보전한 그들이 그렇게 말할 턱이 없다. 이곳에 온 성직자들은 주인의 명을 받들어 내가 이미 다른 사람과 혼약한 몸이기 때문에 우리 결혼은 무효라는 판결을 내릴 것이다. 그나마 다행이다. 더 나쁜 결과가 나올 수도 있다. 왕이 못된 행실을 구실 삼아 나를 몰아내기로 결심했더라도 그들은 온갖 증거를 수집하여 내게 불리한 증거를 찾아내고도 남았을 것이다.

   깃발도 달지 않은 평범한 바지선 한 척이 선착장에 닿았다. 배가 채 정박하기도 전에 왕의 전령인 리처드 비어드가 배에서 폴짝 뛰어내렸다. 그는 잰걸음으로 선착장에서 궁을 향해 올라오더니 나를 보고 손을 들어 보이고는 날렵하게 잔디밭을 지나 달려왔다. 워낙 바쁜 사람이니 서둘러 다녀야겠지. 나는 그를 향해 천천히 걸어갔다. 모든 걸 예감할 수 있었다. 훌륭한 왕비와 상냥한 계모로서, 그리고 나쁜 남편을 올바르게 인도하는 현명한 아내로서 살아가려던 내 꿈이 조각나는 순간임을 직감했다.

　나는 편지를 건네받기 위해 아무 말 없이 손을 내밀었다. 비어드도 잠자코 내게 편지를 건넸다. 이것으로 내 처녀 시절은 막을 내렸다. 나의 야망도, 꿈도, 통치도 막을 내렸다. 어쩌면 내 삶도 함께 막을 내릴지 모른다.

제인 불린
1540년 7월 8일, 리치몬드 궁

　왕비가 이렇게 힘들어할 줄 누가 짐작이나 했을까? 왕비가 실연당한 아가씨처럼 계속 흐느끼자 대사는 왕비의 손을 쓰다듬으며 늙은 닭처럼 독일말로 웅얼거렸다. 멍청한 리처드 비어드는 근엄하게 서 있지만 철부지 사내아이처럼 난감해하며 쩔쩔맸다. 그들이 테라스에 나타나 리처드 비어드가 왕비에게 서찰을 전해 주었다. 왕비가 쓰러지는 바람에 그들은 왕비를 내실로 데려갔다. 왕비가 실신해서 오열하자 다시 그들은 나를 들여보냈다.

　나는 장미 향수로 왕비의 얼굴을 닦아 준 다음 왕비에게 브랜디 한잔을 주었다. 그 덕에 왕비는 잠시 진정되어 나를 올려다보았다. 왕비의 눈은 흰 토끼 새끼처럼 빨갛게 충혈되었다.

　"전하가…… 결혼…… 부인해요."

　왕비는 띄엄띄엄 말을 이었다.

　"오, 제인. 날 거부해요. 전하가 홀바인 선생한테 나 그리라고 했어요. 전하가 나 선택해서 오라고 했어요. 사절들 보내 나 궁정으로 데려왔습니다. 지참금 면제해 주고 나와 결혼해 같이 자고 나서 이제 나

거부해요."

"전하가 왕비님께 어떻게 하시라는데요?"

내가 다급하게 물었다. 리처드 비어드가 뒤에 호송병을 대동했는지, 왕비를 오늘 밤 끌고 갈지가 궁금했다.

"합의하래요. 약속하기를……."

왕비는 '합의'라는 말을 하자마자 울음을 터뜨렸다. 합의라는 말은 젊은 아내가 듣기에는 심한 말이었다.

"나 말썽부리지 않으면 좋은 조건 약속한대요."

이런 치욕스런 말에 나는 수평아리처럼 화가 난 대사와 리처드 비어드를 번갈아 처다봤다.

"왕비님께 어떤 충언을 해 드리고 싶으신가요?"

비어드가 내게 물었다. 그는 바보가 아니다. 나한테 녹을 주는 사람이 누군지 알고 있다. 필요하다면 내가 헨리 왕이 하라는 대로 하리라는 것을 알고도 남는 사람이다.

"왕비님, 전하의 뜻과 위원회의 결정을 받아들이셔야 합니다."

내가 부드럽게 말하자 왕비는 나를 믿는 눈길로 처다보며 물었다.

"내가 그거 어떻게 받아들일 수 있어요? 내가 전하와 결혼하기 전에 나 혼약했기 때문에 우리 결혼하지 않았다고 전하 말해요. 다 거짓말입니다."

나는 허리를 폭 숙여 왕비에게만 들리게 귓속말을 했다.

"왕비님, 앤 불린 왕비에 대한 증거도 이번처럼 조사 위원회에서 법정까지 갔고, 법정에서 참수대까지 갔어요. 아라곤의 카타리나 왕비에 대한 증거도 이번처럼 조사를 시작해서 심리하기까지 여섯 해나 걸렸어요. 결국 카타리나 왕비는 혼자 무일푼 신세로 친구와 따님을 떠나 유배지에서 돌아가셨답니다. 전하를 이길 순 없으세요. 무슨 조건이든 전하가 제시하면 그 조건을 받아들이셔야 합니다."

"하지만⋯⋯."

"전하를 놓아 주지 않으시면 전하는 결국 왕비님을 제거할 겁니다."

"어떻게 그럴 수 있어요?"

이렇게 묻는 왕비를 쳐다보며 내가 대답했다.

"아시잖아요."

왕비가 배짱 좋게 물었다.

"전하 어떻게 할 건데요?"

"왕비님을 처형할 겁니다."

내가 딱 잘라 말하자 리처드 비어드는 그 소리를 못 들은 척 시치미를 뚝 떼고 자리를 피했다. 대사는 납득할 수 없다는 듯 나를 노려봤다.

"아시잖아요."

이렇게 내가 말하자 왕비는 말없이 고개를 끄덕였다.

"잉글랜드에 친구가 있으세요? 누가 왕비님을 변론하겠어요?"

이렇게 묻자 왕비는 기가 죽는 눈치다.

"하나도 없어요."

"남동생에게 전갈을 보내실 수 있으세요? 왕비님을 구해 줄까요?"

보나마나 그가 왕비를 구해 줄 리 없다.

"나 결백해요."

이렇게 왕비가 속삭였다.

"설사 그렇다 해도."

캐서린

1540년 7월 9일, 노퍽 저택, 램버스

　도저히, 도저히 믿을 수 없는 일이 일어났다. 그런 일이 실제로 일어났다. 새할머니가 방금 내게 소식을 전해 주었다. 할머니도 방금 큰아버지 노퍽 공작에게 기별을 받았다고 했다. 큰아버지는 현장에 있었으니 확실한 소식이다. 사람들이 결국 일을 냈다. 주교회의에서 모든 증거를 조사한 뒤 결국 왕과 클레베스의 공녀 안나와의 결혼이 무효임을 선언했다. 이에 따라 두 사람이 결혼 관계에서 풀려 다른 사람과 결혼할 자유를 얻었다. 애초에 왕과 공녀는 결혼하지 않은 것이나 마찬가지라고 했다.

　난 어리둥절한 기분이었다. 그 거창했던 결혼식과 웨딩드레스, 휘황찬란한 보석과 결혼 선물 들, 거기다 왕비의 드레스 뒷자락을 들고 줄줄이 따라갔던 우리와 결혼식 조찬에 대주교까지……. 이 모든 게 다 무효라고? 어떻게 그럴 수 있지? 그리고 그 모피는 또 뭐야! 그 모피도 다 없던 일이 되는 거다. 왕이란 바로 이런 것인가 보다. 어느 날 아침 일어나 문득 결혼이나 해야겠다고 작정한다. 그리고 결혼한다. 그러다 다음 날 아침 신부가 마음에 차지 않아 짜증이 난다. 그러고는 브왈라! ― 이건 프랑스 어인데, '맙소사!' 또는 '그것 봐!'라는 뜻이다 ― 브왈라! 그날부로 왕은 결혼하지 않은 게 된다. 이 결혼은 무효 처리 되었다. 그리고 그때부터 왕과 왕비는 남매 사이로 남는다. 남매 사이라니!

　세상에서 이런 일을 할 수 있는 사람은 왕밖에 없다. 만약 평범한 사람이 이 같은 일을 했다면 당장 미친 놈 소리를 들을 것이다. 하지만

왕은 왕이니까 아무도 미쳤다고 하지 않는다. 심지어 당사자인 왕비
조차도 ― 왕비인지 왕의 누이인지 아무튼 ― 이건 미친 짓이라고 토
를 달지 못한다. 사람들 모두 '아이고. 그럼요, 폐하.' 라고 할 뿐이다.
그리고 그 왕이 오늘 밤 새할머니와 나와 정찬을 함께 하기 위해 이곳
으로 온다. 그리고 그 자리에서 나에게 청혼할 예정이다. 그럼 나는
냉큼 '아이, 그럼요, 폐하, 황공하옵니다.' 라고 해야 한다. 거기다 대
고, '이건 미친 짓이다, 이건 미친 사람이나 할 짓이다, 그리고 그런 미
친 사람을 말리는 사람도 없다니 세상이 모두 미쳐 돌아가는 것 같다'
는 말은 절대, 절대 해서는 안 된다.

내가 미치지 않고서야 그런 말을 할 리가 있나. 비록 내가 아둔할지
는 몰라도, 비록 일자무식일지는 몰라도, ― 하지만 프랑스 어도 배우
고 있잖아! 브왈라! ― 대주교 앞에서 결혼 서약을 해 놓고 6개월 후에
없었던 일로 하고 입 씻을 수 없다는 것쯤은 안다. 하지만 내가 사는
세상은 미치광이가 지배하는 곳이고, 그의 변덕에 따라 움직이는 나
라인 것도 눈치껏 안다. 그리고 왕이요, 교회의 수장이요, 하느님 목
소리를 직접 듣는 사람이 설사 콩을 팥이라 한들 누가 감히 거기다 대
고 아니라고 하겠는가?

적어도 난 그렇게 못하지. 절대 못해. ― 사람들이 아무리 날 바보
천치로 알아도 ― 나도 나름대로 생각이 있다. 할머니가 뭐라 그랬더
라? 맞다, 허랑방탕한 생각도 한 번에 한 가지씩밖에 못하는 나의 머
릿속에도 나름대로 생각이 있단 말이다. 그렇다 해도 왕이 제정신이
아니고 세상도 그에 따라 미쳐 돌아가고 있다는 사실이 달라지는 건
아니다. 왕비였던 사람이 이제 왕의 누이가 되고 내가 왕의 아내이자
새 왕비가 된다. 내가. 이 캐서린 하워드가 잉글랜드의 왕비 자리에
오른다. 잉글랜드 국왕과 결혼해서 그의 왕비가 된다. 정말 브왈라다.

이게 사실이라고는 도저히 믿기지 않는다. 이 일로 내게 콩고물이

라도 떨어질까? 누구든 이런 생각을 해 본 사람이 있기나 할까? 왜냐하면 나는 자꾸 이런 생각이 들기 때문이다. 왕이 어느 날 아침 문득 일어나 나도 레이디 안나처럼 이미 혼약을 맺은 상대가 있는 상태에서 왕비가 되었고 따라서 나와의 결혼은 무효라고 선언하지 말란 법이 어디 있지? 아니면 내가 부정을 저질렀으니 참수당해 마땅하다는 결정이 떨어지지 말란 법은 또 어디 있냐고? 왕이 머리는 비고 얼굴만 반반한 내 시녀 중 하나와 눈이 맞아서 그 계집을 왕비 자리에 앉히려고 나를 밀어내지 말란 보장이 어디 있냔 말이다.

바로 그거다! 그런 일이 내게도 일어나지 말란 법은 없다. 바로 그거다. 왕을 막을 수 있는 것은 아무것도 없다. 사람들, 특히 우리 새할머니처럼 남을 모욕하고 비난하기 좋아하는 사람들은, 나 같은 멍청이에겐 과분한 영광이며 황송한 자리라고 귀가 따갑게 말하는 사람들은 어리석은 계집이 벼락출세를 했다고 입방아를 찧겠지만, 어리석은 계집은 일시에 추락할 수도 있다. 그럼 그땐 누가 나를 잡아 주지?

안나

1540년 7월 12일, 리치몬드 궁

나는 위원회의 조사 결과를 인정한다고 썼다. 위원들 한 사람씩 돌아가며 모두 내 글을 읽었다. 내가 유죄라고 생떼를 부리러 온 최고 귀족들과 한때 왕비전에서 내 시중을 들려고 열심이던 부인들, 내가 친구라 여겼던 부인들이 한 사람씩 돌아가며 내 글을 읽었다. 나는 이미 혼약한 몸으로 결혼할 자격이 없다고 썼으며 그 점에 대해 사과의 말까지 덧붙였다.

오늘 밤은 내가 영국에서 맞은 밤 중 가장 어두운 밤이다. 아니 내 생애 가장 어두운 밤이다. 나는 이제 왕비가 아니다. 왕은 한때 내 시녀였던 어린 소녀와 결혼하려 하면서 내게 선심 쓰듯 잉글랜드에 머물러도 좋다고 했다. 그게 싫으면 나는 돈 한 푼 없이 집으로 돌아가 나를 지독히 미워하여 결국 이 지경으로 몰아넣은 남동생과 살아야 한다. 오늘 밤 나는 정말 외롭다.

아름다운 정원에 둘러싸여 템스 강을 굽어보고 있는 리치몬드 궁은 잉글랜드에서 가장 아름다운 궁전이다. 선왕이 잉글랜드의 아름다움과 평화를 과시하기 위해 지은 궁전이다. 왕은 나를 밀어내기 위해 이 아름다운 궁전을 선물로 주었다. 또한 나는 불린 가의 유산도 물려받게 되었다. 불린 가의 저택인 아름다운 히버 성을 하사받는다. 다른 사람들은 어떤지 모르겠지만 내겐 무척 재미있게 들린다. 헨리는 앤 왕비가 어린 시절을 보냈던 저택, 바로 그가 앤을 참수하고 빼앗은 저택으로 나를 매수하려 한다. 게다가 나는 넉넉한 연금도 받을 수 있다. 그리고 잉글랜드 왕의 여동생 대접도 받게 된다. 왕비 다음으로 서열 두 번째다. 그러니 왕과, 새로 왕비가 될 캐서린, 나, 이렇게 세 사람은 모두 친구가 되는 셈이다. 이런 우리가 앞으로 얼마나 행복할지…….

나는 여기서 어떻게 살아야 할지 모르겠다. 솔직히 오늘 밤 이후로, 이 어두운 밤 이후로 내 삶이 어떻게 바뀔지 상상조차 할 수 없다. 남동생에게 돌아갈 수는 없다. 집에 돌아가 잉글랜드 왕이 나를 쫓아냈다고, 내 시녀로 있던 여자 아이에게 눈이 멀어 대주교들을 소집해 나와의 결혼이 무효임을 선언하게 했다고 말하기는 너무 창피하다. 집에 돌아가서 그렇게 말할 수는 없다. 집에 돌아가 그런 창피를 겪을 수는 없다. 사람들이 내게 뭐라고 할까. 하자 있는 물건처럼 남동생의 궁전에서 하루하루 살아가야 하다니. 있을 수 없는 일이다.

그래서 나는 잉글랜드에 남기로 했다. 잉글랜드 말고는 딱히 머무를 곳도 없다. 프랑스나 에스파냐로 갈 수도 없고, 독일로 간다하더라도 내 소유의 집을 구할 수가 없다. 그런 집을 살 만한 돈이 없다. 잉글랜드를 떠난다면 나는 연금도 못 받을 뿐더러 내 저택도 다른 사람에게 넘어간다. 그러면 나는 임대료도 받을 수 없다. 왕은 내가 그의 왕국에서, 그의 관대한 보살핌 속에서 살기를 바란다. 나는 다른 남편을 만나 가정을 꾸릴 수도 없다. 왕이 나를 깔고 밤이면 밤마다 애써도 남자 구실을 못했다는 사실을 세상이 다 아는데 어떤 남자가 나와 결혼하겠는가. 왕이 나를 보자마자 정나미가 뚝 떨어졌다는 사실을 세상이 다 아는데 어떤 남자가 내게 매력을 느끼겠는가. 왕은 주변 사람들에게 내 늘어진 뱃살에 납작한 가슴과 역겨운 암내 때문에 오만 정이 다 떨어졌다고 떠들고 다녔다. 나는 쥐구멍에라도 숨고 싶은 심정이다. 게다가 잉글랜드 성직자 모두 입을 모아 내가 로레인 공작의 아들과 혼약한 몸이어서 앞으로의 결혼에도 장애가 된다고 말하지 않았는가. 나는 연인도, 남편도, 동반자도 없이 독신으로 살아야 한다. 가족도 없이 외로운 삶을 견뎌야 한다. 나는 절대 아이를 낳지 못할 것이다. 나를 졸졸 따라다닐 아들도, 사랑해 줄 딸도 없을 것이다. 나는 수녀원을 떠난 수녀로, 아름다운 추억거리조차 없는 생과부로, 여섯 달 동안 결혼 생활을 했지만 아직도 처녀인 여자로 살아가야 한다. 나는 망명자로 살아야 한다. 클레베스도, 엄마도 다시 보지 못할 테니까.

내겐 너무 가혹한 판결이다. 나는 고작 스물다섯의 젊은 여자다. 아무 잘못도 저지르지 않았는데 영원히 혼자 살아야 하다니. 매력 없는 여자로 낙인찍힌 채 외로운 타향살이를 해야 하다니. 왕이 스스로 신이 되어 자기 욕망대로 살아가는 동안 고통은 정녕 다른 사람들의 몫이 되어야 한단 말인가.

캐서린

1540년 7월 12일, 노퍽 저택, 램버스

일이 모두 마무리되었다. 모든 게 엿새 만에 끝났다. 왕이 나와 결혼하겠다고 이미 합법적으로 맞아들인 왕비를 내쳤다. 새할머니가 내게 왕비의 자리에 오를 준비를 하라고 했다. 그리고 어떤 귀부인들로 내 시녀를 삼을지, 그리고 내게 주어질 권한에 따라 누구에게 어떤 자리를 내리고 누구에게 어떤 사례금을 하사할지 생각해 두어야 한다고 했다. 물론 하워드 집안사람들이 우선이겠지. 큰아버지는 매사에 자신의 충고를 따라야지 전에 앤 왕비가 그랬던 것처럼 제멋대로 날치면 안 된다며 반드시 명심하라고 했다. 앤이 그러다 결국 어떤 꼴이 되었는지 잊지 말란다! 안 그래도 그 생각뿐인데 왜 난리야.

난 왕 앞에서 속눈썹을 내리깐 채 곁눈으로 올려다보고, 왕에게 미소를 보내고, 가슴이 드러나 보이도록 몸을 앞으로 숙여 인사하면서 온갖 교태를 다 부렸다. 그리고 얼굴이 잘 보이도록 후드도 한껏 뒤로 젖혀 쓰고 다녔다. 그랬더니 모든 것이 내가 상상했던 것보다 빨리 이뤄졌다. 모든 것이 너무나 빠르게 이뤄졌다. 내가 원하든 원치 않든 그런 건 아무 상관없이 일이 일사천리로 진행되었다.

나는 잉글랜드의 헨리 왕과 결혼한다. 안나 왕비가 밀려났다. 왕비를 구할 수 있는 방법은 없다. 왕을 말릴 수는 없다. 내가 살아날 방법이 없다. ─ 아차, 이런 말은 하는 게 아니지. 이렇게 말했어야지. 아무것도 내 행복을 막을 것은 없다. 바로 이 말을 하려고 했던 건데. 내 행복을 막을 것은 이제 아무것도 없다. 왕은 나를 '왕의 장미' 라 부른다. 왕은 나를 '가시 없는 장미' 라 부른다. 왕이 나를 그렇게 부를 때

마다 나는 꼭 그게 남자가 자기 딸에게 붙여 주는 애칭 같다는 생각이
든다. 사랑하는 여인을 부르는 이름 같지는 않다. 연인의 이름으로는
영 아니다.

안나
1540년 7월 13일, 리치몬드 궁

이제 끝났다. 이렇게 끝이 나다니 도저히 믿기지가 않는다. 나는 이
미 혼약한 몸이어서 결혼할 자격이 없다는 동의서에 서명했다. 내 결
혼을 취소하는 데 동의했다. 그러고 나니 갑자기 별일 아닌 듯했다.
그뿐이었다. 하느님이 우리를 비난하실 때조차 하느님의 뜻을 따라
야 한다는 게 이런 상황을 두고 하는 말이다. 하느님은 헨리에게 내가
혼약한 몸이라는 언질을 내리셨고 헨리는 그 거룩한 말씀을 다시 고
문단에 알렸다고 한다. 그래서 이 결혼은 끝이 났다. 비록 그가 결혼
서약을 했고 초야를 치르기 위해 내 침대에서 갖은 애를 썼더라도 이
결혼은 끝이다. 그가 얼마나 애썼던가! 하지만 그가 초야를 치르지 못
한 것도 하느님의 뜻이었다고 한다. 마녀의 주술 때문이 아니라 하느
님의 뜻으로 그랬단다. 그래서 헨리는 하느님의 뜻을 따라 결혼을 없
었던 일로 했다.

왕명을 따라 나는 남동생에게 편지를 썼다. 내 결혼이 끝났으며 이
모든 변화를 인정한다고 썼다. 하지만 왕은 내 편지를 보더니 흡족하
지 않은지 다시 쓰라고 명했다. 그가 원한다면 나는 열 번이라도 쓸
테다. 남동생이 오라비답게 나를 보호했더라면, 아버지의 바람처럼
나를 잘 보살폈더라면 이런 일은 결코 일어나지 않았을 것이다. 하지

만 빌헬름은 심술궂고 형편없는 오라비였다. 내겐 못된 동생이었다. 아버지가 돌아가신 이후로 남동생은 나를 돌보지 않았다. 동생은 자기 야망을 채우기 위해 나를 이용했고 나를 미워하여 결국 이 지경으로 몰아넣었다. 자기가 끼고 있기는 싫고 남 주기는 아까운 물건처럼 나를 망쳐 놓은 것이다.

왕은 결혼반지를 내놓으라고 명했다. 나는 그 뜻을 따랐다. 편지를 써서 반지와 함께 보냈다. 왕이 내 손에 끼워 줬던 이 반지는 어떤 효력도, 가치도 없으니 산산이 부수어 달라고 썼다. 그 말속에 숨어 있는 내 분노와 실망감을 왕은 눈치 채지 못할 거다. 그는 나를 알지도, 내가 어떤 여자인지 깊이 생각하지도 않으니까. 나는 그에게 분노와 동시에 실망을 느꼈다. 그러나 그가 결혼반지를 되찾아 가든, 결혼 서약을 다시 하든, 하느님이 그를 인도하신다고 믿든 말든 상관하지 않겠다. 이 모든 것이 다 환상일 뿐이다. 어떤 효력도 가치도 없는 가짜일 뿐이다.

이제 모두 끝났다.

이제 캐서린 하워드의 차례다.

캐서린이 왕의 마음에 들길, 왕이 캐서린의 마음에 들길! 그들만큼 어울리지 않는 커플은, 이처럼 어리석고 잘못된 출발은 상상을 초월하는 일이다. 캐서린에게는 질투심조차 생기지 않는다. 오늘 밤 내 신세를 한탄하고 캐서린을 비난해야 마땅한데도 캐서린이 부럽지 않다. 그저 그 앞날이 걱정될 뿐이다. 가여운 것, 불쌍한 것.

나는 그동안 왕의 사랑도 못 받고 친구도 없어 외로웠다. 캐서린 역시 마찬가지리라. 왕이 나를 선택했을 때 나는 가난하고 보잘것없었다. 캐서린 역시 그렇다. 나는 궁정의 파벌 다툼에 휘말렸다. 캐서린 역시 마찬가지겠지. 서로 견제하는 파벌들은 얼굴 반반한 여자들을 수도 없이 궁정에 들여보낼 텐데 다른 여자가 나타나 왕의 시선을 가로채면 캐서린은 어떻게 왕을 붙들어 둘까. 왕의 건강이 좋지 않아 아이가 생기지 않으면 왕은 자신이 노쇠한 탓이라며 캐서린에게 미안해할까? 아니, 그럴 리가 없다. 왕이 캐서린을 탓하면 누가 캐서린 편을 들어 줄까? 캐서린의 편이 되어 줄 사람이 누가 있냐고 로치포드 부인이 묻는다면 캐서린은 뭐라고 대답할까? 왕이 등 돌렸을 때 과연 캐서린 하워드를 보호해 줄 사람이 있을까?

캐서린 왕비
1540년 7월 28일, 오틀랜드 행궁

결혼하니 더할 수 없이 좋다고 말해야겠지만, 전 왕비에 비하면 내 결혼식은 그 반에도 미치지 못했다. 그때 그리니치 궁에서처럼 왕비를 맞아들이는 거창한 환영 피로연도 없었고 그때처럼 아름다운 말을 타고 나가 잉글랜드 귀족들을 줄줄이 거느리고 나온 왕의 마중을 받는 일도 없었다. 온 런던 시가 기쁨에 환호하는 가운데 배를 타고 템스 강을 따라 내려오는 행사도 없었다. 왕과 결혼하는 것이 더없이 즐거운 일이라고 생각하는 사람들은 내 경우를 참고해야 할 것이다. 대놓고 말해서 도둑 결혼하는 것도 아니고 초라하기 그지없었다. 그게 아니면 뭐란 말인가! 누구라도 달리 생각하는 사람이 있다면 그 자리에 있지 않았던 게 틀림없다. 말이 나왔으니 말이지 사실 세상 사람들 태반이 그 자리에 없긴 했다. 그렇게 썰렁한 결혼식은 다시는 없을 것이다.

난 결혼식 전날 로치포드 부인에게 이렇게 말했다.

"궁내관인지 시종장인지, 아무튼 누구라도 찾아서 결혼식 때 어떻게 하는지 좀 알아봐요. 서 있을 데는 어디고, 무슨 말을 어떻게 해야 하는지 알아야 할 것 아니에요?"

나는 연습하고 싶었다. 내가 사람들 앞에 모습을 드러내고 온 세상이 나를 바라볼 거라면 마땅히 연습을 해야 할 것 아닌가. 하지만 로치포드 부인은 예상 밖의 대답을 했다.

부인이 뚱한 목소리로 말했다.

"그다지 연습할 것도 없어요. 신랑이야 벌써 여러 번 해 보았으니 잘할 거고, 왕비께서는 불러 주는 대로 그저 따라 하기만 하면 됩니다. 거기다 볼 사람도 거의 없을 테고요."

그리고 그 말이 딱 맞았다! 결혼식을 맡은 사람부터 런던 주교였다. ㅡ 내 결혼식은 대주교가 주례를 맡지도 않았다. 쳇, 뭐 이런 경우가 다 있담! ㅡ 그리고 왕도 그렇다. 결혼 예복을 따로 짓지도 않고 전에 입던 옷을 그대로 입고 나타났다. 이게 모욕이 아니면 뭐란 말인가? 나는 내가 주문할 수 있는 한 가장 화려한 드레스를 맞춰 입었다. 하지만 보름 만에 뚝딱 만든 옷이 화려하면 얼마나 화려하겠는가? 게다가 왕관도 쓰지 않았다!

왕이 내게 값비싼 보석을 좀 하사하긴 했다. 난 당장 금 세공사를 불러 감정을 의뢰했다. 굉장히 값진 것으로 판명되긴 했지만 그중의 몇은, 내가 분명히 아는데, 아라곤의 카타리나가 옛날 에스파냐에서 시집을 때 가지고 온 것들이다. 할머니뻘이나 되는 여자가 가지고 있던 구식 보석을 좋아할 여자가 어디 있겠는가? 왕이 모피 정도는 안나 왕비에게 내렸던 것 못지않은 것으로 내게 주겠지. 새 드레스도 이미 여러 벌 주문해 두었다. 그리고 결혼 소식이 세상에 알려지기만 하면, 사람들이 모두 결혼식 소식을 듣기만 하면, 그때는 여기저기서 선물이 소나기처럼 쏟아지겠지?

하지만 기대만큼 화려한 결혼식을 올리지 못했다는 것은 기정사실이다. 먼젓번 결혼식에 비하면 초라하기 그지없었다. 나는 결혼식 준비를 몇 달씩 할 줄 알았다. 그리고 거창한 행렬이 이어지고 내가 왕비로 성대하게 런던에 입성할 줄만 알았다. 그리고 관례대로 런던 도착 첫날을 런던탑에서 보낸 다음, 그 다음 날 금색 천이 깔리고, 나를 찬미하는 노래를, 그러니까 '아름다운 캐서린 왕비' 아니 내 경우는 '잉글랜드의 장미'를 연호하는 사람들로 인산인해를 이룬 거리를 통과해 웨스트민스터 궁전으로 행진할 줄 알았다.

하지만 아무것도 없었다. 잘난 주교 한 명, 왕, 그리고 내가 있었을 뿐이다. 나는 회색과 초록색이 섞인 비단으로 지어서 움직일 때마다 색이 변하는 매혹적인 드레스를 입고 새 후드를 쓰고, 왕이 준 진주를 걸쳤다. 결혼식 증인으로 큰아버지와 새할머니가 참석한 것 외에 고작 궁정 사람 두어 명이 전부였다. 그리고 모두 결혼식 정찬을 먹으러 갔다. 그러더니…… 그러더니, 글쎄…… 정말 기가 막힐 노릇이다! 입만 열면 모두 오늘 아침 참수당한 토머스 크롬웰 이야기뿐이었다.

그것도 결혼식 조찬에서! 이것이 신부가 결혼식 날 들어야 할 말이란 말인가? 내 건강을 기원하는 축배도 없었고, 나에게 바치는 축사도 없었고, 심지어 변변한 축하의 말도 없었다. 내게 찬사를 보내는 사람은 단 한 명도 없었다. 춤도, 유혹의 눈길도, 낯간지러운 칭찬도 없었다. 오로지 토머스 크롬웰 이야기뿐이었다. 하필이면 오늘 아침 참수할 게 뭐람! 하필이면 내 결혼식 날! 이것이 왕이 자기 결혼식을 축하하는 방법이란 말인가? 자신의 비서 장관이자 절친한 친구를 죽이는 것? 결혼식 날 신부에게 주는 선물치고는 요상하지 않나? 내가 뭐, 그 누구더라, 아무튼 결혼 선물로 누군가의 머리를 요구한 성경에 나오는 그 이상한 여자도 아니고 말이다. 내가 결혼 선물로 원했던 건 고작 모피일 뿐이다. 왕의 고문이 선처를 빌다가 결국 참수당했다는 소식이 아니다.

하지만 늙은이들은 모두 그 이야기뿐이다. 내 기분 따위는 아무도 신경 쓰지 않는다. 당연한 이야기지만 모두 대놓고 크롬웰이 죽은 것을 기뻐한다. 내가 잉글랜드의 새 왕비가 아니라 철부지 어린아이인 것처럼 뒤통수에서 그 이야기만 쑥덕댈 뿐이다. 그리고 프랑스와 동맹이 어쩌고저쩌고, 우리 편에서 교황을 회유할 프랑스의 프랑수아 왕이 어쩌고저쩌고 하는 이야기뿐이다. 나에게 의견을 묻는 사람은 아무도 없다.

왕이 늘어진 테이블보 밑으로 내 손을 잡더니 내 쪽으로 몸을 기울여 이렇게 속삭였다.

"오늘 밤이 너무너무 기대되는군, 나의 장미 나의 예쁘디예쁜 보석."

아까 토머스 컬피퍼가 왕을 부축해 의자에 앉힌 것이 떠올랐다. 보나마나 왕이 침대에 누울 때도 컬피퍼가 옆에서 왕을 들어 올리며 거들 생각을 하니 왕의 속삭임에도 마음이 동하기는커녕 민망하기만 했다.

결론을 말하자면 난 하느님의 은총을 받아 세상에서 가장 행복한 여인이 되었다. 다만 오늘 저녁이 그저 조금 마음에 안 찰 뿐이다.

거기다 평상시와 달라져 어색하다. 전에는 저녁 이맘때 왕비 처소에 모여 저녁 먹으러 갈 준비를 하고 있었다. 그리고 서로서로 기웃거리며 누가 머리를 예쁘게 꾸몄다느니 누가 옷을 예쁘게 입었다느니 하며 수다를 떨었다. 또 남자들 눈길을 끌려 한다며 나를 타박하는 이도 으레 한둘 있었다. 그럼 나는 항상 얼굴을 붉히며 마치 생각만 해도 어이가 없다는 듯 '아니야, 말도 안 돼!'라고 했다. 그리고 이때쯤 왕비님이 침실에서 나와 우리를 보고 웃었고, 우리는 모두 신나게 왕비님 뒤를 따라 연회장으로 향했다. 홀에는 십중팔구 내게 눈짓을 보내는 남자 하나쯤은 있기 마련이었다. 지난 몇 주 동안 토머스 컬피퍼가 항상 나에게 미소를 보냈고 내 주위 여자애들은 조신하게 미덕을 지키라며 나를 쿡쿡 찌르곤 했다. 당연하지만 컬피퍼는 이제 내 쪽은 보지도 않는다. 왕비 자리에 오른 여자에게는 아무런 즐거움도 허락되지 않는 게 분명하다. 이래저래 내 남편만큼이나 나도 늙어 버린 것 같은 기분이 든다.

여자애들끼리 부산스럽고 유쾌하게 지냈던 예전이 훨씬 더 재미있었다. 그때는 항상 떼 지어 몰려 다녔고 서로 농지거리도 하며 재밌게 살았다. 가끔은 질투나 악의에 찬 농담이 다툼으로 번지기도 했지만 그럴 때마다 항상 하소연할 상대가 있었다. 항상 끼리끼리 뭉쳐 소소한 싸움이 그치지 않았지만 난 아이들과 떼 지어 몰려다니는 게 좋았다. 난 시녀 방 생활이 좋았다. 왕비님의 시녀로 다른 시녀들과 한데 어울려 지낼 때가 정말 좋았다.

잉글랜드의 왕비가 된 것은 정말 멋진 일이지만 지금의 난 친구가 없다. 오로지 다 늙은 사람들뿐이다. 새할머니와 큰아버지, 왕, 그리고 추밀원의 늙은 귀족들뿐이다. 왕의 젊은 시종들은 이제 나에게 미소도 보내지 않는다. 누가 보면 남자들이 나를 싫어하는 줄 알 것이다. 토머스 컬피퍼는 내가 가까이 갈 때마다 머리를 조아리고 나와 눈도 마주치지 않는다. 그리고 늙은이들은 자기들끼리 모여 날씨 타령 아니면 토머스 크롬웰의 불행한 최후, 크롬웰의 영지와 재산 처리 문제, 교회의 위상과 교황파와 이단들의 위협, 아직도 수도원의 부활을 꿈꾸는 북부 귀족 문제 등 재미없는 이야기만 지껄인다. 그럼 나는 여기 이렇게 얌전한 딸처럼, 아니 얌전한 손녀딸처럼 앉아서 하는 것이라고는 하품을 참는 것밖에 없다.

이번에는 큰아버지 말을 듣는 척하면서 고개를 이쪽으로 돌렸다가 다음에는 왕의 말을 듣는 척하면서 저쪽으로 돌린다. 사실은 누구의 말도 듣고 있지 않다. 모두 내 머리 위에서 웅웅대는 소음일 뿐이다. 악사도 없고 춤도 없고 내가 즐길 만한 것은 아무것도 없다. 들리는 것은 그저 큰아버지와 남편의 말소리뿐이다. 그런 걸 바라는 신부가 어디 있단 말인가?

그러다 헨리 왕이 아주 나긋나긋하고 부드러운 말투로 우리가 자리에서 일어날 시간이 되었다고 속삭였다. 그리고 로치포드 부인이 들어와 다른 사람은 남겨 두고 나만 데리고 나갔다. 이제 살았구나 싶었다. 부인은 새로 마련한 예쁜 잠옷, 그리고 그것과 한 벌인 덧옷을 꺼냈다. 나는 왕비 의상실에서 옷을 갈아입었다. 이제는 내가 왕비니까.

"신의 가호를 빌어요, 왕비님. 어쨌거나 정말 출세하시긴 하셨네요."

부인이 말했다.

"정말 그래요, 로치포드 부인. 그리고 예전처럼 앞으로도 나에게 충고를 아끼지 않고 잘 보필해 준다면 언제나 곁에 가까이 두겠어요."

내가 짐짓 경건한 말투로 대답했다.

"안 그래도 왕비님 큰아버지 명령이 바로 그거였거든요. 제가 왕비 전 최고 시녀로 있게 됐어요."

로치포드 부인이 말했다.

"내 시녀들은 내가 뽑아요."

나는 있는 대로 거만하게 말했다.

로치포드 부인이 상냥한 척 말했다.

"아뇨, 그렇게는 안 될 걸요. 왕비님 큰아버지께서 이미 중요한 자리는 다 뽑아 놓으셨답니다."

나는 부인 뒤를 넘겨다보고 문이 잘 닫혀 있는지 확인했다.

"안나 왕비님은 좀 어때요? 부인이 리치몬드 궁에 왕비님을 따라갔다가 지금 막 돌아온 거죠?"

부인은 내 말을 가로막으며 말했다.

"왕비님이라고 부르지 말아요. 이제는 왕비님이 왕비예요."

난 왜 이리 멍청한지 모르겠다.

"깜박했어요. 아무튼 어떻게 지내요?"

"제가 떠날 때 몹시 슬퍼했어요. 왕과 헤어져서는 아니에요. 적어도 제 생각은 그래요. 우리와 헤어지게 된 게 섭섭한 거죠. 잉글랜드 왕비로 사는 걸 좋아했었거든요. 이 처소도 맘에 들어 했고, 우리와 함께 지내는 것도 좋아했죠. 이곳의 모든 걸 좋아했어요."

난 아쉬운 듯 생각에 잠겨 말했다.

"그건 나도 그랬는데. 로치포드 부인, 나도 그때가 그리워요. 그분이 나를 아주 많이 원망하던가요? 어땠어요? 내 얘기를 나쁘게 하던가요?"

로치포드 부인이 잠옷 앞섶의 리본을 묶었다. 리본에는 작은 진주알이 알알이 박혀 있었다. 마음까지 따뜻해지는 잠옷이었다. 내가 진주가 박힌 엄청나게 값비싼 잠옷을 걸치고 있다는 생각을 하면 결혼 초야의 무서운 마음도 진정될 수 있을 것 같다.

로치포드 부인이 부드러운 목소리로 말했다.

"왕비님 탓은 안 해요. 바보같이 왜 그런 생각을 해요. 왕비님 탓이 아니라는 건 누구나 알아요. 왕비님께 죄가 있다면 예쁜 게 죄겠죠. 누구라도 그걸 가지고 왕비님을 탓할 수는 없지요. 그건 레이디 안나라 해도 마찬가지예요. 레이디 안나도 왕비님이 일부러 자기 신세를 망치고 불행에 빠뜨렸다고는 생각하지 않아요. 토머스 크롬웰이 죽은 게 왕비님 탓이 아니듯이 레이디 안나가 그렇게 된 것도 왕비님 탓이 아니죠. 모두들 왕비님은 이 일과 무관하다는 걸 잘 알아요."

나는 조금 부아가 나서 말했다.

"나는 왕비예요. 나는 누구보다도 이 일과 관련이 있다고요."

"예, 다섯째 왕비죠."

로치포드 부인이 내 짜증에는 아랑곳하지 않고 딱 꼬집어 말했다.

"그리고 입은 비뚤어졌어도 말은 바로 하라고, 첫째 왕비 이후로는 말이 왕비지 딱히 왕비랄 사람도 없었고요."

"왜, 지금은 내가 왕비잖아. 그럼 됐지 뭐가 문제야."

내가 볼멘소리로 말했다.

"그래요, 지금은요."

로치포드 부인은 이렇게 대꾸하며 내 뒤로 돌아가 길게 늘어진 잠옷 뒷자락을 바닥에 넓게 폈다. 뒷자락에도 진주알이 촘촘히 박혀 있었다. 정말 지금까지 보았던 것 중 가장 화려한 잠옷이었다.

"하루살이 왕비라고나 할까. 우리 어린 왕비님을 부디 하느님이 굽어 살펴 주셔야 할 텐데."

제인 불린

1540년 7월 30일, 오틀랜드 행궁

가시 없는 장미의 마음을 사로잡은 왕은 캐서린과의 혼례를 비밀에 부치기로 했다. 궁정 사람들 중 절반은 혼례가 있었는지도 모른 채 웨스트민스터에 남아서 이 행궁에서 무슨 일이 벌어지고 있는지조차도 모르고 있다. 이 행궁에는 왕의 신부와 신부 가족, 왕이 가장 신뢰하는 친구들과 보좌관, 그러니까 나를 비롯한 왕의 최측근 몇 명만 초대받았다.

다시 한 번 나는 내 충성심을 보여 주었다. 온갖 것을 털어놓을 수 있는 왕비의 친구가 되었다. 나는 다시 왕비의 내실뿐 아니라 왕비의 마음속까지도 들어갈 수 있게 되었다. 그곳에 들어가 배신할 수 있는 역이 내게 떨어졌다. 시녀로 있는 동안 나는 네 명의 왕비, 즉 카타리나 왕비, 앤 왕비, 제인 왕비, 안나 왕비에게 신뢰를 받았던 친구였다. 그래서 네 명의 왕비가 출궁당하거나 처형당하는 모습을 다 지켜봤다. 내가 미신을 믿고 있다면 나는 내 자신을 속삭임의 숨결처럼 다정다감하게 죽음을 실어다 주는 역병 바람으로 생각했을지 모른다.

나는 미신을 믿지 않는 덕분에 이런 이들의 죽음과 수치, 치욕에 나도 한몫을 했다는 죄책감에 시달리지 않는다. 왕과 우리 가족 곁에서 나는 내 소임을 다했다. 진정한 사랑과 명예까지 다 버리면서 내가 할 본분을 다했다. 그런데 어찌 우리 남편은…… 하지만 이제 와서 그 생각을 해 봤자 다 부질없는 짓이다. 아무튼 그이도 하워드 여식이 또 잉글랜드 권좌에 올랐고 불린 가의 여자가 가장 총애받는 자리에 들어왔으니 기뻐하겠지. 우리 식구 중에 야망이 제일 컸던 사람이었으니까. 궁정에서 자리를 얻고 왕의 총애를 제일 많이 받는 부류에 들어가려면, 어떤 거짓말이든 가치가 있다고 맨 먼저 말했을지도 모른다. 자리를 지키려면 진실대로 말하기가 어렵다는 사실을 가장 잘 이해할 사람이다.

왕의 권력이 얼마나 막강해졌는지, 그리고 왕이 얼마나 손쉽게 권력을 차근차근 강화해 가면서 절대적인 권력까지 얻었는지 본다면 그이는 놀랄 것이다. 조지는 바보가 아니었다. 지금 이 자리에 있다면 그이도 우리와 마찬가지로 제멋대로 하는 왕이 위대한 왕이 아니라 괴물이라고 경고할 것 같다. 그이는 처형당하던 당시에 왕의 폭정이 극에 달했고 갈수록 더하리라는 사실을 일찍이 내다보았던 듯하다.

사형 집행이 마치 왕의 혼례 관행처럼 이번 결혼식 후에도 예외 없이 이어졌다. 왕은 오랜 숙적과 전처를 지지했던 이들을 숙청했다. 헝거포드 경과 그의 어리석은 점술가 죽음으로써 마녀의 속삭임이 사라질 것 같다. 백작은 온갖 요사스러운 술법과 난잡한 성범죄로 기소되었다. 구교도 두서너 명은 릴 경의 음모에 가담한 죄로 사형될 예정이며, 이들 중에는 메리 공주의 가정교사도 끼어 있다. 가정교사의 죽음으로 메리 공주는 슬퍼할 테고, 이것이 공주에게는 일종의 경고가될 것이다. 메리 공주는 다시 의지할 곳도 없이 궁지에 몰렸다. 구교도와 그 지지자들은 너나없이 위태위태하다. 공주도 몸조심을 해야한다. 하워드 가문은 다시 득세하여 하워드 여식과의 행복한 삶을 위해 오랜 숙적들을 숙청하려는 왕을 지지하고 있다. 클레베스의 안나와 왕을 개혁으로 이끌리라 기대했던 일족들에게 경고하는 차원에서루터파도 죽인다. 안나는 오늘 밤 리치몬드 궁의 침상에서 무릎을 꿇고 기도하는 중에 자신이 구사일생으로 살아난 사실을 알게 되겠지.왕은 안나가 평생 두려움에 떨며 살기를 바라겠지.

캐서린이 무릎을 꿇고 기도하는데 눈은 감고 있지 않은 모습이 보였다. 성모님이라는 말은 별로 하지 않는 기색이 역력하다. 무릎 꿇고숨을 들이마시며 길고 하얀 두 손을 모으고는 있었지만 하느님 생각은 아예 하지도 않는다. 생각이라고는 도통 없는 아이가 분명하다. 그어여쁜 머릿속에는 아무것도 들어 있지 않다. 기도를 하고 있다면 아마 안나 왕비가 혼약 예물로 받았던 검은 담비 모피를 가질 수 있도록해 달라고 할 것 같다.

물론 캐서린은 훌륭한 왕비가 되기에는 아직 너무 어리다. 너무 어릴 뿐만 아니라 단지 어리석은 소녀에 불과하지 않다. 더 큰 인물이되기에는 무리가 있다. 가난한 이들의 자선 사업이나 왕비의 자리에서 할 본분, 즉 온 나라는 말할 것도 없고 궁정의 대가족을 거느리는따위의 일들은 도통 모른다. 캐서린이 섭정 왕비에 올라 잉글랜드를다스린다고 생각하면 절로 웃음이 나올 뿐이다. 이 애송이는 애완용비둘기 한 마리도 움직이지 못한다. 그러나 왕에게는 사근사근하고싹싹하다. 시외삼촌인 공작이 이 아이에게 순종과 예의를 꽤나 잘 가르친 덕에 난 그 외의 일만 감시하면 된다. 캐서린은 왕을 위해 춤도 곧잘 추고, 자기 할아버지뻘 되는 원로조신들과 왕이 담론을 나누는 동안에도 왕의 곁에서 얌전히 앉아 있다. 왕이 자기에게 말을 걸면 배시시 웃고 왕이 뺨을 꼬집거나 허리를 끌어안아도 찡그리지 않고 받아 주었다. 어젯밤, 저녁 정찬 중에도 왕은 캐서린의 가슴에서 손을 떼지 못했다. 사람들이 다 지켜보는 앞에서 주무르는데도 캐서린은 얼굴을 붉히면서도 몸을 빼지 않았다. 캐서린은 엄격한 환경에서 자랐다. 공작 부인은 자기 아이들에게 엄격하기로 정평이 나 있다. 공작은 캐서린에게 생각과 말과 행실에서 왕에게 순종하지 않으면 도끼로 위협할 것이다. 하긴 솔직히 말해 캐서린은 귀엽다. 왕이 선물을 주면 좋아하고 왕비가 된 것을 흡족해한다. 캐서린이 왕의 마음에 들고 귀여움을 받는 일은 식은 죽 먹기다. 지금 왕은 캐서린에게 많은 것을 요구하지 않는다. 고귀한 지성과 덕성을 가졌던 죽은 카타리나 왕비 같은 아내는 원하지 않는다. 앤같이 재치 있는 여자도 바라지 않는다. 날씬하고 싱싱한 캐서린의 육체를 즐기고 후사를 낳아 주기만을 바란다.

왕 내외의 신혼 초에는 궁정 사람들이 이곳에 없으니 다행이다. 왕비의 가족과 이번 결혼에서 덕을 보는 이들은 왕이 캐서린을 끌어당긴다든지, 강제로 그 작은 손을 꽉 잡는다든지, 성치 못한 다리를 휘청댈 때 캐서린이 억지로 웃음 짓거나, 정찬 식탁 밑에서 아랫도리를 더듬을 때 캐서린이 당황해서 홍당무처럼 얼굴이 붉어지는 따위의 남세스러운 일들을 외면했다. 이렇게 어울리지 않는 결혼에서 득을 보지 못하는 사람이라면 누구나 이리도 어여쁜 캐서린이 이리도 늙은 왕과 결혼하다니 하고 혀를 끌끌 찰 것이다. 직언을 하는 사람은 이런 짓을 성폭행이라고 하겠지.

그런데 다행히도 이곳에는 직언할 위인이 없다. 눈을 씻고 찾아봐도 없다.

안나

1540년 8월 6일, 리치몬드 궁

왕이 저녁에 나를 찾아온다고 한다. 왜 찾아오는지 모르겠다. 왕실 궁내관이 어제 내 집사에게 왕이 오늘 나와 함께 정찬을 들겠다고 전했단다. 아직 내 곁에 남아 있는 시녀 몇 사람에게 궁정에 혹시 무슨 일이 있는지 물었더니 시녀 한 사람이 이르기를 왕은 그동안 오틀랜드 행궁에서 혼자 지내며 사냥을 하면서 토머스 크롬웰의 끔찍한 배신을 잊으려 애썼다고 한다.

또 다른 시녀는 혹시 왕이 내게 와서 잘못을 빌며 돌아와 달라고 하진 않을까 하고 말했다. 내가 반문했다.

"그런 일이 있을 수 있나요?"

"전하가 오해했을 수도 있잖아요. 조사 위원회가 잘못 알았을 수도 있고요. 그게 아니면 결혼을 끝낸 지 얼마나 됐다고 전하가 이곳에 오겠어요? 왜 함께 정찬을 들려고 하겠어요?"

나는 아름다운 정원으로 나가 잠시 산책을 했다. 이러저런 생각으로 머리가 복잡했다. 왕이 나를 다시 받아줄 성 싶지는 않지만, 행여나 마음이 바뀌었다면 나를 쫓아낼 때만큼이나 쉽게 나를 받아들일 사람이다.

그러면 내가 돌아가지 않겠다고 말할 수 있을까? 물론 궁정으로 돌아가 다시 왕비가 될 수 있으면 좋긴 하겠다. 반면에 독신으로 살면 이제까지 누려 보지 못한 자유를 누릴 수 있다. 이제까지 나는 클레베스의 안나로 살았을 뿐이다. 나 자신으로 살아 본 적이 없다. 여동생, 딸, 아내가 아닌 나 자신으로, 내가 좋아하는 일을 하며 산 적이 없다.

죽음을 면할 수 있다면 내 삶을, 나만의 삶을 살 것이다. 다른 사람에 의해 좌지우지되는 그런 삶을 살지 않겠다고 하느님께 맹세했다. 내 마음에 드는 색깔로 드레스를 주문할 수도 있다. 남동생이 정한 대로 정숙하게 차려입을 필요도, 궁정 패션을 따를 필요도 없다. 내가 원하는 시간에 내가 좋아하는 음식을 먹을 것이다.

내 일거수일투족을 주의 깊게 살피는 200여 명의 사람들 앞에 앉아서 식사할 필요도 없다. 말을 타고 나가 내가 원하는 만큼 멀리 그리고 빨리 달릴 수 있다. 남동생을 두려워할 필요도 없고, 남편을 두고 경쟁할 필요도 없다. 저녁이면 악사들을 불러 시녀들과 춤추며 시녀들이 부르는 노래도 들을 수 있다. 왕의 취향을 따를 필요도 없고 왕의 자작곡에 감탄하는 척할 필요도 없다. 내가 믿는 하느님에게 내가 좋아하는 기도문으로 기도할 수 있다. 그 누구도 아닌 내 자신이 될 수 있다. 내 자신이.

다시 왕비가 될 수 있다면 뛸 듯이 기쁘리라 생각했었다. 다시 왕비가 된다면 내가 너무나 사랑하게 된 이 나라와 백성들, 아이들을 위해 일할 수도 있으리라고, 어쩌면 어머니의 인정을 받을 수도 있고, 남동생의 야망을 이루어 줄 수도 있으리라 생각했었다. 그런데 곰곰이 생각해 보니 그게 아니었다. 넉넉한 수입도 있으니 잉글랜드의 아름다운 궁전에서 혼자 살아가는 편이 헨리의 아내가 되어 두려움에 떨며 사는 것보다 훨씬 나을 것 같다. 무엇보다 이렇게 혼자 조용히 생각할 수 있는 시간이 있어 더욱 좋다.

왕실 근위대가 먼저 당도했다. 그 뒤로 왕의 친구들이 평소처럼 지나칠 정도로 근사하게 빼입고 나타났다. 그리고 왕이 욱신거리는 다리를 약간씩 절며 어색하게 들어왔다. 나는 무릎을 굽혀 정중히 인사했다. 왕의 상처에서 익숙한 악취가 풍겨 나왔다. 이제 아침에 눈뜰 때마다 침구에 밴 이 악취를 맡지 않아도 된다. 내가 한 발 앞으로 다가서자 왕이 내 이마에 입을 맞추었다.

왕은 쓸 만한 말인지 훑어보는 사람처럼 드러내 놓고 나를 훑어보았다. 왕이 내게서 암내가 나며 가슴이 납작하다고 조신들에게 말하던 순간이 생각나 얼굴이 화끈거렸다. 왕이 투덜대듯 말했다.

"잘 지내는 것 같군."

뭔가 불만스러운 모양이다. 내가 실연의 슬픔으로 못 지내길 바랐나? 나는 차분하게 대답했다.

"잘 지내고 있습니다. 뵙게 되어 반갑습니다."

"내가 당신을 부당하게 대하지 않았다는 것을 알아야 하오."

왕은 자신의 관대함이 만족스러운 듯 덧붙였다.

"당신이 내 착한 여동생이 된다면 나 역시 당신에게 다정하게 대하리다."

나는 고개를 끄덕이며 허리를 굽혀 인사했다.

'뭔가 달라진 듯한데……'

왕은 의자에 앉으며 자기 옆에 놓인 낮은 의자에 앉으라고 내게 손짓했다. 나는 수가 놓인 파란 드레스 앞섶을 여미며 앉았다.

"말해 보시오. 나는 표정만 보고도 여자의 마음을 알 수 있지. 당신에겐 뭔가 달라진 게 있어. 무슨 일이오?"

"후드를 바꿔서 그런가요?"

왕은 고개를 끄덕이며 말했다.

"잘 어울리는군. 정말 잘 어울려."

나는 아무 말도 하지 않았다. 프랑스식 후드였다. 하워드 가문의 아가씨가 궁정으로 돌아가는 날에는 왕도 요란하고 우스꽝스러운 패션에 적응해야 한다. 어쨌든 왕관을 더 이상 쓰지 않아도 되니 이제 나는 마음대로 옷을 입을 수 있다. 웃을 기분은 아니었지만 웃기는 일이었다. 왕의 취향에 맞춰 옷을 입을 때보다 내 취향에 따라 옷을 입을 때 비로소 왕의 마음에 들다니. 하지만 왕은 다른 여자가 하면 좋아하는 행동을 정작 아내가 하면 좋아하지 않는 그런 사람이다. 캐서린 하워드도 곧 알게 되리라.

"할 말이 좀 있소."

왕은 주변에 서 있는 조신들과 수행원들을 둘러보며 말했다.

"좀 나가 있으시오."

조신들은 꾸물대며 나갔다. 모두 무슨 일이 일어날지 무척 궁금한 모양이다. 분명 왕이 내게 돌아와 달라고 청하지는 않을 것이다. 그럴 리가 없다. 그렇다면 무슨 얘기일까. 궁금해 숨이 막힐 것 같았다.

"당신에겐 슬픈 일이오."

왕이 마음의 준비를 하라는 듯 내뱉었다. 어머니가 돌아가셨구나 하는 생각이 불쑥 떠올랐다. 내가 이렇게 멀리 있는데 내 결혼이 왜 실패했는지 설명할 새도 없이 세상을 뜨시다니. 왕이 덧붙여 말했다.

"울지는 마시오."

나는 손을 입에 대고 손가락 관절을 잘근잘근 씹으며 침착하게 말했다.

"울지 않아요."

"좋소. 이런 일이 일어나리라는 예상은 했을 거요."

"아뇨, 전혀 예상하지 못했어요. 이렇게 빨리 일어날 줄은……."

어머니가 그렇게 위독하신데 가족들이 내게 알리지 않았다니.

"어쨌든 이건 내 의무요."

"의무라니요?"

나는 어머니가 병상에 누워 나에 대해 뭐라고 하셨을까 생각하느라 왕의 말을 제대로 듣지 못했다.

"결혼했소. 나 결혼했소. 당신이 풍문으로 이 소식을 듣기 전에 내 입으로 직접 말해야 될 것 같아서."

"저는 어머니에게 무슨 일이 생긴 줄 알았어요."

"어머니라니? 아니오. 당신 어머니 소식일 리가 있소? 왜 내가 군이 당신 어머니 얘기를 한단 말이오? 이건 내 얘기요."

"나쁜 소식이라고 하셨잖아요."

"내가 다른 여자와 결혼한 것보다 당신에게 더 나쁜 소식이 어디 있 겠소?"

오, 아주 많죠. 무수히 많죠. 하지만 나는 내 생각을 내뱉지 않았다. 어머니가 살아 계시다는 안도감에 기쁨이 몰려왔다. 그러나 왕은 내 가 슬퍼하고 상심하길 바랐겠지. 나는 의자 팔걸이를 꼭 붙들고 마음 을 진정시키며 힘없는 소리로 말했다.

"결국 결혼하셨군요."

"그렇소. 이렇게 되어 미안하오."

그러니 이제 정말 끝이다. 왕은 내게 돌아오지 않을 것이다. 나는 다시 잉글랜드의 왕비가 될 수 없다. 어린 엘리자베스도 돌볼 수 없고 귀여운 에드워드 왕자도 볼 수 없다. 고국에 계신 어머니도 기쁘게 해 드릴 수가 없다. 정말 끝이 났다. 내게 주어진 소명을 완수하지 못해 안타깝지만 드디어 왕에게서 해방됐다. 다시 왕과 한 침대에 누울 필 요가 없다. 이제 정말 완전히 끝났다. 나는 기쁜 마음을 들키지 않으 려고 눈을 내리깔고 굳은 얼굴로 앉아 있었다. 왕이 말을 이었다.

"아주 귀한 가문의 아가씨지. 노력 가문의 처녀요."

"캐서린 하워드 말씀인가요?"

왕이 바보처럼 새 신부 자랑을 늘어놓기 전에 내가 물었다. 물론 새 신부 자랑을 늘어놓지 않더라도 왕이 바보임은 세상이 다 아는 일이 다.

"맞소."

"행복을 빕니다."

나는 침착하게 말했다.

"캐서린은……."

바로 이 중요한 순간에 적절한 말이 생각나지 않았다. '예쁘죠'라고 말하려고 했는데 그만 그 말이 떠오르지 않아 '어리죠'라는 말로 어색하게 끝내고 말았다.

왕은 갑자기 표정이 굳어졌다.

"지금 나를 원망하는 건 아니겠지."

내가 얼른 대답했다.

"절대 아니에요. 예쁘다는 말을 하려고 했는데 그만."

굳은 표정을 풀며 왕이 말했다.

"그래, 예쁘지."

왕이 내 말에 맞장구치며 웃었다.

"캐서린이 시녀로 있을 적에 당신이 이 친굴 좋아했다고 들었소."

"그랬어요. 캐서린과 함께 있으면 항상 기분이 좋아지죠. 정말 사랑스러운 아가씨예요."

사랑스러운 '아이'라는 말이 목구멍까지 올라왔지만 이번에는 제 때에 적당한 말이 떠올랐다. 왕은 고개를 끄덕이며 말했다.

"내 장미지."

소름 끼치게도 왕의 눈에 감상적인 눈물이 고였다.

"캐서린은 가시 없는 장미야. 내 평생 기다렸던 여자를 드디어 찾은 것 같아."

나는 말없이 앉아 있었다. 너무 해괴한 말이어서 영어로든 독일어로든 뭐라고 대답해야 할지 알 수 없었다. 평생 기다렸다고? 그럼 인내심 있게 기다렸어야지. 그렇게 기다리는 동안, 아내를 셋씩이나, 아니지, 나까지 포함해서 넷씩이나 갈아 치웠잖아. 게다가 캐서린 하워드는 어느 모로 보나 가시 없는 장미라고는 할 수 없지. 굳이 비유하자면 작은 데이지쯤 될까. 방글거리는 얼굴이 귀염성은 있지만 평범한 얼굴이다. 이제까지 왕비 자리에 앉았던 여인들에 비하면 지극히 평범하다.

"전하의 행복을 빕니다."

왕은 내게 몸을 기울이며 작은 소리로 말했다.

"우리는 아이를 가지게 될 것 같소. 쉬, 아직 말하기엔 이르지만 말이오. 캐서린이 아주 어린 데다 하워드 가문도 대대로 다산하는 집안이니까. 캐서린이 그럽디다."

나는 고개를 끄덕였다. 왕은 지금 내게 으스대는 것이다. 먼 나라에서 팔려 와 그의 밑에 누워 있어야 했던 내게, 밤마다 그가 내 위에서 낑낑대며 애쓰는 걸 견뎌야 했던 내게 말이다. 내게 몸을 들이밀며, 내 배를 거칠게 만지고, 내 가슴을 움켜쥐던 것을 견디는 게 어찌나 역겨웠던지, 나는 그가 나와 하지 못했던 밤일을 드디어 해냈다는 소식을 들었지만 축하의 말을 건넬 기분은 아니었다.

"자, 이제 식사합시다."

왕이 말했고 나는 간신히 당혹스러움에서 빠져나올 수 있었다. 우리는 일어섰다. 아직 부부인 양 그는 내 손을 잡았다. 그리고 선왕이 지었지만 이제 내 소유가 된 리치몬드 궁의 대연회장으로 나를 데려 갔다. 왕은 다른 좌석보다 높은 특별석에 혼자 앉았다. 나는 그 옆에 앉지 않았다. 나는 이제 왕비가 아니니까. 세상 사람들에게 이제 상황이 달라졌으며 내가 더 이상 왕비로 그의 곁에 앉을 수 없다는 걸 보여 주려는 듯 내 좌석은 그보다 좀 떨어진 아래에 있었다.

굳이 그렇게 거듭 상기시켜 줄 필요는 없는데. 천 번 만 번 알고도 남을 일을.

캐서린

1540년 8월, 햄프턴 궁

자, 내가 가진 게 얼마나 되는지 어디 한번 볼까.

새로 사들인 드레스가 여덟 벌에 지금 주문 들어가 있는 옷이 마흔 벌. ― 마흔 벌! 나 자신도 믿어지지 않는다! ― 재봉사들의 옷 짓는 속도가 너무 느려 안달이 날 지경이다. 지금부터 죽을 때까지 평생, 매일 정찬을 들러 갈 때마다 새 드레스를 입을 생각이다. 그리고 하루에 세 번씩 옷을 갈아입을 작정이다. 그러려면 하루에 드레스 세 벌이 필요하고, 일 년에 백 벌 넘게 필요하고, 그리고 내가 쉰 살까지 산다고 치면……. 계산하는 것조차 어렵다. 하지만 엄청나게 많은 드레스가 필요한 건 확실하다. 몇 천 벌은 있어야 할 것 같다.

다이아몬드 목걸이도 있다. 목걸이와 한 벌인 커프스와 귀걸이도 있다. 커프스는 다이아몬드와 금으로 만든 것이었다. 그리고 귀걸이에는 다이아몬드가 박혀 있다.

그리고 전 왕비가 왕에게 선물로 받았던 것처럼 드디어 내게도 모피가 생겼다. 전 왕비 것보다 더 좋다. 털이 더 반들반들하고 더 도톰하다. 로치포드 부인에게도 물어봤는데 부인도 확실히 옛날 왕비 것보다 훨씬 좋다고 했다. 그러니 이제, 내내 찜찜했던 문제 하나는 완전히 해결된 셈이다.

전용 배도 생겼다. 정말 놀랍다! 배에는 내 좌우명이 새겨져 있다. 그렇다. 좌우명도 생겼다. 내 좌우명은 '다른 어느 누구도 아닌 그분만을 위하여'다. 큰아버지가 지은 건데 새할머니는 너무 속이 빤히 보이는 아첨이라고 했다. 하지만 왕은 흡족해하면서 마음에 쏙 든다고 했다. 처음에는 무슨 말인지 잘 몰랐는데, '오직 그분의 뜻' 만, 즉 '전하의 뜻' 만 받들겠다는 말이란다. 뜻을 이해하고 나니 남자들이 왜 이 글귀를 좋아하는지 알 것 같았다. 여자가 한 남자에게 몸과 마음을 온전히 다 바칠 수 있다고 착각하는 남자가 있다면 그는 바보일 것이다.

이곳 햄프턴 궁에 내 처소가 생겼다. 바로 왕비 처소가 내 차지가 된 것이다! 실감이 나지 않는다! 내가 시녀로 왕비에게 시중을 들던 방이 이제 내 방이 되었고, 다른 시녀들이 내 시중을 든다. 내가 아침저녁으로 왕비를 잠자리에 눕히고 깨우고 하던 커다란 침대도 이제 내 침대가 되었다. 그리고 궁정에서 마상 창 시합이 벌어지면 왕비가 앉는 커튼이 둘러쳐진 로열박스도 이제 내 차지가 되었다. 커튼에 한때는 H와 A가 수놓아져 있었지만 이제는 H와 K가 수놓아져 있다. 하지만 이번에 아예 커튼 자체를 새것으로 다시 주문했다. 옛날 커튼은 꼭 죽은 사람이 신던 신발처럼 느껴져서 싫었다. 내가 그걸 참아야 할 이유가 없다. 헨리는 나더러 사치스러운 아가씨라고 놀리면서 그 커튼은 첫째 왕비 때부터 줄곧 그 자리에 걸려 있던 거라고 했다. 내가 바꾸고 싶은 이유가 바로 그것이다. 그래서 브왈라! 이제 커튼도 새로 생겼다.

그리고 시녀단도 모두 다시 뽑았다. 음, 그러니까……, 적어도 그중 일부는 내가 뽑았다는 말이다. 결과적으로 인척들로 시녀단이 구성되었다. 최고 시녀는 왕의 조카인 레이디 마거릿 더글러스다. 엄연히 공주 반열에 있는 사람이 내 시중을 들게 되다니! 물론 엄밀히 말해 레이디 마거릿이 실제로 내 시중을 들지는 않는다. 레이디 마거릿이 나를 깔보듯 내려다보는 모습을 보면 누구라도 왕비는 내가 아니라 그 여자인 줄 알 것이다. 다음으로는 공작 부인 반열에 있는 몇몇이 시녀에 포함되었다. 내 새어머니와 두 누이동생도 큰아버지가 정한

열두어 명의 다른 하워드 집안 여자들과 함께 시녀단에 배치되었다. 내게 사촌이 그렇게 많은지 미처 몰랐다. 나머지는 노퍽 저택 시절 나와 함께 시녀 생활을 했던 친구들이 뽑혔다. 그 애들은 지금까지 아무 소식이 없다가 이제 내 밥그릇이 엄청나게 커지니까 내 밑에서 먹고 물을 받아먹겠다고 여기저기서 불쑥불쑥 나타난 것이다. 그때는 내게 별 신경을 쓰지 않았을지 모르겠지만 이제는 신경을 좀 써야 할 것이다. 하지만 그 아이들에게 나를 여전히 친구로 편하게 여기라고 마음에도 없는 소리를 했다. 다만 내가 왕비라는 사실을 잊어서는 안 되며 내 권위가 묵살되는 일은 없을 거라는 말을 덧붙였다.

그리고 작은 애완견이 두 마리 생겼다. 몰래 장난삼아 각각 헨리와 프랜시스라 부른다. 당연히 내가 예전에 애완견처럼 데리고 놀면서 정을 통했던 두 남자 헨리 매녹스와 프랜시스 데르햄을 뜻하는 이름이다. 내가 개들에게 그런 이름을 붙인 것을 알고 아그네스와 조앤은 뒤집어질 듯 웃어 댔다. 그 애들은 전에 나와 노퍽 저택에 함께 있었던 애들이라 그 이름이 누구를 의미하는지 단박에 알았던 것이다. 내가 그 개들을 곁으로 부를 때마다 우리 셋은 신나게 깔깔댄다. 그 두 남자가 잉글랜드의 왕비가 된 내 뒤꽁무니를 발발거리고 쫓아다니는 모습이 연상되었기 때문이다. 옛날에 내 치마 속으로 손을 들이밀고 내 앞가슴을 더듬던 생각을 하면서 두 남자는 어떤 기분이 들까! 기억하기조차 싫겠지.

그리고 마구간에는 내 말들도 생겼다. 그중에서 내가 가장 좋아하는 건 베시라는 이름의 암말이다. 성격이 아주 온순하고 침착하다. 그리고 마구간에는 베시를 맡아 돌보면서 살이 찌거나 성격이 나빠지지 않도록 날마다 훈련시키는 아주 젊은 미남자도 있다. 조니라는 남자인데 내가 쳐다볼 때마다 얼굴이 양귀비꽃처럼 빨개진다. 두 손으로 그의 어깨를 짚고 말에서 내릴 때마다 그의 얼굴이 벌겋게 달아오르는 걸 보면 기분이 좋다.

만약 내가 큰아버지 생각처럼 허영심이 가득한 바보 같은 계집애라면 — 물론 난 그런 애가 아니지만, 만약 그렇다면 — 마당에서 막일하는 조니부터 가디너 대주교에 이르기까지 궁 안의 모든 사람들이 찬사를 보낼 때 우쭐댈 것이다. (하지만 난 그렇지 않다.) 모두들 나보고 지금까지 왕과 결혼했던 여자들 중 내가 가장 훌륭한 아내라고 한다. 정말 중요한 건 그 말이 공치사가 아니란 것이다. 그리고 모두들 나보고 세상에서 가장 아름다운 왕비라고 한다. 아마 이 말은 사실일 것이다. 하긴 기독교 세상을 모두 둘러봐도 인물다운 인물이 없으니 대단한 칭찬이라고 하기는 어렵다. 그리고 모두 왕이 전에 어떤 왕비도 나만큼 사랑한 적이 없었다고 한다. 이 말도 사실이다. 왕이 자기 입으로 그렇게 말했으니까. 모두 궁정 전체가 나와 사랑에 빠졌다고 한다. 이것도 맞는 말이다. 내가 걸음을 옮길 때마다 사랑의 말을 담은 쪽지들과 굽어 살펴 달라는 부탁과 충성을 다짐하는 약속이 환호성과 함께 쏟아지는 것만 봐도 알 수 있다. 내가 시녀 시절 곁눈질하면서 관심을 끌어 보려고 따로 만날 약속을 얻어 내기 위해 전전긍긍했던 젊은 귀족들이 이제 모두 내 조신이 되어 굽실거린다. 내게 생긴 변화 중 가장 짜릿한 것은 이제 그 남자들이 날 그저 먼 곳에서 사모해야 한다는 점이다. 토머스 컬피퍼는 왕의 명령으로 아침저녁 내 처소에 들러 문안 인사를 아뢴다. 보아하니 내게 완전히 빠진 게 분명하다. 그를 놀려 대며 웃고 그의 시선이 나를 따라다니는 걸 느끼는 건 무척 즐거운 일이다. 내가 어딜 가든 잉글랜드에서 가장 잘생긴 남자들이 내 뒤를 따라다닌다. 내 눈요깃거리를 위해 마상 창 시합을 벌이고, 나와 함께 춤을 추고, 나를 위해 옷을 차려입고, 나와 함께 사냥 나가고, 나와 함께 뱃놀이하고, 나와 함께 산책하고, 내 칭찬을 얻기 위해 게임을 벌이고, 운동 경기를 한다. 몸을 던져 내게 구애하지 않을 뿐이지 그들은 나를 위해서라면 뭐든지 한다. 그리고 왕은, 정말 고맙게도 '자, 얼른 가 봐요, 예쁜 아가씨. 어서 가서 춤을 추라고!'라고 하며 내 기분을 적극 헤아려 준다. 그리고 본인은 뒤로 물러앉아 내가 잘생긴 젊은 남자들과 번갈아 춤추는 것을 지켜본다. 그러면서 마치 자상하고 나이 지긋한 친척 아저씨처럼 나를 보고 흐뭇하게 웃는다. 그리고 내가 다시 자리로 돌아와 옆에 앉으면 이런 말을 속삭인다.

"요, 예쁜 것. 궁정에서 너보다 예쁜 여자는 없지. 남자들이 네 곁에 있지 못해 안달하는 것도 무리가 아니야. 하지만 넌 내 거야."

내가 꿈꾸던 삶이 실현된 것이다. 태어나서 이렇게 행복했던 적은 없었다. 내가 이런 행복을 누리게 될 줄은 정말 꿈도 꾸지 못했다. 한 번도 실현시키지 못했던 어린 시절의 꿈을 드디어 이룬 기분이다. 잘생긴 놀이 친구들과 램버스 시절 함께 지냈던 옛 친구들이 항상 내 주위를 떠나지 않는다. 온 세상 돈이 다 내 것인 양 펑펑 쓰면서 내 환심을 사지 못해 안달인 젊은 남자들에 둘러싸여 산다. 그리고 상냥하고 자애로운 왕은 마치 다정한 아버지처럼 날 항상 지켜보며 아무도 내게 못된 소리를 하지 못하도록 지켜 주고 매일 무슨 여흥거리와 선물로 날 즐겁게 할지 궁리한다. 잉글랜드에서 가장 행복한 여자가 있다면 그건 바로 나다. 왕에게 이런 사실을 말했더니 빙긋 웃었다. 그리고 내 턱을 어루만지며 난 충분히 그런 대접을 받을 가치가 있다고, 내가 잉글랜드에서 최고의 여자이기 때문에 충분히 그럴 자격이 있다고 말했다.

맞는 말이다. 이 행복은 그냥 생긴 게 아니고 내가 공들여 얻은 것이다. 나라고 항상 빈둥거리며 지내는 게 아니다. 왕비에게 주어진 의무가 있고, 난 그 의무를 힘닿는 데까지 충실히 수행하고 있다. 물론 왕비전에 관련된 일을 맡아 보는 사람들이 따로 있긴 하다. 왕비전으로 들어오는 원조 요청과 진정서와 탄원서는 모두 시종장이 처리한다.

내가 그런 데까지 신경 쓸 수는 없으니까. 나는 빈민들이나 거처가 마땅하지 않은 수녀들과 곤경에 처한 신부들에게 어떻게 해 줘야 하는지 전혀 모른다. 왕비 처소는 전적으로 로치포드 부인이 맡아서 관리한다. 매사 안나 왕비 때처럼 원활하게 운영되도록 한다. 하지만 왕을 모시는 일만큼은 오로지 내 몫이다. 왕은 성욕이 왕성하긴 하지만 노쇠한 까닭에 실행에 옮기는 데 애를 먹는다. 나이가 워낙 많은 데다 엄청나게 뚱뚱한 몸 때문이다. 그래서 내가 있는 재주를 다 부려 불쌍한 노인네를 도와야 한다. 왕이 보는 앞에서 잠옷을 어깨부터 미끄러지듯 벗는다. 왕이 내 모습을 잘 볼 수 있도록 촛불도 끄지 않고 그대로 둔다. 그 다음 왕의 귀에 대고 내 몸에 욕정이 끓어올라 금세라도 까무러질 것만 같다고 속삭인다. 그런 말을 믿지 않을 남자는 없다. 전하와 비교하면 궁정의 젊은 남자들은 정말 매력 없으며, 그들의 바보 같고 어리광스러운 얼굴과 경박한 욕망이 우습다고 속삭인다. 나는 남자를, 진정한 남자를 원한다고 속삭인다. 심지어 나는 왕이 술을 너무 많이 마셨거나 너무 피곤해서 내 위에서 자세를 유지하지 못하는 날이면 전에 프랜시스가 가르쳐 준 방법대로 왕을 타고 앉아 하기도 한다. 왕도 그걸 좋아한다. 지금까지 왕에게 이렇게까지 해 주는 여자는 헤픈 창녀들밖에 없었을 테니까. 무슨 이유에선지는 몰라도 이건 하느님이 인간에게 멀리하라고 한 금지된 쾌락이다. 어리고 예쁜 아내가 양 어깨 위로 머리를 늘어뜨린 채 마치 스미스필드(런던 북쪽의 공개 처형장이 있던 지역으로, 지금은 육류 시장으로 유명하다; 옮긴이)의 창부처럼 몸에 걸터앉아 아찔한 고문을 가하고 있으니 왕도 황홀경에 빠지지 않고는 못 배긴다. 이런 짓까지 해야 한다고 불평하는 건 아니다. 사실 왕의 끔찍한 입 냄새를 맡으며 그 뚱뚱한 몸뚱이 밑에 깔려 있는 것보다는 이편이 훨씬 낫다. 거기다 왕에게 깔려 황홀한 척하며 입을 벌리고 가짜 교성을 지르고 있자면 왕의 썩어 가는 다리에서 나는 악취 때문에 토할 지경이다.

　정말 쉬운 일이 아니다. 무도회와 장미 정원에서 열리는 파티가 왕의 아내로서의 삶의 전부는 아니다. 나는 정말이지 농장의 하녀처럼 뼈 빠지게 일한다. 다만 내가 하는 일은 밤에 은밀히 하는 일일 뿐이다. 누구도 내가 밤에 무슨 짓까지 하고 사는지 알아선 안 된다. 밤마다 너무 역겨운 나머지 토할 것 같다는 것도, 내가 멋진 남자와 사랑을 나누기 위해 터득해 놓았던 기술들을 기도나 올리고 조용히 잠이나 자면 고마울 늙은이를 흥분시키는 데 쓰고 있다는 것도, 그 생각만 하면 가슴이 찢어지게 아프다는 것도 결코 아무도 알아서는 안 된다. 모피와 진주를 벌기 위해 내가 얼마나 힘들여 일하는지 아무도 모른다. 그리고 아무에게도 말할 수 없다. 절대 입 밖에 내면 안 된다. 이건 깊이 아주 깊이 감추어야 할 비밀이다.

　드디어 왕이 일을 끝내고 코를 골기 시작한다. 이때가 내게 찾아든 이 엄청난 행운이 원망스럽게 느껴지는 유일한 시간이다. 참 묘한 기분이 든다. 이럴 때면 나는 불안하고 답답한 마음이 들어 침대에서 나온다. 나는 평생 매일 밤 아버지뻘, 아니, 거의 할아버지뻘이나 되는 늙은 남자를 유혹하면서 여자로서의 인생을 허비하게 되는 걸까? 나는 이제 겨우 열다섯 살이다. 다시는 젊고 깨끗한 입으로 달콤한 키스를 받아 보지 못하게 되는 걸까? 젊고 매끈한 피부를 다시는 느껴 보지 못하게 되는 걸까? 단단하게 근육 잡힌 가슴에 다시는 안겨 볼 수 없으려나? 나는 정말 이렇게 왕 위에서 엉덩이를 아래위로 움직이고, 내 몸 밑의 그 흐물흐물하고 축 늘어진 물건이 느릿느릿 무기력하게 꿈틀대는 기미라도 보이면 거짓으로 탄성이나 지르다가 인생을 마감하게 되는 건 아닐까? 왕이 자다가 트럼펫 불듯 요란한 소리로 방귀라도 뀌면 안 그래도 썩어 가는 왕의 다리 때문에 냄새가 진동하던 이불 속 악취는 사람이 참을 수 있는 한계를 넘고 만다. 그럴 때면 나는 기분이 있는 대로 상해 침대에서 나와 내실로 들어간다.

내실에서는 언제나 로치포드 부인이 나를 기다리고 있다. 마치 착한 천사처럼. 부인은 그게 어떤 건지 잘 안다. 부인은 내가 뭘 해야 하는지, 그리고 때때로 그것이 나를 얼마나 짜증스럽고 고통스럽게 하는지 잘 알고 있다. 부인은 따뜻한 벌꿀 술 한 잔과 작은 케이크를 준비해 놓고 나를 기다리고 있었다. 난 벽난로 옆 의자에 앉았다. 부인은 따뜻한 컵을 손에 쥐어 준 다음 내 마음속에 분노가 사라지고 내가 다시 안정을 찾을 때까지 천천히 그리고 다정스럽게 내 머리를 빗겨준다.

"아들만 낳으면 왕에게서 해방될 수 있어요."

부인이 너무 작아 들릴락 말락 한 목소리로 속삭인다.

"왕비가 회임한 게 확실해지면 전하가 귀찮게 하지 않을 거예요. 하지만 회임인 줄 알았다가 허탕 치면 안 돼요. 모든 게 확실해진 다음 전하에게 회임했다고 하세요. 그러면 거의 일 년은 편안히 지낼 수 있어요. 그리고 둘째 아들을 낳고 나면 왕비님 자리는 누구도 넘보거나 건드리지 못하게 될 거예요. 그때가 되면 왕비님도 왕비님만의 즐거움을 누릴 수 있어요. 전하는 모르겠지만, 사실 알아도 신경 쓰지 않을 거예요."

난 비참한 목소리로 대답한다.

"내 인생에 다시는 즐거움이 찾아오지 않을 거예요. 내 인생은 시작도 하기 전에 끝나 버렸어. 난 이제 겨우 열다섯 살인데 벌써 모든 게 지겹단 말이에요."

그럼 부인은 두 손으로 내 어깨를 부드럽게 어루만지면서 다짐하듯 이렇게 말한다.

"인생은 길어요. 여자란 모름지기 살아남기만 하면, 언젠가는 반드시 자신만의 기쁨을 찾게 될 날이 온답니다."

제인 불린

1540년 10월, 윈저 궁

   윈저 궁의 왕비전을 감독하는 소임은 분명 한직이 아니다. 내 밑에 있는 시녀들은 적당한 도시에서 매춘이나 하면 어울릴 여자들이다. 램버스에서 뽑힌 캐서린의 친구들은 노퍽 공작 부인이 신경 쓰기 싫어 내놓은, 천하의 골칫거리 망나니들이 틀림없다. 캐서린이 어릴 적 옛날 친구들을 왕비전으로 불러들여야 한다고 우기는 바람에 나는 그 말을 거절할 수가 없었다. 특히, 캐서린에게는 왕비전의 귀부인들이라야 제 또래가 아닌 거의 어머니뻘 되는 연령인 데다 공작이 떠맡긴 부인들이기 때문이다. 이렇다 보니 캐서린은 제 또래의 친구들이 필요했겠지만, 캐서린이 뽑은 친구들은 좋은 가문의 조신한 여식들이 아니었다. 캐서린을 제멋대로 굴도록 내버려 두고 가장 못된 본을 보이는, 경망스럽기 이를 데 없는 여자들이다. 여차하면 궁정에서까지 연일 절제 없이 굴러먹게 생겼다. 이는 안나 왕비의 법도와 사뭇 달라 머지않아 누구나 알아차리게 될 것이다. 우리 주군 공작이 대체 무슨 생각을 하고 있는지 도통 그 속을 알 수가 없다. 왕은 어린 새색시가 원하는 것이면 무엇이든 그 품에 안기리라. 그러나 왕비전은 모름지기 축사에서나 쓰는 말씨를 내뱉는 교양 없는 계집애들의 마상창 시합장이 아닌 잉글랜드에서 가장 품위 있고 기품이 있는 곳이어야 한다.

   둘 다 말씨가 상스럽고 음란하기는 하지만 캐서린이 캐서린 타일니와 마거릿 모튼을 좋아하는 마음은 내 이해할 수 있다. 아그네스 레스트월드도 캐서린이 믿는 어릴 적 친구다. 하지만 내가 보기에 조앤 벌머는 캐서린이 시녀로 받아들일 마음이 없었던 것 같다. 캐서린은 조앤을 한 번도 들먹인 적이 없지만, 조앤이 캐서린에게 비밀 편지를 보내고는 남편을 떠나 캐서린을 구워삶아 이 왕비전으로 들어온 듯하다. 캐서린이 인정이 너무 많거나, 아니면 조앤이 비밀을 폭로할까 봐 겁이 나서 거절할 수가 없었는지 모른다.

그렇다면 이것은 무슨 뜻일까? 캐서린은 조앤이 자기 어린 시절의 비밀들을 폭로할까 봐 조앤을 잉글랜드 최고 궁전인 왕비전으로 들어오게 한 것일까? 도대체 어릴 적에 무슨 일이 있었기에 비밀이 폭로될까 봐 겁을 먹지? 그렇다면 우리는 조앤 벌머가 비밀을 지킨다고 믿어도 될까? 궁정에서? 이런 궁정에서? 왕비에 관련된 온갖 뜬소문이 나도는 이곳에서? 만의 하나 이런 시녀들 중 하나라도 왕비를 괴롭힐 만큼 대단한 비밀을 무기로 왕비전에 발을 들여놓는다면 나는 어떻게 왕비전을 통제해야 할까?

이 시녀들은 왕비의 친구요, 길동무라, 이들을 바로잡을 뾰족한 방법이 정말로 없다. 하지만 나는 왕비를 보필하기 위해 임명된 귀부인들이 엄하게 이르면 캐서린이 즐기는 유치한 난장판을 어느 정도 바로잡을 수 있다는 희망을 내심 품었었다. 왕비전에서 최고 시녀는 왕의 조카딸 마거릿 더글러스인데, 이제 겨우 스물한 살이다. 하지만 자리를 거의 지키지 않는다. 하루에 몇 시간씩 부인의 친구이자 헨리 피츠로이와 결혼한 리치몬드 공작 부인 메리와 어디론가 사라진다. 이들이 어디로 사라지는지는 하늘만이 안다. 세간에 들리는 말로는 두 사람은 훌륭한 시인이자 독서가란다. 그런데 두 사람은 온종일 누구와 책을 읽고 시를 노래할까? 어째서 나는 이들을 찾지 못할까? 왕비의 나머지 시녀들은 모두 하워드 가문의 여자들이다. 즉, 캐서린 캐리를 비롯한 왕비의 언니, 이모, 숙모 같은 하워드 가의 친척들이다. 캐서린 캐리는 하워드 가문의 딸이 왕비가 되자 얼마나 민첩한지 궁정에 다시 나타났다. 이들은 하나같이 자기 야망밖에 모른다. 내가 왕비전을 관리하는 데 도움이 될 일은 하나도 하지 않는다. 적어도 왕비전은 왕비전다워야 한다.

하지만 상황은 그렇지 않다. 분명 레이디 마거릿은 누군가를 만나고 있다. 바보도 그런 바보가 없다. 예전에 마거릿은 자기 삼촌, 왕을 거역하고 중죄에 해당하는 농탕질 때문에 벌을 받은 적이 있다. 우리 하워드 가문의 토머스 하워드와 결혼해서다. 토머스 하워드는 튜더 왕가의 딸과 결혼을 기도했다는 죄로 런던탑에서 처형당했고, 레이디 마거릿은 사이온의 수녀원으로 쫓겨나 살다가 왕에게 용서를 빌어 왕이 짝지어 준 사람하고만 결혼하겠다고 약속했었다. 그런데 이제는 아침나절에 왕비전 밖에서 돌아다니다 우리와 정찬을 들 때가 되어서야 겨우 헐레벌떡 돌아왔다. 그리고 후드를 고쳐 쓰며 킬킬거린다. 나는 왕비에게 시녀들을 주시하고 이들이 궁중 법도에 걸맞게 처신할 수 있도록 기강을 잡으라고 당부했다. 하지만 정작 본인이 한술 더 떠 궁정의 젊은 사내들과 어울려 사냥을 하거나, 춤추거나, 농지거리를 한다. 왕비는 다른 시녀들과 똑같다. 아니 더 문란하다.

내가 노파심에서 지나친 염려를 하는지도 모르겠다. 왕은 캐서린이 무슨 짓을 하든 너그럽게 봐줄지도 모른다. 올 여름 내내 사랑에 넋이 나간 젊은이 같았으니까. 여름 순행에서 왕은 왕비를 데리고 좋아하는 궁들을 둘러보며, 용케도 매일 새벽에 일어나 나란히 사냥을 나갔다. 한낮에는 숲 속의 정자에서 정찬을 즐기고 오후에는 강에서 뱃놀이를 하거나 사격을 했다. 그리고 테니스 시합을 하는 왕비의 모습을 지켜보거나 오후 내내 마상 창 시합을 하는 젊은이들에게 내기를 걸며 즐기다가 늦은 정찬과 한밤의 연회를 즐겼다. 그리고 나서 가엾은 노인네는 왕비와 잠자리에 들었다가 이튿날 꼭두새벽부터 일어났다. 왕비가 까르르 웃어 대며 빙그르르 돌면서 궁에서 빼어나게 잘생겼다는 젊은 남자들에게 에워싸이는 모습을 보면서 빙긋이 웃었다. 왕비 뒤에서 비틀대며 언제나 환하게 웃었고, 통증으로 발을 절면서도 함께 즐기다 저녁에는 과식을 했다. 그런데 오늘 밤 왕은 정찬 때 오지 않았다. 미열 때문이라고 했다. 피로 때문에 거의 초죽음 상태가 된 것 같다. 할아버지뻘이나 되는 나이에 지난 몇 달 동안 젊은 새신랑처럼 살았으니 그럴 만도 하지. 왕비는 왕 생각은 조금도 하지 않고 아그네스와 팔짱을 끼고 혼자 정찬을 들러 왔고, 레이디 마거릿은 아슬아슬하게 도착해 왕비 뒤에 몰래 숨어 들어왔다. 그런데 공작이 보이지 않았다. 왕을 수발하는 중이란다. 적어도 왕의 건강이 염려될 것이다. 왕이 병들고 캐서린이 회임하지 않으면 우리에게 득이 될 게 없으니까.

캐서린

1540년 10월, 햄프턴 궁

왕이 나를 보려 하지 않는다. 마치 나 때문에 왕의 심기가 불편해진 것 같았다. 하지만 이건 너무 불공평해. 난 지금까지 몇 달 동안, 그러니까 적어도 두 달 동안, 쉴 새 없이 그리고 더할 나위 없이 매력적인 아내 노릇을 했고 내 입에서 단 한 번도 퉁명스런 말이 나간 적이 없다. 얼마나 참기 힘든 일이었는지 하느님은 잘 아실 거다. 왕은 어쨌거나 밤마다 나와 잠자리를 하러 와야만 하고, 나도 한마디 불평 없이 참아 내야 한다는 걸 잘 안다. 잘 아니까 싫은데도 왕을 원하는 척하며 웃는 거다. 그런데 꼭 내 방에서 잠까지 자고 가야 하나? 밤새 내 방에 있어야 할 필요가 있을까? 그리고 냄새는 또 그렇게 지독하게 풍겨야 하는가 말이다. 다리 상처에서 나는 악취는 고사하더라도 마상 창 시합 시작을 알리는 나팔수마냥 그렇게 요란하게 방귀까지 뀌어 대니 정말 괴롭다. 킥킥거리고 웃음이 터질 일이지만 사실 구역질이 난다. 아침이면 나는 왕의 악취를 없애려고 창문을 활짝, 활짝 열어 놓지만 침대보와 커튼에 밴 냄새는 쉽게 없어지지 않는다. 정말이지 참을 수가 없다. 어떤 날은 더 이상 단 하루도 참을 수 없을 것 같기도 하다.

그런데도 난 한 번도 왕에 대해 불평한 적이 없다. 그리고 내가 왕에게 책잡힐 짓을 한 적도 없다. 그런데 왜 나를 안 보겠다고 하는 걸까? 사람들 말로는 왕이 신열 때문에 고생하고 있고 내게 아프고 약한 모습을 보이기 싫어서라고 한다. 하지만 내 입장에서는 왕이 내게 싫증이 난 것이나 아닌지 심히 걱정스럽다. 그리고 만약 내게 싫증 난 게 사실이라면, 보나마나 내가 이미 다른 사람과 결혼한 몸이니 나와의 결혼을 취소하겠다고 나올 것이다. 내가 이런 걱정에 풀이 죽어 있으니까 아그네스와 마거릿은 왕이 내게 싫증 났다는 건 말도 안 된다고, 왕은 내게 푹 빠져 있다고, 그건 누가 봐도 확실하다고 위로한다. 하지만 그 애들은 안나 왕비가 쫓겨날 때 여기 없었기 때문에 아무것도 모르고 하는 소리다. 왕비를 내쫓는 일은 구렁이 담 넘어가듯 뚝딱 이뤄졌다. 우리는 그런 일이 벌어지고 있는지조차 몰랐다. 왕비 자신도 모르고 있었을 게 분명하다. 왕비를 갈아 치우는 일이 왕에게는 얼마나 쉬운 일인지 이 아이들은 잘 모른다.

나는 매일 아침 왕에게 안부를 묻는 쪽지를 보낸다. 그럼 회복 중이라는 말만 돌아올 뿐이다. 그러다 왕이 죽는 것은 아닐까 덜컥 겁이 난다. 나이가 그렇게 많으니 충분히 있을 수 있는 일 아닌가? 만약 왕이 죽으면 나는 어떻게 되지? 보석과 드레스는 계속 가지고 있을 수 있나? 왕이 죽어도 나는 계속 왕비인 건가? 난 정찬이 끝날 때까지 기다리고 있다가 왕이 가장 아끼는 시종, 그러니까 토머스 컬피퍼에게 내 테이블로 올라오라는 손짓을 했다. 그는 아주 공손하고 우아하게 즉각 내 옆으로 왔다. 나는 있는 대로 무게를 잡고 말했다.

"앉으세요, 컬피퍼 씨."

그가 내 옆 걸상에 자리 잡고 앉았다. 내가 말했다.

"부디 솔직히 말해 주세요. 전하께선 어떠신가요?"

컬피퍼는 거짓을 모를 것 같은 파란 눈을 들어 나를 바라보았다. 언제나 드는 생각이었지만 이렇게 가슴 졸이게 잘생긴 남자는 또 없을 것이다. 그가 말했다.

"왕비님, 전하께서는 신열이 있으십니다. 하지만 피로가 쌓여 그런 것이지, 다리 상처 때문은 아니니 너무 심려하지 않으셔도 됩니다. 왕비께서 한시라도 이 일로 걱정하신다는 것을 아시면 전하께서 몹시 가슴 아파하실 겁니다. 지치셔서 몸에 열이 오른 것뿐 다른 문제는 없습니다."

컬피퍼의 말이 너무 다정해 나는 괜히 눈물이 날 것 같았다.

"걱정했었어요."

내가 울먹울먹한 목소리로 말했다.

"전하 걱정으로 가슴을 너무 졸였거든요."

컬피퍼가 부드럽게 말했다.

"그러실 필요 없습니다. 만에 하나 상황이 안 좋아지면 말씀드리겠습니다. 하지만 며칠 새에 자리를 털고 일어나실 겁니다. 제가 보장합니다."

"내 입장이……."

그가 갑자기 부르짖듯 말했다.

"정말 딱한 입장이지요. 첫사랑과 연애를 즐기는 대신, 궁정을 호령하려 애쓰면서 할아버지뻘이나 되는 늙은 남자 비위를 맞추느라 인생을 포기하고 사시니 말입니다."

토머스 컬피퍼에게서, 궁정 남자의 전형을 보여 주는 완벽한 컬피퍼에게서, 이런 말을 듣게 될 줄은 상상도 하지 못했다. 나는 너무 놀라 짧게 숨을 들이마셨다. 그리고 그가 방금 그랬던 것처럼 나도 속내를 털어놓고 마는 실수를 범하고 말았다.

"사실, 모든 게 다 내 탓이에요. 나도 왕비가 되고 싶었거든요."

"왕비가 된다는 게 어떤 건지 모르셨으니까요."

"맞아요."

잠시 침묵이 이어졌다. 그때 우리가 온 궁정 사람들 앞에 노출되어 있다는 사실이 퍼뜩 떠올랐다. 아니나 다를까 사람들이 모두 우리를 쳐다보고 있었다. 나는 민망했다.

"여기서 당신과 이런 얘기를 나눌 순 없어요. 모두 보고 있잖아요."

그가 조용히 대꾸했다.

"나는 할 수 있는 모든 방법을 동원해서 당신을 도울 거예요. 그리고 지금 내가 당신에게 해 줄 수 있는 가장 큰 봉사는 당장 당신에게서 떨어지는 것이겠죠. 사람들 입방아에 오르내리고 싶지는 않으니까요."

내가 말했다.

"내일 아침 10시에 정원을 산책할 예정이에요. 그때 나 있는 데로 오면 돼요. 내 왕비 전용 정원으로요."

"10시."

그가 동의했다. 그리고 천천히 허리 굽혀 인사한 뒤 자기 자리로 돌아갔다. 난 아무 일도 없었던 듯 몸을 돌려 레이디 마거릿에게 말을 걸었다.

레이디 마거릿은 내게 살짝 웃으며 말했다.

"참 잘생긴 청년이에요. 하지만 왕비님의 오빠 찰스에게는 명함도 못 내밀죠."

나는 오빠가 친구들과 함께 앉아 있는 테이블 쪽을 내려다보았다. 오빠가 미남이란 생각은 한 번도 해 본 적이 없었다. 하긴 내가 궁정에 들어오기 전까지는 오빠를 볼 일이 별로 없었다. 오빠는 교육을 위해 어렸을 때부터 집에서 멀리 떨어져 살았고 나는 나대로 새할머니 집으로 들어가 살았기 때문이었다.

"무슨 그렇게 엉뚱한 말씀을. 설마 찰스 오빠를 좋아하시는 건 아니겠죠."

내가 딱 꼬집었다.

"세상에나, 천만에요!"

레이디 마거릿은 이렇게 말하면서도 얼굴은 진홍빛으로 물들었다.

"제가 다른 남자를 마음에 둘 수 없는 여자라는 건 세상 사람들이 다 아는 사실이에요. 누구에게라도 물어보세요! 전하께서도 허락하실 리가 없어요."

나는 신이 나서 말했다.

"오빠를 좋아하는 게 맞네요, 레이디 마거릿! 내숭 떨지 마세요. 우리 오빠를 사랑하는 게 맞잖아요!"

레이디 마거릿은 두 손으로 얼굴을 가리고 손가락 사이로 나를 보면서 빌다시피 말했다.

"아무에게도 말하면 안 돼요."

"네, 좋아요. 오빠에게 결혼 약속을 받으셨나요?"

레이디 마거릿은 수줍은 듯 고개를 끄덕였다.

"우린 서로 무척 사랑하고 있어요. 전하께 우리 얘기를 잘 좀 전해주실 수 있을까요? 워낙 엄격하신 분이라서요! 하지만 우리는 정말 깊이 사랑해요."

나는 오빠 쪽을 굽어보며 웃었다. 그리고 상냥하게 말했다.

"그럼요. 아주 잘된 일인 걸요. 벌써부터 성대한 결혼식 생각에 마음이 들뜨네요."

난 왕의 조카딸에게 은혜를 베풀 수 있게 되어 기분이 아주 좋았다.

안나

1540년 10월, 리치몬드 궁

남동생에게서 편지가 왔다. 정말 말도 안 되는 편지다. 나는 동생의 편지를 받고 얼마나 비참하고 분통이 터졌는지 모른다. 동생은 격렬한 어조로 왕을 비난하더니 클레베스로 돌아와 내 결혼의 정당성을 주장하라고 지시했다. 그러지 않으면 나를 누이로 여기지도 않겠단다. 하지만 어떻게 내가 결혼의 정당성을 주장할 수 있는지는 알려 주지 않았다. 왕이 벌써 재혼했다는 사실도 모르고 있음이 분명하다. 게다가 내가 집으로 돌아갈 수 있도록 이러저러한 방법으로 도와주겠다는 소리도 없다. 그냥 편지 한 장만 툭 던져 놓은 것이다. 결국 나를 누이로 여기지 않을 심산인가 보다.

나도 아쉬울 게 없다. 한마디 말도 없이 나를 잉글랜드에 홀로 보내 놓고 대사에게 보수도 지불하지 않은 데다 로레인 가문과의 혼약 취소 문서도 보내지 않은 동생을 나도 동생으로 여기지 않을 참이다. 분노한 노퍽 공작이 추밀원 위원 절반가량을 대동하고 나타나 미처 내 손에 도착하기도 전에, 아니 남동생의 손을 떠나자마자, 그들이 입수하여 베껴 쓰고 번역까지 마친 동생의 편지를 내 앞에서 큰 소리로 읽는 지금 이 순간에는 더더욱 동생으로 생각하기도 싫다. 그들은 동생이 나 때문에 신성 로마 제국 황제를 부추겨 잉글랜드와 전쟁을 벌일 계획인지 물었다.

나는 마음을 최대한 가다듬고 신성 로마 제국 황제가 동생을 위해 전쟁을 벌일 것 같지도 않고, 나 역시 동생에게 나를 위해 전쟁을 일으키라고 부탁하지도 않았다고 침착하게 대답했다. 이어서 노퍽 공작을 똑바로 쳐다보며 또박또박 말했다.

"제게는 동생을 통제할 힘이 없다고 전하게 전해 주십시오. 동생은 제멋대로 할 겁니다. 제 충고 따위는 듣지 않을 겁니다."

공작은 미심쩍은 표정이었다. 나는 리처드 비어드를 보며 독일어로 말했다.

"동생이 내 말을 듣는 사람이면 로레인 가문과의 혼약 취소 문서를 벌써 보냈을 거라고 공작께 전하세요."

비어드는 내 말을 공작에게 전했다. 무심코 뱉은 내 실수를 놓치지 않고 공작이 눈을 반짝이며 말했다.

"혼약은 원래 취소된 게 아니지요."

나는 고개를 끄덕이며 대답했다.

"깜박했네요."

공작은 냉랭한 표정으로 내게 말했다.

"마담이 남동생을 움직일 수 없다는 걸 잘 알겠소."

나는 리처드 비어드에게 다시 말했다.

"공작 각하께 제 동생이 보낸 편지를 보면 제가 얼마나 충심을 다해 전하를 받드는지 알지 않느냐고 전해 주세요. 동생이 나를 전혀 믿지 못하는 게 편지에 나타나 있잖아요. 가족의 연까지 끊겠다고 협박하고 있으니까요."

리처드 비어드가 내 말을 통역하자 냉랭했던 공작의 표정이 좀 풀렸다.

"동생이 무슨 생각을 하고, 무슨 일을 하고, 나를 어떻게 다그치고 협박하느냐는 절대 내가 이래라저래라 해서 되는 게 아닙니다."

그들은 헨리 왕의 추밀원이었지만 왕처럼 말도 안 되는 두려움을 갖고 있지는 않다. 음모가 없는데 음모가 있다고 생각지는 않는다. 물론 본인들한테 도움이 된다면 기를 쓰고 음모를 찾아내겠지. 토머스 크롬웰 같은 정적을 제거하거나, 릴 경 같은 경쟁자를 제거할 때는 왕의 두려움을 부풀리고 그 두려움이 사실이라고 부추기겠지. 왕이 끊임없이 불안해하므로 추밀원은 대가가 류트를 조율하듯이 왕의 두려움을 자극할 것이다. 내가 그들에게 위협을 줄 만한 경쟁자가 되지 않는다면 그들은 나에 대한 왕의 두려움을 자극하지 않을 것이다. 그렇기 때문에 왕과 나 사이의 위태위태한 평화는 동생의 과격한 편지에도 깨질 수 없다. 그나저나 동생은 자기 편지가 나를 이렇게 위험에 빠뜨릴 것이란 걸 조금이라도 생각해 보았을까? 아니 오히려 고의로 나를 위험에 빠뜨리려 했던 것은 아닐까? 노퍽 공작이 내게 노골적으로 물었다.

"동생이 우리를 곤경에 빠뜨릴 것 같소?"

나는 독일어로 대답했다.

"저를 위해서 그렇게 하진 않을 겁니다. 동생은 저를 위해서라면 아무것도 하지 않을 겁니다. 저를 이곳에 보낸 것 말고는 이제까지 저를 위해서 한 일이 아무것도 없는 위인이니까요. 저를 구실로 삼으면 삼았지 진정으로 저를 위하진 않아요. 그리고 남동생이 문제를 일으키려 해도, 전하가 이미 다섯째 아내를 맞이한 이 마당에 신성 로마 제국황제가 전하와 이혼한 넷째 아내 때문에 잉글랜드와 전쟁을 벌일 것같지는 않습니다."

리처드 비어드가 내 말을 통역했다. 비어드도 노퍽 공작도 내 말을 듣고서는 재미있다는 표정을 애써 숨기는 눈치였다.

"그렇다면 약속한 걸로 알겠소."

공작이 짧게 대답했다. 나는 고개를 끄덕이며 말했다.

"그러세요. 저는 절대 약속을 깨지 않아요. 전하를 괴롭히지 않을 겁니다. 저는 여기서 혼자 조용히 살고 싶어요."

공작은 주위를 둘러보았다. 자신의 저택도 직접 지었고 아름다운 수도원을 몇 채나 허물었으니 건축에 대해서는 남다른 일가견이 있으리라.

"이곳에서 사는 게 행복하십니까?"

"네."

내가 대답했다. 사실이었다.

"저는 여기서 행복하게 살고 있습니다."

제인 불린

1540년 10월, 햄프턴 궁

내 일찍이 레이디 마거릿 더글러스에게 곤경에 빠뜨리기 십상인 남자와는 엮지 말라고 귀띔했어야 했는데, 신혼 초의 캐서린 하워드를 안정시키는 일에만 매달리다 보니 감시했어야 하는 부인들에게 소홀했다. 더군다나 레이디 마거릿은 왕의 조카요, 그 누이의 딸이다. 왕이 예의 사나운 의심의 눈초리로 레이디 마거릿을 주시할지 누가 상상이나 했겠는가? 그것도 왕의 신혼 초에. 왕이 우리에게 평생 처음으로 행복을 찾았다고 말한 게 언제였던가? 어째서 나는 왕이 밀월 기간에 자기 조카를 체포하는 음모를 꾸밀지도 모른다는 생각을 했을까?

헨리 왕은 그런 위인이니까, 그게 이유다. 나는 궁정에 오래 있었기 때문에 왕이 일단 한 여자를 소유하고 나면, 그 여자를 쫓아다닐 때 너그럽게 봐줄 수 있었던 일들을 다 끄집어 내리라는 것 정도는 읽을 수 있게 되었다. 왕의 고질적인 의심증은 그 어떤 것으로도 막지 못한다. 신열이 내려 침대에서 일어나자마자 왕은 자기가 없는 사이에 누구의 행실이 좋지 않았는지 살피기 위해 궁을 둘러보았다. 나는 왕이 왕비와 그 맹한 친구들을 의심하지 않아야 한다는 생각에만 골몰하다 부인들에게 신경 쓰는 일은 까맣게 잊고 있었다. 어차피 레이디 마거릿은 도리라고는 아예 모르는 여자라 내 말을 들었을 리가 없다. 튜더가는 하나같이 기분 내키는 대로 행동하고 나중에 변명거리를 만들어낸다. 게다가 레이디 마거릿은 자기 어머니를 꼭 빼닮았다. 스코틀랜드 왕비였던 그 어머니는 추천하기에는 한없이 부족한 남자를 사랑했다. 누가 그 딸 아니랄까 봐, 마거릿은 어머니의 전철을 똑같이 밟았다. 불과 2~3년 전 레이디 마거릿은 우리 친척인 토머스 하워드와 비밀리에 결혼해서 겨우 며칠 남자와 밀회를 즐기다 왕에게 발각되었고, 젊은 토머스 하워드는 괘씸죄로 런던탑에 투옥되었다. 그러고 나서 몇 달 후에 처형됐고, 레이디 마거릿은 오명을 썼다. 당연한 일 아닌가! 새삼스러울 게 하나도 없다. 하워드 가문의 아들이 왕의 조카딸이 자기를 좋아하고 마음에 들어 한다고 해서 결혼했다니 있을 법이나 한 일인가! 하워드 가문의 아들이, 높은 자리에 있으면서 더 높은 왕좌까지 오르겠다는 야심에서, 그리고 왕의 조카가 자기의 은밀한 시선과 환한 웃음, 삶에 저돌적으로 뛰어드는 것에 반했다고 해서, 그녀를 차지할 수 있다고 생각했지만 언감생심 아닌가. 왕은 조카딸에게 신분에 어울리는 법도를 가르치겠다고 선언했고, 그녀는 몇 달 사이에 상처받은 미망인이 되고 말았다.

아무튼 이제 그 상처는 아물었다.

나는 벌어진 일을 알게 되었고, 다른 사람들도 몇 주 사이에 다 알게 되었다. 왕이 신열로 몸져눕자, 젊은 남녀는 자기네 사랑 이야기를 애써 감추려 하지도 않았다. 눈이 있는 사람이라면 왕의 조카딸이 왕비의 오빠 찰스에게 홀딱 빠져 정신 못 차리는 모습을 쉽게 볼 수 있었다.

물론 찰스는 하워드 가문으로, 총애를 받는 데다 추밀원 위원이자 하워드 가문에서 서열도 높다. 찰스는 이러한 결혼에서 무엇을 얻겠다는 생각을 했을까? 하워드 가문이 야망이 크기는 하지만 도가 지나치면 실패할 수 있다는 사실을 명심했어야 한다. 세상에, 레이디 마거릿을 취해서 스코틀랜드를 얻겠다는 야심을 품었단 말인가? 여왕의 부군이 될 꿈을 꾸었단 말인가? 또 레이디 마거릿은 왜, 어째서 자기 위험은 보지 못했을까? 생뚱맞게 하워드 가문의 자식들이 튜더가에 끌리는 이유는 어디에 있을까? 벌을 유혹하는 꽃처럼 튜더가를 권력의 연금술사로 생각했는지도 모르지.

그건 그렇고 끝내는 발각된다고 마거릿에게 내가 미리 경고했어야 옳았다. 불을 보듯 뻔한 일 아닌가. 무라노의 베네치아 유리 직공들이 우리를 위해 특수 고문 장치를 고안이라도 한 것처럼 우리는 유리로 만든 성에 살고 있다. 궁정에서 새어 나가지 않는 비밀이란 없다. 가릴 수 있는 커튼도 없다. 벽도 모두 투명하다. 모든 것은 밝혀지게 마련이다. 순식간에 너나없이 모든 것을 다 알게 된다. 게다가 사실이 알려지자마자 모든 것이 톱날 같은 수천 개의 질그릇 파편처럼 산산조각이 난다.

내가 공작에게 갔더니 공작은 떠날 채비를 갖추고 바지선이 있는 부둣가에 있었다.

"잠시 얘기를 나눌 수 있을까요?"

"무슨 문제라도? 지금 떠나야 해."

"레이디 마거릿 더글러스의 문제입니다. 찰스 하워드와 사랑에 빠졌어요."

"알고 있네. 둘이 결혼하나?"

공작이 이렇게 묻는데 나는 입이 딱 벌어졌다.

"결혼하면 찰스는 죽게 되지요."

공작은 왕비의 오빠니, 친조카니, 반역죄로 죽느니 따위의 말에는 당황하지 않는다. 워낙 익숙한 일이니까.

"신혼 기분에 젖은 왕이 젊은이의 사랑을 용서할 마음이 없다면 왕은 그렇게 하겠지."

"그러시겠지요."

내가 맞장구쳤다.

"캐서린이 왕에게 그걸 청한다면?"

"전하는 캐서린의 부탁 중 아직 거절한 게 없어요. 하지만 캐서린이 청한 것은 보석과 리본밖에 없습니다. 캐서린이 전하에게 하워드가의 자식이 왕가와 결혼할 수 있는지 여쭤도 될까요? 의심하지 않을까요?"

"뭘 의심한다는 거지?"

공작은 부드럽게 물었다.

나는 주위를 살폈다. 뱃사람들은 워낙 먼발치에 있어서 들을 수가 없었다. 시종들은 다 노퍽 제복 차림의 사람들이었다. 그래도 나는 좀 더 가까이 가서 말을 꺼냈다.

"전하는 왕위에 오를 음모를 꾸민다고 의심할 텐데요. 헨리 피츠로이가 메리 하워드와 결혼해서 어떤 일이 벌어졌는지 보십시오. 토머스 하워드께서 레이디 마거릿과 결혼해서는 또 어떻게 되었습니까? 튜더가와 하워드가 자식들이 결혼하면 죽음이라는 후환이 따르잖아요."

"하지만 왕이 기분 좋은 상태라면……."

공작이 속내를 보이기 시작했다.

"공작님이 계획하신 일이군요."

내가 얼른 눈치 채고 말하자 공작이 웃었다.

"그럴 리가. 근데 예상한 일이 벌어지는 경우, 유리한 점은 내가 내다볼 수 있다는 것이지. 우리가 잉글랜드 북부의 상당 부분을 손에 쥘 경우, 하워드가가 스코틀랜드 왕위에 오르는 것을 본다면야 경사도 그런 경사가 없겠지. 스코틀랜드 왕위의 하워드 후계자와 잉글랜드 왕위의 하워드 손자. 한번 해볼 만한 일 같지 않은가? 우리 여식이 잘만 한다면 모험해 볼 만한 일 아닌가?"

나는 공작의 야심에 말문이 막혔다. 겁에 질린 채 마지못해 입을 열었다.

"전하가 이 사실을 알게 되실 텐데요. 전하가 캐서린을 사랑하긴 하시지만, 사랑에 눈이 먼 정도는 아닙니다. 공작님, 더군다나 전하는 아주 위험한 분입니다. 아시잖아요. 본인의 계승권이 위협을 받겠다 싶으면 최악의 상황이 올지 몰라요."

공작은 고개를 끄덕였다.

"다행스럽게도 우리 사랑하는 찰스를 빼앗겨도 우리에게는 하워드가의 자식들이 또 있지. 레이디 마거릿은 1~2년을 또 사이온 수녀원에서 썩고도 남을 멍텅구릴세. 최악의 상황이 와도 우린 잃을 게 별로 없어."

"캐서린이 두 사람을 구하려고 할까요?"

내가 묻는 말은 귓등으로 듣고 공작은 자기 말만 했다.

"그럼. 시도할 만하지. 거금을 손에 쥐려면 도박판도 커야 하는 법일세."

이렇게 말하더니 갑판으로 올라가 대기 중인 배를 탔다. 뱃사공들이 밧줄을 풀자, 배가 물살을 타고 움직이기 시작했다. 그들은 여러 개의 노를 창처럼 위로 들었다가 구령에 따라 내리면서 푸른 강물을 헤쳐 나갔다. 배 뒤쪽에 걸린 노퍽 공작의 깃발이 바람에 휘날렸다. 노가 동시에 움직이며 배는 빠르게 앞으로 나아갔다. 잠시 후 공작은 시야에서 사라졌다.

캐서린
1540년 10월, 햄프턴 궁

9시 30분이다. 난 바보처럼 왕비 전용 정원에 나와 안절부절못하고 있다. 내가 토머스 컬피퍼를 만난다는 사실을 누군가 아는 게 두려워 모든 시녀들을 방으로 들여보냈다. 시녀들이 들어간 지 1분도 채 되지 않아 벽 쪽에 있는 문이 열리더니 그가 들어왔다.

그는 젊은 남자답게 걷는다. 왕처럼 한쪽 다리를 질질 끌며 걷지 않는다. 그는 마치 춤을 추듯 발끝으로 경쾌하게 걷는다. 무슨 일이 감지되면 당장 달려가거나 싸울 태세를 갖춘 사람처럼 걷는다. 그를 보니 나도 몰래 얼굴에 조용히 웃음이 번졌다. 그는 내 곁으로 와서 나를 바라보기만 할 뿐 아무 말도 하지 않았다. 우리는 그렇게 오랫동안 서로 바라보았다. 그리고 이때만큼은 무슨 말을 해야 할지, 내 모습이 어떻게 보일지 하는 생각도 머릿속에서 사라졌다. 그저 그의 모습을 열심히 눈으로 빨아들이기만 할 뿐이다.

"컬피퍼."

내가 숨가쁜 소리로 말했다. 그의 이름이 너무 달콤해 내 목소리는 마치 꿈속에서 들리는 소리 같았다.

"왕비님."

그는 다정하게 내 손을 들어 올려 입술로 가져갔다. 그의 입술이 내 손가락에 닿는 찰나 그는 파란 눈을 들어 나를 보았다. 나는 이런 잠깐의 접촉에도 다리가 후들거려 쓰러질 것만 같았다.

"괜찮으세요?"

그가 물었다.

"네, 그럼요. 괜찮아요?"

그가 고개를 끄덕였다. 우리는 춤을 추다 중간에 음악이 끊겨 버린 것처럼 그렇게 마주 서서 서로의 눈을 들여다보았다.

"전하께서는?"

내가 물었다. 잠시 동안 왕에 대한 생각을 깨끗이 잊고 있었다.

그가 말했다.

"오늘 아침 많이 나아지셨어요. 어젯밤 의사가 와서 관장을 했어요. 전하가 몇 시간 동안 고통스러워하긴 했지만 지금은 변이 제거되어서 상태가 훨씬 좋아졌어요."

나는 생각만 해도 역겨워 고개를 돌렸다. 그러자 컬피퍼가 작게 웃었다.

"죄송합니다. 전 늘 봐 온 일이어서요. 전하의 침전에 있는 사람은 모두 전하의 건강 상태를 아주 세세하게 말하는 데 익숙해져 있어요. 저는 그저……."

나는 그의 말을 막았다.

"아니에요. 나도 다 알아야 하는 일이잖아요."

"어쩌면 당연한 일입니다. 누구라도 그 정도 연세가 되면……."

"우리 할머니도 전하와 같은 연배지만 노상 관장 얘기만 하지는 않아요. 몸에서 화장실 냄새를 풍기지도 않고요."

그가 다시 웃었다.

"글쎄요, 저라면 마흔 살이 되느니 차라리 물에 빠져 죽겠어요. 나이 들어서 배에 가스만 차는 신세가 되는 건 참을 수 없어요."

그처럼 황홀하게 생긴 청년이 나중에 늙어서 가스가 차 불룩한 배를 하고 있다고 생각하니 웃음이 나왔다.

"당신은 전하처럼 뚱뚱해질 거예요. 그리고 당신이라면 사족을 못 쓰는 어린 손자들과 나이 든 아내에 둘러싸여 있을 테고요."

내가 예언했다.

"아뇨, 전 결혼할 생각이 없습니다."

"결혼할 생각이 없다니요?"

"상상만 해도 싫습니다."

"아니, 왜요?"

그가 나를 뚫어지게 바라보았다.

"저는 열렬히 사랑에 빠졌거든요. 너무나 절절하게요. 오직 그 여인 생각만 하지요. 그렇지만 그 여인은 이미 묶인 몸이에요."

나는 숨이 막혔다.

"그래요? 그 여인도 아나요?"

그가 나에게 웃음 지었다.

"저도 잘 모르겠습니다. 그 여인에게 고백해야 할까요?"

내 뒤쪽에 있는 문이 열렸다. 로치포드 부인이 문가에 서 있었다.

"왕비님."

"여기 토머스 컬피퍼 씨가 와서 전하 소식을 전해 주었어요. 지금은 관장을 받고 한결 좋아지셨대요."

난 목소리를 높이며 경쾌하게 말했다. 그리고 그에게서 등을 돌렸다. 차마 그의 눈을 마주 볼 수가 없었다.

"전하께 오늘 내가 찾아뵈어도 좋은지 물어봐 주시겠어요?"

그도 나와 눈을 마주치지 못하고 고개 숙여 인사했다.

"당장 여쭙겠습니다."

그는 이렇게 말하고 빠른 걸음으로 정원에서 나갔다.

"레이디 마거릿과 오빠 찰스의 관계에 대해 어디까지 알고 있죠?"

로치포드 부인이 다짜고짜 물었다.

"아무것도 몰라요."

난 일단 발뺌했다.

"레이디 마거릿이 혹시 전하에게 얘기 좀 잘해 달라고 부탁했나요?"

"네."

"그렇게 할 생각이에요?"

"네. 전하가 좋게 생각하면 나쁠 것 없잖아요."

로치포드 부인은 고개를 가로저으며 경고하듯 말했다.

"말할 때 하더라도 조심하세요. 전하가 좋게 생각하지 않을 수도 있으니까."

"좋게 생각하지 않을 이유가 어디 있어요?"

난 이렇게 묻고 말을 이었다.

"난 좋은 일이라고 생각해요. 레이디 마거릿은 엄청난 미인인 데다 왕족이잖아요! 우리 오빠에게 그만한 결혼 상대는 없어요!"

로치포드 부인이 나를 빤히 쳐다보았다.

"왕비님 오빠에게 과분한 결혼 상대라는 점에는 전하도 이의가 없으실 겁니다. 바로 그게 문제예요. 그 둘의 결혼을 허락하도록 전하를 설득하려면 왕비님이 가진 매력과 기술을 있는 대로 다 발휘해야 할 겁니다. 오빠를 구하고 집안을 높이려면 지금까지처럼 전하를 잘 요리해야 돼요. 적당한 시간을 골라 아주 교묘하게 설득해야 한다고요. 이 일을 잘 해내면, 왕비님 큰아버지께서도 만족스러워하실 거예요."

난 부인에게 인상을 썼다. 그리고 확고하게 말했다.

"내가 못할 것 같아요? 전하에게 가서 두 사람이 행복해지는 걸 보고 싶다고, 그게 소원이라고 말하면 되지. 그럼 전하가 내 소원을 들어주실 거예요. 브왈라!"

"브왈라든 뭐든 두고 보면 알겠지요."

로치포드 부인이 늙은 살쾡이처럼 퉁명스럽게 말했다.

하지만 일이 온통 꼬였다. 그날 저녁 왕을 뵙고 간청할 생각이었다. 그리고 레이디 마거릿이 따라 들어와 왕에게 용서를 빌기로 했었다. 우리 둘 다 엄청 들떠서 일이 잘 풀릴 거라 확신했다. 나는 애원하고, 마거릿은 눈물 흘리고. 그런데 정찬이 시작되기 전 토머스 컬피퍼가 내 처소로 와서 왕이 나를 다음 날 만나기로 했다는 말을 전하고 갔다. 나는 알았다고 하고 정찬장으로 갔다. 난 대수롭지 않게 여겼다. 왕이 정찬장에 모습을 나타내지 않았던 게 오늘이 처음은 아니다. 사실 근래에는 워낙 잦은 일이라 난 크게 신경 쓰지 않았다. 왕이 하루 아침에 홀쩍 사라져 버릴 것도 아닌데 뭘. 하지만 지지리도 운도 없지! 그게 문제가 될 줄은 몰랐다. 내가 정찬을 들고 있을 때, 그리고 정찬 후 춤을 즐기고 있을 때 누군가 왕의 귀에 대고 왕의 조카딸 이야기를 나쁘게 고해바친 것이다. 심지어 나에 대해, 그리고 왕비 처소가 얼마나 엉망으로 돌아가고 있는지에 대해 이러쿵저러쿵 험담을 했던 것이다. 브왈라!

제인 불린

1540년 10월, 햄프턴 궁

왕은 왕비의 사실로 행군하듯 들어오더니 우리 시녀 세 명 쪽으로 고개를 홱 돌리고는 자기 똥개한테 하듯 나가라며 소리쳤다. 매 맞은 사냥개처럼 우리는 사실에서 황급히 나와 반쯤 닫힌 문 앞에 서서 서성였다. 노발대발한 왕의 추상같은 불호령이 떨어지는 소리가 들렸다. 하루에 반만 침상에서 나오는 왕은 앉아서도 모르는 것이 없다. 오늘은 기분이 무척 안 좋아 보였다.

레이디 마거릿은 자기네가 잡히기 전에 왕비가 중재하여 충분히 설득할 수 있을 거라 생각한 모양이었다. 두 연인은 왕이 병상에서 일어나 다시 아내 사랑에 푹 빠지면 자기들에게 선처를 베풀리라 생각했겠지. 왕은 자기 생각을 논리 정연하면서도 간단하게 말하고는 왕비 처소에서 성큼성큼 나가 버렸다. 왕비는 백짓장처럼 창백한 얼굴로 눈물을 펑펑 흘리며 쫓아 나왔다. 그러고는 자신의 장미 궁전에서 왕이 음모와 공모, 음란한 바람기 냄새를 맡고 자기를 원망하고 있다며 나한테 하소연하더니 물었다.

"내가 어떻게 하면 되죠? 전하께서 나한테 왜 시녀들 하나 똑똑히 못 다스리느냐며 나무라셨어요. 내가 시녀들 다루는 방법을 어떻게 알아요? 전하의 조카딸에게 어떻게 이래라저래라 해요? 스코틀랜드 왕비의 따님인데요. 왕족이고 나보다 여섯 살이나 많다고요. 내 말을 들어야 할 이유가 없잖아요? 어떻게 하면 되죠? 전하께서 나한테 실망해서 벌을 내리실 텐데요. 두 사람은 전하의 심기를 건드려서 쓴맛을 톡톡히 볼 거래요. 나 어떻게 하면 되지요?"

"아무것도 할 게 없어요. 레이디 마거릿을 구할 길은 전혀 없어요."

이렇게 내가 대답했다. 이보다 더 이해하기 쉬운 말이 어디 있을까.

"오빠를 런던탑으로 보낼 수는 없어요!"

캐서린은 남편을 런던탑으로 보낸 여자한테 속없이 말을 뱉었다.

"난 더 험한 꼴도 봤어요."

나는 냉담하게 잘라 말했다.

"아, 그때 그랬지."

이렇게 말하면서 캐서린은 스무 개의 다이아몬드가 번쩍이는 한 손으로, 두 사람을 구해 줄 증언 한마디 없이 런던탑으로 가 버린, 앤과 조지의 원혼 따윈 다 잊어버리라는 식으로 손사래를 쳤다.

"그땐 잊어버려요! 지금은 어때요? 이번에는 내 친구 레이디 마거릿과 우리 찰스 오빠예요. 내가 구해 주리라 잔뜩 기대할 거예요."

"왕비가 두 사람이 서로 교제 중인 사실을 알았다고 인정하면, 두 사람은 물론이거니와 왕비도 런던탑으로 갈 수 있어요. 전하께서는 지금 그걸 반대하시는 겁니다. 시치미 뚝 떼는 게 상책이에요. 어찌 그걸 몰라요? 레이디 마거릿은 어쩜 그렇게 한심한 바보일까? 전하의 조카는 자기가 원하는 대로 결혼할 수 없어요. 왕의 부인은 자기 오빠를 왕족과 동침하게 해서도 안 돼요. 이건 상식이에요. 도박치고는 무모하기 짝이 없는 도박이니 진 겁니다. 레이디 마거릿이 사랑에 목숨을 거는 걸 보면 틀림없이 제정신은 아니에요. 왕비도 그걸 눈감아 준다면 정신이 나간 거고요."

"하지만 레이디 마거릿이 사랑한다면?"

"사랑이 목숨까지 버릴 만한 가치가 있어요?"

이렇게 내가 묻는 바람에 캐서린의 짧은 사랑의 발라드는 끝이 났다. 캐서린이 약간 몸서리를 쳤다.

"아니요. 그야 물론 아니지요. 그렇지만 전하께서 좋은 가문의 남자와 사랑에 빠져 결혼한 죄로 레이디 마거릿을 참수하진 않으시겠죠?"

"그러진 않으시겠지요. 하지만 그 연인은 참수할 겁니다. 그러니 왕을 밀어내고 하워드가를 왕위에 앉힐 음모를 꾸몄다는 오해를 받지 않으려거든, 오빠한테 작별을 고하고 절대 다시는 말도 섞지 말아요."

이 말에 캐서린은 얼굴이 창백해지더니 귓속말을 했다.

"전하는 날 런던탑으로 보내실 리가 없어요. 부인은 언제나 그 생각이잖아요. 늘 그 타령이잖아요. 그건 한 아내한테 한 번만 일어난 일이에요. 다시 일어날 리가 없어. 전하는 나를 사랑하시니까."

"전하는 조카딸을 아무리 사랑해도 사이온에 감금시켜 애간장을 끓이고, 그 연인은 런던탑으로 보내 처형하실 걸요. 전하가 왕비를 사랑할지는 몰라도 제멋대로 구는 사람들은 생각도 하기 싫어하세요.

왕비를 사랑할지는 몰라도 왕비가 전하가 시키는 대로 고분고분한 왕비가 되길 바라세요. 왕비 처소에서 음란한 일이 생기면 왕비를 탓하고 그 죄를 응징하실 겁니다. 왕비를 사랑할지는 몰라도 경쟁 왕가에 세력을 빼앗기느니 차라리 왕비가 전하 앞에서 죽길 바라실 겁니다. 평생 런던탑에 갇힌 폴 가문 봐요. 마거릿 폴을 보라고요. 성녀처럼 깨끗하고 왕비의 할머니 연배인데도 몇 년씩 런던탑에서 보내다 평생 갇혀 사는 걸 봐요. 하워드가도 그렇게 되는 꼴 보고 싶어요?"

다이아몬드를 걸친 어린 왕비는 가엾게도 낯빛이 창백해지면서 폭발했다.

"이건 악몽이야! 우리 오빠라고요. 왕비인 내가 당연히 오빠를 구해야지요. 사랑에 빠진 죄밖에 더 있어요? 큰아버지가 이 소식을 들으시면 찰스 오빠를 구해 주실 거예요."

"큰아버지는 궁에 계시지 않아요. 급한 일이 있어 케닝홀로 가셨어요. 지금은 연락할 수도 없어요."

"이 일에 대해 뭘 알고 계세요?"

"아무것도 모르세요. 두고 보면 알겠지만 큰아버지는 아무것도 모르실 겁니다. 전하께서 큰아버지에게 하문하면 그런 억측에 기절하실 테니 두고 봐요. 왕비가 오빠 구할 순 없어요. 전하가 외면하면 오빠는 죽어요. 난 알아요. 세상 사람들은 몰라도 난 알아요."

"부인은 남편을 말 한마디 없이 처형장으로 보내진 않았잖아요. 전하께 선처를 청하지도 못한 채 처형당하게 내버려 두진 않았잖아요!"

캐서린은 아무것도 모르면서 단정 짓고 따졌다. 아, 그래. 그런데 난 보냈다. 그때 난 얼마나 무서웠는지 모른다. 난 너무 무서웠어. 아, 그래. 그런데 네가 상상하는 것 이상으로 더 사악한 이유로 난 그일 보냈어.

이렇게 생각했지만 나는 딴 소리를 했다.

"내가 무엇을 했든 말든 괘념치 말아요. 오빠한테 작별 인사나 하고 전하께서 딴 데로 관심을 돌려 사형 선고 자체를 까맣게 잊으시길 빌 도리밖에는 없어요. 그렇지 않으면 기도 중에만 오빠를 기억하든지."

내 말에 캐서린은 이교도처럼 물었다.

"그게 무슨 소용 있어요? 하느님이 언제나 전하의 편이라면? 전하의 뜻이 하느님의 뜻이라면? 전하가 잉글랜드에서 하느님이라면 하느님께 기도한들 무슨 소용 있어요?"

나는 얼른 대답했다.

"쉿, 앞으로 오빠 없이 사는 법을 배워야 해요. 내가 우리 시누이와 남편 없이 사는 법을 배울 수밖에 없었듯이. 전하가 외면해서 조지는 런던탑으로 들어갔다가 머리가 잘려 나왔어요. 그러니 나도 그걸 견디는 법을 배울 수밖에 없었어요. 왕비도 앞으로 그렇게 하는 수밖에 없어요."

"그런 법이 어디 있어요."

캐서린은 반박했다. 잘못을 저지른 시녀에게 막 매질을 하려는 사람처럼 나는 캐서린의 양 손목을 꼼짝 못하게 잡고는 엄하게 타일렀다.

"잘 들어. 그게 전하의 뜻이야. 그리고 전하께 대들 정도로 강심장인 사람은 아무도 없어. 큰아버지조차도……. 대주교도, 교황도, 대들지 못해. 전하는 본인이 하고 싶은 대로 할 거야. 네가 해야 할 일은 전하가 너하고 우리 하워드 가문을 절대 외면하시지 못하게 막는 것밖에는 없어."

안나

1540년 11월, 리치몬드 궁

크리스마스 연회 때 궁에 갈 예정이다. 내가 여자로는 캐서린 하워드 다음으로 서열 두 번째라더니 왕은 그 말을 지켰다(궁에 가기 전까지 캐서린 왕비라는 말이 입에 배도록 연습해 두어야겠다). 오늘 체임벌린 경에게 크리스마스 연회에 초대한다는 편지를 받았다. 왕비의 처소에 묵게 될 것이라고 적혀 있었다. 나와 메리 공주에게 가장 좋은 침실을 주려나 보다. 캐서린 하워드, 아니 캐서린 왕비가 내 침실에서 자고, 내 옷장에서 옷을 골라 입고, 내 자리에서 방문객을 맞이하는 모습에 놀라지 말아야 할 텐데.

피할 수 없다면 우아하게 해내야 한다. 그것 외에는 선택의 여지가 없다.

캐서린도 자기 역할을 잘 연기하겠지. 캐서린은 지금 한참 연습 중이겠지. 내가 아는 캐서린은 그런 성격이다. 몸동작 하나, 미소 하나까지 연습하는 걸 좋아한다. 우아하게 웃으면서 나를 맞이하는 법을 연습하고 있겠지. 그러니 나도 열심히 연습해야 한다.

선물도 사야겠다. 왕은 선물을 좋아하니까. 물론 어린 캐서린도, 아니 캐서린 왕비도 아기자기한 물건에는 사족을 못 쓴다. 근사한 선물을 준비한다면 나도 자신감 있게 연회에 참석할 수 있을 것이다. 내겐 자신감이 필요하다. 나는 공국 공녀였다가, 한때는 잉글랜드 왕비였다가, 지금은 잉글랜드의 공주 비슷한 지위에 있다. 다른 누구도 아닌 내가, 클레베스의 안나가, 당당하게 궁으로 들어가 내게 주어진 새로운 역할을 우아하게 소화해야 한다. 크리스마스 연회다. 잉글랜드에서 내가 처음으로 맞는 크리스마스 연회. 궁정 사람들과 유쾌하게 어울려 즐거운 크리스마스 연회를 보내리라 기대했던 적이 한때나마 있었다고 생각하니 웃음이 나온다. 궁정의 안주인으로, 왕비로 이번 연회를 맞이하게 될 줄 알았는데 결국 주인에게 환대받는 손님이 되었다. 그런 법이다. 여자의 인생이란 그런 법이다. 내 잘못은 아니지만, 어쨌거나 나는 내가 예상했던 자리에 있지 않다. 내 잘못은 아니지만 나는 쫓겨났다. 훌륭한 왕비가 되려던 내가 잉글랜드의 훌륭한 공주가 될 수 있을까. 두고 볼 일이다.

제인 불린
1540년 크리스마스, 햄프턴 궁

　왕이 자기 조카와 처갓집 식구들을 적대시하는 바람에 우리는 숨죽인 채 고개도 들지 못하고 왕의 눈 밖에 나지 않기를 빌었다. 우리보다 대담한 누군가가 사전에 귀띔했는지, 찰스 하워드는 작은 낚싯배를 타고 하류로 도주한 다음 사정사정해서 연안 무역선에 몸을 싣고 프랑스로 출항했다. 이렇게 해서 찰스는 헨리의 잉글랜드 왕국에서 살 수 없어 속속 망명하는 수많은 망명객들, 그러니까 교황주의자들, 개혁파들, 신 반역법에 걸린 남자와 여자들, 그리고 왕이 반역자로 기소한 사람의 일가라는 이유만으로 범죄자가 된 남자와 여자들과 합류할 것이다. 왕은 망명객들의 수가 증가하면 의심도 그만큼 많아지고 두려움도 더 많이 느꼈다. 헨리 왕의 아버지, 선왕도 리처드 왕에게 추방당해 불만을 품은 소수 반대자들과 손잡고 잉글랜드를 차지했다. 헨리 왕은 사람들이 폭정을 증오하며 수많은 망명자와 왕위를 노리는 자들이 왕권을 전복시킬 수 있다는 사실을 누구보다 잘 알고 있다.

그러니 찰스도 타국 프랑스에서 안전하게 있으면서 왕이 죽기를 기다릴 것이다. 그의 생활은 여러모로 우리보다 낫다. 찰스는 조국과 가족에게 추방은 당했어도 자유롭다. 하지만 우리는 이곳에서 감히 숨도 제대로 쉬지 못한다. 레이디 마거릿은 예전에 갇혔던 사이온 수녀원에 다시 유폐되었다. 왕이 자기를 다시 유폐하리라는 소식을 듣고는 비통하게 절규했다. 본인의 말로는 안에 들어가면 방이 세 개 있고 한 귀퉁이에서는 강이 보인단다. 이제 스물한 살의 마거릿에게 낮은 한없이 쓸쓸하단다. 낮은 어찌 그리도 더디게 가고, 밤은 왜 그리도 긴지 모르겠다고 했다. 좋은 남자와 마음 놓고 사랑하고 결혼해서 행복하게 살 수 있게 왕이 허락해 준다면 소원이 없겠단다.

우리는 왕이 레이디 마거릿의 소원을 들어줄 리 없다는 사실을 잘 알고 있다. 올 겨울 행복은 우리 왕국에서 더없이 귀한 사치품이 되었다. 앞으로도 왕을 빼고는 행복한 사람은 아무도 없으리라.

캐서린
1540년 크리스마스, 햄프턴 궁

자, 지금 내가 가진 게 얼마나 될지 어디 한번 볼까.

제인 시모어의 유산이 모두 내게 왔다. 그렇다, 그게 모두 내 차지가 되었다. 성과 작위, 영지가 딸린 저택 할 것 없이 제인 시모어게 주었던 것이 이제 모두 내게 하사되었다. 시모어 가문 사람들이 얼마나 길길이 뛰었을지 상상해 보라. 한때 잉글랜드에서 가장 많은 땅을 차지하고 떵떵거렸는데, 이제 내가 이렇게 불쑥 나타나 제인 왕비 앞으로 되어 있었던 땅을 죄다 차지하게 되었으니 말이다.

그리고 반역죄로 처형당한 토머스 크롬웰의 재산이던 땅 대부분도 내 땅이 되었다. 큰아버지 말로는 십 년 묵은 체증이 쑥 내려가는 것 같다고 했다. 큰아버지 말로는 또 토머스 크롬웰이 평민이면서도 아주 비옥한 땅을 꿰차고 있었기 때문에 그 땅에서 내가 거둬들일 수입이 적지 않을 거라고 했다. 내가! 땅에서 만만찮은 수입을 얻는다! 낫이 뭔지 호미가 뭔지도 모르는 내가! 난 소작인들까지 거느리게 되었다. 도무지 실감이 안 난다!

사술과 남색으로 사형 선고를 받은 헝거포드 경의 땅도 내 소유가 될 예정이다. 리딩 수도원장이었던 휴 경의 땅도 마찬가지다. 죽은 사람들의 땅을 받는 건 썩 유쾌하지 않다. 하지만 로치포드 부인이 전에도 말했듯, 그리고 (사람들 말로는 내가 뭐든지 듣자마자 까먹는다고 하지만) 내가 항상 명심하고 있듯, 세상 어느 것이나 죽은 사람이 남긴 게 아닌 것이 없으니 이러쿵저러쿵 까다롭게 구는 것 자체가 멍청한 짓이리라.

누가 뭐라 해도 옳은 말이지만, 로치포드 부인이 비명횡사한 사람들의 재산을 물려받으면서 너무 대놓고 좋아하는 게 아닌가 하는 생각을 떨칠 수가 없다. 나로서는 어쩔 수 없다. 부인은 남편의 유산을 이어받아 로치포드 자작 부인 작위를 차지했고, 이제는 작위에 딸린 집까지 노린다. 내가 그 입장이라면, 만약 내가 남편이 없는 여자라면, 로치포드 부인보다는 훨씬 슬프고 마음이 복잡했을 텐데. 그런데 부인은 좀처럼 죽은 남편을 언급조차 하지 않는다. 아니, 단 한 번도 언급하는 걸 들은 적이 없다.

또 한 가지, 내 의붓딸이 나보다 나이가 많고, 나보다 더 구시대적이고, 나보다 더 지적 수준이 높은 것도 어쩔 도리가 없는 일이다. 크리스마스를 지내러 궁에 왔는데 누가 봐도 그 어머니가 살아 돌아온 것처럼 노숙하고 뚱한 모습이었다. 난 아무런 불평도 하지 않았고 사실 그럴 필요도 없었다. 공주가 나와 함께 있으니 그 심각하고 나이 들어 보이는 얼굴이 더욱 두드러져 내가 공주의 어머니라기보다는 공주가 내 어머니로 보일 지경이었다. 그것이 왕의 심기를 건드리기에 충분했다. 그리고 나로서는 참 흐뭇하게도 왕은 짜증 난 기분을 공주에게 있는 대로 다 드러냈다. 혼자 보기 아까울 정도로 재미있는 광경이었다. 나는 아무 노력도 할 필요가 없었다. 공주는 왕을 나이 들어 보이게 하고 나는 왕을 회춘하게 하는 존재다. 그러니 왕이 자기 딸을 미워하고 나를 좋아할 수밖에.

왕이 얼마 못 살 것은 분명하다. 그런데 만약 지금 당장 죽는다면, 아니면 올해 안에 죽는다면, 그럼 나로서도 꽤 슬플 것 같다. 하지만 결국 그때가 온다면, 예를 들어 내년이 그때라면, 나는 섭정 왕비가 되어 의붓아들 에드워드 왕자를 책임지고 보살피게 될 것이다. 그렇게 되면 참 신날 것 같다. 섭정 왕비가 되는 것보다 더 좋은 건 세상에 없을 것 같다. 왕비로 가졌던 모든 즐거움과 부는 그대로 다 가지고, 신경 써야 할 늙은 왕만 없어지는 것이니 말이다. 그때는 모든 사람이 나에게 신경 써야 할 것이다. 그중에서도 가장 신나는 상상은 지금부터 50년 후 내가 늙은이가 되었을 때도 주변 사람들이 나를 늙고 정나미가 떨어진 여자가 아니라 젊고 아름다운 아가씨로 대하는 상상이다. 내가 매일 아침 꽃처럼 피어나는 아름다운 여인인 것처럼, 지금의 나처럼 젊고 아름다운 여인인 것처럼 행동하도록 만들 것이다.

왕의 죽음을 언급하는 것은 절대 안 될 일이다. 꿈속에서라도 해서는 안 될 일이다. 왜냐하면, 신기하게도 왕도 역시 죽는다는 것을 조금만 내비치기만 해도 반역죄가 되기 때문이다. 웃기지 않는가? 빤한 사실을 말하는 것이 죄가 되다니! 어쨌거나 반역죄로 오인 받을 그 어떤 짓도 하지 않을 것이다. 왕의 죽음을 바라지도 않을 것이고, 심지어 기도하면서도 생각하지 않을 것이다. 하지만 토머스 컬피퍼와 춤을 출 때면, 그의 손이 내 허리를 감싸고 그의 따뜻한 입김이 내 목을 간질일 때면, 왕이 바로 지금 이 자리에서 죽는다면 그럼 난 젊은 남편을 얻을 수 있을 텐데. 젊은 남자의 손길을 다시 느껴 볼 수 있을 텐데. 사랑을 나눌 때의 상큼한 땀 냄새와 젊고 단단한 몸 그리고 깨끗한 입으로 받는 키스의 짜릿함을 다시 경험할 수 있을 거란 생각이 드는 건 어쩔 수 없다. 가끔 컬피퍼가 춤을 추면서 나를 잡을 때면, 내 허리를 단단하게 감싸 안을 때면, 그의 애무를 받고 싶은 마음이 굴뚝같다. 이런 마음이 들면 나는 낮은 목소리로 피곤하다고 말하고 그에게서 등을 돌린다. 그리고 내 허리에 놓인 그의 손가락에 순간 힘이 들어가는 것을 억지로 무시하고 자리로 돌아와 왕 옆에 앉는다. 레이디 마거릿은 지금 왕이 허락하지 않은 남자를 사랑한 죄로 사이온 수녀원에 감금되어 있다. 그러니 이런 생각을 하는 것은 모두 부질없는 짓이다. 이런 생각에 젖어 봤자 좋을 것 하나 없다.

제인 불린

1540년 크리스마스, 햄프턴 궁

이번 크리스마스는 캐서린의 생애 가장 행복한 크리스마스가 될 것이다. 시녀들도 캐서린을 중심으로 재편되었다. 캐서린은 잉글랜드에서 최상류 귀족 부인들과 기숙사에서 고삐 풀린 망아지처럼 제멋대로 놀던, 천하의 망나니 시녀들의 시중을 받게 된다. 자기 소유의 땅이 있고 수천 명씩이나 되는 하인들도 거느린다. 무어 인들도 부러워할 만큼 보석도 차고 넘친다. 이제 캐서린에게는 분명 생애 최고의 크리스마스가 될 것이다. 우리도 성대한 크리스마스를 준비하라는 명을 받았다.

왕은 휴식을 취한 뒤 원기를 회복해서 젊고 어여쁜 아내의 정열적인 남편임을 세상에 과시할 화려한 축제 생각에 들떠 있다. 잠시 떠들썩했던 조카의 추문도 잊혀졌다. 조카는 사이온 수녀원에 유폐됐고 그 연인은 달아났다. 캐서린 하워드는 왕비전의 기강이 풀린 탓을 본인을 제외한 다른 사람 탓으로 돌렸다가 이제는 다 용서했다. 신혼부부의 첫 크리스마스를 망칠 일은 아무것도 없을 듯싶다.

그런데 지금 어여쁜 캐서린 왕비의 얼굴이 좀 시무룩하다. 메리 공주는 어명을 받아 입궁해서 새어머니에게 무릎은 꿇었으나 웃지 않았다. 자기보다 아홉 살이나 어린 새어머니에게 좋지 않은 인상을 받은 기색이 역력하다. 사랑하는 어머니라는 호칭은 한때 유럽에서 제일 훌륭한 카타리나 왕비한테나 불러야 했던 말이다. 그런데 이제 그 자리를 꿰찬 맹하고 허황된 애송이에게 '어머니'라는 말을 하려니 탐탁하지 않은 모양이다. 언제나 학식도 많고 진지한 소녀요, 교회의 딸이자 에스파냐의 딸이었던 메리 공주는, 병아리 새끼처럼 자기 어머니 자리에 앉아 청하는 족족 뛰어내려 춤추는 애송이, 자기보다 어린 애송이를 곱게 봐 줄 수 없을 것이다. 왕비의 시녀들 중 가장 허황되고 어리석은 시녀였던 캐서린 하워드는 작년 봄에 만난 적이 있다. 하지만 이제 그 어린 도깨비가 왕비라니 어찌 믿을 수 있겠는가. 이 축제가 '피스트 오브 미스룰Feast of Misrule(중세 크리스마스 기간 동안 평민이나 대 군주의 노예 중에서 뽑힌 사람이 군왕이 되어 절대 권력을 가지고 천하를 다스리게 하는 전통 축제; 옮긴이)' 축제라면 메리 공주는 흥겹게 웃었을지 모른다. 그렇지만 이런 곡예 어전 공연을 매일 본다면 무슨 재미가 있겠는가. 그러니 웃음이 나올 리 없다.

궁정이 유쾌해졌다고 하는 이들이 있는가 하면 난잡해졌다고 하는 이들도 있다. 어린 바보에게 왕비전을 지휘하라고 맡겨 놓으면 농탕질, 불륜, 교태, 장난질, 만취, 거짓말, 음탕한 짓이 만연할 것은 불을 보듯 뻔하다. 우리 눈에는 그렇게 보인다. 메리 공주는 바보들의 시장을 지나는 심판관처럼 우리 틈에서 걸어가고 있다. 눈을 씻고 봐도 마음에 드는 게 없다는 표정이다.

어린 새색시가 삐쳐서 왕에게 심기가 불편하다고 투덜대니 왕은 딸 메리를 한쪽으로 데려가 정녕 궁에서 자리를 원한다면 몸가짐에 신경 쓰라고 나무랐다. 이보다 더 험한 꼴을 견딘 메리 공주는 혀를 깨물고 때를 기다린다. 애송이 왕비를 험담하는 말 한마디 없이 속 깊은 젊은 여인은 탁한 시냇물을 바라보듯이 애송이를 지켜보기만 한다. 메리의 어두운 시선에는 캐서린을 깔깔대는 어린 원혼처럼 가상의 존재로 여기는 무엇인가가 있었다.

안됐지만 어린 캐서린 하워드는 신분이 높아졌다고 해서 나아지는 기미가 보이지 않는다. 물론 캐서린에게 홀딱 반한 남편을 제외하고는 더 나아지리라 생각하는 사람도 없다. 캐서린의 큰아버지는 조카의 공적 행동을 예의 주시하지만 개인적으로 감시하는 소임은 나에게 일임했다. 걸핏하면 캐서린을 자기 처소로 불러 법도를 지키고 왕비답게 처신하라며 호되게 나무랐다. 그러면 캐서린은 주특기인 참회의 눈물을 흘렸다. 여기에 마음이 누그러진 공작은 앤과는 달리 따지거나, 대들거나, 프랑스 궁정의 법도를 들먹이거나, 대놓고 비웃지 않으니 그것으로 됐다고 생각했다. 그런데 바로 그 다음 주에 왕비 처소에서 난장판이 벌어졌다. 젊은 조신들이 왕비의 사실 사방에서, 심지어 침실에서까지 시녀들을 쫓아다니며 베개로 때리고 장난을 쳤는데 캐서린도 그들 틈에 끼어 있었다. 이들은 침대에서 소리를 질러 대며 춤을 추고 베개를 던져 댔다. 이런 판국에 되긴 뭐가 됐다는 말인가.

캐서린을 왕비다운 여자로 만드는 것은 쉬운 일이 아니었다. 교육도 안 되어 있는데다가 교양과 상식마저도 부족했다. 공작 부인이 자기 집에서 캐서린이 젊은 사내들과 한 짓을 어떻게 생각했는지는 하늘만이 알 일이다. 공작 부인은 캐서린에게 음악은 가르쳤지만 읽거나 쓰거나 셈하는 법은 가르치지 않았다. 캐서린은 외국어도 할 줄 아는 게 없었다. 음악 수업 시간에는 헨리 매녹스 선생의 관심과 키스만 받았다. 악보도 볼 줄 모른다. 작고 가냘픈 음성으로 노래하고 거리의 창부처럼 춤춘다. 승마는 배우고 있는 중이고, 그 밖에 다른 재주는 전혀 없다. 무재주가 재주다.

하지만 캐서린은 사내 비위를 맞추는 기술과 노퍽 저택에서 밤늦게 했던 장난질 덕에 창부같이 사내 후리는 요령은 터득했다. 다행히도 왕의 마음에 들려고 애쓴 결과, 믿기지 않을 정도로 잘 해내고 있다. 왕의 머릿속에는 캐서린이 완벽한 여자로 박혀 있다. 왕의 눈에는 어린 캐서린이 전처였던 카타리나 왕비를 대신한 것으로 보였다. 한마디로 사랑하지 않는 친딸과 형이 먼저 차지해서 처녀성을 의심했던 아내를 대신한 셈이다. 슬하에 딸 둘을 둔 아버지에다 다섯 여인과 결혼해서 부부의 연을 맺었던 왕에게는 분명 못다 이룬 꿈이 많을 것이다. 캐서린은 왕을 행복하게 해 주어야 할 아내다. 왕은 캐서린이 자기의 꿈을 이루어 줄 수 있다고 확신하기 위해 온갖 노력을 기울인다.

공작은 매주 나를 자기 처소로 호출했다. 예전에 불린 가의 앤과 조지를 통제하지 못한 탓에 이번 하워드 가문의 여식에게는 만전을 기하기 위해서다.

"캐서린은 조신하게 구는가?"

공작의 퉁명스러운 물음에 나는 고개를 끄덕였다.

"왕비전 시녀들과 홍청거리기는 해도 공작님이 공적으로 심하게 싫어하실 만한 말이나 행동은 추호도 하지 않습니다."

공작이 비웃듯이 내뱉었다.

"내가 싫어하든 말든 신경 쓰지 말게. 왕이 반대할 만한 행동은 없었나?"

나는 잠시 생각했다. 왕이 어떤 것을 반대할지 누가 알겠는가? 그래서 조심스럽게 대답했다.

"본인이나 본인의 지위를 욕되게 하는 짓은 전혀 하지 않아요."

공작은 눈썹을 매섭게 내리깐 채 나를 노려보더니 매몰차게 말했다.

"말 돌리지 말게. 수수께끼 놀이나 하자고 그대를 궁정에 둔 줄 아는가? 고것이 내 골치를 썩일 짓을 하는가 말이야?"

"어느 시종을 좋아해요. 서로 추파를 던지는 것 외에는 아무 일도 없었습니다."

공작이 언짢은 낯빛으로 물었다.

"왕의 눈에 띄었는가?"

"아뇨, 전하가 총애하는 토머스 컬피퍼가 바로 그 시종입니다. 전하는 두 사람을 맹목적으로 좋아하세요. 둘이 같이 춤추라고 분부하시질 않나, 완벽한 한 쌍이 되라는 말씀까지 하셨어요."

공작이 고개를 끄덕였다.

"나도 둘이 그러는 걸 본 적이 있네. 그렇게 될 수밖에 없지. 절대로 둘이만 있지 않도록 잘 감시하게. 하긴 열다섯 살짜리 아이라면 사랑에 빠지고도 남지. 마흔아홉씩이나 된 남편한테 빠지는 게 쉬운 일은 아니지. 그 아이를 몇 년은 지켜봐야 하네. 다른 일은?"

나는 머뭇거리다 이실직고했다.

"캐서린은 욕심이 많아요. 전하가 정찬을 들러 오실 때마다 뭔가를 청합니다. 전하는 그걸 싫어해요. 누구나 다 아는 일이지요. 전하가 아직은 그런 캐서린을 그리 싫어하진 않아요. 하지만 캐서린이 언제까지 마냥 이 삼촌 저 삼촌, 이 친구 저 친구의 자리를 청탁할 수 있겠어요? 선물만 해도 그래요."

공작은 자기 앞에 있는 종이에다 작게 표시했다.

"부인 말이 맞아. 그 아이가 윌리엄의 프랑스 대사 자리를 청탁할 걸세. 이번만 하고 더는 청탁하지 말라고 내 이르겠네. 또 있는가?"

"왕비전에 들어온 시녀들 문제인데요, 노퍽 저택과 호샴에서 온 아이들 말입니다."

"그런데?"

"고것들이 캐서린과 못된 짓을 합니다. 제가 통제할 수가 없어요. 생각이 모자라는 애들입니다. 날이면 날마다 이 사내, 저 사내와 모종의 일을 벌이고 있어요. 그중에 한 사내를 몰래 내보내거나 끌어 들여요."

"한 사내를 몰래 끌어 들이다니?"

공작이 갑자기 눈을 부릅뜨며 물었다.

"네, 전하가 왕비 침소에 드시면 캐서린의 평판에 누가 될 게 없지요. 근데 왕이 피곤하거나 편찮아 하룻밤을 거르실 때, 젊은 사내가 뒤쪽 계단으로 기어 올라가다 그 아이의 적들에게 들키기라도 하면 어찌 합니까? 그 사내가 캐서린을 만나러 가는 게 아니라 아그네스 레스트월드를 만나러 간다고 할 사람이 어디 있겠어요?"

내 말에 공작은 조심스럽게 말을 꺼냈다.

"캐서린에게는 적들이 있어. 이 나라의 개혁파든 루터파든 캐서린이 폐위되는 걸 보면 쌍수를 들어 환영할 거야. 벌써부터 그 아이 뒤에서 험담들을 하고 있네."

"공작님이 저보다 더 잘 아시겠지요."

"사방이 우리 적이야. 그 아이가 폐위당하고 우리도 같이 추락하는 꼴을 보면 잉글랜드의 온 가문들이 춤출 걸세. 이제까지 그랬으니까. 나도 제인 시모어가 추문으로 망신당하는 꼴을 보고 싶었다면 무슨 정보든 제공했을 게야. 왕은 언제나 궁정을 아내의 친구들로 잔뜩 채우거든. 이제 우리가 다시 득세했으니 적들이 벌 떼처럼 꼬일 걸세."

"우리가 오만 가지 권력을 다 가졌다고 내세우지 않는다면……."

"내 무슨 수를 써서라도 북부의 상관 대리 장관직에 오를 걸세."

공작이 흥분해서 말했다.

"네, 그런데 그 다음엔?"

내가 묻는 말에 공작이 느닷없이 따졌다.

"모르겠는가? 왕은 아군도 됐다 적군도 됐다 하는 사람이야. 에스파냐 아내를 두었을 땐 프랑스와 연합해서 출정했지. 불린 가와 결혼해서는 불린 세력과 손잡고 교황과 수도원을 파멸시켰어. 시모어가와 결혼했을 때 우리 하워드 가문은 식탁 밑에 몰래 기어 들어가 위에서 떨어지는 부스러기나 주워 먹을 수밖엔 없었지. 클레베스 아내를 얻었을 때 우린 결혼을 주선한 토머스 크롬웰의 노예 신세가 되었고. 이제 다시 우리 시대가 왔어. 우리 가문의 여식이 잉글랜드 권좌에 올랐으니 우리가 가질 수 있는 건 모조리 가질 수 있지."

"하지만 모두가 우리 적이라면, 우리의 탐욕 때문에 사방의 적이 된다면 어쩌실 건지요?"

공작은 누런 이를 드러내 웃으며 대답했다.

"사방이 우리 적일 수밖에 없어. 하지만 지금은 우리가 권력을 잡고 있네."

안나

1540년 크리스마스, 햄프턴 궁

'피할 수 없다면 우아하게 맞서자.'

이것이 앞으로 내 좌우명이다. 내 거룻배가 리치몬드 궁을 출발해

강 상류의 햄프턴 궁으로 향했다. 1인용 경정을 탄 사람들과 작은 배에 탄 어부들이 내 깃발을 보고는 모자를 벗으며 '안나 왕비에게 축복을!' 이라며 소리쳤다. 이따금씩 무례하게 던지는 말들도 있었다. '나라면 당신과 헤어지지 않을 거요!' 라거나 '템스 강 사내들과 연애 한 번 해보쇼!' 정도면 그나마 양반이었다. 이 모든 인사에 나는 웃으면서 손을 흔들며 '피할 수 없다면 우아하게 맞서자.' 라고 되뇌었다.

왕은 우아하게 행동할 수 없다. 이 문제에 관한 한 누가 보아도 그는 이기적이고 어리석다. 에스파냐와 프랑스 대사들은 분명 왕의 지나친 허영심을 비웃다 지쳐 옆구리가 결릴 지경이 되었을 것이다. 어린 캐서린도 — 아니, 캐서린 왕비도, 왕비라고 부르는 걸 잊지 말아야지 — 우아하게 행동할 수는 없을 것이다. 차라리 강아지에게 우아함을 바라는 게 낫지. 왕이 일 년 안에 캐서린을 쫓아내지 않거나, 캐서린이 아이를 낳다 죽지 않는다면 어쩌면…… 캐서린도 왕비답게 우아해질 기회가 있을지 모른다. 하지만 지금은 아니다. 사실 캐서린은 시녀로도 썩 훌륭한 편은 아니었다. 시녀로 있을 때조차 캐서린은 왕비전에 걸맞지 않았다. 하물며 어떻게 왕비 자리에 어울릴 수 있겠는가?

우리 세 사람이 온 나라의 웃음거리가 되지 않으려면 나만이라도 우아해야 한다. 나는 영광스러운 손님으로 내가 아끼던 궁에 우아하게 들어가야 한다. 그리고 내 옥좌에 앉아 있는 소녀에게 무릎을 굽혀 인사해야 한다. 캐서린 왕비라 불러야 한다. 웃어서도 울어서도 안 된다. 왕이 원하는 대로 그의 여동생이자 다정한 친구가 되어야 한다.

하지만 아무리 내가 제대로 처신한다 해도 왕의 변덕에 따라 언제든지 체포되고 기소당할 수 있다는 건 나뿐만 아니라 모든 사람이 다 아는 사실이다. 왕은 이미 자기 조카딸을 체포해 사이온에 있는 낡은 수녀원에 감금했다. 왕과 친척이라 해서 두려움에 떨지 않는 건 아니다. 왕의 친구라 해서 안전한 것도 아니다. 햄프턴 궁을 지은 토머스

울지가 어찌 되었는지 보면 알 수 있다. 그러나 왕과의 결혼이 무효화되어서 나는 몇 백 배 행복하다. 가장 멋진 옷을 빼입고 바지선을 타고 궁으로 향하는 나는 아마 왕과의 위태로운 관계를 잘 견뎌 내며 이 위험한 시기를 넘길 수 있을지도 모른다. 그리고 헨리의 왕국에서 독신인 여자로서 나만의 삶을 살아갈 수 있을지 모른다. 한 남자의 아내로서는 꿈도 못 꾸었을 그런 삶을.

클레베스 깃발을 나부끼는 내 바지선을 타고 여행하니 기분이 이상하다. 전용 바지선을 하나씩 타고 나를 쫓아오는 조신들도 없이, 요란한 환영 인사도 없이 이렇게 홀로 여행하게 되다니……. 왕은 결국 원하는 것을 얻었다. 새삼스러운 일도 아니지만, 사실 어떻게 이런 일이 가능한지 믿기지 않는다. 나는 한때 그의 아내였다. 그런데 이제 그의 여동생이 되었다. 이런 묘기를 부릴 수 있는 왕이 기독교 세계에 또 있을까? 잉글랜드 왕비는 나였는데 이제 다른 왕비가 생겼다. 새 왕비는 원래 내 시녀였는데 이제 내가 그녀의 시녀가 될 참이다. 연금술사의 작품이라도 되는 양 눈 깜작할 사이에 쇠붙이가 황금으로 변했다. 수많은 연금술사들도 할 수 없는 일을 헨리 왕은 해냈다. 그는 보잘것없는 쇠붙이를 황금으로 만들었다. 시녀들 중 가장 보잘것없던 캐서린 하워드를 화려한 왕비로 바꾸었다.

이제 막 도착했다. 노 젓는 사람들은 노련한 동작으로 일제히 노를 거둔 뒤 어깨에 노를 똑바로 세워 붙였다. 줄줄이 세워진 노 사이로 가로수 길 같은 통로가 생겼다. 배 뒤편에서 따뜻하게 단단히 모피를 두르고 앉아 있던 나는 그 길을 통과해 시동과 하인들이 양옆으로 줄지어 있는 뱃머리로 나왔다.

아, 그런데 이게 웬 영광인가! 노퍽 공작이 직접 나를 마중하기 위해 나온 게 아닌가. 게다가 추밀원 위원도 서너 명 나와 있었다. 보아하니 하워드 가문의 친척이거나 측근인 듯했다. 나를 이렇게 특별하게 맞이해 주다니. 공작도 나만큼이나 이 상황이 재미있는지 의미심장하게 웃고 있다.

내 예상대로 하워드 가문 사람들이 도처에 깔려 있었다. 다가오는 여름이면 왕국은 완전히 그들 손에 넘어갈 것이다. 공작은 이런 기회를 놓칠 사람이 아니다. 전장에서 닳고 닳은 노련한 퇴역 장군처럼 그는 이 기회를 십분 활용할 것이다. 이제 고지를 점령했으니 곧 전투를 시작하리라. 머지않아 시모어 진영과 퍼시 진영도 신경을 곤두세울 것이다. 파 가문과 컬피퍼 가문, 네빌 가문도, 크랜머를 중심으로 그동안 부와 권력에 익숙해진 개혁파 성직자들도 소외감을 오래 견뎌 내진 못하리라.

누군가 배에서 내리려는 나의 손을 잡아 주었다. 공작은 내게 인사를 하며 내가 여전히 왕비인 것처럼 말했다.

"햄프턴 궁에 오신 것을 환영합니다."

"고맙습니다. 이곳에 오게 되어 기쁘네요."

우리 두 사람 다 내 말에 숨겨진 뜻을 안다. 내가 다시는 햄프턴 궁을 볼 수 없게 되리라고 생각했던 나날들이 있었으니까. 밤이면 반역자들을 몰래 실어 나르는 배에 실려 런던탑의 수문을 통과하리라 생각했지. 이렇게 크리스마스 연회에 햄프턴 궁에 오리라고는 꿈에도 생각지 못했던 나날들이 있었다. 공작이 말했다.

"여기까지 오느라 추우셨죠?"

나는 공작의 팔을 잡았고 우리는 다정한 친구처럼 강가에서 궁까지 나 있는 오솔길을 걸었다. 내가 대답했다.

"추우면 어때요."

"캐서린 왕비님이 방에서 기다리고 계십니다."

"왕비님은 마음도 넓으시군요."

그래. 이제 그 말을 했다. 내 시녀 중에서도 가장 우스웠던 여자 애를 마침내 '왕비님' 이라고 불렀다. 마치 여신을 부르듯, 그것도 그 아이의 큰아버지 앞에서. 공작이 말했다.

"왕비님이 공작 부인을 무척 그리워했습니다. 우리도 모두 부인을 그리워했죠."

나는 웃으며 고개를 숙였다. 예의를 갖추기 위해서가 아니라 웃음을 터뜨리지 않기 위해서였다. 내가 주술을 부려 왕의 정력을 앗아 갔다고 주장하려 했던 이 남자가 나를 그리워했다니. 이 사람 때문에 나는 누군가 나를 구할 새도 없이 목이 달아날 뻔했다. 나는 고개를 들고 무덤덤하게 대답했다.

"공작님의 우정이 고마울 따름입니다."

우리는 궁정 뜰 출입구를 통해 들어갔다. 왕비전에 있던 대여섯 명의 시동과 젊은 귀족들이 출입구와 왕비 처소 사이에서 서성이다 인사하며 나를 반겼다. 특히 어린 시동 하나가 내게 달려와 무릎을 꿇고 내 손에 키스를 했을 때 나는 주체할 수 없을 정도로 가슴이 뭉클했다. 눈물을 꾹꾹 참고 얼굴을 쳐들었다. 그렇게 짧은 시간 동안, 고작 여섯 달 동안 안주인이었을 뿐인데 아직도 나를 따르다니. 다른 여자가 내 방에 살며 그들의 시중을 받고 있는데도 나를 기억하다니…….코끝이 찡했다.

공작은 얼굴을 찌푸렸지만, 아무 말도 하지 않았다. 나도 조심하느라 아무 말도 하지 않았다. 우리 두 사람은 계단과 연회장에 늘어서서 작은 소리로 내게 인사하는 사람들을 태연하게 지나쳤다. 공작은 나를 이끌고 왕비 처소로 갔다. 그가 고개를 끄덕이자 이중문을 지키던 병사들이 큰 소리로 알렸다.

"왕비님, 클레베스 공작 부인 납십니다."

나는 안으로 들어섰다.

옥좌는 비어 있었다. 나는 어리둥절하니 서서 그 모든 일이 순간적인 객기로 던진 농담이었다고 믿을 뻔했다. 잉글랜드의 유명한 농담들 가운데 한마디였다고. 이제 공작이 나를 바라보며 '물론 부인이 왕비지요. 다시 옥좌에 앉으세요!' 라고 말하면 우리 모두 한바탕 웃고, 모든 일이 예전 그대로 되돌아갈 것이라고.

하지만 나는 옥좌가 비어 있었던 까닭이 왕비가 마루에서 털실 뭉치를 갖고 고양이와 장난치고 있었기 때문이라는 것을 알았다. 왕비의 시녀들은 자리에서 일어나 아주 우아하게 인사했다. 하지만 최고 왕족이 아닌 하급 왕족에게 하는 인사였다. 어린아이처럼 놀던 캐서린 하워드가 마침내 고개를 들고 나를 보더니 '왕비님!' 하고 외치며 달려왔다.

공작은 왕비가 내게 이렇게 친밀함과 애정을 표시하는 걸 못마땅하게 생각한다. 그 표정을 읽은 나는 무릎을 굽혀 왕에게 하듯 캐서린에게 깍듯이 인사하고 단호하게 말했다.

"캐서린 왕비님."

그러자 캐서린은 흥분을 가라앉혔고 우리를 쳐다보는 수많은 눈앞에서 연기를 해야 한다는 생각이 떠오른 듯했다. 달려오던 걸음을 멈추고 내게 살짝 무릎을 굽혀 인사하며 작은 소리로 말했다.

"공작 부인."

나는 몸을 일으켰다. 괜찮다고, 옛날처럼 지낼 수 있다고, 자매처럼, 친구처럼 지낼 수 있다고 얼른 말해 주고 싶었지만 방문이 닫힐 때까지 기다려야 했다. 그건 비밀이어야 하니까. 나는 예를 갖춰 말했다.

"초대해 주셔서 영광입니다, 왕비님. 왕비님과 부군인 국왕 전하와 함께 크리스마스 연회를 즐길 수 있게 되어 정말 기쁩니다. 전하께 하느님의 축복이 있기를 기원합니다."

캐서린은 어색한 듯 살짝 웃었다. 대답을 재촉하는 내 눈빛을 보고 공작을 흘긋 쳐다보더니 대답했다.

"공작 부인을 궁정에 초대하게 되어 기쁩니다. 전하께서는 공작 부인을 여동생처럼 여기시고 저 역시도 그렇습니다."

그리고 나서 한 발 앞으로 다가서며 내가 입 맞출 수 있게 뺨을 내밀었다. 원래 나를 보자마자 그렇게 하라고 지시를 받았을 테지만 깜박했던 것 같다.

우리를 유심히 보던 공작이 큰 소리로 말했다.

"전하께서 오늘 저녁은 이곳에서 두 분과 함께 드시겠다고 말씀하셨습니다."

"그러면 전하를 환영해 드려야겠군요."

캐서린이 이렇게 말했다. 그리고 로치포드 부인 쪽으로 돌아보며 이렇게 덧붙였다.

"저녁이 준비되는 동안 공작 부인과 저는 사실에 있을게요. 우리 둘만 있고 싶어요."

그리고 나서 캐서린은 내 사실, 아니 캐서린의 사실로 향했다. 마치 평생 그 방에서 살아온 사람 같았다. 나는 캐서린의 뒤를 따랐다.

방문이 닫히자마자 캐서린이 내게 다급히 물었다.

"그 정도면 괜찮았죠? 왕비님의 인사는 정말 근사했어요. 고맙습니다."

나는 웃으며 대답했다.

"괜찮았던 것 같아."

"앉으세요, 앉으세요."

캐서린이 내게 손짓하며 말했다.

"왕비님 의자에 앉아도 좋아요. 그럼 더 편하실 거예요."

나는 망설이다 대답했다.

"아니, 그러면 안 되지. 거기엔 캐서린이 앉아요. 나는 그 옆에 앉을게. 혹시 누가 들어올지도 몰라."

"들어오면 어때요?"

"우릴 항상 감시할 거야."

나는 적절한 표현을 찾으며 말을 이었다.

"넌 늘 감시당할 거야. 조심해. 항상."

캐서린은 고개를 가로저으며 말했다.

"전하가 제게 얼마나 잘하는지 모르실 걸요. 그런 모습을 본 적이 없을 걸요. 전 뭐든지 청할 수 있어요. 원하는 건 뭐든지 가질 수 있어요. 청할 수 있고 가질 수 있다고 생각하는 건 뭐든. 전하는 제게 무슨 일이든 허락하세요. 그리고 무슨 일이든 용서하세요."

"다행이야."

이렇게 말하며 나는 캐서린을 보고 웃었다. 그러나 고양이와 놀 때만큼 캐서린의 얼굴이 환하지는 않았다. 캐서린은 망설이다 말을 꺼냈다.

"다행이란 건 알아요. 저는 세상에서 가장 행복한 여자일 거예요. 제인 시모어처럼요. 아시죠? 그분의 좌우명이 '가장 행복하자' 였대요."

"아내로서, 잉글랜드 왕비로서의 삶에 익숙해져야 해."

내가 단호히 말했다. 캐서린 하워드의 어리광 따위는 듣고 싶지 않았다.

"그럼요."

캐서린이 큰 소리로 대답했다. 정말 어린애 같다. 누가 꾸짖으면 그게 누구든 캐서린은 상대의 비위를 맞추려고 애쓴다.

"정말 노력하고 있어요, 왕비님. …… 아니, 안나 공작 부인."

제인 불린

1540년 새해 전날 밤, 햄프턴 궁

햄프턴 궁에는 왕비가 둘씩이나 있다. 이런 전례는 본 적이 없다. 안나 왕비를 보필했던 시녀들이 이제 공작 부인이 된 안나를 다시 만나 반가워하면서 즐겁게 시중들을 들고 있다. 이렇게 안나를 따뜻하게 맞이하는 환대에 궁정이 다 놀랐고 나까지도 놀랐다. 그런데 안나 왕비한테는 언제나 사소한 일이라도 사람들을 기쁘게 하는 마력이 있었다. 즉석에서 감사하고 보답도 잘했다. 반면에 캐서린 왕비는 지시도 많이 하고 불평도 많은 데다 요구가 한도 끝도 없었다. 우리가 철부지한테 탁아소를 맡긴 격이다. 캐서린 왕비는 같이 어울리는 친구들에게 호의를 베푸는 것 못지않게 원한도 많이 샀다.

궁정 사람들은 안나가 살던 햄프턴 궁에서 안나를 보고 반가워했다. 안나가 캐서린 왕비와 그토록 즐겁게 춤추거나 두 사람이 팔짱을 끼고 걷거나, 나란히 말을 달려 사냥을 나가거나, 두 사람이 전 남편이자 현재의 남편인 왕과 정찬을 즐기는 모습에 아연실색하면서도 재미있어 했다. 왕은 두 사람을 귀여운 딸처럼 쳐다보고 빙긋이 웃었다. 아주 흡족한 모양이다. 이렇게 행복하게 해결된 결과에 몹시 뿌듯해하는 모습이 역력했다. 왕비였던 안나 공작 부인은 나름 솜씨를 발휘해 선물을 준비했다. 새 신랑 신부에게 잘 어울리는 아름다운 자줏빛 벨벳 장식을 덮은 근사한 말 두 필을 선물했다. 왕에게 딱 어울리는 선물이었다. 지금에서야 말이지만 안나는 몸가짐이 왕비답게 기품이 있다. 왕의 새 부인의 궁정에서 열리는 첫 크리스마스 축제에서 전처라는 긴장감에도 불구하고, 클레베스의 안나는 재치와 기품을 보였다. 이런 역할을 이리도 신중하게 해낼 수 있는 여인은 이 세상에 없을 것이다. 인류 역사상 이런 일을 할 수 있는 유일한 여인이기에 더욱 돋보였다. 과거에 다른 왕비들은 밀려나거나 강제 출궁 당했다. 이 궁정에서 안나 왕비 외에는 다른 곳에서도 가면극 안무가의 동작처럼 우아하게 스텝을 밟으며 자기 몫의 춤을 계속 추었던 사람은 단 한 사람도 없었다.

왕이 조숙한 어린애한테 빠져 이성을 잃었다가는 훗날 이렇게 사려 깊고 매력적인 여인의 자리에 맹한 애송이를 앉힌 선택을 후회하지 않을까 우려하는 사람들이 많았다. 안나가 해가 가기 전에 좋은 상대와 결혼하리라고 예측한 이들 또한 많았다. 그도 그럴 것이 왕비가 되었다가 일반인으로 전락했는데도 내면에 거대한 무언가가 있는 사람처럼 처신하는 여인을 누가 마다할 수 있겠는가.

나는 앞서 생각하는 성격이라 그렇게 생각하지는 않았다. 안나는 다른 남자와 정혼한 적이 있다는 합의서에 서명했다. 왕과의 결혼이 무효였으니 다른 사람과도 결혼하지 못할 것이다. 왕은 로렌 공작의 아들이 살아 있는 동안은 안나를 독신으로 구속한 셈이다. 안나에게 독신으로 회임도 하지 못하게 고통을 주었는데 이걸 헤아리기나 하는지 모르겠다. 그렇지만 안나는 바보가 아니다. 그 점은 이미 고려했을 것이다. 계약할 가치가 있다고 생각한 게 틀림없다. 아무튼 안나는 우리가 궁정에서 본 왕비들 가운데 참으로 기이한 여인이다. 겨우 스물다섯 나이에 매력적이고 기품도 있는 데다 재산도 많고 오명도 없으며 아이를 낳을 적령기인데도 재혼하지 않겠다고 다짐했다. 클레베스에서 온 이 여인이 얼마나 묘한 왕비인지 이제 드러났다!

안나의 모습은 보기 좋았다. 왕비였을 때 숨김없는 표정과 해쓱했던 볼은 넷째 부인이 되는 심리적 부담 탓이었다. 다섯째 부인이 그 자리를 차지하고 나니 이제 안나는 명예라는 위험한 함정에서 벗어난 젊은 여자의 건강미까지 보였다. 유배 시간 동안 자신을 갈고 닦았나 보다. 언어 구사력도 훨씬 좋아져서 단어와 씨름하지 않아도 되니 이제 목소리도 곱고 맑게 나왔다. 유머를 이해하고 마음도 가벼워지다 보니 성격도 밝아졌다. 카드놀이와 춤도 배웠다. 행동이나 외모에서 클레베스 루터파의 엄격함도 사라졌다. 드레스도 알아볼 수 없을 정도로 이렇게 엄청나게 달라지다니! 독일 시골 처녀처럼 머리에는 무거운 후드를 쓰고, 몸은 화약통처럼 둘둘 감싼 데다, 무거운 옷을 겹겹이 껴입고, 잉글랜드에 처음 왔을 때와 지금의 세련된 외모를 비교하면서, 나는 이 여인이 자신을 변신시키기 위해 자유를 택했다는 사실을 깨달았다. 안나는 왕과 승마를 한다든지, 유럽 궁정과 잉글랜드에 어떤 미래가 펼쳐질지를 놓고 진지하게 대화를 나누었다. 다른 한편으로는 자기도 푼수가 되어 캐서린과 낄낄거리며 웃어 대기도 했다. 조신들과 카드놀이도 하고 왕비와 춤도 추었다. 메리 공주에게는 궁에서 안나가 하나밖에 없는 진정한 친구인지라, 두 사람은 아침마다 개인 시간에 같이 성경도 읽고 기도도 했다. 안나는 또 레이디 엘리자베스의 유일한 후원자로서 예전의 의붓딸과 꾸준히 감동적인 편지를 주고받으며 보호자이자 사랑하는 고모가 되기로 약속까지 했다. 에드워드 왕자의 보육원에도 정기적으로 찾아갔다. 왕자는 안나를 보면 예의 그 귀여운 표정이 환해졌다. 한마디로 클레베스의 안나는 아름답고 높이 존경받는 왕의 누이동생답게 여러모로 조신해서 누구나 안나가 이 모든 역에 적임자라고 입을 모을 수밖에 없었다. 왕비로서 최적임자라고 말하는 사람들이 많았다. 하지만 이렇게 안타까워해 봤자 이미 엎질러진 물이다. 그건 그렇고 우리 증언으로 클레베스의 안나가 참수대로 가지 않아서 다들 얼마나 기뻤는지 모른다. 지금은 다들 안나를 칭송하지만 그들도 나처럼 왕을 위해 안나에게 불리한 증언을 하라고 했다면 열심히 증언했겠지.

새해 전날 밤에 공작은 올해를 보내는 기념으로 축배를 함께 들고 새해 결심을 해야 한다는 듯 나를 자기 처소로 호출했다. 우선 안나가 궁에서 조신하게 처신한 모습 때문에 무척 기분 좋았다는 이야기부터 꺼냈다. 그러더니 내게는 조카뻘이자 메리의 딸, 캐서린 캐리가 시녀로서 사촌 캐서린을 잘 보필하고 있는지 물었다.

　"자기의 소임을 다하고 있습니다. 그 아이의 어머니가 잘 가르쳐서 제가 관여할 일은 별로 없어요."

　내 말에 공작은 능글맞게 웃으며 말했다.

　"부인과 메리 불린은 친한 적이 없었지."

　"우린 서로 알 만큼 알아요."

　이렇게 난 제 실속만 챙기는 시누이 얘기를 받아넘겼다.

　"물론 메리가 불린 가의 유산을 상속했지."

　공작은 내가 잊은 일을 일깨우겠다는 양 지난 일을 들추었다.

　"우리가 모든 걸 구해 낼 수야 없지."

　나는 고개를 끄덕였다. 우리 집 로치포드 홀은 조지가 죽자, 시부모님에게 넘어갔다가, 시부모님이 다시 메리한테 주었다. 나한테 상속했어야 마땅했다. 그이가 나한테 주어야 했는데 엉뚱한 데다 주었다. 나는 처리해야 하는 문제로 갖은 위험과 공포만 끔찍하게 겪다가 결국 내 작위와 연금만 간신히 건졌다.

　"캐서린 캐리는? 새 왕비 수업 중인가? 에드워드 왕자의 눈에 들게 그 아일 수업시켜 보면 어떨까? 왕의 후계자 침소에 들여보낼 수 있을 것 같은가?"

　공작은 나를 놀릴 셈으로 물었다.

　"그 아이 어머니가 일찍이 그건 금한 걸로 알고 있어요. 좋은 가문에 시집가 조용히 생활하길 바랄 텐데요. 그분은 궁정에는 신물이 났잖아요."

내가 냉정하게 딱 잘라 말하자 공작은 껄껄대며 화제를 돌렸다.

"그렇다면 우리의 기대주, 왕비의 근황은 어떠신가?"

"아주 행복합니다."

"그 아이가 행복하든 말든 내 알 바 아니고. 회임한 기미는 보이는가?"

"아뇨, 보이지 않아요."

"어째서 신혼 첫 달에 실수했지? 우리한테 잔뜩 기대만 부풀려 놓고."

공작의 말에 나는 짜증스럽게 대꾸했다.

"캐서린은 달거리를 따질 줄 몰라요. 그게 얼마나 중요한지 실감하지도 못해요. 제가 달거리를 주시하고 있어요. 다시는 착오 없이 하겠습니다."

공작은 한쪽 눈을 찡그리며 아주 나직하게 물었다.

"왕이 할 수 있긴 한 게야?"

나는 문 쪽을 힐끗거릴 필요도 없었다. 누가 들을 리도 없고 우리가 그리 위험한 대화를 하는 것도 아니니까.

"꽤 오래 고생하다 보니 파죽음이 되긴 하지만 결국 해내십니다."

"그렇다면 그 아이는 회임할 수 있는 능력은 있는가?"

"달거리도 꼬박꼬박 하고 건강하고 튼튼해 보여요."

"회임하지 못하면 왕은 원인을 찾을 걸세."

공작은 왕이 죽 끓듯 변덕을 부리는 와중에 내가 무언가 할 수 있는 일이 있다는 듯, 나를 은근히 압박했다.

"늦어도 부활절까지 회임하지 않으면 왕은 원인을 추궁할 걸세."

나는 어깨를 으쓱했다.

"그런 일은 시간이 걸릴 때가 있어요."

"시간이 걸렸던 전처는 참수형을 당했어."

공작의 말에는 서릿발이 날렸다. 나는 부아가 치밀어 대들었다.

"일깨우지 않으셔도 압니다. 생생하게 다 기억하고 있어요. 앤이 뭘 했고 뭘 도모했는지, 어떤 대가를 치렀는지. 그리고 제가 치러야 했던 대가도요."

이렇게 발끈하자 공작은 기절초풍한 기색이다. 나도 놀랐다. 무슨 일이 있어도 불평하지 않겠다고 스스로 다짐했었다. 나는 할 만큼 다 했다. 두 사람도 그 입장에서 할 만큼 다했다.

"내 요지는 우리가 왕이 궁금해하지 않게 해야 한다는 말일세."

공작은 나를 달래며 말을 이었다.

"로치포드 부인. 그건 우리 가문, 우리 하워드 일가를 위해 아주 좋은 일일세. 왕이 궁금해하기 전에 캐서린이 회임한다면 말일세. 그게 우리에게 가장 안전한 길이네."

나는 화가 풀리지 않아 냉정하게 대답했다.

"말짱 헛수고죠. 전하가 캐서린에게 회임시킬 능력이 없다면 우리가 무슨 수를 쓰겠어요? 노인에다 환자십니다. 자식을 많이 낳으신 적도 없고요. 현재 전하의 성 기능은 썩은 다리와 변비 때문에 약해지면 약해졌지 좋아질 수가 없어요. 그런데 공작님이나 제가 뭘 할 수 있겠어요?"

"우리가 왕을 도울 수야 있지."

공작이 한마디 던졌다.

"이 이상 뭘 할 수 있겠어요? 캐서린은 창부들이 쓰는 기술이란 기술을 총 동원하고 있어요. 전하를 매음굴을 찾은 술 취한 선장처럼 다루는 걸요. 여자가 할 수 있는 짓은 다 동원하고 있어요. 전하가 하실 수 있는 건 '아아, 캐서린! 오오, 우리 장미!', 이런 신음밖엔 없어요. 쏟을 정력이 이젠 없으세요. 전하한테 아기가 생기지 않는 건 당연한 거예요. 이런 마당에 우리가 뭘 할 수 있겠어요?"

"누군가를 고용하면 되지."

공작은 포주처럼 교활한 소리를 했다.

"뭐라고요?"

"정력이 센 사내를 고용하면 되네."

"무슨 말씀이세요?"

"가령 젊은이, 우리가 믿을 수 있고 밀회를 즐길 만한 친구가 있다면, 우린 그 친구를 캐서린과 만나게 해서 캐서린이 녀석을 후리도록 부추기면 되겠지. 두 젊은이가 어느 정도 서로 즐기고 나면, 우린 아무도 모르게 감쪽같이 튜더 가의 요람에 뉘일 아기를 얻는 셈이지."

공작의 말에 나는 소름이 끼쳐 딱 잘라 말했다.

"다시는 그런 일 하시면 안 됩니다."

공작은 낯빛이 얼음처럼 차갑게 변하면서 내 말을 부정했다.

"난 그런 짓 한 적 없네, 없어."

"그건 그 아일 참수형에 처하는 짓입니다."

"주도면밀하게 한다면 그럴 일은 없어."

"그 아이가 위험할 수 있어요."

"세심하게 가르치고 따라다니면 괜찮겠지. 부인이 매사에 붙어 다닌다면, 그 아이의 명예를 지키겠다고 각오한다면 괜찮을 거야. 왕에게 수차례씩이나 믿을 만한 증인이 되어 준 그대를 누가 의심하겠는가?"

"암요, 전 언제나 왕을 위해 증언했지요."

이렇게 말하는데 두려워서 목이 탔다.

"사형 집행인을 위해 증언하고 항상 승자 편이었지요. 피고를 위해 증언한 적은 한 번도 없어요."

"그래, 언제나 우리 편을 위해 증언했지. 부인은 앞으로도 여전히 승자 편에 설 거야. 안전하게. 그대는 차기 잉글랜드 왕의 일가가 되는 셈이지."

"하지만 그 사내는요? 우리가 이런 비밀을 마음 놓고 털어놓을 수 있는 사내는 없어요."

이렇게 말하면서 나는 하도 겁에 질려 숨이 막힐 뻔했다. 공작이 고개를 끄덕였다.

"아 그렇지. 그 사내. 그자가 임무를 다하고 나면 응당 죽여야 할 것 같은데……. 그렇지 않은가? 우발적인 사고나 검투를 하다가 죽었다고. 아니면 강도에게 죽었다고 하든지. 아무튼 그자를 확실히 제거해야 해. 우리가 또 불 속에 뛰어들 수야 없지 않은가……."

공작은 말하다 말고 망설이더니 한마디 더했다.

"추문."

나는 추문이라는 말에 눈을 감았다. 잠시 어둠 속에서 고개를 돌려 나를 쳐다보는 남편의 환영이 보인다. 내가 법정으로 들어가 배심원단 앞에 앉자 도저히 믿기지 않는다는 그이의 표정, 내가 자기를 구하러 왔다고 일순 품었던 희망, 그러다 내가 증언할 각오를 하자 서서히 밀려드는 공포에 떠는 그이의 표정이.

나는 고개를 흔들고는 공작에게 말했다.

"끔찍한 생각이세요. 제게 말씀하신 복안은 생각만 해도 무시무시합니다. 우린 그런 일들을 일찍이 보았고, 했어요."

나는 차마 말을 이을 수가 없었다. 공작이 나를 끌어들여 벌이려는 일이 어찌나 끔찍한지 말도 나오지 않았다.

"내가 부인한테 말한 연유는 이제껏 부인이 겁에 질리지도 않았고 끔찍한 일을 견뎌내는 뱃심이 있었기 때문일세."

이런 공작의 목소리에는 오늘 저녁 처음으로 따뜻함이 배어 있었다. 그래서 나는 애정의 소리로 착각할 뻔했다.

"우리 가문에 대한 내 야망을 털어놓을 사람이 그대 말고 어디 있겠나? 그 담력과 재주 덕분에 우리가 예까지 올 수 있었어. 그대가 반드시 우리 가문에 큰 공을 세우리라 믿어 의심치 않네. 왕비에게 쾌히 행운을 안겨 줄 수 있는 젊은이가 누군지 부인은 알고 있을 게야. 왕비와 쉽게 만날 수 있고 훗날 제거할 수 있는 젊은이. 왕이 캐서린과 어울리라고 부추기는 신하, 왕이 총애하는 신하가 되겠지."

나는 무서워서 구역질이 날 뻔했다.

"오해십니다, 공작님. 제발 오해하지 마세요. 그건 오해세요. 그때 제가 한 일은…… 제 머릿속에서 지워 버렸고……. 그 말을 해 본 적도 없고 생각도 해 본 적 없어요. 나한테 그 생각을 하라고 한다면 전 미쳐 버릴 겁니다. 전 조지를 사랑했고……. 제발 그 생각 좀 하지 않게 해 주십시오. 그걸 떠올리지 않게 해 주시라고요."

공작이 일어났다. 테이블 쪽에서 돌아 나오더니 내 양 어깨에 손을 얹었다. 공작은 부드럽게 손을 얹었는데 나는 마치 공작이 자기 의자에다 나를 앉혀서 꽉 누르고 있는 듯한 착각이 들었다.

"로치포드 부인, 결정하시게. 이 문제를 곰곰이 생각해 보고 본인의 생각을 말해 주게나. 난 부인을 무조건 믿네. 틀림없이 우리 가문에 최선이 되는 일을 하리라 믿네. 본인한테도 최선이 될 거야."

안나

1541년 2월, 리치몬드 궁

집에 돌아 왔다. 집에 오니 마음이 무척 편했다. 나는 사람들과 어울리기를 꺼려하는 어쩔 수 없는 지루한 노처녀인가 보다. 하지만 집에 돌아와 내 방 창가에서 밖을 내다볼 수 있고, 내 요리사가 해 주는 음식을 먹을 수 있다는 이유만으로 마음이 편한 것은 아니다. 궁정을,

어둠 속에 싸여 있는 궁정을 빠져나왔다는 게 기쁘다. 궁정이란 얼마나 불쾌한 곳인지……. 그 불쾌함을 참고 견딜 사람은 많지 않을 듯싶다. 왕은 그 어느 때보다 변덕이 심하다. 호색한이라도 되는 양 캐서린 하워드에게 달라붙어 사람들 앞에서 캐서린을 주무르다가 캐서린의 얼굴이 빨개지면 신이 나서 키득거리다가도 30분쯤 지나면 조신 하나를 붙들고 불같이 화를 내곤 했다. 그러다 갑자기 모자를 바닥에 내팽개치며 시동에게 있는 대로 성질을 부리다 금세 우울해져서는 말 없이 앉아 증오와 혐오가 가득한 눈으로 주위를 둘러본다. 누구에게 화풀이할 사람 없나 하고 찾는 눈치였다. 불같은 그 성미야 늘 제멋대로였지만 이제는 위험한 정도까지 왔다. 왕은 화를 참지 못하고 아무 때나 분통을 터뜨린다. 그뿐 아니라 머릿속에서 커 가는 공포를 다스리지 못하고 있다. 곳곳에서 사람들이 음모를 꾸미며 도처에 암살자들이 도사리고 있다고 생각한다. 조신들은 이제 왕의 주의를 돌리고 교란시키는 데 도가 텄다. 하지만 왕의 기분이 느닷없이 침울해질까 봐 모두 숨죽이고 두려워한다.

캐서린은 귀여운 애완견처럼 왕이 찾으면 달려가지만 왕이 성질을 부릴 때면 달아나 버린다. 그러나 캐서린도 머지않아 지칠 게 틀림없다. 그 주변에는 바보 같고 천박한 여자애들만 득실거린다. 아무리 봐도 양갓집 규수들 같지가 않았다. 그들은 기회만 있으면 맨살을 최대한 드러내고 보석을 과시하면서 이를 데 없이 야한 옷차림으로 돌아다닌다. 태도도 좋지 않다. 왕이 정신을 차리고 왕비 처소에 있을 때면 얌전하게 굴며 근사한 우상에게 인사를 하듯 무리 지어 왕에게 인사를 올린다. 하지만 왕이 사라지면 곧바로 철없는 계집애들처럼 뛰어다닌다. 마치 망아지처럼. 캐서린은 그들을 전혀 통제하지 않는다. 오히려 닫힌 사실 문 안에서 그 패거리의 대장 노릇을 한다. 시동과 궁정의 젊은 남자들, 악사들이 왕비 처소를 하루 종일 들락거리며 음악을 연주하고 도박을 하며, 술을 마시고 연애질이나 한다. 캐서린은 철없는 계집애나 다름없어서 값비싼 드레스를 걸치고 물장난을 치고는 금세 다른 옷으로 갈아입는다. 캐서린 주변에는 자기보다 나이 많은 사람들이 많다. 하지만 그들은 솔직하지 못 하다. 왕비전은 기강이 풀렸다. 아니 풀린 정도가 아니다. 누군가 달려와 왕이 온다고 하면 다들 야단법석을 떨며 몸가짐을 단정히 한다. 캐서린은 이렇게 법석 떠는 것마저 재미있나 보다. 딱 철부지 계집애다. 이제 왕비전에서는 규율이 완전히 사라졌다.

앞으로 궁정에 무슨 일이 일어날지 모르겠다. 결혼 첫 달에 캐서린은 회임했다고 말했는데 착각일 뿐이었다. 그게 얼마나 큰 실수인지 모르는 듯했다. 그 이후로는 희망이 없는 듯하다. 내가 떠날 무렵에 왕은 다리 상처가 심해져 침대에 드러누운 채 아무도 만나려 들지 않았다. 캐서린은 왕의 아이를 낳을 수 없을 것 같다고 내게 털어놓았다. 나와 합방했을 때처럼 왕은 캐서린과도 그 일을 치르지 못한단다. 왕이 쾌락을 느낄 수 있게 캐서린이 왕에게 재주를 부리면서 매우 정력적이라며 안심시키고 있지만 실제로 왕은 그 일을 제대로 하지 못한다는 것이다.

"전 연기를 하고 있어요."

캐서린이 침통하게 고백했다.

"저는 숨을 몰아쉬고 신음 소리를 내면서 너무 좋다고 소리 질러요. 왕은 집어넣으려고 안간힘을 쓰지만 사실 그 물건을 제대로 움직이지도 못해요. 그냥 애처롭게 흉내만 낼 뿐 실제로 집어넣지는 못해요."

나는 내게 그런 말을 해서는 안 된다고 캐서린에게 주의를 주었다. 캐서린은 아주 심각한 표정으로 그럼 누구에게 조언을 구해야 되느냐고 물었다. 나는 고개를 저으며 말했다.

"아무도 믿어선 안 돼. 나는 지금 네가 나한테 말한 것만큼도 말하지 않았지만 교수형당할 뻔했어. 캐서린, 전하가 남자 구실을 할 수 없다거나, 머지않아 죽을 것 같다고 말하면 그건 반역이야. 반역죄의 대가는 죽음인 거 알지? 누구한테도 이런 이야기를 하면 안 돼. 네가 그런 소리를 했냐고 누군가 나한테 물어보면 나는 거짓말을 할 거야. 너를 위해서. 네가 결코 그런 말 따윈 하지 않았다고 할게."

캐서린의 작은 얼굴이 백짓장처럼 하얘졌다.

"그럼 저는 어떻게 해야 하죠? 도움을 구할 수 없다면 어떻게 해야 해요? 문제가 있다고 말하는 것조차 죄라면 무얼 할 수 있어요? 누구를 찾아가야 하죠?"

나는 대답하지 않았다. 나 역시 답을 모르니까. 나도 똑같은 문제가 생기고 위험에 처했을 때 나를 도와줄 사람이 누구인지 역시 알지 못했으니까.

불쌍한 것. 어쩌면 공작한테 캐서린을 위한 계획이 있을지도, 어쩌면 로치포드 부인은 어떻게 해야 할지 알고 있을지도 모른다. 하지만 왕이 캐서린에게 싫증을 낸다면 ― 물론 왕은 싫증을 내겠지 ― 어떻게 캐서린의 힘으로 영원한 사랑을 만들 수 있겠는가? 왕이 캐서린에게 싫증이 나고 아이마저 생기지 않는다면 캐서린을 곁에 두려고 할 이유가 있을까? 왕이 캐서린을 쫓아내려는 마음을 품는다면 내게 선처를 베푼 것처럼 너그럽게 살 곳을 마련해 줄까? 나는 무시하지 못할 우방을 둔 공국의 공녀지만 캐서린은 도와줄 사람 하나 없는 철없는 아이에 지나지 않는다. 그렇다면 왕은 캐서린을 쫓아내기 위해 더 쉽고, 더 빠르고, 돈이 덜 들어가는 방법을 찾을까?

캐서린

1541년 3월, 햄프턴 궁

자, 내가 가진 게 얼마나 되는지 어디 한번 볼까.

겨울 드레스는 이미 모두 완성되었고, 봄에 입을 드레스는 아직 몇 벌 더 제작 중이다. 하지만 새 옷이 소용없게 되었다. 곧 사순절 기간이 시작되면 화려한 옷을 입을 수가 없기 때문이다.

왕이 내게 크리스마스 선물과 새해 선물을 하사했다. 다 별로라 뭘 받았는지 기억도 나지 않는다. 어떤 것은 시녀들에게 나눠 주었다. 좀 특별한 게 있었다면 테이블 다이아몬드 스물여섯 개와 보통 다이아몬드 스물일곱 개로 만든 목걸이 두 개다. 어찌나 무거운지 목에 걸면 고개를 가누기도 힘들 정도다. 그리고 딸기만한 진주 이백 개를 엮은 진주목걸이 한 줄도 받았다. 그리고 친애하는 안나에게 근사한 말도 한 필 받았다. 나는 이제 안나라고 부른다. 그리고 우리 둘만 있을 때는 안나도 나를 예전처럼 캐서린이라고 부른다. 하지만 이 화려한 보석들 역시 사순절 기간 동안에는 걸칠 수가 없다.

합창단과 악사도 새로 뽑아 놓았지만 사순절이 오면 신나는 춤곡을 연주할 수 없다. 게다가 사순절 기간 동안은 기름진 음식을 먹는 것도 금지되어 있다. 카드놀이도, 사냥도 할 수 없다. 춤을 추거나 게임도 할 수 없다. 강가에 나가기에는 날이 너무 춥고, 또 그렇지 않다 해도 사순절에는 그것 역시 어렵다. 시녀들과 우스갯소리를 주고받는 것도, 처소를 이리저리 뛰어다니는 것도, 술래잡기나 볼링이나 공차기를 하고 노는 것도 금지되었다. 다 그놈의 지긋지긋한 사순절 때문이다.

게다가 올해는 왕이 무슨 이유에선지 사순절을 미리 앞당겨 놓았다. 심기가 아주 불편해져서 2월부터 침소에 틀어박혀, 심지어 정찬 장에도 나오지 않고 있다. 나를 만나지도, 다정히 대하지도 않는다. 그리고 12일절(크리스마스로부터 12일째 되는 날 저녁; 옮긴이) 이후 로는 내게 선물을 주지도 어여쁜 장미라고 부르지도 않는다. 사람들 말로는 왕이 몸이 아파 그런다지만 다리를 하루 이틀 절은 것도 아니 고, 변비도 어제오늘 일이 아니다. 그리고 다리의 상처가 썩어 들어가 기 시작한 것도 이미 오래된 얘기다. 새삼 무엇이 문제인지 잘 모르겠 다. 누구에게나 심하게 가탈을 부려 무슨 수를 써도 비위를 맞출 수가 없다. 왕 기분이 이러니 궁정 분위기가 초상집 같아서 모두 살금살금 걸어 다니며 숨소리도 제대로 못 내고 불안에 떤다. 왕이 궁정에 나오 지 않으니 사람들 반은 자기 집으로 가 버렸고 추밀원도 그냥 조용할 뿐이다. 왕이 아무도 만나려 하지 않으니 젊은 남자들 상당수도 궁을 떠났다. 궁은 즐거운 일 하나 없이 횅할 뿐이다.

"안나 왕비가 그리우신 거예요."

심술궂은 살캥이 아그네스 레스트월드가 나불댔다.

내가 딱 잘라 말했다.

"그렇지 않아. 그럴 리 있어? 전하가 원해서 내치신 거잖아."

아그네스가 우긴다.

"제 말이 맞아요. 보세요. 안나 왕비가 다녀간 다음부터 왕의 말수 가 줄었고, 그러다 아프기 시작하셨잖아요. 그리고 또 보세요. 지금은 어떻게 하면 좋을지, 어떻게 하면 왕비를 다시 데려올 수 있을지 궁리 하느라고 궁정에 얼굴도 안 비치고 계시잖아요."

"말도 안 되는 소리야."

내가 말했다. 생각만 해도 끔찍한 소리다. 누군가를 끔찍이 사랑하 다가도 어느 날 아침 자고 일어나면 그 사람이 싫어질 수 있다는 걸 나 만큼 잘 아는 사람이 있을까? 나는 나만 그런 줄 알았다. 새할머니 말대로 모두 내 얄팍한 심장 때문인 줄 알았다. 하지만 만약 왕도 그런 얄팍한 심장을 가진 거라면 어떡하지? 나도 알고 다른 사람들도 알았던 안나 왕비의 장점을 왕이 이제야 알아본 거라면, 아니면 안나 왕비가 전과 다르게 훌륭해 보인다는 생각이 든 거라면 난 어떡하지? 전에는 이상하고 바보스럽다고 여겼던 안나 왕비의 단점이 이제는 아무렇지도 않게 보였고, 그리고……, 음…… 마땅한 말이 생각나지 않지만, 뭐랄까, 품위 있어 보였다. 그녀는 타고난 왕비 같았다. 그에 비하면 나는 항상 그랬던 것처럼 그저 방 안에서 가장 예쁜 여자에 지나지 않았다. 사실 어딜 가나 나보다 예쁜 여자는 드물다. 하지만 난 그뿐이다. 절대 그 이상은 아니다. 만약 왕이 이제 품위 있는 여자를 좋아하게 된 거라면 나는 어떡하지?

"아그네스, 왕비님과 오랜 친구 사이라는 것만 믿고 요망 떨다가 왕비님 심기를 해치면 나한테 혼날 줄 알아."

로치포드 부인이 말했다. 부인이 이렇게 할 말을 꼭 집어 할 때는 정말이지 좋아하지 않을 수가 없다. 부인의 말은 연극 대사처럼 유창하고, 부인의 말투는 목덜미에 쏟아지는 2월의 소나기처럼 아찔하다. 부인이 계속 아그네스에게 말했다.

"전하께서 지금 병환 중이신데 쾌유를 비는 기도는 못할망정 실없는 입방정이나 떠는 건 한심한 짓이야."

"난 기도해요."

난 이때다 하고 냉큼 끼어들었다. 내가 성당에 들어가 온종일 죽치고 있는 이유가 왕비 기도석 벽 너머로 목을 빼고 토머스 컬피퍼를 쳐다보느라 그런 거라며 다들 수군대는 걸 나도 알고 있기 때문이다. 하긴 내가 칸막이 너머로 보면 컬피퍼도 날 올려다보며 미소를 짓는다. 마치 하느님의 은혜처럼 성당 안을 환히 비추는 그의 미소가 없다면 성당도 갈 일이 없어진다.

"안 그래도 난 기도하고 있어요. 그리고 이제 사순절까지 돌아오니, 세상에, 이제는 더더욱 기도에 정진해야겠네요."

로치포드 부인이 고개를 끄덕였다.

"옳으신 말씀입니다. 전하의 쾌유를 위해 모두 기도하는 게 도리일 겁니다."

"그런데 정말 그래요? 전하가 정말 그렇게 아픈 건가요?"

나는 아그네스와 다른 아이들이 듣지 못하도록 작은 소리로 물었다. 정말 가끔씩은 아무리 부탁을 한다 해도 이 아이들을 시녀로 뽑는 게 아니었는데 하는 생각이 든다. 램버스의 공작 부인 시녀들로나 겨우 어울릴 아이들이지 왕비전 시녀들로는 도무지 수준 미달인 것 같아서다. 솔직히 안나 왕비 때에는 지금처럼 이렇게 왕비전이 소란스럽지 않았다. 그때 시녀들이었던 우리는 지금 시녀들과는 비교가 안되게 조신했다. 그때의 우리들은 감히 왕비 앞에서 지금 내 시녀들이 내게 하는 것처럼 격의 없이 구는 건 엄두도 내지 못했다.

"전하의 다리 상처가 다시 아물었어요. 의사가 설명할 때 왕비님도 들었잖아요?"

로치포드 부인이 말했다.

"못 알아들었어요. 처음에는 들어 보려 했는데 무슨 말인지 모르겠더라고요. 그래서 아예 듣는 걸 포기했죠."

내가 대꾸했다.

부인은 인상을 썼다.

"오래전에 전하가 다리에 심한 부상을 당했는데 상처가 낫지 않았어요. 그 정도는 알고 있겠죠."

"그럼요. 그거야 누구나 다 알고 있죠."

내가 부루퉁하게 대답했다.

"그 상처가 계속 곪아서 매일 고름을 뽑아내지 않으면 안 돼요."

"그것도 알아요. 그 얘긴 하지 말아요."

"그런데 그 상처가 아물었다고요."

부인이 말했다.

"그럼 좋은 일 아니에요? 상처가 낫는 거 아닌가요? 이제 안 아프겠네요."

"상처 위의 피부만 붙었을 뿐이지 그 밑은 계속 곪는 거예요. 고름을 아무리 뽑아도 독이 완전히 없어지지 않아서 이제 배로, 심장으로 올라오고 있어요."

"아이, 끔찍해!"

나는 질겁하고 말았다.

"지난번에 이런 일이 생겼을 때는 왕이 죽는 줄로만 알았을 정도예요."

부인이 아주 심각한 얼굴로 덧붙였다.

"전하의 얼굴이 독을 먹고 죽은 시체처럼 시커멓게 변했었죠. 그렇게 시체처럼 누워 있는 것을 의사들이 붙은 상처를 다시 열고 독을 빼내서 살렸어요."

"상처를 열다니? 어떻게? 아이, 정말 구역질 나."

"칼로 쨴 다음 계속 벌리고 있었죠. 작은 금 조각을 상처 안에 쐐기처럼 밀어 넣어서 벌어진 상태를 유지하는 거예요 상처가 아물지 않고 계속 피가 나는 상태로 유지해야지 안 그러면 살이 붙어 버리거든요. 전하는 벌어진 상처 때문에 항상 고통스럽게 살아요. 항상 이런 일이 반복되는 거죠. 다리를 째고, 붙으면 또 째고."

"아무튼 전하가 회복되긴 하는 거죠?"

나는 일부러 환한 표정을 지으며 물었다. 이 역겨운 이야기를 얼른 끝내고 싶었다.

부인이 대답했다.

"아뇨. 그저 예전 상태가 되는 것뿐이죠. 아픈 다리로 절룩거리면서 독으로 고생하는 나날이 계속되는 거예요. 항상 역정을 내는 것도 다 그 고통 때문이에요. 그리고 그것보다 더 심각한 건, 전하가 상처 때문에 늙고 병든 몸을 더욱 비관하게 됐다는 거예요. 몸이 아프니 더는 예전과 같은 남자다움을 발휘할 수 없게 된 거라고요. 그러니 왕비님이 할 일은 전하께 다시 젊어진 기분을 선사하는 거예요. 하지만 어쨌든 지금 당장은 상처 때문에 영락없이 노인이 된 느낌이 들 거예요."

"설마 전하가 진짜로 자기가 젊다고 생각했겠어요? 자기가 젊고 잘생겼다고 여겼다는 게 말이 돼요? 상상으로라도 그건 말이 안 돼요."

로치포드 부인은 심각한 얼굴로 나를 노려보더니 말투를 바꾸었다.

"캐서린, 전하는 정말로 자신을 사랑에 빠진 패기 왕성한 젊은 남자로 생각했어. 그리고 다시 그런 기분이 드시도록 만들어야 해."

나는 입이 잔뜩 나온 채 대꾸했다.

"하지만 내가 어떻게요? 내가 전하의 머릿속에 들어가 이리 생각해라 저리 생각해라 할 수는 없잖아요. 거기다 아픈 동안은 나와 자러 오지도 않고요."

"그럼 네가 전하에게 가야 하겠지. 가서 전하가 사랑에 빠진 젊은 남자 기분이 들 수 있게 뭐라도 해야지. 욕정에 타오르는 혈기왕성한 남자처럼 느끼게 하란 말이야."

부인이 말했다.

나는 우거지상을 했다.

"어떻게 해야 할지 모르겠어요."

"정말 젊은 남자에게라면 어떻게 하겠어?"

난 대뜸 말했다.

"궁정 젊은 남자들 중 한 명이 나를 연모하는 것 같다고 하죠. 질투심을 유발하는 거죠. 여기는 젊은 남자들이 아주 많잖아요."

난 토머스 컬피퍼를 떠올리며 말을 이었다.

"그러니까, 내가 정말로, 진짜로 연애하고 싶은 남자들 말이에요."

부인이 딱 잘라 말했다.

"그건 절대 안 돼. 그건 꿈도 꾸지 마. 그게 얼마나 위험한 짓인지 네가 몰라서 하는 소리야."

"하지만 방금 나보고……."

"참수대에 머리 올려놓을 걱정 없이 전하를 다시 사랑에 눈먼 남자로 만들 방법은 없겠어?"

부인이 짜증을 내며 물었다.

"없어요! 난 그저……."

난 놀라 외쳤다.

"다시 궁리해 봐."

부인은 거의 명령조였다.

난 아무 말도 하지 않았다. 궁리를 하지도 않았다. 부인이 내게 너무 무례하게 굴고 있다는 걸 깨우쳐 주기 위해, 그리고 그런 태도는 용납하지 않겠다는 걸 보여 주기 위해 일부러 입을 꾹 다물었다.

"전하께 가서 행여 클레베스 공작 부인을 그리워하시는 것이나 아닌지 두렵다고 말해 봐."

부인이 말했다.

난 너무나 놀라 뾰로통해 있어야 하는 것도 잊었다. 나는 놀란 얼굴로 부인을 쳐다보았다.

"그건 바로 아그네스가 하던 말이잖아요. 아까는 아그네스더러 거짓말로 내 심기를 어지럽히지 말라고 해 놓고선."

부인이 말했다.

"바로 그거야. 그러니까 가서 감쪽같이 거짓말을 하라는 거야. 조금도 사실이 아니긴 하지만 궁정 사람 반은 뒤에서 수군대는 소리고 이제 아그네스 레스트월드가 네 면전에 대고 말하기까지 했는데 전하에게 못할 이유가 어디 있어? 만약 네가 외모나 보석 외에 다른 생각이 조금이라도 있는 사람이라면 마땅히 초조하고 괴로울 일이잖아? 그러니 전하에게 가서 초조하고 괴로운 듯 행동하면, 전하는 두 여자가 자기를 가운데 두고 싸우고 있다고 생각할 거고, 그러면 아직은 자신이 남자로서의 매력을 잃지 않았다는 생각할 거야. 네가 잘만 하면 사순절 전에 전하를 다시 네 침대로 끌어 들일 수 있어."

난 머뭇거리며 조심스레 대답했다.

"나도 물론 전하 기분이 좋아지길 바라요. 하지만 전하가 꼭 사순절 전에 나와 잠자리를 하러 오시지 않더라도, 그게 그렇게 문제될 것 같지는 않은데……."

로치포드 부인이 엄하게 말했다.

"중요한 문제야. 이건 네가 기분이 내키든 안 내키든, 심지어 전하조차도 싫든 좋든 해야 할 일이야. 전하는 네게서 아들을 얻어야 해. 네가 자꾸 잊는 것 같은데 이건 단지 춤추고 놀고 보석이나 땅을 얻어 내는 것하고는 차원이 다른 얘기야. 전하가 침 흘리고 좋아한다고 해서 왕비 자리를 얻을 수 있는 게 아니라고. 전하의 아들을 낳아야 비로소 왕비 자리가 보장되는 거란 말이야. 먼저 아들을 낳아 주기 전에는 전하는 네게 대관식도 치러 주지 않을 거야."

"그래도 대관식은 해야지."

내가 다급히 말했다.

"그러니까 전하를 침대로 끌어 들여서 회임을 하란 말이야. 그 방법 외에 다른 것은 목숨 내놓을 생각 아니라면 꿈도 꾸지 마."

"알았어요. 전하께 가보면 될 거 아니에요."

나는 맥이 빠진다는 듯 긴 한숨을 내쉬었다. 협박에 겁을 먹어서가 아니라, 오히려 그 반대로 비록 고달프긴 하나 왕비의 책무에 충실하겠다는 뜻이었다.

"전하께 가서 속상하다고 말하면 되는 거죠?"

전하의 처소에 갔는데 워낙 많은 사람들이 빠져나간 바람에 여느 때 같으면 북적거릴 바깥 접견실이 텅 비어 있었다. 그런데 운 좋게도 토머스 컬피퍼가 창가에 앉아 양손으로 번갈아 주사위 놀이를 하며 혼자서 방을 지키는 모습을 볼 수 있었다.

"어느 쪽이 이기고 있나요?"

내가 애써 아무렇지도 않은 목소리로 말을 걸었다. 컬피퍼는 나를 보자 자리에서 벌떡 일어나 허리를 굽히며 인사했다.

"그야 언제나 제가 이기죠, 왕비님."

그가 웃으며 말했다. 그가 내게 미소 지을 때마다 심장 박동이 멈추는 것 같다. 그런 것 같은 게 아니라 사실이 그렇다. 정말 그렇다. 그가 지금처럼 머리를 약간 옆으로 돌린 채 미소를 보낼 때면 심장 박동 속도가 빨라지며 쿵쿵거리는 소리가 바깥까지 들린다.

"혼자 게임하면 그리 어려운 일도 아니겠네요."

내가 크게 말했다. 이 상황에 이런 구태의연한 말밖에 생각이 안 나다니.

"저는 주사위 놀이에도 강하고 카드놀이에도 절대 지는 법이 없지만 사랑에는 한심하기 짝이 없죠."

그가 목소리를 잔뜩 낮춰 말했다.

나는 뒤쪽을 휘둘러보았다. 나를 뒤따르던 캐서린 타일니는 멈춰서서 허트퍼드 공작의 친척인 시종과 이야기하느라고 우리 대화는 듣고 있지 않았다. 캐서린 캐리도 적당한 거리에 떨어져 창밖을 내다보고 있었다.

"왜, 사랑에 빠지셨나요?"

내가 물었다.

"왕비님도 아실 텐데요."

그가 속삭이듯 말했다.

난 머릿속이 하얘지는 것 같았다. 나를 말하는 거겠지. 지금 내게 사랑 고백을 하려는 거야. 하지만 만에 하나 그가 다른 사람 얘기를 하는 거라면 난 죽어 버리고 말 거야. 그가 나 아닌 다른 사람을 원하는 건 견딜 수 없어. 난 안간힘을 써서 다시 아무렇지도 않은 척 말했다.

"그걸 내가 어떻게 알아요?"

그가 말했다.

"제가 사랑하는 사람이 누군지 왕비님은 아시지 않습니까. 세상사람 다 몰라도 왕비님은 아실 텐데요."

대화가 너무나 짜릿해서 새 구두 안에 있는 발가락이 저절로 오므라들었다. 몸이 후끈 달아올랐다. 얼굴이 붉어지고 있는 게 확실했다. 달아오른 내 얼굴을 그도 역시 보게 되겠지.

"내가요?"

"전하께서 지금 들어오시랍니다."

멍청이 같은 의사, 버트 박사가 불쑥 불렀다. 나는 소스라치듯 놀라 토머스 컬피퍼로부터 멀리 떨어졌다. 내가 전하를 뵈러 그곳에 왔다는 사실을, 다시 전하의 사랑을 얻기 위해 그곳에 온 거라는 사실을 까맣게 잊고 있었다.

"곧 갈게요."

내가 어깨 너머로 말했다.

컬피퍼는 작게 웃었고, 나는 손을 입에 갖다 댄 채 웃음을 참았다.

"이제, 가 보셔야지요. 전하를 기다리시게 할 수는 없잖아요. 나오실 때까지 여기서 기다리고 있겠습니다."

그가 조용히 말했다.

"물론 금방 나올 거예요."

내가 말했다. 왕의 소원한 태도에 속상해하는 모습을 보여야 한다는 걸 알고 있었다. 나는 서둘러 컬피퍼를 남겨둔 채 뒤돌아서서 왕의 침전으로 뛰어들다시피 들어갔다. 침대에 누워 있는 왕은 암초에 좌초한 거대한 배처럼 보였다. 수놓은 쿠션에 올려놓은 다리는 공중으로 잔뜩 뻗쳐 있고, 커다랗고 둥근 얼굴은 온통 누렇게 떠서 청승맞기 짝이 없었다. 나는 왕의 사랑을 얻기 위해 안달이 난 표정을 지으며 천천히 거대한 침대로 다가갔다.

제인 불린
1541년 3월, 햄프턴 궁

왕은 무슨 우울증에 걸린 사람처럼 침울해했다. 냄새나고 죽어가는 늙은 개처럼 사람을 멀리하고 혼자 있겠다고 고집을 피웠다. 왕은 누구에게도 관심을 두지 않았다. 그런 왕 탓에 캐서린이 왕의 마음을 자기에게 돌리려는 시도는 수포로 돌아갔다. 왕의 침전으로 다시 갔으나 왕은 캐서린마저도 들이려 하지 않았다. 그러자 캐서린도 역시 왕에게 관심을 끊겠다고 했다. 지금 들여보내 주지 않으면 이젠 다시 찾아오지 않겠다고 말했다.

캐서린은 토머스 컬피퍼를 만나기 위해서 한참을 서성였다. 마침내 컬피퍼는 캐서린을 정원으로 데리고 나가 산책했다. 나는 이들이 예의 있게 보이도록 솔을 들려 캐서린 캐리와 조신한 시녀 하나를 뒤따라 보냈다. 캐서린은 컬피퍼의 팔을 잡고 재잘거리며 깔깔댔다. 그와 같이 있는 게 무척 행복해 어두운 침소에서 말없이 누워 있는 남편은 까맣게 잊었다는 것을 누가 보아도 한눈에 알 수 있었다.

공작은 정찬 때 나를 한동안 유심히 쳐다보면서도 한마디도 하지 않았다. 그렇지만 나는 우리 어린 왕비가 다른 사내와 잠자리를 같이 해서 회임하길 바라는 공작의 속내를 알았다. 두 젊은 남녀는 왕을 우울증에서 일어나게 하고 하워드 가문의 왕좌를 영원히 보장해 줄 것이다. 이번에는 과업을 완수해야 한다. 무슨 수를 써서라도 해내야 한다. 세상천지에 이런 횡재를 두 번씩이나 꾀할 수 있는 가문은 없다. 두 번 실패할 수는 없다.

왕비는 홧김에 시녀들 사실에 악사들을 불러들여 왕비전의 시녀와 시종들과 함께 춤을 추었다. 그다지 유쾌하지 않은 일이다. 방종한 조앤과 아그네스는 정찬장으로 뛰어 내려가 궁정 사내들을 불러들였다. 이런 작태를 목격하고 나는 시종에게 토머스 컬피퍼를 불러오라고 일렀다. 그가 오란다고 와서 볼 정도로 멍청한 자인지 볼 셈이었다. 혹시나 했는데 역시 멍청한 자였다.

컬피퍼가 방으로 들어서자 나는 왕비의 얼굴을 쳐다보았다. 왕비는 얼굴을 붉히더니 잽싸게 고개를 돌렸다. 그러고는 자기 곁에 있는 캐서린 캐리에게 말을 걸었다. 컬피퍼에게 완전히 빠져 있는 게 틀림없었다. 그래서 나는 순간 왕비가 우리 게임의 인질일 뿐만 아니라 어린 소녀이기도 하다는 생각이 들었다. 난생 처음 사랑에 빠진 것이다. 몸 둘 바를 몰라 하며 말을 더듬고 빨간 장미꽃처럼 얼굴을 붉혔다. 한 남자를 생각하는 어린 캐서린 하워드의 모습에서 한 소녀가 여자가 되어 감을 알았다. 잉글랜드의 왕비이자 임무를 마쳐야 하는 하워드 가문의 딸이 아니었다면 참으로 사랑스러운 모습일 텐데 안타깝다.

토머스 컬피퍼는 왕비와 짝이 될 속셈으로 춤추는 대열에 끼어 자리를 잡았다. 왕비는 웃음을 감추려고 얌전한 척하면서 바닥으로 눈을 내리깔았지만 컬피퍼와 짝이 되자, 그의 손을 잡고 올려다보았다.

두 사람은 갈망하는 눈빛으로 서로를 바라보았다.

나는 주위를 둘러보았지만 이들을 주목하는 사람은 아무도 없었다. 왕비 시녀의 절반이 여기저기서 사내들한테 추파를 던지느라 정신이 없었다. 나는 맞은편에 있는 러틀랜드 부인을 힐끗 보고 눈썹을 치켜올리며 눈짓을 했다. 부인은 고개를 끄덕이더니 왕비한테 가서 귓속말을 했다. 왕비는 실망한 아이처럼 얼굴을 찡그리더니 악사들을 향해 샐쭉해서 '이번이 마지막 춤이야.' 하고 말했다. 그러고 나서 돌아서더니 거의 무의식적으로 토머스 컬피퍼에게 손을 내밀었다.

캐서린

1541년 3월, 햄프턴 궁

난 매일 그를 만난다. 그리고 서로 매일 조금씩 더 대담해진다. 왕은 아직도 침소에서 나오지 않고, 왕의 수발을 드는 의사들이나 왕에게 자문하는 늙은이들도 내 처소는 들여다보는 일이 드물었다. 그래서 요즈음 우린 평범한 젊은 연인들처럼 자유를 만끽하고 있다. 사순절 기간이라 춤도 여흥도 없는 궁정은 적막하기 그지없다. 더 이상 내처소에서 따로 춤을 출 수도, 사냥을 나갈 수도, 강에서 뱃놀이를 할수도, 게임을 할 수도 없다. 재미란 재미는 모두 사라져 버렸다. 그래도 정원이나 강가에 나가 산책 정도는 할 수 있었다. 산책할 때는 토머스 컬피퍼가 나와 나란히 걷는다. 화려한 드레스를 골라 입고 왕자님과 춤을 추는 것보다 토머스 컬피퍼와 산책을 하는 것이 더 좋다.

"추우십니까?"

컬피퍼가 물었다.

모피에 푹 파묻혀 있어 추운 줄 몰랐지만 난 그를 올려다보며 말했다.

"조금요."

"손 이리 줘 보세요. 따뜻하게 해 드릴게요."

그는 이렇게 말하며 내 손을 자기 팔 밑으로 당겨 재킷에 대고 꾹 눌렀다. 나는 그의 재킷 앞섶을 열어젖히고 그 안으로 양손을 넣고 싶었다. 그의 배는 얼마나 납작하고 단단할까. 나는 생각했다. 그의 가슴은 잔털로 가득하겠지. 잘 모르겠다. 모르기 때문에 그만큼 더 떨린다. 그에게서 나는 향기만큼은 잘 안다. 지금도 그 향기가 느껴진다. 그에게서 나는 향기는 따뜻하다. 꼭 값비싼 양초가 탈 때 나는 향기 같다. 그 향기가 내 몸을 타오르게 한다.

"이제 좀 낫나요?"

그가 내 손을 자기 옆구리에 대고 누르며 물었다.

"훨씬 낫네요."

내가 대답했다.

우리가 강가를 따라 걷고 있을 때 배 하나가 지나가며 사공이 우리 둘을 향해 뭐라 외쳤다. 우리 앞뒤로 시녀와 시종 몇 명만 따르고 있을 뿐이었기 때문에 아무도 내가 왕비라는 사실을 알지 못한다.

"우리가 그저 함께 산책하러 나온 평범한 여자와 남자라면 좋겠어요."

"왕비가 아니었으면 좋겠다는 말씀이신가요?"

"아니요. 왕비인 건 좋아요. 그리고 물론 진심으로 국왕 폐하를 사랑하고요. 하지만 만약 우리가 그저 평범한 남녀였다면 음식점에 가서 함께 식사도 하고 춤도 추러 갈 수 있을 것 아니에요. 그럼 정말 재미있을 텐데. 우리가 평범한 남녀라면 왕비님을 모시고 갈 아주 특별한 곳이 있거든요."

그가 말했다.

"그래요? 거기가 어딘데요?"

너무 좋아 터져 나오는 웃음을 참을 수 없었다.

"거기에는 단둘이 식사할 수 있는 방과 솜씨 좋은 요리사가 있어요. 세상에서 가장 멋진 저녁을 준비해 드리고 싶어요. 그리고 왕비님께 구애할 거예요."

그가 말했다.

나는 깜짝 놀란 듯 짧은 숨을 들이마셨다.

"어머, 컬피퍼 씨!"

"그리고 키스를 허락해 주실 때까지 절대 멈추지 않을 겁니다. 그리고 더욱 깊은 사이가 되고 말 겁니다."

그는 망설임 없이 계속 몰아붙였다.

"우리 할머니가 들었으면 당신 뺨을 한 대 때렸을 거예요."

내가 협박 투로 말했다.

"그래도 할 수 없죠."

그가 살며시 미소 지었다. 내 심장이 터질 듯 뛰었다. 나는 행복한 마음으로 마음껏 소리 내어 웃고 싶었다.

대신 이렇게 속삭였다.

"어쩌면 나도 당신에게 키스할지 모르죠."

"저도 그러실 거라 믿어 의심치 않습니다."

나는 놀라 숨이 멎을 것 같았다. 그는 무시하고 말을 이었다.

"제가 다른 아가씨에게 키스할 때 아가씨가 그 키스에 호응하지 않았던 적은 평생 단 한 번도 없습니다. 그러니 왕비님도 당연히 제 키스에 호응하실 겁니다. 그리고 '오, 토머스!' 하고 말씀하시겠죠."

"정말 자신감이 대단하군요, 토머스 컬피퍼 씨."

"토머스라고 불러요."

"그럴 순 없어요!"

"이렇게 둘만 있을 때는 토머스라고 불러요."

"안 돼요, 토머스!"

"그것 봐요, 벌써 하셨네요. 아직 키스도 하지 않았는데 말이죠."

"근처에 듣는 귀가 있는데 키스 운운했다간 큰일 나요."

"저도 압니다. 무슨 일이 있어도 왕비님을 위험에 빠뜨릴 일은 절대 하지 않을 겁니다. 제 목숨을 걸고 왕비님을 지켜 드리겠습니다."

나는 두려웠다.

"전하는 모르는 게 없어요. 우리가 무슨 말을 하는지, 심지어 우리가 무슨 생각을 하는지도 알아요. 전하의 첩자가 도처에 깔려 있어요. 전하는 사람들 마음속에 무슨 생각이 있는지 다 안다고요."

"제 사랑은 마음속 깊이 숨어 있어요."

그가 말했다.

"당신의 사랑?"

나는 거의 숨을 쉴 수가 없었다.

"네, 제 사랑이요."

그가 다시 말했다.

로치포드 부인이 내 옆으로 다가와 말했다.

"안으로 드셔야 합니다. 비가 올 것 같아요."

토머스 컬피퍼는 즉시 몸을 돌려 나를 이끌고 다시 궁으로 향했다.

"돌아가기 싫어요."

내가 고집스럽게 말했다.

"들어가세요. 그리고 드레스를 갈아입겠다고 하시고 내실에서 정원으로 이어지는 층계로 몰래 내려오세요. 제가 문 앞에서 기다리고 있을게요."

이렇게 그가 목소리를 잔뜩 낮춰 말했다.

"지난번에는 만나자고 해 놓고 제때 나오지도 않았으면서."

이런 내 말에 그가 싱긋 웃었다.

"그때 일은 이제 용서해 주시지요. 몇 달이나 지난 일이잖아요. 이 번에는 반드시 기다리고 있겠습니다. 왕비님과 아주 특별히 하고 싶은 일이 있어요."

"그게 뭔데요?"

"왕비님 입에서 다시 '오, 토머스.' 라는 소리가 나오는지 알고 싶어 요."

안나
1541년 3월, 리치몬드 궁

하르스트 대사가 궁정 소식을 알려 주러 왔다. 왕의 처소에 청년 하 나를 하인으로 심어 놨는데 그 청년의 말에 따르면 의사가 매일 왕을 진찰하면서 상처를 열어 독을 빼내려고 애쓴다고 했다. 의사들은 작 은 금 조각 여러 개를 상처 속에 넣은 뒤 상처를 열어 두고는 그 모서 리를 줄로 묶는다는 것이다. 마치 푸딩을 다루듯 가여운 남자의 맨살 을 주무른다고 한다. 내가 말했다.

"무척 고통스럽겠어요."

하르스트 대사가 고개를 끄덕이며 대답했다.

"게다가 몹시 의기소침해 있답니다. 회복하지 못할 거라고, 이제 끝 이라고 생각하면서 믿을 만한 보호자 없이 에드워드 왕자 혼자 두고 가게 될까 봐 걱정한답니다. 그리고 추밀원에서는 섭정을 준비 중이 랍니다."

"그렇게 어린 왕자를 누구에게 믿고 맡기겠어요?"

"왕은 아무도 믿지 않아요. 왕자의 가족인 시모어 가문은 왕비의 가족인 하워드 가문과는 공공연한 적입니다. 두 가문이 나라를 혼란에 빠뜨릴 겁니다. 튜더 왕조의 태평성대도 이제 끝날 거예요. 두 가문 사이에 전쟁이 일어날 테니까요. 신앙 문제로도 문제가 아주 많답니다. 하워드 가문은 구교를 절대적으로 신봉하고 있으니 이 나라를 다시 교황주의로 되돌려 놓으려 할 테고, 크랜머 세력은 개혁을 위해 싸울 테니까요."

나는 손가락을 잘근잘근 씹으며 생각에 잠겼다.

"왕은 아직도 자기를 폐위시키려는 음모가 있을까 봐 두려워하나요?"

"북쪽에서 구교를 지지하는 봉기가 다시 일어났다는 소식이 있습니다. 왕은 반란이 확대될까 두려워하고 있어요. 교황주의자들이 도처에서 왕에게 대항하는 봉기를 부추기고 있다고 믿고 있고요."

"혹시 나도 위험할까요? 왕이 제게 등을 돌리거나 하진 않을까요?"

피곤에 찌든 대사의 얼굴에 주름이 한층 깊어지며 안색이 어두워졌다.

"그럴 수도 있지요. 왕은 루터파도 두려워하니까요. 공녀님은 신교도 국가에서 왔잖아요. 게다가 공녀님을 데려 온 사람들은 이미 죽음이란 대가를 치렀습니다. 일이 어떻게 흘러갈지 두려울 뿐입니다."

"그럼 우리는 어찌해야 하나요?"

"제가 왕을 계속 주시하겠습니다. 왕이 교황주의자들을 의심하는 한 우리는 안전합니다. 하지만 개혁주의자들을 의심하는 경우 언제라도 고국으로 돌아갈 수 있게 만반의 준비를 해 두어야 합니다."

몸이 약간 떨렸다. 헨리 왕의 광폭한 폭정만큼이나 광기 어린 남동생의 횡포가 떠올랐던 것이다.

"그곳은 제게 더 이상 고국이 아니에요."

"이곳도 고국이랄 수는 없습니다."

"왕은 제 안전을 약속했어요."

"왕은 한때 공녀님께 왕비 자리도 약속했었어요."

대사는 피곤하다는 듯 말했다.

"그런데 지금 그 자리에 누가 앉아 있습니까?"

"저는 왕비가 부럽지 않아요."

곪아 가는 상처 때문에 꼼짝 못하고 침대에 누운 채 열에 들떠 완전히 미쳐 버린 왕이 이 생각 저 생각에 골몰하며 누구누구가 적인지 손꼽아 보고, 누구에게 화풀이를 해야 할지 궁리하고 있을 모습이 떠올랐다. 대사가 불쑥 입을 열었다.

"지금 캐서린 왕비를 부러워할 여자는 아무도 없을 겁니다."

제인 불린

1541년 4월, 햄프턴 궁

"앤 불린 왕비에게 무슨 일이 있었는지 사실대로 말해 줘요."

4월 어느 날 이른 아침이었다. 미사를 마치고 돌아오는 길에 어린 왕비가 나에게 물었다. 왕은 평소와 다름없이 왕의 기도석에 없었다. 이번만은 왕비가 컬피퍼를 훔쳐보려고 왕의 기도석 모서리를 넘겨다보지 않았다. 기도 시간 내내 눈까지 감고 있으니 생각이 깊어 보였다. 이유는 딴 데 있었다.

"반역죄를 저질렀어요. 그거 알고 있지요?"

이렇게 나는 쌀쌀맞게 대답했다.

"예, 그런데 왜…… 구체적으로 왜요? 무슨 일로?"

"할머님이나 공작님께 물어봐요."

"부인은 그 자리에 없었어요?"

그 자리에 없었느냐고? 일분 일초가 고통스러웠던 그 순간에 내가 없었느냐고?

"그때 궁정에 있었어요."

"생각나지 않아요?"

왕비의 말은 내 생살을 칼로 도려내는 것 같았다.

"생각나요. 근데 그 얘긴 하기 싫어요. 어째서 과거사를 알려고 하는 거죠? 지금은 아무 의미도 없는 일이에요."

왕비는 귀찮게 졸랐다.

"하지만 비밀로 할 거까진 없잖아요. 부끄러울 것도 없고요."

왕비의 말에 나는 마른 침을 꿀꺽 삼켰다.

"예, 없어요. 하지만 우리 시누이와 남편 가문의 명예를 잃었지요."

"저들이 부인의 남편을 사형한 이유가 뭔데요?"

"그이가 시누이와 다른 남자들과 반역죄를 저질렀어요."

"다른 남자들이 간통을 저지른 줄 알았는데요?"

"그게 그거죠. 전하한테는 왕비가 정부를 취하는 게 반역이지요. 알겠어요? 이제 딴 얘기해요."

"그럼 저들은 왜 앤 왕비의 남동생인 부인의 남편을 처형했어요?"

나는 이를 갈며 잔인하게 대답했다.

"두 사람은 정부 사이라는 죄로 처형당했어요. 이제 내가 왜 그 말을 꺼리는지 알겠어요? 왜 아무도 그 얘길 안 하려는지 알겠냐고요? 이제 더 이상 그 얘기는 하지 맙시다."

왕비는 내가 화난 것도 알아차리지 못했다. 엄청난 충격을 받은 기색이었다.

"저들은 그분이 남동생을 정부로 취했다는 죄로 기소했어요? 어떻게 그런 짓을 했다고 생각할 수 있어요? 어떻게 그런 혐의 증거를 수집할 수 있죠?"

"첩자와 거짓말쟁이들한테요. 조심해요. 왕비 주위에 모여든 그 멍청한 여자들 믿지 말아요."

이렇게 말하는데도 왕비는 여전히 갈피를 잡지 못하고 물었다.

"누가 두 분을 고발했어요? 누가 그런 증언을 할 수 있어요?"

"나도 몰라요. 하도 오래전 일이라 생각나지 않아요. 혹여 생각난다 해도 말하고 싶지도 않고요."

과거사를 집요하게 캐묻는 왕비한테서 나는 정말로 벗어나고 싶었다. 궁정 예법도 무시한 채 왕비 옆을 떠나 성큼성큼 걸었다. 왕비의 의심에 가득 찬 눈초리를 견딜 수 없었다.

"그럼 누가 알아요?"

계속 캐묻는 왕비를 뒤로 한 채 나는 나와 버렸다.

캐서린
1541년 4월, 햄프턴 궁

점차 진실을 알아간다고 생각하니 무척 안심이 된다. 그리고 좀 더 일찍 물어보지 못한 것이 후회된다. 이제까지 난 내 사촌 앤 왕비가 정부와 함께 있다가 들켜서 참수당했다고만 생각했다. 하지만 그보다 훨씬 복잡한 문제가 있었다는 걸 알았다. 앤 왕비는 역모 사건의 중심에 있었고 그 죄로 죽은 것이다. 다만 난 그때 너무 어려서 아무것도 몰랐을 뿐이다. 문득문득, 내가 앤 왕비와 같은 길을 걷고 있는 것은 아닌지, 같은 운명을 향해 나아가고 있는 것은 아닌지 두려웠다.

내가 앤의 부정한 기질을 물려받은 것은 아닌지 무서웠다. 하지만 앤의 경우에는 커다란 음모가 있었다. 그리고 당시에는 심지어 로치포드 부인과 그 남편까지도 연루되어 있었다. 어쩌면 사건의 발단은 종교 문제였을지도 모른다. 앤은 열혈 교회 개혁 주창자였고, 지금은 제정신인 사람이라면 모두 반개혁파다. 그러니 내가 똑똑하고 신중하게 처신하기만 한다면 토머스 컬피퍼와 적어도 친구처럼은 지낼 수 있을 것이다. 그를 자주 만나는 게 큰 문제가 되지는 않을 것이다. 그는 내 친구이자 위로가 되어 주는 사람일 뿐이다. 아무도 우리에 대해 알 필요도, 다른 생각을 할 필요도 없다. 그가 왕의 충실한 신하이고, 내가 왕의 정숙한 아내인 이상 어떤 문제도 생기지 않을 것이다.

나는 궁리 끝에 내 조카 캐서린 캐리를 옆으로 불러 자수 비단을 색깔별로 정리해 바느질 채비를 하라고 지시했다. 나는 왕비가 된 이후 바늘에는 한 번도 손을 댄 적이 없었다. 시녀로 들어온 지 얼마 안 되는 캐서린 캐리는 내게 다른 꿍꿍이가 있다는 걸 눈치 못 챈 듯 의자를 가져와 내 발치에 놓고 앉아 분홍색 비단끼리 모으기 시작했다. 우리 둘 다 말없이 비단만 바라보았다.

"혹시 네 어머니가 네 이모 앤 왕비 얘기해 준 적 있니?"

내가 나직이 물었다.

캐서린이 나를 올려다보았다. 캐서린은 불린 가 사람답지 않게 눈동자가 검은색이 아닌 담갈색이었다.

"아, 저도 그때 거기 있었는데요."

캐서린이 아무렇지 않은 듯 말했다.

"네가 거기 있었다고? 난 그때 일에 대해선 아무것도 모르는데?"

나는 놀라 외쳤다.

캐서린이 배시시 웃었다.

"왕비님은 그때 시골에 계셨잖아요. 왕비님과 제가 나이는 비슷하지만 전 그때 궁에 있었죠. 우리 어머니가 앤 불린 이모의 시녀였기 때문에 저도 어린 시녀로 궁에 있었거든요."

나는 더욱 궁금해져서 거의 숨이 막힐 지경이었다.

"그래서 무슨 일이 있었어? 로치포드 부인에게 물었지만 어떤 말도 해 주지 않아! 내가 물어볼 때마다 얼마나 역정을 내는지 모르겠어."

"듣기 좋은 얘기도 아니고, 말할 가치도 없어요."

캐서린이 말했다.

"너까지 그러기니? 꼭 듣고 싶어, 캐서린. 난 알 권리가 있어."

"그러면 말씀드릴게요. 하지만 들어 봤자 좋을 소리는 하나도 없어요. 앤 왕비는 친동생, 그러니까 제 외삼촌과 간통을 저지른 죄로 기소됐어요."

캐서린은 마치 흔히 있는 일을 이야기하듯 태연히 말을 이었다.

"그리고 다른 남자들도 간통에 연루됐고요. 왕비가 유죄 판결을 받았죠. 외삼촌도요. 다른 남자들도 마찬가지고요. 왕비와 왕비 남동생 조지 외삼촌 모두 사형 선고를 받았어요. 제가 그때 런던탑에 왕비와 함께 있었어요. 런던탑 시절 왕비 거처에서 시녀로 있었거든요. 사람들이 왕비를 데리러오고 왕비가 죽으러 나가는 것도 다 봤어요."

나는 내 사촌의 딸이며, 나와 동갑인 이 친척 애를 믿기지 않는 얼굴로 쳐다보았다.

"네가 그때 런던탑에 있었다고?"

나는 기어 들어가는 목소리로 물었다.

캐서린은 고개를 끄덕였다.

"일이 끝나자마자 제 새아버지가 와서 나를 데려갔어요. 어머니는 당신이나 저나 다시는 궁에 들어갈 일이 없을 거라고 하셨죠. 하지만 제가 이렇게 다시 궁에 들어왔네요."

캐서린은 어깨를 으쓱하며 웃더니 말을 이었다.

"제 새아버지 말대로 여자가 갈 데가 달리 어디 있겠어요?"

"너도 탑에 있었단 말이야?"

난 그 생각에서 벗어날 수가 없었다.

캐서린이 다시 진지한 표정으로 말했다.

"왕비의 처형대를 세우는 소리도 들었어요. 왕비와 함께 기도를 드렸고, 왕비가 처형장으로 가는 것도 지켜보았어요. 끔찍했어요. 정말 끔찍했어요. 떠올리고 싶지 않아요. 지금 생각해도 끔찍해요."

캐서린은 고개를 돌리고 두 눈을 질끈 감았다. 그러더니 되풀이했다.

"끔찍했어요. 그렇게 죽는 건 정말 끔찍해요."

"왕비는 반역죄를 지었어."

내가 낮은 목소리로 말했다.

"왕비는 왕의 법정에서 반역죄로 유죄 판결을 받았죠."

캐서린이 내 말을 바로잡았다. 하지만 난 그 차이가 뭔지 잘 모르겠다.

"그러니까 죄를 지은 건 맞잖아."

캐서린이 다시 내 얼굴을 빤히 쳐다보았다.

"그러니까, 모두 오래전 일이에요. 그리고 유죄든 아니든 왕비는 왕의 명령에 따라 처형당했고 왕의 뜻을 받들어 죽음을 맞았어요. 이제 왕비는 죽고 없으니 그게 무슨 상관이에요."

"그러니까 왕비가 반역죄를 지은 게 사실일 거야. 왕이 죄도 없는 여자를 처형할 리가 없잖아."

캐서린은 표정을 보이지 않기 위해 고개를 숙였다.

"말씀하신 대로 전하가 하시는 일에는 실수가 없지요."

"앤 왕비가 무죄였다고 생각해?"

내가 속삭였다.

"왕비가 마녀가 아니었다는 건 알아요. 왕비가 반역죄를 짓지 않았다는 것도요. 그 남자들과 간통을 저지르지 않았다는 것도 확실하지요."

캐서린이 자신 있게 말했다. 그러더니 이렇게 덧붙였다.

"하지만 왕의 뜻에 의심을 품을 수는 없어요. 전하는 모든 것을 완벽히 아시는 분이니까요."

"왕비가 많이 두려워했니?"

나는 다시 속삭이듯 물었다.

"네."

더 이상 할 말이 없었다. 로치포드 부인이 방으로 들어와 우리 둘이 머리를 맞대고 숙덕이는 것을 보았다.

"여기서 뭐하고 있지, 캐서린?"

부인이 날카로운 목소리로 물었다.

캐서린이 고개를 들고 말했다.

"왕비님의 자수 비단을 정리하고 있었어요."

로치포드 부인이 엄한 표정으로 나를 한참 동안 쳐다봤다. 보는 사람도 없는데 내가 바느질거리를 잡을 리 없다는 걸 잘 알고 있기 때문이었다.

"다 끝나면 천을 잘 접어서 상자에 넣어 두어라."

부인은 이렇게 말하고 다시 나갔다.

"그런데 저이는 기소되지 않았잖아."

난 로치포드 부인이 나간 문을 턱으로 가리키며 속삭였다.

"그리고 네 어머니 메리도 기소되지 않았고 조지만 기소됐어."

"어머니는 그때 시녀가 된 지 얼마 안 됐으니까요."

캐서린은 비단을 모으기 시작했다.

"그리고 전에 전하의 사랑을 받았던 분이었고요. 로치포드 부인이 기소되지 않은 건 부인이 자기 남편과 왕비에게 불리한 증거를 제공했기 때문이에요. 그러니 기소할 수가 없었죠. 중요한 증인이었으니까요."

"뭐라고?"

내가 너무 놀라 작게 비명을 질렀다. 캐서린은 듣는 사람이 있을까 걱정되는 듯 문 쪽을 돌아보았다.

"로치포드 부인이 자기 남편과 시누이에게 불리한 증거를 제공했다고?"

캐서린은 고개를 끄덕였다.

"모두 오래전 이야기예요."

아까의 말을 되풀이하더니 이렇게 덧붙였다.

"어머니는 묵은 원한과 지나간 과실은 따져 봤자 아무 소용없다고 하셨어요."

"어떻게 그럴 수가?"

나는 충격을 받아 말까지 더듬었다.

"어떻게 그런 일을 할 수 있지? 어떻게 자기 남편을 죽음으로 내몰 수가 있어? 어떻게 자기 남편에게 그런 죄를 덮어씌울 수가 있지? 우리 큰아버지가 로치포드 부인을 그렇게 신뢰하는 이유는 또 뭐야? 자기 남편과 자기가 모시던 왕비까지 배신한 여자잖아."

사촌 캐서린은 자리에서 일어나 시킨 대로 비단을 모아 상자에 넣었다.

"어머니가 저에게 궁정에서는 아무도 믿지 말라고 하셨어요. 특히 로치포드 부인을 믿지 말라고 하셨어요."

캐서린에게 들은 말 때문에 난 머릿속이 복잡해졌다. 오래전의 궁정 분위기는 상상이 되지 않는다. 왕이 젊은 남자였을 때, 건강하고 젊은, 어쩌면 지금의 토머스 컬피퍼만큼이나 잘생기고 멋진 남자였을 때는 궁정이 어떤 곳이었을지 도저히 상상이 되지 않는다. 앤 왕비도

148

지금의 나처럼 궁정 사람들에게 둘러싸여 최고의 미인으로 추앙받으며 지냈겠지. 또 지금의 나처럼 제인 불린에게 속내를 털어놓고 살았어. 그럼 나와 다른 점은 무엇이었을까?

이 모든 것이 무엇을 의미하는지 모르겠다. 이 모든 것이 내게 어떤 의미가 있는지 모르겠다. 캐서린 말처럼 이미 오래전에 지나간 일이다. 그리고 지금은 사람들도 모두 달라졌다. 낡고 서글픈 이야기에 심란해하고 있을 수만은 없다. 앤 불린 이야기는 너무나 오랫동안 쉬쉬하며 가문의 수치로 치부되어 왔다. 이제 와서 새삼 앤이 무죄냐 유죄냐를 놓고 왈가왈부할 필요는 없다. 어쨌든 앤이 반역자로 처형당한 건 바뀌지 않는다. 더욱이 나와는 하등 상관없는 일이다. 그렇지 않은가? 내가 앤의 전철을 밟으란 법도 없고, 앤 불린의 처형대가 유산으로 대물림되는 것도 아니고 내가 앤의 뒤를 이은 것은 더더구나 아니다. 나는 앤의 일과는 하등 관계없다. 내가 앤에게 얻어야 할 교훈은 없다.

나는 왕비다. 나는 내 좋을 대로 내 인생을 살면 그뿐이다. 어떻게든 애써 왕의 비위를 맞추며 살면 된다. 왕은 이제 남편 노릇도 전혀 하지 않는다. 한 달째 자기 방에 틀어박혀 나오지 않고 내가 문안 인사차 문 앞으로 찾아가도 들이지 않는다. 나를 만나 주지도 않으니 나를 흡족히 여기는 법도 없고 벌써 몇 달째 아무런 하사품도 없다. 싸구려 장신구 하나 없다. 너무나 가혹하고 너무나 이기적인 처사다. 만에 하나 내가 다른 남자와 사랑에 빠진다 해도 그건 모두 왕이 스스로 자초한 일이다.

물론 나는 그러지 않을 거지만, 물론 나는 어떤 일이 있어도 정부 따위 만들지 않을 테지만 말이다. 하지만 만약 내가 그러면 그건 전적으로 왕의 책임이란 뜻이다. 왕은 형편없는 남편이다. 사람들이 모두 나만 쳐다보면서 내 건강이 좋은지, 내게서 왕자가 태어날 기미는 보이는지 아무리 궁금하게 생각해 봤자 그게 다 무슨 소용이란 말인가. 왕이 나를 처소에 들이지도 않는 마당에 내가 무슨 수로 아이를 가지느냐 말이다.

오늘 저녁만 해도 좋은 아내가 되기로 결심하고 내친 김에 왕의 처소에 시종 아이를 보내 왕에게 안부를 물었다. 그리고 왕의 침실에서 함께 저녁을 들고 싶다는 뜻을 전했다. 토머스 컬피퍼가 전하길 왕의 몸 상태가 조금 회복되었고, 덕분에 기분도 좀 나아졌다고 했다. 왕이 오늘 침대에서 일어나 창가에 앉아 정원의 새소리를 들었다고 했다. 토머스 컬피퍼는 직접 내 처소로 와서 창밖을 내다보던 왕이 밑에서 내가 강아지와 장난치며 노는 모습을 보고 빙긋이 웃었다는 이야기를 전해 주었다.

"그랬어요?"

내가 물었다. 정원에 있을 때 나는 새로 지은 드레스를 입고 있었다. 사순절이 끝난 기념으로 입은 아주 연한 장밋빛 드레스였다. 그리고 결정적으로 크리스마스 때 받은 진주 목걸이를 하고 있었다. 솔직히 말해 내가 정원에서 노는 모습은 분명 매혹적이기 그지없었을 것이다. 그가 보고 있다는 것을 알았다면!

"당신도 봤어요?"

그는 차마 고백하기 부끄러운 듯 고개를 돌렸다.

"저였다면 당장 층계를 달려 내려가 왕비님께로 갔을 겁니다. 다리가 아무리 아파도 말이죠. 제가 왕비님의 남편이라면 한시도 왕비님을 곁에서 떼어 놓지 않을 겁니다."

시녀 두 명이 들어와 궁금한 듯 우리 쪽을 기웃거렸다. 우리가 상대방 쪽으로 잔뜩 몸을 굽히고 있었기 때문에 마치 키스라도 하려는 것처럼 보였을 것이다.

"전하께 제가 오늘 저녁 함께 식사하고 싶다고 전해 주세요. 왕이 허락하신다면 기분이 좋아지시도록 성심을 다하겠다고요.”

나는 일부러 크게 또박또박 말했다. 컬피퍼는 허리 굽혀 인사하고 나갔다.

아그네스가 한마디 했다.

“기분을 좋아지게 해요? 어떻게요? 한 차례 관장을 해서요?”

그러자 뭐 대단히 재미있는 소리나 들은 것처럼 방 안 사람 모두 웃었다.

“전하께서 우울하게 지내기로 작정한 것이 아니라면 내가 가서 기분을 돋워 드리는 게 당연하잖아?”

난 이렇게 쏘아붙인 뒤 한 번 더 쐐기를 박았다.

“그리고 버릇없는 말 삼가도록 해.”

누구도 내가 아내로서의 도리를 다하지 않는다고 말할 수는 없을 것이다. 심지어 왕이 가탈을 부려도 난 최선을 다한다. 그리고 덕분에 오늘 저녁 컬피퍼를 볼 구실도 생겼다. 그가 왕의 처소에서 내 처소로 전갈을 들고 왔다 갔다 할 테니 잠깐씩이라도 함께 있을 수 있다. 만약 아무도 안 보는 곳에 단둘이 있을 수 있다면, 그럼 그는 내게 키스를 할 것이다. 반드시 그럴 것이다. 나는 그런 생각만으로도 끓고 있는 냄비 안의 버터처럼 온몸이 녹아내리는 것만 같다.

제인 불린

1541년 4월, 햄프턴 궁

“잘됐어. 왕의 상처가 호전되진 않았어도 왕비와 다시 인사할 정도는 됐네. 왕이 왕비의 침소에는 계속 드시는가?”

공작이 나에게 물었다.

"어젯밤에 드셨어요. 왕비는 남자 체위로 바꿔 전하 위에 올라타서 흥분시킬 수밖에 없었어요. 왕빈 그걸 싫어해요."

"신경 쓰지 말게. 밤일을 한 이상은 말이야. 그래서 왕이 그걸 좋아하시던가?"

"여부가 있겠어요. 어떤 남자가 싫어하겠어요?"

공작은 징그럽게 웃으며 고개를 끄덕였다.

"캐서린은 부인의 각본대로 완벽하게 임무를 수행했는가? 왕은 자기가 캐서린을 만나 주지 않으면 그 아이가 왕이 클레베스의 안나에게 돌아가지 않을까 하고 항시 노심초사한다고 믿던가?"

"그런 것 같습니다."

공작은 픽 웃고는 말했다.

"제인, 훌륭한 공작이 되었어야 했는데 아까워. 우리 가문의 수장이 되었어야 할 인물인데 말이야. 그냥 여자로 썩긴 아까워. 남자로 태어났다면 그 능력을 더욱 잘 발휘했을 거야. 왕국을 지켰다면 위대한 남자가 되었을 걸세."

나는 웃음을 참을 수가 없었다. 가문의 수장이란 사람이 자기처럼 공작이 되었어야 한다고 하지만 나는 오명을 뒤집어쓰고 이 자리까지 왔다. 이런 하해와 같은 총애를 받는 김에 청이나 하나 해야겠다.

"청이 하나 있어요."

"아, 그래? 청이 뭔가? 뭐든 말해 보게."

난 말했다.

"공작님이 제게 공작령을 주실 수 없는 건 압니다."

"그댄 로치포드 자작 부인이잖은가. 그 작위를 지키는 싸움에서 우린 이겼네. 불린 가 유산의 일부를 얻지 않았은가. 다른 것을 잃긴 했지만 말이야."

내 명의의 저택은 내가 아닌 시누이와 그 자식들이 차지하고 있다.

작위는 별것 아니라는 말은 꺼내지 않고 다른 말을 넌지시 던져 봤다.

"전 또 다른 작위를 얻을까 생각 중이에요."

"무슨 작위?"

이번에 나는 대놓고 말했다.

"재혼할 생각입니다. 내 가문을 떠나려는 게 아니라 다른 명문가를 우리 편으로 만들기 위해서요. 우리 명예와 인맥을 넓히고, 제 팔자도 고치고, 더 높은 작위를 얻고 싶어서요. 공작님, 우리를 위해섭니다. 우리 모두의 발전을 위해서. 공작님은 하워드 가문의 여자들을 좋은 자리에 앉히고 싶어 하시니 저도 재혼할까 합니다."

공작이 창가 쪽으로 돌아서는 바람에 나는 그 표정을 볼 수 없었다. 공작은 한동안 말없이 서 있었다. 다시 돌아선 공작은 표정이 없었다. 그림처럼 지극히 잔잔하고 담담했다.

"마음에 둔 남자라도 있나?"

나는 고개를 가로저으며 영리하게 대답했다.

"우리 하워드 가문이 어디와 사돈을 맺는 게 좋을지 생각해 보시라고 말씀드려 본 것뿐이에요."

"어떤 작위가 부인과 어울릴 성싶은가?"

공작이 나긋나긋하게 묻기에 나는 솔직하게 털어놨다.

"귀족의 모피 코트를 입고 싶어요. 공작 부인이라는 소리를 듣고 싶어요. 남편의 명의가 아니라 제 명의로 된 땅을 소유하고 싶습니다."

"우리 가문이 왜 그대를 위해 그런 귀족과 사돈을 맺어야 하지?"

공작은 내 대답을 뻔히 알고 있다는 듯이 물었다.

"전 차기 잉글랜드 왕의 친척이 될 테니까요."

이렇게 나는 나직이 속삭였다.

"무슨 수를 써서라도?"

공작은 벌렁 드러누운 병든 왕과 왕 위에 올라타서 죽을힘을 다해 용쓰는 우리 가녀린 캐서린의 모습을 상상하며 물었다.

"무슨 수를 써서라도요."

나는 젊은 컬피퍼를 생각하며 대답했다. 우리 계획인지도 모른 채 자기 욕망을 좇고 있다고 믿으며 서서히 왕비의 침소를 향해 걸어가는 젊은이를.

"내 생각해 보겠네."

"재혼하고 싶어요. 남자를 내 침대로 끌어들이고 싶어요."

"욕정을 느끼는가?"

공작은 내가 뱀 같은 냉혈 인간이 아님을 알고는 놀라 물었다.

"다른 여자처럼 남편도 있었으면 좋겠고 아이도 하나 더 낳고 싶어요."

내 말에 공작은 빙긋이 웃으며 대답했다.

"하지만 대다수 여자들과는 달리 부인은 남편이 아닌 공작이라는 작위를 더 원할걸. 그게 아니라면 부일지도 모르고."

공작의 말에 나도 웃어 주었다.

"네, 공작님. 그런 셈이지요. 누구처럼 사랑 때문에 결혼할 맹한 여잔 아니지요."

안나
1541년 4월, 리치몬드 궁

내가 크리스마스에 궁에 간 까닭은 정치적인 계산과 약간의 허영심 때문이었다. 내가 수양 누이동생이라는 사실을 왕에게 못 박아 둔 것은 지금 생각해도 잘한 일이다. 하지만 두려움 때문에 나는 리치몬드로 급히 돌아왔다. 크리스마스 축제와 선물은 오래전에 잊었지만 그 두려움만은 지금도 생생하다. 왕은 크리스마스에는 기분이 좋았지만 사순절에는 우울했다. 내가 리치몬드에 있는 게, 궁정에 있으면서 그의 눈에 띄지 않는 게 얼마나 다행인지……. 나는 부활절에 궁에 가지 않을 것이다. 여름 순행도 따라가지 않을 것이다. 나는 왕이 두렵다. 문득 그에게서 남동생의 폭정과 아버지의 광기를 발견할 때가 있다. 의심에 찬 눈초리로 사람을 쏘아보는 그 모습은 어딘지 모르게 익숙하다. 그는 위험한 인물이 되었다. 조신들과 시녀들도 그들이 한때 흠모했던 잘생긴 왕자가 막강한 왕으로 변모하더니 이제는 통제하기 어려운 괴물로 변했다는 걸 깨닫게 될 것이다.

왕은 개혁주의자들, 즉 신교도와 루터파를 맹비난하고 있다. 상황이 이렇다 보니 종교적 이유뿐만 아니라 신변의 안전을 위해서 나는 성당에 다니면서 구교를 따르고 있다. 메리 공주의 신앙이 좋은 본보기가 되기도 했지만 그 때문이 아니더라도 나는 기꺼이 포도주가 주님의 피요, 빵이 주님의 살이라 믿으며 성찬의 전례를 할 때 무릎을 꿇을 것이다. 왕이 통치하는 잉글랜드에서 그렇게 생각하지 않았다가는 위험에 빠지게 될 테니까. 왕과 다르게 생각한다는 것만으로도 안전이 보장되지 않는 세상이니까.

엄청난 부와 권력을 휘두르며 자기 욕망을 마음껏 채우고 살아갈수 있는 왕이 왜 약한 동물을 괴롭히는 짐승처럼 야만스럽게 굴까? 왕이 아니라면 사람들은 그를 그저 미친놈이라고 치부했으리라. 어린 아내와 결혼한 지 몇 달이나 지났다고 순교자 사냥에 나설까. 어떻게 자기 결혼식 날 절친한 친구이자 충직한 고문관이었던 사내를 처형할수 있을까. 왕은 광기에 사로잡힌 위험한 사내다. 이제 모든 사람이 그 사실을 알게 될 것이다.

어찌된 일인지 왕은 요즘 개혁주의자와 신교도들이 왕권을 전복할 음모를 꾸미고 있다고 믿고 있다. 노펔 공작과 가디너 대주교는 교회를 지금 그대로 유지하려 한다. 곧 재산을 왕에게 몰수당할지도 모르는 가톨릭교회의 모습으로 말이다. 그들은 더 이상의 개혁을 원치 않는다. 캐서린이 그들 의견에 반대하는 일은 없을 것이다. 캐서린은 신앙에 관한 한 아는 게 없으니까. 솔직히 자기 성경에 적힌 기도문이나 제대로 알고 있는지 모르겠다. 노펔 공작과 가디너 대주교의 의견에 따라 왕은 잉글랜드 전역의 주교들과 교구 신부들에게 성찬의 전례에서 적절한 예를 갖추지 않는 사람들을 속출하여 화형에 처하라고 명했다.

이제 스미스필드의 도살장은 가축뿐 아니라 사람들의 비명 소리로 가득 찰 것이다. 순교자를 태우는 본산지가 된 그곳에는 장작단과 십자가가 산더미처럼 쌓여 있다. 헨리의 뜻을 받들어 이 나라의 성직자들이 잡아 온 사람들을 집어삼키려고 기다리고 있다. 아직까지 종교 재판이라는 이름으로 불리지는 않지만 사실상 종교 재판이나 다름없다. 희생자들 중에 실제로 개혁 신앙을 열렬히 믿는 사람은 얼마 없다. 대부분 나이 어린 소년, 소녀들과 무지한 촌부들이 붙들려 와 심문과 대질 심문을 거치는 와중에 두려움과 혼란에 빠져 앞뒤가 다른 말들을 내뱉은 것이 빌미가 되어 유죄 선고를 받게 된다. 백성을 자식처럼 보살펴야 할 왕이 자식들을 끌어다가 화형에 처하는 격이다.

로버트 반스라는 사람의 이야기는 아직도 사람들 사이에 회자되고 있다. 로버트는 본인을 십자가에 묶은 판사에게 왜 자기가 죽어야 하는지 물었는데 판사 자신도 그의 죄명을 알지 못했다고 한다. 물론 화형을 구경하기 위해 그 자리에 모인 군중들도 알 턱이 없었다. 로버트는 자기 발밑 장작에 불이 붙는 순간까지도 자기가 왜 죽어야 하는지 몰랐다. 그는 법을 위반한 적도 없었고 교회의 권위를 부정하는 말을 한 적도 없었다. 그에게는 어떤 죄도 없었다. 어떻게 그런 일이 일어날 수 있을까? 한때 기독교 세계에서 가장 잘생긴 왕자로 꼽히던 왕이, 신앙의 수호자로 불리던 왕이, 잉글랜드의 빛이던 왕이, 어떻게 이런, 말도 안 되는 일을 저지를 수 있을까? 어떻게 이런 괴물이 되었을까?

이런 생각을 하니 몸이 부르르 떨려 왔다. 리치몬드 궁의 따뜻한 사실에 앉아 있어도 추운 곳에 있는 사람처럼 몸이 떨린다. 그렇게 행복했던 왕이 어쩌면 이렇게 원한에 사무친 사람으로 변했을까? 어떻게 자기 백성들에게 이토록 잔인할 수 있을까? 갑자기 변덕을 부리며 분노를 폭발하는 이유는 무엇일까? 이제 사람들은 궁에서 어떻게 살아갈 수 있을까?

제인 불린

1541년 4월, 햄프턴 궁

우린 왕비의 마음을 사로잡은 사내를 손에 넣었다. 왕비가 사랑에 빠지기까지 내가 한 일은 하나도 없었다. 부추기지 않아도 소녀의 욕망으로 왕비는 토머스 컬피퍼에게 완전히 빠졌고, 내가 보기에 그도 왕비한테 푹 빠졌다. 다리 통증이 좀 가신 왕은 부활절부터 사실에서 나왔고 궁정도 다시 정상으로 돌아왔다. 그런데도 젊은 남녀가 만날 수 있는 기회는 여전히 많았다. 왕이 두 사람을 같이 만나게 해서 컬피퍼에게 왕비와 춤을 추라고 분부하거나, 컬피퍼가 내기를 걸면 왕비의 도박에 훈수를 두기도 했다. 게다가 왕은 침전의 궁내관, 컬피퍼를 총애하다 보니 어디를 가든 그를 대동했고 그의 매력과 재치와 외모를 좋아했다. 왕이 왕비를 찾아갈 때마다 컬피퍼는 왕과 동행했으며 왕은 나란히 있는 두 젊은이를 좋아했다. 왕이 자신의 극악무도한 오만함에 눈이 멀지 않았다면 두 젊은 남녀가 서로 사랑에 빠진 것을 볼 수 있었을 것이다. 하지만 왕은 세 사람을 즐거운 트리오로 생각하고 컬피퍼의 모습에서 자신의 어린 시절을 떠올렸다. 왕비와 신하, 두 젊은이가 한패가 되어 놀고 있는데도 왕은 잘생긴 두 자식의 인자한 아버지처럼 두 사람을 내려다보고 있다. 이때 노퍽 공작이 방을 돌아나와서 나한테 물었다.

"왕이 캐서린의 처소로 돌아왔는가? 캐서린은 예정대로 왕과 잠자리를 하고 있나?"

공작의 물음에 나는 두 젊은 남녀와 맹목적으로 이들을 좋아하는 노인네를 쳐다보면서 입술을 움직이지 않고 대답했다.

"예, 그런데 결과가 어떨지는 아무도 모르지요."

공작이 고개를 끄덕였다.

"컬피퍼는 저 아이와 자고 싶어 하던가?"

난 웃으며 공작을 쳐다보았다.

"보시다시피 왕비는 그에게 몸이 달아 있고 그도 왕비를 간절히 원해요."

공작은 또 고개를 끄덕였다.

"내 그리 될 줄 알았네. 게다가 저 친구는 왕이 꽤나 총애하는 신하거든. 그게 우리한테 유리한 점이지. 왕은 왕비가 당신이 총애하는 신하들과 춤추는 모습을 즐기시네. 저자는 파렴치한 놈이야. 이것도 우리한테 유리한 점이지. 저자가 목숨을 걸 만큼 무모해 보이던가?"

공작이 자신의 산 제물을 뚫어지게 쳐다보면서 음모를 꾸미는 재주에 나는 일순 감탄했다. 멀리서 보는 사람은 공작이 그저 날씨 얘기나 한다고 여겼을 것이다.

"왕비를 사랑하는 것 같아요. 왕비를 위해서라면 당장이라도 목숨을 내놓을 거예요."

"귀엽군."

이렇게 공작은 음흉하게 내뱉고는 말을 이었다.

"저자를 주시해야 할 걸세. 성깔이 있어. 아마도 사고를 쳤었지? 사냥터 관리인의 처를 덮친 걸로 알고 있는데."

나는 고개를 가로저었다.

"전 처음 듣는 얘긴데요."

나는 공작이 내민 팔에 팔짱을 끼고 공작과 나란히 회랑을 따라 천천히 걸었다.

"그 관리인이 자기 처를 구하려고 하자 저놈은 여자를 강간하고 남편을 살해했어. 그런데 왕은 두 가지 범죄를 동시에 저지른 저자를 사면해 줬어."

이런 얘기에 충격을 받기에는 내가 제법 나이가 든지라 무덤덤하게 물었다.

"그 외에 전하가 그에게 또 어떤 걸 용서해 주실까요?"

"그런데 캐서린은 대체 녀석의 어디가 마음에 들어서 그렇게 좋아하는가? 젊고, 잘생기고, 오만한 거 외에 뭐 볼 게 있나?"

나는 깔깔대며 웃었다.

"할아버지뻘 되는 볼품없는 노인과 결혼한 왕비한테는 그걸로 족하지요."

"그야 뭐, 걔가 원하면 녀석을 소유할 수 있긴 하지. 그래서 말인데 내가 캐서린이 쥐락펴락할 수 있는 젊은이를 하나 더 물색할 수도 있네. 저 아이가 전에 좋아했던 젊은이를 눈여겨보는 중일세. 아일랜드에서 이제 막 돌아와 아직도 짝사랑에 괴로워하고 있는 친굴세. 우리가 순행할 때는 저 아이가 덜 주시받을 테니 쟤한테 바람을 넣어 주겠는가? 올 여름 회임하면 크리스마스 전에 대관식을 치룰 수 있을 걸세. 회임도 하고 왕관도 쓰면, 특히 왕이 다시 병석에 누우면 내 마음이 놓일 듯싶어. 의사 말로는 왕의 변비 증세가 심각하다네."

"두 사람은 도울 수 있어요. 수월하게 만날 수 있게는 할 수 있지요. 하지만 그 이상은 곤란해요."

내 말에 공작은 빙긋이 웃었다.

"우리 로치포드 부인, 컬피퍼가 워낙 건달이고 캐서린도 바람둥이니 그대가 그 이상 할 일은 없네."

공작의 말이 하도 다정하고 확고해서 나는 공작이 왕의 측근들에게 돌아가려고 발길을 돌릴 때 대담하게 공작의 팔짱을 끼고 내 일을 상기시켰다.

"아울러 제 일도요."

공작의 얼굴에는 웃음이 가시지 않았다.

"아 참, 결혼하고 싶다고 했지. 내가 대단한 사람을 찾고 있는 중일세. 후일 알려 주겠네."

나는 바보스럽게 물었다.

"그게 누군데요?"

그러고는 철부지 아이처럼 숨을 죽였다. 곧 결혼한다면 아이를 하나 더 낳는 것도 불가능한 일은 아니다. 대단한 남자와 결혼한다면 세도가의 토대를 쌓아 대저택도 짓고 자식에게 물려줄 재산도 모을 수 있다. 불린 가의 자식들이 했던 것보다 더 잘할 수 있다. 우리 집안의 신분이 상승하는 계기를 만들 수도 있다. 재산을 물려주고 재혼의 황홀경을 즐기며 초혼에서 겪었던 모멸감과 고통을 말끔히 씻어 버릴 수 있다.

"꾹 참고 기다리시게. 우리 캐서린 일부터 해결하고 나서 봄세."

캐서린

1541년 4월, 햄프턴 궁

봄이다. 태어나서 지금처럼 이렇게 계절의 변화를 실감하며 살았던 적은 없었다. 올해는 유난히 햇살이 눈부시고 새소리가 우렁찬 것 같다. 그래서 새벽녘에 잠이 깨어 누워 있으면 비단처럼 보드라운 내 피부와 촉촉한 입술과 욕망으로 뛰는 심장이 더 절절히 느껴진다. 아무이유 없이 웃음이 나온다. 작은 선물을 내려 내 시녀들을 기쁘게 해주고 싶다. 춤추고 싶다. 정원의 긴 오솔길을 마구 달려 내려가 그 끝에서 빙그르르 돈 다음 풀밭에 털썩 누워 은은한 앵초 향기를 맡고 싶다. 온종일 말을 달리고 싶고 밤새도록 춤을 추고 싶다. 왕의 재산을 다 탕진할 때까지 도박도 하고 싶다. 식욕도 엄청나게 늘었다. 내 테이블로 올라오는 모든 요리를 맛보고 가장 좋은 것으로, 최고의 것만 골라 이 테이블 저 테이블로 보낸다. 하지만 그가 앉은 테이블로는 절대로, 절대로 보낼 수 없다.

내게는 비밀이 있다. 너무나 큰 비밀이어서 어떤 날은 그 비밀이 내혀 위에서 불처럼 타오르는 것 같다. 너무나 말하고 싶어 숨도 쉴 수 없을 정도다. 어떤 날은 그 비밀이 나를 마구 간질여서 소리 내어 웃지 않고는 못 배길 정도다. 매일, 밤낮없이, 쉴 새 없이, 뜨겁게 고동치는 욕망을 느낀다.

단지 한 사람만이 이 비밀을 안다. 단 한 사람만이. 내가 미사 중에 위층의 왕비 기도석 너머로 그를 올려다보면 그도 나를 내려다본다. 천천히, 아주 천천히, 마치 내 시선을 느끼기라도 하는 듯 고개를 돌려 나를 바라본다. 그가 나를 내려다보며 미소를 보낸다. 파란 눈에서 시작해 키스하고 싶은 입술로 번지는 그 미소를. 그리고 순식간에 세상에서 가장 도발적인 윙크를 보낸다. 자신도 그 비밀을 알고 있다는 듯이.

사냥을 따라 나가면 그는 내 옆으로 말을 붙인다. 그리고 맨손으로 장갑 낀 내 손을 쓰다듬는다. 그럼 마치 불에 데인 듯 그의 손길이 머문 곳이 뜨거워진다. 나는 그를 제대로 쳐다볼 수가 없다. 그는 내 손을 쓰다듬는 것 이상은 하지 않는다. 이런 미묘한 행동을 통해 자신도 비밀을 알고 있다고 말한다. 그도 내 비밀을 알고 있다.

우리는 짝이 되어 함께 춤을 춘다. 스텝에 따라 서로 가까이 다가가고, 서로 손을 맞잡고, 스텝에 따라 빙그르 돈다. 서로의 눈을 뚫어지게 바라보았다가, 이내 시선을 떨어뜨린 뒤 서로 다른 곳을 보고 서로에게 관심이 없는 척 멀어진다. 이렇게 우리는 서로에게 아주 가까이는 다가갈 수 없는 사이다. 내 얼굴을 그의 얼굴 가까이 가져갈 수 없다. 그의 눈을, 그의 따뜻한 입술을, 유혹하는 듯한 그의 미소를 마음대로 바라볼 수가 없다.

왕비전으로 와 내게 안부를 전한 다음 내가 내민 손에 키스할 때도 그는 손가락에 입술을 대지 않는다. 나는 다만 손가락 위에 그의 숨결을 느낄 뿐이다. 너무나 특별하고 너무나 황홀한 느낌이다. 그 순간 내가 느낄 수 있는 것은 오로지 그의 따뜻한 숨결뿐이다. 내 손을 잡고 있는 그도 분명 느낄 것이다. 그의 숨결이 닿는 순간 내 손가락이 살짝, 마치 산들바람이 지나간 풀밭처럼 살짝 들썩이는 걸 느낄 것이다.

새벽부터 나를 깨우고, 다시 어둠이 내릴 때까지 나를 토끼처럼 떨게 만드는 이 비밀을 뭐라고 불러야 할까? 그리고 그의 따뜻한 숨결에 손가락이 떨리는 이 비밀을 뭐라고 불러야 할까? 너무나 은밀한 비밀이라 함부로 이름 붙이기도 어렵다. 이건 그냥 비밀이다. 그냥 비밀. 밤에 헨리 왕이 잠들면, 나는 왕의 거대한 몸으로 뜨뜻하게 덮혀져 있지 않은, 왕의 상처에서 나오는 악취가 배지 않은 침대 구석으로 찾아가 쪼그리고 눕는다. 그리고 어둠 속에서 내 비밀을 혼자 가슴에 꼭 끌어안는다. 그리고 머릿속으로 그 비밀을 되뇌어 볼 뿐, 혼자서라도 절대 입 밖에 내지 못한다. 내겐 비밀이 있다.

나는 베개를 바싹 끌어당기고 얼굴로 흘러내린 머리카락을 쓸어 넘긴다. 그리고 뺨을 베개에 대고 문지르며 눈을 감고 잠을 청한다. 내겐 비밀이 있다.

안나
1541년 5월, 리치몬드 궁

하르스트 대사가 생각지도 못했던 충격적이고 안타까운 소식을 전했다. 그의 말 한마디 한마디에 내 몸이 바르르 떨릴 정도였다. 어떻게 왕이 그런 일을 할 수 있을까? 사람으로서 어떻게 그런 일을 할 수 있을까? 왕은 솔즈베리 백작 부인, 마거릿 폴 부인을 처형했다고 한다. 거의 일흔 살이나 된 무고한 노부인들을 아무런 이유도 없이 사형한 것이다. 굳이 이유를 찾자면 왕이 광기 어린 증오에 사로잡혔기 때문이라고밖에 할 수 없다.

정말이지 왕은 두려운 존재로 변하고 있다. 나는 시녀들에게 따라올 필요 없다고 말하고는 대사와 함께 리치몬드 궁의 정원을 산책했다. 누구에게도 내 얼굴에 드러난 두려움을 보여 주고 싶지 않았다. 내가 그렇게 쉽게 그리고 훌륭하게 달아날 수 있었던 게 얼마나 행운이었던가. 이제야 확실히 깨달았다. 이렇게 위기를 모면할 수 있다니 하느님께 감사할 따름이다. 미치광이 살인광을 피하듯 왕을 두려워해야 할 이유는 도처에 있다. 왕이 얼마만큼 사악해질 수 있는지 여러 사람들이 내게 경고한 바 있었지만 어머니뻘이나 되는 나이 든 여자에게, 자기 할머니를 간호하고 자기 전처의 가장 절친한 친구였으며 자기 딸의 대모였던 아무런 죄도 없는 성녀 같은 부인에게 그렇게 사악하고 광기 어린 증오를 보여 주다니. 왕은 정말 위험한 인물이다.

일흔 살이 다 된 노부인을 병상에서 끌어내려 참수하다니! 그것도 아무 이유 없이! 부인의 아들과 가족, 그리고 폴 가문을 사랑하는 사람들을 마음 아프게 하려는 의도라고밖에 볼 수 없다. 왕은 괴물이다. 어린 신부에게 아무리 다정하게 웃더라도, 지금 내게 아무리 친절하고 관대하게 대하더라도 그가 괴물이란 사실을 잊어선 안 된다. 잉글랜드의 헨리 왕은 괴물이며 폭군이다. 그의 왕국에서 무사하게 지낼 수 있는 사람은 아무도 없다. 이런 사람이 왕좌에 앉아 있는 한 이 나라에 무사함이란 없다. 그렇게 행동하는 것을 보면 미친 게 확실하다. 그렇게 볼 수밖에 없다. 그는 미친 사람이 틀림없다. 그리고 나는 미치광이 왕이 다스리는 나라에서 다른 사람도 아닌 이 미친 왕의 호의에 내 안전을 걸고 살아간다.

하르스트 대사는 나와 보조를 맞추기 위해 발걸음을 빨리 했다. 나는 이렇게 잉글랜드에서 달아나기라도 하려는 듯 성큼성큼 걷는데 대사가 말했다.

"충격을 받으셨군요."

"그럼요. 어떻게 안 받을 수 있겠어요?"

나는 주위를 둘러보았다. 독일어로 얘기하고 있어서 아무도 우리가 하는 말을 이해할 수 없었고 시동도 멀찌감치 떨어져 있었다.

"왕은 왜 하필 지금 폴 부인을 처형했을까요? 부인을 런던탑에 몇 해씩 가둬 두었잖아요. 역모 같은 건 꿈도 꿀 수 없는 상황이었잖아요. 몇 해 동안이나 교도관 말고는 만난 사람도 없다고요. 왕은 폴 가문 사람들을 벌써 반쯤은 죽였고 그 나머지는 런던탑에 가둬 놓았다고 하더군요."

대사가 조용히 말했다.

"왕은 폴 부인이 역모를 꾸몄다고 생각해서 죽인 건 아니에요. 하지만 이번에 북부 지역에서 구교의 권위를 회복하려는 봉기가 일어났잖아요. 그들은 폴 가문이 다시 왕위에 오르길 바라지요. 폴 가문은 충실한 가톨릭 가문인 데다 사람들에게 인기가 많거든요. 게다가 북부 출신이잖아요. 요크의 플랜태저넷가라는 왕족이에요. 가톨릭 신자들이고요. 왕은 경쟁자에게 관대하지 못하죠. 아무리 무고한 경쟁자라고 해도요."

나는 몸을 떨며 말했다.

"그럼 왜 봉기를 진압하지 않는 거예요? 군대를 이끌고 가서 반란군을 진압할 수도 있잖아요. 왜 반란군 대신 런던에 있는 노부인을 참수한 거죠?"

대사가 목소리를 낮추고 대답했다.

"사람들 말에 따르면 폴 부인이 아라곤의 카타리나 왕비 편을 들었던 이후로 왕은 줄곧 그분을 미워했답니다. 어렸을 적에 왕은 폴 부인을 따르고 존경했다는군요. 폴 부인은 마지막으로 남은 플랜태저넷가의 공주였어요. 혈통으로 보자면 왕보다도 더 순수한 혈통의 왕족이죠. 하지만 왕이 카타리나 왕비를 몰아내려 할 때 폴 부인이 공공연히 왕비 편을 들었대요."

"그건 벌써 오래전 일이잖아요."

"왕은 자기 말에 반대했던 사람을 절대 잊지 않아요."

"그럼 예전처럼 왜 반란군과 싸우지 않는 거예요?"

대사는 목소리를 낮춰 말했다.

"소문에 따르면 무서워서 그런대요. 과거에도 왕은 두려워했어요.

직접 싸운 게 아니라 토머스 하워드 공작을 보냈지요. 이번에도 직접 가지는 않을 거예요."

나는 성큼성큼 빨리 걸었다. 대사는 나와 보조를 맞추었고 시동은 더 뒤로 처졌다. 나는 거의 혼잣말을 하듯 웅얼거렸다.

"나는 절대 무사하지 못할 거예요. 그가 세상에 살아 있는 한. 혹시 이 모든 게……."

나는 아름다운 정원과 강, 멋진 궁전을 손으로 가리키며 물었다.

"저게 모두 그저 잠시 저를 달래려는 뇌물 아닐까요? 캐서린이 아들을 낳을 동안 나와 동생의 입을 다물게 했다가 캐서린이 왕자를 낳고 왕비로 즉위하여 모든 일이 끝나면 저를 반역죄나 이단죄 아니면 자기가 만들어 낸 희한한 죄목으로 체포해서 죽이려는 심산 아닐까요?"

내 말을 듣고 대사는 두려움으로 낯빛이 어두워졌다.

"세상에, 그럴 리가요. 하지만 확실히 장담할 수는 없지요. 왕이 먼 훗날을 내다보며 공녀님과 협상하고 친구로 지내길 바란다고 생각하긴 했습니다만 확신할 수는 없죠. 헨리 왕에 대한 일이라면 누구도 장담할 수 없어요. 친구인 척하다가 내일이라도 돌아설 사람이니까요. 사람들 모두 그렇게 수군거려요. 무섭고 변덕스럽다고요. 그가 누구를 적으로 지목할지 아무도 모른답니다. 믿을 수 없는 사람이죠."

나는 답답한 마음을 억누르지 못하고 소리를 질렀다.

"악몽처럼 끔찍한 사람이에요. 원하면 무슨 일이든 할 사람이라고요. 무슨 일이든. 위험 그 자체예요. 공포 그 자체라고요."

현명한 대사는 내가 지나치게 흥분하고 있다고는 말하지 않았다. 나를 달래려 하지도 않고 그저 차분하게 고개를 끄덕이며 맞장구를 쳤다.

"맞아요. 공포 그 자체입니다. 그는 백성들에게 공포를 주는 존재지요. 공녀님이 왕에게서 달아날 수 있었던 게 얼마나 다행인지……. 하느님이 그의 어린 아내도 도와주길 빌 뿐입니다."

제인 불린

1541년 6월, 햄프턴 궁

왕은 전보다 더 노쇠해 보이기는 해도 그나마 궁으로 돌아와 다시 창백한 환자가 아닌 왕처럼 보인다. 왕의 노기는 신하들에게 지옥과 같은 두려움을 주었고, 그 노기는 궁정을 뒤흔들 수 있을 정도였다. 곪은 다리와 뱃속의 독은 성질로 다 가서 화로 분출된다. 아침에는 이 말을 했다가 저녁이면 언제 그랬냐는 듯이 열을 올려 다른 말을 한다. 이런 통에 추밀원 위원들은 왕의 비위를 건드릴까 봐 발끝을 들고 다닌다. 왕이 아침에 한 말을 기억하지 못하는 척하니 아무도 왕에게 그 말을 일깨울 엄두도 내지 못한다. 왕에게 반대하는 사람은 누구나 반역자 취급을 받는다. 반역죄 고발은 왕의 썩은 다리에서 나오는 악취처럼 사라지지 않는다. 이곳이 배신을 밥 먹듯 하는 궁정이기는 해도, 하루아침에 태도를 이렇게 빨리 바꾸는 사람은 처음 본다. 왕은 매일 앞뒤가 맞지 않는 말을 하고, 위원들은 왕이 무슨 생각을 하든지 무조건 찬성한다.

솔즈베리 백작 부인에게 내린 사형 선고는 우리 모두를 뒤흔들어 놓았다. 심지어 강심장을 가진 사람들까지도. 우리는 모두 부인을 잘 알고 있다. 요크 왕조의 마지막 왕손이었고 카타리나 왕비의 절친한 친구이자 지지자였던 당시에, 우리는 부인이 우리 친구라는 사실을 자랑스럽게 여겼다. 하지만 부인이 왕의 눈 밖에 나서 먼 시골로 가고 눈앞에서 사라지자 부인을 너무나 쉽게 잊어버렸다. 그런데 부인이 런던탑에 갇혔을 때는 그리도 조용한 부인을 모른 체 하기가 정말로 곤혹스러웠다. 병든 부인은 감옥에 갇힌 채 추위에 떨고 배를 곯고 있었다. 부인의 어린 손자들까지 런던탑의 굳게 잠긴 방에 감금되었을 때, 부인은 그 가족 때문에 더 애통해했다. 왕은 예고도 없이 태도를 바꾸었다. 부인을 침상에서 끌어내어 도끼로 목을 쳐서 참수한 것이다.

세간에 떠도는 말에 따르면 부인이 도끼를 피했다고 한다. 위엄 있는 연설도 하지 않았고, 왕에게 굴복하지도 않았다고 한다. 결백만을 주장하면서 한마디도 자백하지 않았다고 한다. 부인이 처형대 밑에 넘어져 기어서 빠져나오자, 사형 집행인은 부인의 뒤를 따라가 목을 수없이 내리쳤다고 한다. 이런 소리를 듣고 나는 등골이 오싹했고 속이 메슥거렸다. 부인은 앤이 처형당했던 참수대에서 죽었다. 얼마나 많은 여인의 머리가 그 위에서 잘려 나갈까? 다음 차례는 누굴까?

왕비는 이렇게 신경이 극도로 예민한 헨리 왕을 생각보다 용케도 잘 다루었다. 왕은 왕비가 종교나 권력에 관심이 없다 보니 왕비에게 국정에 대해서는 입도 뻥긋하지 않았다. 왕비도 왕의 조석변개하는 결정 사항에 대해 몰랐다. 머릿속에 생각이 없으니 왕과 논쟁하는 법도 없었다. 왕은 왕비를 자기 무릎에 놓고 쓰다듬다가 귀찮게 굴면 쫓아낼 수 있는 애완견 정도로 생각한다. 왕비는 여기에 잘 대처했다. 겉으로는 아내의 의무를 충실히 하면서 컬피퍼에 대한 자기감정을 숨기는 재주가 있었다. 그리고 어떤 주인이 애완견에게 더 나은 것을 꿈꾸는지 굳이 물어보겠는가?

왕은 궁정 신하들이 다 보는 앞에서 왕비를 거칠게 다뤘다. 왕비에게 이렇게 하면서도 전혀 신경 쓰지 않았다. 정찬을 들고 있는 신하들 앞에서 왕비의 젖가슴을 꼬집고는 빨개지는 왕비의 얼굴을 지켜보았다. 키스를 해 달라고 하고는 왕비가 입술을 갖다 대면 왕은 그 입술을 쭉쭉 빨아 댔다. 그러다 우리가 보는 앞에서 그 엉큼한 손으로 왕비의 엉덩이를 토닥거렸다. 왕비는 몸을 빼는 법도 없고 물러나지도 않았다. 유심히 보았더니 왕비는 왕의 손길에 몸이 굳어지기도 했다.

하지만 왕의 심기를 돋우는 짓은 절대 하지 않았다. 열다섯 나이치고는 제법 잘하고 있다. 다른 남자를 열렬하게 사랑하는 어린 소녀치고는 이만저만 잘하고 있는 게 아니다.

왕비는 저녁 정찬과 무도회 사이사이에 어떻게 해서라도 컬피퍼와 잠깐씩 밀회의 시간을 만들었다. 그리고 한밤중에는 침상에서 화려한 잠옷을 헐렁하게 여민 채 흰 나이트캡 때문에 더 크고 반짝여 보이는 눈망울로 졸린 천사처럼 왕을 기다렸다. 왕이 침소에 늦게 오는 날에는 잠에 곯아떨어질 때도 있다. 왕비는 아이처럼 누워 잠들면 베개에다 뺨을 비벼 대는 버릇이 있다. 정말 귀엽다. 왕이 잠옷을 속에 입고 그 넓은 어깨 위에 두꺼운 망토를 걸치고는 아픈 다리를 끌고 들어왔다. 다리에 드레싱을 하고 붕대를 칭칭 감았는데도 하얀 붕대에 배인 고름 자국이 그대로 보였다. 대개 밤마다 컬피퍼는 팔팔한 자기 어깨에 묵직한 손을 얹은 왕을 부축하고 서 있다. 그가 왕비의 늙은 남편을 침소로 모시고 오면 두 젊은 남녀는 절대 시선을 마주치지 않았다. 컬피퍼는 왕비 뒤에 있는 왕의 이니셜이 새겨진 침대 머리를 쳐다보았고, 왕비는 비단 자수 시트를 내려다보았다. 침실 내관이 시트를 들어올리는 동안, 그가 왕의 투실투실한 양 어깨에서 망토를 벗겼다. 왕이 성한 다리 하나로 중심을 잡자, 시종 두 명이 왕을 침대 위로 들어올려 앉혔다. 곪은 상처의 악취가 침실에 진동하는데도 왕비는 꽁무니를 빼는 법이 없다. 왕비는 침착하게 반기는 미소를 지었다. 시종들이 다리를 이불 밑으로 넣어 주자 왕은 이불 속으로 들어가면서 신음 소리를 냈다. 그래도 왕비는 태연자약했다. 우리 모두 예를 다해 뒤로 물러나 침실 문을 닫고 나서야 나는 컬피퍼를 힐끗 보았다. 앳된 얼굴이 우거지상이 되었다.

"왕비님이 컬피퍼 씨를 원해요."

내가 그에게 작게 말하자 입술을 삐죽대며 나를 힐끗 쳐다보았다.

그러더니 어깨를 으쓱하고는 아무 말이 없다. 나는 다시 떠 보았다.

"왕비님이 컬피퍼 씨를 원한다니까요."

그러자 얼른 그는 내 팔꿈치를 낚아채더니 나를 끌고 두꺼운 커튼 뒤로 숨다시피 하면서 퇴창으로 데려갔다.

"왕비님이 부인한테 그렇게 말씀하세요? 자주 그렇게 말씀하셨어요?"

"그럼요."

"언제 그렇게 말씀하셨어요? 자세히 말해 보세요?"

"왕비님은 전하가 잠드시면 보통 침소에서 나와요. 내가 나이트캡을 벗겨 머리를 빗겨 주는데 이따금씩 우세요."

"전하가 왕비님을 괴롭히시나요?"

컬피퍼는 놀라며 물었다.

"아뇨, 욕정 때문에 우시지요. 밤이면 밤마다 전하를 만족시켜 드리려고 전하 위에서 얼마나 진땀을 빼는지 몰라요. 왕비님이 혼자 힘으로 할 수 있는 건 금방이라도 끊어질 듯이 활시위처럼 팽팽하게 흥분하는 것 외에는 없어요."

컬피퍼의 표정이 가관이었다. 공작이 내린 임무를 수행하는 게 아니었다면 나는 웃음을 참지 못했으리라.

"욕정 때문에 우세요?"

"욕정 때문에 비명을 지르게 생겼어요. 밤에는 내가 수면제를 드릴 때도 있고 왕비가 멀드 와인을 마실 때도 있어요. 그런데도 더러는 몇 시간이고 잠들지 못하세요. 방을 빙빙 돌며 잠옷 리본을 쥐어뜯으면서 욕정이 끓어올라 미치겠다고도 하세요."

"전하가 잠드신 뒤에는 늘 그렇게 나오시나요?"

"컬피퍼 씨가 한 시간 뒤에 다시 오면 나와 계시는 왕비님을 볼 수 있을 겁니다."

내가 귓속말로 일러 주자 컬피퍼는 잠시 머뭇거리다 한마디 했다.

"내가 어떻게 감히."

"그때가 되면 왕비님은 욕정이 가라앉지 않아 컬피퍼 씨를 그리워하며 전하의 침소에서 나오실 거예요."

이렇게 내가 부추기자 굶주린 늑대와 같은 표정을 지었다.

"토머스 컬피퍼 씨를 원한다니까요. 내가 왕비님의 머리를 쓰다듬어 주면 고개를 젖히면서 작게 컬피퍼 씨 이름을 불러요."

"내 이름을 부르신다고요?"

"컬피퍼 씨한테 이만저만 빠진 게 아니라니까요."

"내가 왕비님한테 넘어가는 날에는 왕비님이나 나나 죽어요."

"말벗이나 해주면 됩니다. 왕비님을 달래 드리세요. 그렇게 왕비님을 안정시키는 것이 곧 전하를 보필하는 일이지요. 왕비님이 언제까지 이런 식으로 버티실 수 있겠어요? 전하가 밤마다 왕비님을 알몸으로 벗겨 놓고 훑어본 다음, 온몸을 구석구석 만지며 쉴 틈도 주지 않고 거칠게 다루시는데 어찌 견딜 수 있으시겠어요? 컬피퍼 씨, 거듭 말하지만 왕비님은 끊어지기 직전의 팽팽한 류트 현처럼 욕정이 극에 달했어요."

컬피퍼는 그 상상을 하면서 침을 꿀꺽 삼켰다.

"내가 왕비님과 얘기만 나눈다면……."

나도 컬피퍼 못지않게 흥분이 되어 숨이 막힐 뻔했다.

"한 시간 후에 오면 들여보내 줄게요. 왕비님의 사실에서 얘기를 나누면 돼요. 전하는 침실에서 곤히 주무시고 계실 테니까. 두 분이 같이 있는 내내 내가 여기서 망을 볼게요. 두 분이 같이 있을 때 내가 망을 보는데 뭐라 할 사람이 있겠어요?"

이상하게도 컬피퍼는 내 호의를 믿지 않았다. 물러가면서 나를 미심쩍어 하는 눈초리로 쳐다보더니 물었다.

"부인이 나한테 이렇게 호의를 베푸는 이유가 뭡니까? 무슨 득 될 일라도 있나요?"

나는 그의 말이 떨어지기 무섭게 대답했다.

"왕비님을 보필하기 위해서지요. 왕비님을 보필하는 게 내 소임이 잖아요. 왕비님이 컬피퍼 씨의 우정을 원하고 보고 싶어 하시기 때문입니다. 왕비님께서 컬피퍼 씨를 안전하게 만나도록 해 드리는 게 내 소임이지요."

내가 두 사람의 만남을 안전하게 지켜 줄 수 있다고 컬피퍼가 믿는다면 사랑에 눈이 먼 게 틀림없다.

나는 사위어 가는 난롯불 옆에서 기다렸다. 공작을 위해 내 책무를 다하고 있지만 어느 사이에 머릿속에는 남편과 앤 생각으로 가득했다. 내가 이렇게 기다리듯이, 컬피퍼가 앞으로 왕비를 기다리듯이, 조지는 늘 앤이 왕의 침전에서 돌아오기를 기다렸다. 나는 머리를 흔들었다. 다시는 두 사람 생각을 하지 않겠다고 다짐했다. 두 사람의 생각을 떨쳐 버리겠다고 맹세했다. 두 사람 생각 때문에 내가 나를 들볶을 필요는 없다.

얼마 지나지 않아 침실 문이 열리더니 왕비가 나왔다. 눈 밑에 어두운 그늘이 져 있었다. 창백한 왕비가 나를 보더니 작은 소리로 물었다.

"로치포드 부인, 와인 준비했어요?"

정신이 번쩍 들어 벽난로 바로 옆에 있는 의자에 왕비를 앉혔다.

"준비했어요."

왕비는 맨발 하나를 벽난로 그물망에 올려놓으며 몸을 부르르 떨더니 밑도 끝도 없이 내뱉었다.

"전하한테 정나미가 떨어져요. 난 내가 정말 싫어요."

"그건 왕비의 본분이에요."

"그 짓 더 이상은 못하겠어요."

왕비는 눈을 감고 고개를 뒤로 젖혔다. 감은 눈 밑에 눈물이 비치는가 싶더니 창백한 뺨으로 주르르 흘렀다.

"보석을 보따리로 안겨줘도 싫어요. 이제 더는 못하겠어요."

나는 잠잠히 있다가 귓속말로 전했다.

"오늘 밤 손님이 올 거예요."

내 말이 떨어지기 무섭게 왕비가 벌떡 일어났다.

"누가요?"

"보고 싶어 하는 이가 올 겁니다. 몇 달이나 애타게 그리워한 사람, 아니 몇 년을 그리워했을지도 모르지요. 누가 가장 보고 싶어요?"

"설마…… 그 사람이 오는 건 아니겠지요?"

두 뺨에 온통 화색이 돌더니 물었다.

"토머스 컬피퍼."

왕비는 이름을 듣자 잠시 숨도 쉬지 못하고 허둥지둥 어찌할 바를 몰랐다.

"옷을 갈아입어야겠어요. 머리 손질 좀 해 줘요."

"그것보다 침실 문을 먼저 잠가야지요."

"아니, 전하를 가두려고요?"

"깨어나서 나오시는 것보다야 그 편이 낫지요. 문을 잠근 구실이야 어떻게든 둘러대면 돼요."

"향수가 필요해요!"

"향수요?"

"이런 몰골로 그를 만날 순 없어요."

"그럼 문 앞에서 그냥 돌려보낼까요?"

"안 돼!"

문 두드리는 소리가 희미하게 들렸다. 하도 살살 두드려서 듣지 못할 뻔했다.

"자, 왔어요."

"들여보내지 마요!"

왕비는 내 팔을 잡더니 말을 이었다.

"너무 위험해요. 그를 위험에 빠뜨릴 순 없어요."

나는 왕비를 달랬다.

"왕비와 대화만 할 거예요. 대화만 하는데 안 될 게 뭐가 있어요."

나는 컬피퍼에게 살며시 문을 열어 주고 보초에게 말했다.

"괜찮아요. 전하가 컬피퍼 씨를 부르셔서 온 거예요."

내가 문을 활짝 열어 주자 컬피퍼가 방 안으로 들어왔다.

난롯가에 있던 왕비가 자리에서 일어났다. 난로의 불빛이 왕비의 얼굴과 가운에 환하게 비쳤다. 왕비는 꼭 다물었던 입을 열더니 그의 이름을 불렀다. 왕비의 얼굴이 붉어졌다. 심장이 쿵쿵 뛰는 바람에 옷섶 위의 리본이 흔들리는 게 보일 정도였다.

컬피퍼는 꿈속의 왕자처럼 왕비에게 다가와 한 손을 내밀었다. 왕비는 그 손을 잡자마자 자기 볼에 갖다 댔다. 컬피퍼는 한 손으로 왕비의 머리카락을 움켜쥐고, 다른 손으로는 허리를 더듬었다. 이렇게 애무할 날을 몇 달 동안 학수고대했다는 듯이 두 남녀는 서로에게 빨려 들어갔다. 왕비의 손이 컬피퍼의 어깨 위로 올라가자 그는 말없이 왕비를 끌어당겼다. 왕비가 입술을 내밀자 그는 고개를 숙이고 왕비의 입술을 찾아갔다.

나는 보초가 들어오지 못하게 바깥문을 잠갔다. 그러고 나서 침실 문으로 다시 가 문에 기대서서 왕의 소리에 두 귀를 쫑긋 세웠다. 왕이 시끄럽게 드르렁드르렁 코를 골면서 크게 트림하는 소리가 들렸다. 내 앞에 있는 벽난로 불빛을 배경으로 컬피퍼는 왕비의 가운 목덜미 속으로 손을 슬며시 집어넣었다. 그가 왕비의 젖가슴을 만지자, 왕비는 거부하지도 않고 고개를 뒤로 젖혔다. 그의 애무에 몸을 맡긴 채

174

왕비는 그의 갈색 고수머리를 손으로 쓸어내리며 얼굴을 자기의 뽀얀 목 쪽으로 끌어당겼다.

나는 시선을 뗄 수가 없었다. 이들의 모습을 보면서 정부와 같이 있었던 조지를 상상했다. 칼 같은 쾌락과 고통스런 욕정. 등받이가 높은 의자에 그가 앉아 왕비를 끌어당겼다. 나는 의자 등받이와 불꽃을 배경으로 너울거리는 두 사람의 어두운 윤곽만 겨우 볼 수 있었다. 그는 욕망을 주체할 수 없다는 듯, 왕비의 양 엉덩이를 잡고 자기 위에 앉혔다. 그러고 나서 그가 왕비의 옷 앞섶에 달린 리본을 잡아당겼다. 왕비는 그의 타이츠를 더듬었다. 두 사람은 이제 막 그것을 할 참인 것 같다. 내가 같이 있는 방에서, 문 뒤에서 남편이 자는데도 두 남녀는 거리낌이 없다. 억제할 수도 걷잡을 수도 없다. 욕망을 주체할 수 없는 지금, 이 방에서 그것도 내 앞에서 그 짓을 막 하려고 한다.

나는 숨도 쉴 수가 없다. 낱낱이 다 지켜볼 수밖에는 없다. 잠든 왕의 거친 숨소리가 나직이 할딱이는 이들의 숨소리와 맞물렸다. 이들이 한 몸으로 엉키고 나서 왕비가 잠옷을 밀어 내자 그 하얀 허벅지가 어슴푸레 비쳤다. 그의 신음 소리가 들리는 것을 보니 왕비가 두 다리를 벌리고 그에게 타고 앉아 남자를 받아들인 게 분명했다. 이들의 가느다란 욕망의 한숨 소리를 듣고 있으니 내 속에서 은밀한 성적 충동이 일었다. 왕비는 그 위에 착 달라붙어 있다. 왕비가 앞뒤로 흔들자 의자가 삐걱거렸다. 왕비의 숨소리가 거칠어졌다. 그는 왕비의 여자 속에 그것을 한껏 밀어 넣었다. 왕비는 성적 쾌감이 고조되면서 신음 소리를 내기 시작했다. 나는 신음 소리에 왕이 깰까 봐 마음이 조마조마했다. 하지만 설사 왕이 일어나 고함을 지른다 해도, 문을 열고 나온다 해도, 그 어떤 것도 두 사람을 막을 수는 없었다. 두 사람은 욕정에 묶여 벗어날 수 없을 테니까. 왕비의 작은 신음 소리가 높아지자 나도 충동이 일면서 두 다리의 힘이 빠지는 것 같았다. 바닥으로 미끄러져 주저앉은 나는 두 사람을 지켜보았다. 조지의 갈구하는 표정과 두 다리를 벌리고 그이 위에 타고 앉은 정부의 환영만이 눈앞에 아른 거렸다. 왕비가 갑자기 헐떡거리는 소리를 멈추고 컬피퍼의 어깨에 쓰러짐과 동시에, 컬피퍼도 신음 소리를 내며 왕비를 꽉 안았다. 두 사람은 진정되기 전까지 그대로 있었다.

한참이 지나고 나서야 왕비는 웅얼대더니 움직이기 시작했다. 컬피 퍼가 왕비를 놓아 주자 왕비는 의자에서 일어나 잠옷 단을 내렸다. 왕 비는 벽난로 쪽으로 가면서 그를 보고 다시 생긋 웃었다. 그는 의자에 서 일어나 옷의 장식 끈을 맨 다음 왕비에게 다가가 뒤에서 끌어안고 는 왕비의 목과 머리칼에 코를 대고 비볐다. 첫 사랑에 빠진 어린 소 녀처럼 왕비는 그의 팔에 안긴 채 돌아서서 그에게 입을 맞추었다. 그 에게 완전히 반한 듯이 키스했다. 이 사랑이 영원히 계속될 것처럼 그 에게 입 맞추었다.

아침에 나는 공작을 만나러 갔다. 궁정은 사냥 갈 채비를 하느라 분 주했다. 왕의 친구 하나가 왕비를 들어올려 안장에 앉히고 있었다. 도 움을 받아 말 위에 오른 왕도 기분이 좋아 컬피퍼의 빨간 새 가죽 말고 삐를 보고 껄껄대면서 자기의 사냥개들을 불러 모았다. 공작은 오늘 말을 타지 않는다. 선선한 아침, 대문 앞에 서서 말과 사냥개들을 지 켜보았다. 나는 말에 올라 달리다 공작 옆에 잠시 멈췄다.

"그 일이 끝났습니다. 어젯밤에."

마치 내가 그에게 대장장이의 삯 얘기를 하는 것처럼 그는 고개를 끄덕였다. 그는 물었다.

"컬피퍼?"

"예."

"그 아이가 그자를 다시 취할 것 같은가?"

"아주 자주요. 푹 빠졌어요."

"그 아이를 계속 조심하도록 하게. 회임하자마자 나한테 고하는 것 잊지 말고."

나는 고개를 끄덕이고 당돌하게 물었다.

"그런데 제 일은?"

공작은 잊어버린 척하며 되물었다.

"그대 일이라니?"

"제 혼사요. 전 결혼해야 합니다."

공작은 눈살을 찌푸렸다.

"로치포드 부인, 욕정에 불타느니 결혼하는 편이 낫겠는가? 하지만 조지하고 결혼했어도 욕정을 불태우진 못했지 않은가."

나는 공작의 말이 떨어지기 무섭게 대꾸했다.

"그건 내 탓이 아니라 시누이 탓이었어요."

공작은 빙긋이 웃었다. 누가 그림자처럼 따라다니며 우리 부부를 풍비박산 냈는지 물을 필요도 없을 테니까.

"제 재혼에 대해 별 다른 소식은 없나요?"

"현재 서신을 교환 중일세. 왕비가 회임한 소식을 알려 주면 내 그 일을 확실히 하지."

나는 다시 물고 늘어졌다.

"그리고 그 귀족은요? 누군가요?"

"프랑스 백작? 로치포드 부인, 천천히 두고 봅시다. 날 믿으시게. 부자에다 젊고 잘생겼지. 또 뭐가 있더라. 프랑스 왕위 계승 서열 3~4위밖에 안 되는데 어떠신가? 성에 차실지 모르겠군."

나는 흥분해서 말이 나오지 않았다.

"성에 차다마다요. 공작님의 기대에 부응할 수 있도록 노력하겠습니다."

안나

1541년 6월, 리치몬드 궁

체임벌린 경이 내게 편지를 보냈다. 여름 순행에 초대하는 편지였다. 왕은 북부 지역으로 순행을 갈 예정이라고 한다. 북부 지역이라면 왕의 구교 탄압에 저항해 최근 반란이 일어났던 곳이다. 왕은 한 손에는 채찍을 한 손에는 당근을 들고 간다. 이미 교수형 집행인을 보냈으니 모든 게 정리된 후 왕은 안전하게 그곳에 갈 것이다. 나는 편지를 손에 든 채 한동안 앉아 있었다.

나는 여러 위험성을 저울질해 보았다. 내가 왕과 함께 순행을 하면서 왕의 호감을 산다면 한 해쯤은 더 안전하게 지낼 수 있을지 모른다. 하지만 왕이 나를 좋아하는 걸 보고 파렴치한 조신들은 다시 나를 몰아내려 머리를 굴릴지도 모를 일이다. 캐서린의 큰아버지인 노퍽 공작은 조카딸이 왕의 총애를 잃지 않을까 노심초사하니까 캐서린이 나와 비교되는 건 싫어할 것이다. 공작은 교황주의자들과 함께 왕을 음해하려 했다는 누명을 내게 뒤집어씌우려 했을 때 날조했던 증거들을 아직도 가지고 있을지 모른다. 어쩌면 그보다 더 무서운 증거를 가지고 있을 수도 있다. 간통일 수도, 주술일 수도, 이단이나 반역일 수도 있다. 나를 죽이려고 마음먹었던 그때 그들이 어떤 증거를 조작했는지 누가 알겠는가? 왕이 나와 이혼하겠다고 결정한 후에도 조신들은 그 증거들을 없애지 않았을 수도 있다. 노퍽 공작은 그 증거들을 갖고 있을 것이다. 나를 제거하고 싶은 마음이 언제 생길지 모르니 그 증거들을 영원히 갖고 있을 것이다.

그런데 내가 순행에 가지 않는다면 나는 나를 변호할 수 없다. 누군가 내게 불리한 얘기를 흘린다면 나를 대신해 변호해 줄 사람이 아무도 없다. 북부 지역의 반역자들이나 가여운 마거릿 폴 백작 부인이나 몰락한 토머스 크롬웰이나 멀리 있는 내 오라비가 했을지도 모르는 말과 행동이 나와 관계가 있다고 누군가 넌지시 비춘다면 나를 위해 나서서 변호해 줄 사람이 누가 있겠는가.

나는 가운 주머니에 편지를 넣고 창가에 서서 정원 너머 과수원에서 흔들리는 나뭇가지를 내다보았다. 나는 이곳이 좋다. 이곳을 소유한 여주인으로 혼자 살아가는 게 좋다. 내 재산을 마음대로 쓸 수 있는 것도 좋다. 호랑이 굴, 잉글랜드 궁정으로 들어가 끔찍하게 무서운 왕을 마주할 생각을 하니 감히 발이 떨어지지 않는다. 나는 왕과 함께 순행에 가지 않겠다. 제발, 이게 현명한 결정이길. 나는 이곳에 남으련다. 누군가 나를 모함한다 해도 어쩔 수 없다. 왕과 함께 여행하며 다른 사람들의 질투를 살까 봐 끊임없이 걱정하는 것보다 낫다. 왕과 함께 여행하다 나도 모르게 그의 미움을 사서 위험에 빠지느니 이곳에 남아 있는 편이 낫다.

왕은 위험한 인물이다. 위험 그 자체다. 자기 가까이 있는 모든 사람에게 위험한 존재다. 나는 리치몬드에 남아 헨리라는 위험물이 그냥 나를 지나쳐 가길, 그래서 내가 안전하고 평화롭게 살아갈 수 있길 바란다.

나는 궁정 사람들 근처에 가지 않겠다. 그들은 겁에 질린 양 떼다. 나는 흰 바다매처럼 홀로, 외롭게, 하늘 위를 조용히 날아다닐 것이다. 나는 두려워할 이유가 없다. 두려움에 떨며 살지 않을 테다. 운명을 믿어 보자. 올 여름을 오롯이 나 혼자 즐기련다.

제인 불린

1541년 7월, 햄프턴 궁

공작은 여름 순행이 시작되기 전 조카딸 캐서린을 찾아와 때를 잘
못 맞추었다는 것을 이내 깨달았다. 왕비전은 아수라장이었다. 제일
노련하다는 하인들조차도, 왕비의 언니와 새어머니조차도 왕비의 지
시를 도무지 이해하지 못했다. 그도 그럴 것이 왕비가 죽어도 새 드레
스 없이는 순행을 떠나지 않겠다며 고집을 피우다가 새 드레스를 다
싸서 미리 보낸 생각을 뒤미처 하질 않나, 자기 보석함을 보여 달라고
하더니 한 시녀에게 은반지를 훔쳐 갔다고 난리법석을 떨다가는 다시
반지를 찾아내질 않나, 모피 코트를 요크에 가져갈지 말지를 놓고 우
왕좌왕하다 갑자기 침대에 얼굴을 파묻고 통곡하다시피 울지를 않
나……. 왕이 자기에게 도무지 관심을 두지 않으니 절대 가지 않겠다
며 고집을 피워 대기도 했다. 하긴 왕이 관심을 두지 않아 살맛이 없
는 마당에 요크에 간들 무슨 낙이 있겠는가?

"아니, 대관절 이게 뭔가?"

공작은 그게 다 내 탓인 양 나를 몰아붙였다.

"온종일 이런 식이에요. 근데 어제는 더 가관이었어요."

나는 지쳐서 내뱉었다.

"어째서 왕비 하인들이 이런 일들을 낱낱이 신경 쓰지 않는 게야?"

"왕비가 모든 일을 못하게 막고는 중구난방으로 이 일 저 일 시켜서
그렇지요. 왕비의 의상 꾸러미를 묶어 이미 두 차례나 마차에 실었어
요. 의상 담당 시녀를 탓할 수도 없어요. 왕비가 장갑 없인 안 된다며
장갑 하나 때문에 짐을 죄다 끄집어냈으니까요."

"왕비전이 이렇게 무질서해서야 말이 되겠는가?"

이렇게 공작이 고함을 지르는데 이번에는 정말 심란해하는 모습이었다.

"이곳은 왕비전이야. 모름지기 시녀들은 품위가 있어야 하고, 왕비는 위엄을 갖추어야 한다고. 아라곤의 카타리나 왕비는 절대……."

이런 공작의 말에 내가 대답했다.

"그분은 왕비로 태어나 왕비의 법도를 배우셨어요. 하지만 지금 이곳은 어린애의 처소 같아요. 왕비는 여기서 버릇도 없고 제멋대로 구는 어린애 같아요. 왕비답게 처신하지 못하고 어린애처럼 군다고요. 리본 하나 때문에 내키는 대로 처소를 발칵 뒤집어도 누구 하나 조신하게 굴라고 말도 못합니다."

"부인이 따끔하게 일러야지."

나는 눈살을 찌푸렸다.

"공작님, 캐서린은 왕비예요. 공작님이 철부지를 잉글랜드 왕비로 들여놓으셨어요. 왕비는 공작님 댁에서 보고 자랐어요. 전하가 마냥 응석을 받아 준 사이에 아이가 되었다고요. 왕비가 정찬을 들러 갈 때 제가 모든 것을 완벽하게 정리하겠습니다. 내일이면 왕비는 이 일을 다 잊어버리고 순행 길에 오를 거예요. 본인이 필요한 짐은 다 꾸리고 남겨 둔 것은 죄다 새로 마련할 겁니다."

공작은 어깨를 으쓱하고는 방에서 나가며 말했다.

"그건 그렇고 내가 정작 만나려고 했던 건 부인일세. 우리 연회장으로 가지. 여자들 목소리가 너무 시끄럽군."

공작은 내 손을 잡더니 방에서 나를 데리고 나갔다. 보초가 문 한쪽에 서 있어서 우리는 그가 들을 수 없도록 멀찍이 갔다.

"그 애가 그나마 컬피퍼의 일은 조심하네. 아무도 그 일을 몰라. 그자와 몇 차례 같이 잤는가?"

"예닐곱 차례요. 궁정에서 캐서린을 두고 뒷말이 없어 다행이에요. 여기 왕비전의 시녀 두 명은 캐서린이 그를 좋아한다는 걸 알고 있어요. 캐서린이 그를 찾는 데다 그를 보면 얼굴이 환해지거든요. 아무튼 지난주에 한 번 행방이 묘연하게 사라진 적도 있어요. 하지만 밤에는 전하가 왕비 처소에 오시고, 낮에도 캐서린 옆에 항시 누군가 있어서 아무도 두 사람에 대해서 어떤 증거도 찾지 못할 거예요."

"순행 때 두 사람이 만날 방도를 찾아야 하네. 다른 저택으로 옮길 때 필시 기회가 있을 것이야. 두 사람이 가물에 콩 나듯 만나면 우리한테 불리해. 우린 캐서린의 아들이 필요해. 새끼를 밸 때까지는 고것이 수컷과 짝짓기를 해야 하네."

이렇게 내뱉는 공작의 상스러운 말에 나는 눈살을 찌푸렸지만 알겠다며 고개를 끄덕였다.

"제가 캐서린을 돕겠습니다. 캐서린은 머릴 짜 봤자 고양이 새끼예요."

"그 아이가 암내를 피우는 고양이처럼 머릴 짜게 내버려 두시게. 그 자가 그 애와 잠자리를 하는 한은."

"그런데 제 일은? 제 남편감을 생각 중이라고 하셨지요?"

내가 이렇게 일깨우자 공작은 웃으며 대답했다.

"프랑스 백작에게 서신을 보냈네. 백작 부인이 되실 의향이 있으신가?"

"아."

나는 숨을 돌리고 물었다.

"그 사람에게 답이 왔어요?"

"관심은 보였네. 그대의 지참금과 자식들의 생활 안정 문제를 고려할 걸세. 하지만 내 이건 약조할 수 있네. 올 여름이 끝나기 전에 캐서린이 회임한다면 내 겨울쯤에는 백작 부인으로서 그 손에 입을 맞춰 주지."

이 말에 흥분해서 나는 거의 기절할 뻔했다.

"젊은 사람이에요?"

"부인 나이쯤 되고 운도 좋은 사람일세. 그런데 그대가 굳이 프랑스에 살아야 한다고 고집 부리진 않을 걸세. 내 물어봤네. 계속 왕비의 시녀로 있으면 좋아할 테고……. 잉글랜드와 프랑스에 각각 집을 한 채씩 소유하는 것만 요구할 걸세."

"그 사람 성이 있어요?"

"궁전에 가깝지."

"제가 본 적 있는 사람이에요? 제가 아는 사람인가요? 아참, 이름이 뭐예요?"

내 질문에 공작은 내 손을 토닥이며 말했다.

"불린 가의 여자들 중 가장 유능한 우리 로치포드 부인, 참고 기다리시게. 임무만 다 끝내면 내 상을 내릴 테니. 약속하시겠는가?"

"네, 저는 약속은 꼭 지킵니다."

이렇게 말하고 나는 기대에 찬 시선으로 공작을 쳐다봤다.

"물론 나도 내가 한 약속은 지키겠네."

캐서린
1541년 8월, 링컨 성

온 나라를 돌며 가는 곳마다 몰려드는 구경꾼들을 참아 내고 시장 터마다 멈춰 서서 국왕에게 충성을 다짐하는 연설을 들을 생각을 하니 출발도 하기 전부터 지긋지긋한 기분이 들었다. 왕은 들르는 도시

마다 위엄을 갖추고 공회당에 앉아 사람들을 만난다. 그럼 뚱뚱한 시의원들이 잔뜩 차려입고 나와 라틴 어로 왕께 바치는 연설을 한다. 그러는 내내 나는 이를 악물고 졸음을 참느라 고생이 이만저만 아니다. 그게 라틴 어라는 것 정도는 나도 안다. 컬피퍼가 아주 짓궂은 말투로 우리는 아프리카 정글에서 길을 잃고 헤매는 것이고 저들이 하는 말은 에티오피아 어가 분명하다며 농담을 했다. 난 웃겨 죽는 줄 알았다. 사람들의 연설은 너무 지루했지만 일단 연설이 끝나고 나면 가면극이나 춤 같은 여흥거리가 벌어지니 다행이다. 때로는 야외에서 잔치가 벌어지기도 한다. 사실 궁정에 갇혀 지내는 것보다 이렇게 나라를 돌며 여행하는 것이 훨씬 재미있다는 생각도 든다. 계속 다른 성이나 저택으로 옮기기 때문에 싫증이 날 틈이 없다.

지금 있는 링컨 성에 들어올 때는 왕이 나와 시녀들 모두에게 링컨 성을 상징하는 초록색 드레스를 입으라고 명했다. 우리가 입성할 때는 마치 가장행렬을 하는 기분이 들었다. 왕 자신도 짙은 초록색 옷을 입고 어깨에 활과 화살집을 둘러메고 깃털 달린 모자를 삐딱하게 썼다.

이번에도 토머스 컬피퍼가 내 귀에 대고 '왕이 로빈 후드로 변장한 건가요, 아니면 셔우드 숲으로 변장한 건가요?' 하고 속삭이는 바람에 나는 장갑으로 입을 가리고 웃음을 참아야 했다.

여행지마다 내 눈을 사로잡고 나를 웃게 만드는 토머스 컬피퍼 때문에 지루한지 몰랐다. 지겨운 연설 시간조차도 그의 눈길이 내게 머무는 것이 느껴지면 더없이 짜릿한 순간으로 변한다. 그리고 모두에게 정말 다행히도 왕의 건강과 기분도 전과 다르게 호전되었다. 북부에서 일어난 반란 때문에 그동안 왕이 몹시 심기가 상해 있었지만 지금은 반란이 진압되었다고 한다. 게다가 가엾은 솔즈베리 백작 부인도 결국 참수되지 않았는가. 사실 백작 부인의 죽음에 난 몹시 충격을 받았다. 하지만 지금은 역심을 품은 못된 무리들이 모두 항복하거나 죽음을 맞았으니 이제 우리 모두 편안히 두 다리 뻗고 잘 수 있게 되었다고 왕이 내게 말했다. 왕은 프랑스와 사이가 나빠졌지만 황제와 동맹을 맺었으니 프랑스의 침공도 막아 낼 수 있을 거라고 했다. 이로써 이제 프랑스는 잉글랜드의 적이 되었다. 브왈라! 이것도 역시 잘된 일이다.

나이 많은 백작 부인이, 거의 우리 할머니만큼 나이 많은 백작 부인이 그렇게 죽은 것에 가슴 아파하면서 시간을 낭비하고 있을 수는 없다. 더욱이 요크에 도착하면 왕의 조카인 스코틀랜드의 제임스 왕이 신하들을 이끌고 우리를 마중 나와 있을 것이다. 왕은 이 만남에 큰 기대를 걸고 있고 나 또한 그렇다. 왜냐하면 두 나라의 궁정이 만나는 거창한 자리가 될 테고, 또 그러면 마상 창 시합이 성대하게 벌어질 것이고, 그러면 용감하고 기술 좋기로 유명한 잉글랜드의 기사들이 승리를 거둘 게 분명하기 때문이다. 토머스 컬피퍼도 새 갑옷을 입고 시합에 나갈 것이다. 나는 대회를 주관하는 왕비로서 새 커튼을 단 로열 박스에 앉아 시합을 지켜볼 것이다. 어서 빨리 그날이 왔으면 좋겠다.

난 모든 것을 연습해 두었다. 계단을 내려가서 자리에 들어가 앉는 것부터 주위를 둘러보며 미소를 보내는 것까지 두루 연습했다. 자리에 앉는 자세와 사람들이 왕비에게 환호성을 보낼 때 지을 우아한 표정도 연습했다. 그리고 자리 너머로 몸을 내밀어 기사에게 상을 건네는 것까지 모두 연습했다.

"아예 숨 쉬는 것도 연습하지 그러세요."

조앤 벌머가 무례하게 말했다.

"난 제대로 하고 싶을 뿐이야. 모두들 나만 쳐다볼 텐데 제대로 해야지."

내가 대꾸했다.

잉글랜드 측에서 백 명도 넘는 기사들이 창 시합에 나설 거고, 그들 모두 너나 할 것 없이 왕비를 위해 싸우겠다고 맹세한 터다. 토머스 컬피퍼도 링컨 성에 마련된 내 접견실로 와서 내 앞에 무릎 꿇고 자신을 내 기사로 삼아 달라고 청했다.

"전하가 나에게 와서 요청하라고 시키던가요?"

내가 물었다. 물론 왕이 그랬을 리 없다는 걸 잘 알고 있었다. 그는 짐짓 부끄러운 듯 고개를 숙이며 내 장난에 장단을 맞췄다.

"이건 제 마음에서 우러나온 저의 순수한 바람일 뿐입니다."

그가 말했다.

"평소엔 이렇게 겸손한 사람도 아니면서."

내가 말했다. 햄프턴 궁을 떠나기 전, 그때 그 회랑에서, 내게 강렬하게 키스하면서 나를 자신의 사타구니 위에 올려놓을 기세로 내 엉덩이를 움켜잡던 그가 떠올랐다.

그는 나를 잠시 음흉하게 올려다보았다. 그도 나와 같은 생각을 하고 있는 게 분명했다.

"가끔은 저도 감히 바라는 게 있거든요."

"딱 보기에도 바라는 게 아주 많은 사람 같긴 하더군요."

내가 말했다.

그는 킥킥거리며 고개를 숙였다. 나도 웃음소리를 내지 않으려 장갑을 깨물었다.

그가 다시 심각한 얼굴로 말했다.

"당신은 왕비님이시자 제 주인이십니다. 당신이 제 옆을 지나가시기만 해도 심장 박동이 빨라지죠."

"오, 토머스."

내가 속삭였다.

이 대화가 너무나 달콤해 온종일이라도 계속하고 싶은 마음이었다.

그때 내 시녀 중 한 사람이 우리 쪽으로 다가오는 게 보였다. 우리 대화는 여기서 끝내야 할 것 같았다. 하지만 그때 로치포드 부인이 시녀에게 무슨 말인가 건넸고 시녀는 오던 걸음을 멈췄다.

내가 말했다.

"난 언제나 당신을 지나쳐 갈 수밖에 없어요. 절대 원하는 만큼 오래 멈춰 있을 수 없어요."

"저도 압니다."

그가 대답했다. 애무하듯, 유혹하듯 다정한 목소리 밑에 회한이 섞여 있었다. 난 느낄 수 있었다.

"저도 압니다. 하지만 오늘 밤 당신을 만나야겠어요. 당신을 만지지 않고는 견딜 수 없어요."

그의 말에 나는 어떻게 대답해야 할지 알 수가 없었다. 그의 말이 너무나 열정적이었기 때문이었다. 아무리 주위에 왕비전 시녀들밖에 없다 해도 그를 향한 욕망으로 폭발할 것만 같은 내 얼굴을 사람들에게 들킬까 봐 겁이 나기도 했다.

"로치포드 부인에게 말해 봐요. 방법을 찾아 줄 거예요."

이렇게 나는 작은 소리로 말한 다음 목소리를 높여 말을 이었다.

"어쨌거나 귀하를 응원할 수는 없어요. 전하께서 누구를 응원하실지 먼저 여쭤 봐야 해요."

그가 말했다.

"제가 말을 타고 나갈 때 저에게 미소만 보내 주신다면 전 그걸로 충분합니다. 스코틀랜드 인들의 실력이 엄청나기도 하거니와 체격도 크고 말들도 힘이 대단하다고 합니다. 왕비님께서 저를 지켜보실 것이며 제가 스코틀랜드 기사의 창 아래 떨어지지 않기를 빈다고만 말씀해 주십시오."

그의 말이 내 심장을 찌르는 것 같아 나는 거의 울음을 터뜨릴 뻔했다.

"난 항상 당신을 지켜보고 있어요. 당신도 알잖아요. 당신이 마상 창 시합에 나갈 때마다 당신을 지켜보면서 항상 당신의 안전을 기원한단 말이에요."

"저도 당신을 지켜보고 있어요."

그가 대답했다. 너무 조용히 말해서 목소리가 거의 들리지 않을 정도였다.

"당신을 지켜보면서 견딜 수 없는 욕망을 느껴요. 캐서린, 내 사랑."

사람들이 모두 나를 쳐다보고 있는 게 느껴졌다. 나는 자리에서 일어났다. 약간 현기증이 났다. 그도 일어섰다. 나는 일부러 심드렁하게 말했다.

"우리는 내일 아침 미사 전에 사냥을 나갑니다. 가능하면 귀하도 함께 가시지요."

그는 절을 하고 뒷걸음으로 물러났다. 그가 몸을 막 돌리는 순간 나는 기겁하며 숨을 들이마셨다. 토머스 컬피퍼가 나가는 문가에, 마치 원혼처럼, 프랜시스 데르햄이 서 있었다. 잠시나마 정말 원혼인 줄 알았다. 프랜시스, 내 첫사랑이었던 바로 그 프랜시스가 멀끔한 망토와 재킷 차림에 모자까지 맵시 있게 갖춰 쓰고, 마치 잘 나가는 사람처럼, 램버스에서 부부 흉내를 내며 나와 한 침대에서 뒹굴던 그 시절처럼 여전히 잘생긴 모습으로 내 눈앞에 나타난 것이다.

"프랜시스 데르햄 씨."

내가 제법 큰 소리로 말했다. 서로에게 민망한 실수를 막으려면 그에게 우리가 더 이상 너나 하는 사이가 아니라는 사실을 일깨울 필요가 있었다.

프랜시스는 즉각 내 의도를 알아차리고 한쪽 무릎을 꿇고 인사했다.

"왕비님."

그는 손에 들고 있던 편지를 내게 내밀었다.

"왕비님의 새할머니 되시는 공작 부인께서 제게 이 편지를 왕비님께 전해 드리라고 하셨습니다."

나는 시종에게 고갯짓했다. 나는 편지 하나라도 아랫사람을 시켜 전달받는다. 귀한 몸을 직접 움직이지 않는다는 것을 프랜시스에게 보여 줄 필요가 있었다. 시종 아이는 프랜시스의 편지를 받아 내게 건네주었다. 나는 몸도 내밀지 않고 도도하게 편지를 받아들었다. 고개를 돌려 보지 않아도 토머스 컬피퍼가 학처럼 꼿꼿하게 선 채 옆의 프랜시스를 뚫어지게 쳐다보고 있는 것을 느낄 수 있었다.

나는 할머니의 편지를 열어 보았다. 글씨가 엉망이었다. 새할머니는 글을 거의 쓸 줄 모르고 나는 거의 읽을 줄 모르니 우리가 편지로 뭘 전달한다는 것부터가 말도 안 되는 발상이었다. 나는 고개를 들어 로치포드 부인을 찾았고 부인은 즉시 내 옆에 대령했다.

"뭐라고 쓴 거죠?"

내가 편지를 건넸다.

로치포드 부인은 편지를 재빨리 읽었다. 나는 편지가 아니라 부인의 얼굴을 쳐다보고 있었다. 부인의 눈에 순간 묘한 빛이 번득이는 것을 보았다. 그건 마치 카드놀이 중에 상대의 손에서 자신에게 유리한 패를 흘깃 본 듯한 눈빛 같았다. 그러더니 아예 즐거워 보이기까지 한 얼굴로 말했다.

"공작 부인께서 여기 이 신사 분, 프랜시스 데르햄 씨를 왕비님께 추천하셨습니다. 왕비님께서 공작 부인 댁에 계실 당시 부인을 모시던 분으로 왕비님께서도 잘 아시는 분이라고 하시면서요."

로치포드 부인이 금세 아무렇지 않은 얼굴로 말했다. 나는 부인의 표정 관리 능력에 새삼 놀라지 않을 수 없었다. 안나 왕비 시절 내가 고작 어린 시녀였고 부인은 높은 시녀였을 때 내가 프랜시스에 대해 미주알고주알 고해 바쳤기 때문에 부인도 그가 누군지 잘 알고 있다.

그뿐만이 아니다. 생각해 보니 지금의 내 시녀들 중 절반이 그 시절의 내 친구들이거나 함께 시녀 생활을 했던 아이들이니 그들도 모두 나와 프랜시스의 관계를 훤히 꿰고 있다. 지금은 이렇게 서로 잔뜩 예의를 갖춰 대하고 있지만, 예전에는 그가 시녀 방으로 몰래 숨어 들어와 밤마다 나와 침대에서 벌거벗고 뒹굴던 사이라는 걸 모두 아는 것이다. 아그네스 레스트월드가 웃음 참는 소리를 냈고 나는 입도 벙긋할 생각 말라는 표정으로 째려보았다. 한편 나보다 먼저 프랜시스와 뒹군 경험이 있는 조앤 벌머는 오금도 못 펴고 뻣뻣하게 굳어 있었다.

"아, 기억나고말고요."

로치포드 부인이 눈치를 주는 바람에 내가 허둥지둥 대답했다. 그리고 오래전부터 알고 지내던 사람을 대하듯 프랜시스 쪽을 보며 웃었다. 토머스 컬피퍼가 미심쩍은 눈으로 나와 다른 사람들을 번갈아 살피고 있는 것이 느껴졌다. 나중에 잘 설명해 주어야겠다. 분명 듣고서 유쾌하게 생각할 얘기는 아니겠지만.

"공작 부인께서 이분을 왕비님의 개인 비서관으로 추천하시면서 왕비전에 보탬이 되길 바란다고 하셨습니다."

"그래요."

내가 말했다. 난 무슨 말을 해야 할지 알 수가 없었다.

나는 다시 프랜시스 쪽을 향했다.

"내 할머니 되시는 공작 부인께서 귀하를 내게 추천하셨군요."

도대체 새할머니가 무슨 마음을 먹고 프랜시스를 왕비전에 들여보내려 하는지 도통 이해가 되지 않았다. 그것도 왜 나와 그렇게 가까운 자리에 앉히라는 것인지 알다가도 모를 노릇이었다. 전에 내가 할머니 시녀로 있을 때는 이 남자를 침실에 들였다는 이유로 내 머리통을 쥐어박으면서 음탕한 계집이라느니 어쩌니 욕을 해 놓고 이제 와서 무슨 꿍꿍이란 말인가.

"공작 부인께서 크게 배려하셨네요."

"그렇습니다."

프랜시스가 말했다.

나는 로치포드 부인 쪽으로 몸을 숙였다. 부인이 내 귀에 대고 짧게 말했다.

"공작 부인이 하라는 대로 임명하세요."

"할머니의 바람을 받들어 귀하가 내 궁정에 오게 된 것을 기쁜 마음으로 환영하는 바입니다."

내가 결론지었다.

프랜시스가 몸을 일으켰다. 지금 봐도 그는 정말 잘생긴 남자다. 철없던 시절의 일이라 해도 이 남자를 사랑했던 내 자신을 탓하기는 어렵다. 그는 내게 고개를 돌려 이제야 멋쩍은 듯 웃으면서 말했다.

"감사합니다, 왕비님. 몸과 마음을 다하여 온전히 봉사하겠습니다."

나는 키스하도록 손을 내밀어 주었다. 그가 가까이 오자 그의 살 냄새가, 너무나도 익숙한, 내 욕망을 뜨겁게 자극하던 친숙한 냄새가 전해졌다. 내 첫 연인의 향기였다. 한때는 이 남자가 나의 전부였다. 베개 밑에 이 남자의 셔츠를 간직하고, 밤마다 그 셔츠에 얼굴을 묻은 채 잠이 들고, 꿈속에서도 그를 만나던 시절이 있었지. 그때는 프랜시스 데르햄 아닌 다른 남자는 보이지도 않았는데. 하지만 지금 이 남자를 이렇게 다시 만나지 않았다면 얼마나 좋았을까 하는 생각이 들었다.

그가 내 손 위로 고개를 숙였다. 내 손가락 끝에 닿은 그의 입술은 옛날 그 시절처럼 여전히 부드럽고 따뜻했다. 나는 몸을 앞으로 숙여 말했다.

"내 아래에서 일하려면 아주 신중하게 행동해야 할 거예요. 나는 이 나라의 왕비고, 뭐가 됐든, 지금의 일이든 과거의 일이든, 나를 두고 뒷말이 생기는 일이 있어서는 안 되니까요."

"몸과 마음을 바쳐 충성하겠습니다."

그가 말했다. 그의 목소리에서 순간 불경스러운 폭로자의 말투가 느껴졌다. 동시에 참을 수 없는 욕망이 꿈틀대는 것도 느껴졌다. 아직도 나를 사랑하고 있는 것이 분명했다. 분명히 아직도 나를 못 잊고 있는 것이다. 그렇지 않다면 왜 궁까지 나를 찾아 왔겠는가? 비록 좋지 않게 끝이 나긴 했지만 나는 아직도 숨이 막힐 만큼 나를 흥분시키던 그의 손길과 키스를 기억한다. 그가 처음 내 침대로 왔던 밤, 그의 벌거벗은 다리가 내 다리 사이로 미끄러져 들어오던 그 느낌을, 그리고 절대로 멈출 것 같지 않을 만큼 집요하게 나를 몰아대던 그 욕망을 기억하고 있다.

"본인 입에서 무슨 말이 나오는지 항상 조심해야 될 거예요."

내가 말했다. 그는 내 생각을 그대로 읽고 있다는 듯 나를 향해 웃었다.

그리고 덧붙였다.

"제 마음이 기억하고 있는 것도 조심해야겠지요."

제인 불린

1541년 8월, 폰테프랙트 성

왕비의 총애를 받고 있다고 믿는 젊은이 두 명과 대여섯 명이 날이 면 날마다 왕비 주위를 맴돈다. 그들이 그렇게 믿는 데는 그럴 만한 사연이 있다. 궁정은 싸움이 터지기 직전의 창녀촌같이 팽팽한 긴장 감이 감돈다. 사냥터든, 조찬을 하는 곳이든, 가면극에서든 어딜 가나 자기에게 쏟아지는 관심에 신이 난 왕비는 아이처럼 밤늦게까지 자지 않고 흥분에 들떠 어쩔 줄 몰라 했다. 토머스 컬피퍼는 왕비가 말에서 내려오면 잡아 주기도 하고 옆에서 춤도 추어 주고, 카드놀이를 하면서 귀에다 속삭여 주기도 했다. 아침에는 맨 먼저 문안 인사를 올리고, 밤에는 왕비 처소에서 제일 늦게 나왔다. 그런가 하면 시종으로 임명된 젊은 프랜시스는 왕비의 편지라도 받아쓸 것처럼 왕비의 오른편 작은 책상에 앉아 항시 대기했다. 왕비에게 연일 속삭이면서 낄 데 안 낄 데 가리지 않고 아무 때나 나타나 조언했다. 그 외에도 몇 명이 더 있을까? 열두어 명? 스무 명? 앤 불린이 한참 바람피울 때조차도 이리 많은 젊은 사내들이 푸주간의 문에서 군침을 삼키는 개들처럼 앤 주위에 진을 치지는 않았다. 하물며 한창 놀 때조차도 앤은 웃음 하나에 자기 몸을 맡긴다든지, 노래나 시, 말 한마디 유혹에 넘어가는 철부지 아이처럼 보인 적이 없었다. 이제 온 궁정은 왕을 그리도 행복하게 해 주었고, 아직도 왕이 자기만을 받들어 모신다고 철석같이 믿는 왕비가 즐거워하는 것이, 왕비가 천진난만한 소녀라서가 아니라 남자의 끊임없는 관심을 즐기는 바람둥이라서 그렇다는 사실을 눈치 채기 시작했다.

상황이 이러니 육탄전을 방불케 하는 시끄러운 일이 생기게 마련이다. 궁정의 원로 하나는 프랜시스에게 왕비의 고문단이 아니면서 어떻게 정찬장에 앉아 와인을 즐길 수 있냐며 당장 그 자리에서 일어나 나가라고 했다. 입이 가벼운 프랜시스는 우리가 왕비를 알기 오래전부터 왕비의 고문이었다고 하며 우리가 해임된 후에도 오랫동안 왕비와 허물없이 지낼 것이라며 맞받아쳤다. 이 일로 인해 소란이 일어났다. 그 말이 왕의 귀에 들어가지 않을까 두려워들 했다. 프랜시스는 왕비 처소에 불려 갔다. 내가 곁에서 지켜보는 가운데 왕비는 그를 만났다.

"이렇게 말썽을 부리면 당신을 왕비전에 둘 수 없어요."

왕비가 대차게 프랜시스를 나무랐다.

그는 허리를 굽히며 말했다. 하지만 그의 눈빛은 자신감으로 번득였다.

"말썽을 일으킬 의도는 없었습니다. 소인의 몸과 마음은 왕비님의 것입니다."

프랜시스의 말에 왕비는 발끈해서 대꾸했다.

"말 한 번 참 잘 했어요. 하지만 내가 당신에게 어떤 존재였고, 당신이 내게 어떤 존재였는지 사람들이 묻는 게 난 싫어요."

"우린 사랑했어요."

프랜시스는 지조를 굽히지 않았다. 도중에 내가 끼어들어 한마디 했다.

"그 말은 입 밖에 내서는 안 됩니다. 이분은 왕비님이세요. 왕비님에게는 과거사가 없어요."

프랜시스는 나를 무시하고 왕비를 쳐다봤다.

"소인은 추호도 그걸 부인하지 않을 겁니다."

"아니에요. 다 끝났어요."

나는 이렇게 단호하게 말하는 왕비가 대견했다.

"프랜시스, 내 과거 따위의 뜬소문은 앞으로 없어요. 나를 두고 이러쿵저러쿵 하는 사람들은 내 좌시하지 않겠어요. 입을 다물지 않으면 당신을 쫓아낼 수밖에 없어요."

잠시 뜸을 들이다 프랜시스는 조용히 말했다.

"우린 하느님 앞에서 서약한 부부였어요. 그건 절대 부인하지 못하실 겁니다."

왕비는 잠깐 손사래를 치더니 곤혹스럽게 말했다.

"난 모르는 일이에요. 어쨌든 이젠 끝난 일이에요. 그걸 발설하는 날엔 당신은 여기를 떠나야 할 거예요. 로치포드 부인, 안 그래요?"

내가 프랜시스에게 물었다.

"입 다물 수 있어요? 왕비님에게 있었던 일은 다 잊어버려요. 당신이 함구해야만 여기에 있을 수 있으니까. 허풍이나 떨다가는 쫓겨날 줄 알아요."

프랜시스는 차갑게 나를 쳐다봤다. 하긴 우리 사이에는 사랑이 없으니까.

"함구하겠습니다."

안나

1541년 9월, 리치몬드 궁

즐거운 여름이었다. 잉글랜드에서 자유의 몸으로 처음 맞은 올 여름을 나는 즐겁게 보내고 있다. 말을 타고 근처 농장과 과수원으로 나가 익어가는 곡식과 과일을 지켜보았다. 잉글랜드는 풍요로운 나라다. 우리는 겨울 동안 가축에게 먹일 건초를 미리 쌓아 두었다. 그리고 곡식은 방앗간으로 보내 밀가루를 만들 것이다. 이 곡식은 헛간에 저장해 둘 것이다. 이 나라를 통치하는 왕이 평화를 바라고 온갖 부를 독차지하려고 하지 않는다면 이곳은 평화롭고 풍요로운 나라가 될 것이다.

하지만 교황주의자들과 신교도들에 대한 왕의 분노 때문에 이 땅에서 산다는 것은 쉬운 일이 아니다. 성당에서 성찬의 전례 때면 아주 어린아이들조차도 기계적으로 성체를 향해 고개 숙여 인사하고 성호를 그어야 한다. 부모들은 왕명대로 하지 않으면 잡혀가서 화형당한다고 아이들에게 겁을 준다. 가난한 사람들은 성찬의 전례에 담겨 있는 신성한 의미를 제대로 이해하지 못한다. 그저 고개 숙여 인사하고 성호를 긋는 게 왕이 바라는 일이라고 알고 있을 뿐이다. 얼마 전까지 사람들은 라틴 어가 아니라 영어로 미사를 드렸고 교회에는 모든 사람이 읽을 수 있는 영어 성경이 있었다. 하지만 지금은 그 모든 게 사라졌다. 왕은 부당한 세금을 부과하듯 교회에 이런저런 명령을 내린다. 왕은 무슨 일이든 할 수 있다. 아무도 그를 제어할 수 없다. 이젠 왕의 결정에 의문을 품는 것조차 반역이다.

북부 지역의 반란군은 용감한 사람들이었다는, 왕의 결정에 반대해 자신들이 믿는 하느님을 위해 봉기를 일으킨 용기 있는 사람들이었다는 소문이 암암리에 퍼지고 있다. 하지만 반란군은 이제 모두 죽었다. 북부 지역으로 순행에 나선 왕은 그들의 무덤을 짓밟고 남편을 잃은 아내들을 모욕한 것이나 다름없다.

나는 누가 무슨 소리를 하건 대화에 끼어들지 않는다. 혹시 반역이라 의심을 살 만한 얘기를 들으면 나는 즉시 자리를 뜬다. 그러고는 이러저런 얘기를 들었는데 무슨 말인지 모르겠다고 시녀나 하인들에게 반드시 얘기한다. 나는 어리석은 여자인 척하고 있다. 그게 내가 살아남을 수 있는 길이니까. 나는 잘 모르겠다는 바보 같은 표정을 지으며 다닌다. 매력도 없고 똑똑하지도 못한 여자라는 평판을 얻는다면 목숨은 부지할 수 있을 것이다. 대체로 사람들은 내 앞에서 대놓고 뭐라고 하지는 않지만 나를 별종 취급한다. 지독한 병에 걸려 죽을 뻔하다 살아남았지만 아직도 보살펴 주어야 할 사람처럼 여긴다. 나는 참 운이 좋은 편이다. 왕과 결혼해서 살아남은 첫 번째 여자가 아닌가. 전염병에서 살아남는 것보다 더 기적적인 일이다. 무더운 여름 가난한 동네에 전염병이 돌면 여자들은 열에 하나 꼴로 죽는 게 예사였다. 하지만 왕과 결혼했던 네 사람 중 딱 한 사람만 건강하게 살아남았다. 바로 나다.

하르스트 대사가 심어 놓은 정보원의 말에 따르면 왕은 북부 지역을 돌아본 후 기분이 한결 좋아졌다고 한다. 그 정보원은 궁정 사람들과 함께 순행을 떠나지 않고 햄프턴 궁에 남아 왕의 처소를 청소했기 때문에 순행에서 구체적으로 무슨 일이 있었는지는 알 수 없었다. 나는 로치포드 부인에게 짧은 편지를 한 통 받았다. 왕은 다시 건강해졌고 캐서린과 함께 즐겁게 지내고 있다고 했다. 하지만 그 가여운 어린 왕비가 곧 회임하지 않는다면 그 즐거움이 오래 가지 않을 게 뻔하다.

나는 메리 공주에게 편지를 썼다. 공주는 프랑스 왕자와의 혼사가 완전히 보류돼서 안도하고 있었다. 에스파냐와 프랑스가 전쟁을 벌이는데 헨리 왕은 에스파냐 편을 들 것이기 때문이다. 왕이 제일 두려워하는 것은 프랑스의 침략이다. 사람들이 끔찍이도 싫어하는 세금 중 일부는 남부 해안을 따라 요새를 짓는 데 쓰이고 있다. 그런데 메리 공주에게 중요한 문제는 단 하나다. 아버지가 에스파냐와 동맹을 맺는다면 공주는 프랑스 왕자에게 시집갈 필요가 없다는 것이다. 공주는 에스파냐 왕실 출신인 어머니를 너무도 사랑하는 딸이어서 프랑스 남자와 결혼하느니 차라리 처녀로 살다 죽는 게 낫다고 생각한다. 공주는 가을이 오기 전에 내가 공주를 찾아가 만날 수 있도록 왕이 허락해 주기를 바라고 있다. 왕이 순행에서 돌아오면 왕에게 편지를 써서 메리 공주를 초대해 함께 지내도 되는지 물어봐야겠다. 나도 공주와 함께 지내고 싶다. 공주는 나더러 왕실의 노처녀라며 놀려 대지만 사실 우리 둘 다 같은 처지이다. 아무 쓸모도 없는 여자들이다. 내가 클레베스 공국의 공주인지, 영국의 왕비인지, 아니면 아무것도 아닌지 누구도 대답하지 못한다. 메리가 공주인지 서녀인지 누구도 대답하지 못하는 것처럼 말이다. 왕실의 노처녀들인 우리는 나중에 어떻게 될까?

캐서린

1541년 9월, 요크, 왕의 저택

맙소사, 내가 어쩐지 이런 일이 생길 것 같더라니. 정말 실망이다. 스코틀랜드의 제임스 왕이 오지 않는단다. 그러니 마상 창 시합도, 두 나라 궁정이 서로 경쟁하는 것도 다 취소된 것이다. 잉글랜드와 스코틀랜드 궁정이 만나고 내가 두 나라 궁정으로부터 환호를 받는 꿈은 물거품이 되었다. 특별 행사는 모두 취소되었다. 내 사랑 토머스 컬피퍼의 시합 모습도 보지 못하게 되었고 또 그에게 내가 새 커튼이 드리워진 로열박스에 들어가 앉아 있는 모습도 보여 주지 못하게 되었다. 왕은 제임스 왕이 너무 겁쟁이라 이렇게 아래쪽으로 내려오지 못하는 것이라며 비난했다. 만약 그 말이 맞는 말이라면 제임스 왕은 우리 왕이 명예를 걸고 직접 다짐해 준 휴전 약속을 믿지 않는다는 뜻이 된다. 그리고 사실 아무도 입 밖에 내지는 않지만 제임스 왕이 몸을 사리는 데는 다 이유가 있다. 왕이 북부의 반란군 지도자들에게 휴전을 선포하고 우정으로 사면해 주고, 또 그들이 원하는 대로 종교 관례를 바꾸도록 허락하겠다고 약속해 놓고선, 왕 자신의 이름을 걸고 맹세해 놓고선, 반란 세력이 왕의 말을 믿고 물러나니까 그들을 모두 잡아들여 교수형에 처해 버렸기 때문이다. 죽은 사람들의 머리가 아직도 요크 성벽을 따라 죽 매달려 있다. 정말 흉측한 모습이었다. 내가 왕에게 아마도 제임스 왕이 교수형을 당할까 봐 무서워서 오지 못하는 것 같다고 했더니 왕은 신나게 껄껄 웃었다. 그리고 나를 영리하고 귀여운 고양이라고 부르면서 제임스가 자신을 두려워하는 게 마땅하다고 했다. 하지만 내 생각에는 사람들이 자신의 말을 믿지 못하는 게 아주 좋은 일만은 아닌 것 같다. 만약 제임스 왕이 왕의 말을 신뢰했다면 약속대로 여기 왔을 것이고 그럼 우리는 즐거운 시간을 보냈을 것이다.

그뿐만이 아니다. 이 성은 아주 멋진 곳이고 또 왕을 맞이하기 위해 새로 단장도 했지만, 왕의 저택으로 바뀌기 전에 무척 아름다운 수도원이었을 거라는 생각을 떨칠 수 없다. 그리고 요크 사람들은 비밀 교황주의자까지는 아니더라도 구교에 대한 애착이 엄청나기 때문에 예전에 수도자들이 기도 올리던 곳에서 우리가 이리저리 춤을 추며 다니는 것이 못내 언짢았을 게 뻔하다. 물론 이런 말을 입 밖에 내지는 않는다. 내가 그 정도로 멍청하지는 않다. 하지만 입장을 바꿔서, 만일 도움을 구하고 기도를 드리러 오던 곳이 어느 날 딴판으로 변해서 뚱뚱하고 거대하고 탐욕스런 왕이 한가운데 떡 버티고 앉아 저녁을 내오라며 호령하고 있다면 기분이 무척 상할 것이다.

어쨌든 가장 중요한 것은 왕이 기분이 좋다는 것이다. 그리고 의외로 나도 마상 창 시합을 놓친 것이 생각만큼 그렇게 속상하지는 않다. 잘생긴 걸로 유명한 스코틀랜드 남자들을 보지 못하게 된 것과 런던에 앉아 귀금속을 사들이지 못하는 것이 조금 실망스럽긴 하지만 그렇다고 아주 속상한 것은 아니다. 놀랍게도 그런 것들이 그다지 중요해 보이지 않는다. 왜냐하면 나는 사랑에 빠져 있기 때문이다. 난생처음으로 지독히 그리고 완전히 사랑에 빠지고 말았다. 나 자신도 믿을 수 없을 정도다.

토머스 컬피퍼는 이제 내 연인이다. 내가 온 마음으로 갈망하는 사람이다. 내가 유일하게 사랑한 사람이다. 앞으로 내가 유일하게 사랑할 사람이다. 나는 그의 것이고 그는 나의 것이다. 몸도 마음도 우리는 서로의 것이다. 전에는 내 아버지뻘이나 되는 노인과 잠자리를 함께 해야 하는 것을 두고 불평을 많이 했지만 이제는 그런 불평도 모두 잊었다. 나는 세금을 내듯 그저 왕에 대한 의무를 다할 뿐이다. 그리고 왕이 잠드는 순간 나는 자유의 몸이 되어 내 연인을 만날 수 있다. 더 잘된 것은 날마다 이어지는 행차와 환영 행사 때문에 녹초가 되어서 왕이 아예 내 처소에 들지 않는 날이 많다는 것이다. 나는 온 궁정이 조용해질 때까지 기다린다. 그러면 로치포드 부인이 살그머니 계단을 내려가거나, 옆문을 열어놓거나, 회랑으로 통하는 비밀문의 자물쇠를 풀어 놓는다. 그리고 토머스가 들어오면 우리는 몇 시간 동안 함께 있을 수 있다.

우리는 항상 조심해야 한다. 그러지 않으면 목숨이 위태로울 수도 있다. 우리가 새로운 곳으로 옮겨 갈 때마다 로치포드 부인이 어떻게든 몰래 내 처소로 들어올 수 있는 길을 알아내서 토머스에게 방법을 일러 준다. 그러면 그는 어김없이 나에게 온다. 내가 그를 사랑하는 만큼이나 그도 나를 사랑한다. 우리가 방으로 들어가면 로치포드 부인이 보초를 선다. 나는 밤새도록 그의 품에 안긴다. 그리고 우리는 키스를 하고, 사랑의 밀어를 속삭이며, 영원히 깨지지 않을 사랑의 약속을 나눈다. 새벽이 오면 부인이 문에 대고 작게 긁는 소리를 낸다. 우리는 일어나 작별의 키스를 한다. 그리고 그는 원혼처럼 몰래 빠져나간다. 아무도 그를 보는 사람은 없다. 그는 아무도 몰래 왔다가 아무도 몰래 간다. 우리의 만남은 즐거움일 뿐만 아니라 멋진 비밀이기도 하다.

물론 여자애들이 쑥덕댄다. 세상에서 가장 통제가 안 되는 아이들이다. 안나 왕비가 왕비 자리에 앉아 있다면 그 아이들이 감히 그렇게 뒤에서 쑥덕대고 험담할 수 있을까? 도저히 상상할 수 없는 일이었을 것이다. 하지만 지금 왕비는 나다. 시녀들 대부분 나보다 나이가 많다. 그리고 또 그중 대다수는 예전에 램버스에서 같이 지냈던 사이여서 나에 대한 존경심은 눈곱만큼도 없다. 나를 보고 재미있다고 깔깔대며 프랜시스 데르햄을 놓고 놀려 대기 일쑤다. 난 그 애들이 내가 언제 잠자리에 드는지 살피고 있지는 않을까, 그리고 나와 함께 자는 사람이 왜 로치포드 부인뿐인지, 내 침실 문은 왜 아무도 들어가지 못하게 잠가 놓는지 이상하게 여기지나 않을까 걱정된다.

"그 아이들은 아무것도 몰라요. 그리고 어차피 아무에게도 발설하지 못할 거예요."

로치포드 부인이 다짐했다.

"저렇게 떠들지도 못하게 해야겠어요. 내 얘기를 하지 못하도록 부인이 따끔하게 말할 수는 없어요?"

내가 말했다.

"이제 와서 내가 어떻게요? 애초에 조앤 벌머와 프랜시스 데르햄 얘기를 하며 낄낄댄 건 왕비님이었잖아요, 안 그래요?"

내가 항변했다.

"하지만, 토머스를 놓고 농담한 적은 없잖아요. 토머스 이름은 거론한 적이 없어요. 고해 성사에서도 토머스 이름은 입도 뻥긋하지 않았어요. 혼잣말로도 그의 이름은 입 밖에 낸 적이 없다고요."

"잘했어요. 계속 비밀로 유지해야 돼요. 그 누구도 알아선 안 돼요."

부인이 말했다.

부인은 내 머리를 빗기다가 잠깐 멈추고 거울 속의 나를 보더니 이렇게 물었다.

"달거리 언제 시작하죠?"

"잘 모르겠어요."

나는 한 번도 날짜를 따져 본 적이 없다.

"지난주가 시작할 때였나? 아무튼 아직 시작 안 했어요."

부인의 얼굴이 일순 긴장하는 듯싶더니 밝아졌다.

"아직 시작하지 않았다고요?"

"아직. 뒤쪽도 빗겨 줘요, 제인. 토머스는 뒷머리가 보드라운 걸 좋아해."

부인의 손이 다시 움직이기 시작했다. 하지만 어쩐지 대충대충 빗고 있는 것 같았다. 부인이 물었다.

"혹시 메스껍거나 하지 않아요? 가슴이 전보다 더 커진 것 같진 않고요?"

"아뇨."

내가 대답했다. 그러다 부인이 무슨 생각을 하고 있는지 알아챘다.

"세상에! 내가 회임했다고 생각하는 거예요?"

"그래요. 오, 하느님 제발."

부인이 나직이 중얼거렸다.

"하지만 그건 끔찍한 일이에요! 왜냐하면, …… 알잖아요? 그렇지 않아요? 로치포드 부인, 만약 그게 사실이라면 그건 왕의 아이가 아닐 텐데!"

내가 놀라며 말했다.

부인은 브러시를 내려놓았다. 그리고 머리를 가로저었다.

"그건 신의 뜻이에요."

부인이 천천히 말했다. 나에게 뭔가를 납득시키려는 투였다.

"전하와 결혼을 했고 그리고 아이를 가졌다면, 그건 신의 뜻이에요. 전하에게 아이를 내리겠다는 신의 뜻이라고요. 그러니 그 아인 당연히 전하의 자식이죠. 왕비님이 아는 한 그 아인 전하의 자식인 거예요. 왕비님과 다른 남자 사이에 무슨 일이 있었든, 그 아인 전하의 친자식이 되는 거라고요."

난 부인의 말이 금방 이해되지 않았다.

"하지만 만약 토머스의 아이면 어떡해요?"

순간 토머스의 어린 아들이 머릿속에 그려졌다. 제 아버지처럼 밤색 머리에 푸른 눈을 한 장난꾸러기 얼굴을 한 아기가, 젊은 남자에게서 얻은 튼튼한 사내아이가 떠올랐다.

로치포드 부인이 내 표정을 보고 내가 무슨 생각을 하는지 알아챘다.

"자신이 왕비라는 걸 잊지 마세요."

부인이 단호한 어조로 말을 이었다.

"그리고 왕비가 낳는 아이는 신의 뜻대로 전하의 자식이 되는 거예요. 한순간이라도 다른 생각을 해서는 안 돼요."

"하지만……"

"딴 생각 말고 전하에게 회임한 것 같다고 말해요."

부인이 내 말을 막으며 말했다.

"너무 이른 것 아니에요?"

"전하에게 희망을 주기 위해서라면 서둘러도 상관없어요. 우리가 어떻게든 피해야 할 것은 바로 전하가 왕비님에게 불만을 품는 거예요."

"전하에게 말할게요. 오늘 밤 내 방에 올 거예요. 나중에 전하가 잠들면 토머스에게 제 방으로 오라고 전해 주세요. 토머스에게도 말할래요."

"안 돼요. 토머스 컬피퍼에게는 말하면 안 돼요."

부인이 다시 막았다.

"하지만 말하고 싶어요!"

"그럼 모든 일을 그르치고 말 거예요."

부인은 나를 설득하려 애썼다. 그리고 다급히 말을 이었다.

"왕비님이 회임했다고 생각하면 토머스는 왕비님과 동침하려 들지 않을 거예요. 역겹다고 생각할 거예요. 그가 원하는 건 연인이지 아이 엄마가 아니에요. 토머스 컬피퍼에게는 아무 말도 하지 마세요. 하지만 전하에게는 희망을 줘야 해요. 그래야 만사가 편해져요."

"아니에요. 기뻐할 거예요. ……."

부인이 고개를 설레설레 저었다.

"전혀요. 물론 친절하게는 대해 주겠죠. 하지만 다시는 왕비님과 잠자리를 하지 않을 거예요. 그리고 다른 여자를 만들겠죠. 얼마 전에 컬피퍼가 캐서린 캐리에게 치근덕대는 걸 봤어요. 왕비님이 아이를 낳을 때까지 다른 여자와 잘 거예요."

"그건 참을 수 없어!"

"그러니까 아무 말 하지 말라고요. 전하에게 가서 회임 기미가 보인다고나 말해요. 토머스에게는 입도 벙긋하지 말고."

"고마워요, 로치포드 부인."

난 고분고분하게 말했다. 부인이 옆에서 일일이 일러 주지 않으면 난 어쩔 줄 모르고 헤맬 게 분명하다.

그날 밤 왕이 내 처소에 왔다. 그리고 시종들의 도움을 받아 침대에 누웠다. 남자들이 낑낑대며 왕을 들어 올려 침대에 눕혔다. 그러는 동안 난 벽난로 옆에서 기다렸다. 시종들이 턱 밑까지 이불을 잘 덮어 주고 방에서 나갔다. 왕은 거대한 아기처럼 보였다.

"헨리."

내가 교태를 부리며 왕을 불렀다.

"침대로 와, 내 예쁜 장미. 헨리는 장미를 원해요."

왕이 말했다. 왕이 유치하게 자신을 삼인칭으로 부르는 소리에 신물이 넘어올 것 같았다. 겨우 참으며 말했다.

"말씀드릴 게 있어요. 기쁜 소식이에요."

왕이 육중한 몸을 일으켰다. 그 바람에 나이트캡을 비스듬히 얹은 머리통이 불쑥 솟아올랐다.

"그래?"

"달거리할 때가 지났는데 안 해요. 회임했을지도 몰라요."

"어이구, 내 장미! 내 사랑스러운 장미 같으니라고!"

"며칠 넘겼을 뿐이에요."

난 일단 이렇게 얘기하고 나서 덧붙였다.

"하지만 당신이 당장이라도 알고 싶어 하실 것 같아서요."

"다른 건 몰라도 그건 그렇지! 귀여운 것, 회임으로 밝혀지면 왕관을 씌워 주마!"

"하지만 왕위 계승자는 여전히 에드워드겠죠?"

내가 캐물었다.

"그래, 그래. 하지만 에드워드에게 남동생이 생기면 한결 시름을 덜 수 있지. 달랑 아들 하나만으로는 어느 집안도 마음을 놓을 수 없어. 왕조가 유지되려면 왕자가 많아야 해. 외아들이 까딱 잘못해서 사고라도 당하면 그걸로 모두 끝장이야. 네가 아들 둘만 낳아 준다면 네 위치는 보장된 거야."

"여왕 즉위식도 성대하게 거행되고요?"

나는 구체적으로 들어갔다. 주렁주렁 보석이 달린 왕관을 쓰고 화려한 드레스를 입은 내 모습과 성대한 연회, 잉글랜드의 새로운 왕비를 찬양하기 위해 구름처럼 몰려든 수천 명의 사람들을 그려 보았다.

"잉글랜드 역사상 유례를 찾아볼 수 없을 정도의 성대한 대관식을 치러 주마. 넌 가장 위대한 왕비가 될 테니 말이야."

왕이 다짐했다. 그리고 덧붙였다.

"그리고 우리가 런던으로 돌아가는 대로 하루를 잡아 너를 기리는 경축일로 선포하겠다."

"네?"

무척 멋진 얘기였다. 나를 기리는 경축일을 선포한다니! 캐서린 하워드, 브왈라!

"하루 종일 제 날이 되는 건가요?"

"백성들 모두 성당에 가서 하느님이 너를 네게 보내 주신 것에 대한 감사 기도를 올리는 날이 될 거다."

고작 기도라고? 난 살짝 실망스런 미소를 흘렸다.

"그리고 궁중 연회 책임자가 궁에서 성찬과 축하 공연을 으리으리하게 준비할 거다. 그리고 또 사람들 모두 네게 선물을 바칠 거야."

왕이 말했다.

"그것 참 멋진데요."

나는 활짝 웃으며 만족스런 얼굴로 말했다.

"넌 내 가장 예쁜 장미야. 가시 없는 장미. 자, 이제 어서 나와 잠자리에 들자, 캐서린."

"네."

거대한 침대에 누워 있는 퉁퉁 부어 오른 괴물에게 다가가면서 내 연인 토머스를 떠올리지 않으려 애썼다. 나는 얼굴 가득 행복한 미소를 지었다. 그리고 왕을 보지 않아도 되게끔 눈을 감았다. 왕의 냄새와 왕의 몸을 피할 수는 없지만, 어쩔 수 없이 내가 해야 할 일을 하는 동안은 적어도 딴 생각 없이 머리를 비울 수 있다. 그리고 그 일이 끝나면 왕 옆에 누워서, 욕정을 채운 뒤 기분 좋게 쿵쿵대는 소리가 씩씩거리며 코고는 소리로 바뀔 때까지 조용히 기다린다.

제인 불린

1541년 10월, 앰프실 성

왕비의 달거리는 한 주 가량 늦게 시작되었지만 나는 그다지 실망하지 않았다. 왕은 그 생각만으로도 왕비를 그 어느 때보다 더 사랑하기에 충분했기 때문이다. 왕비는 토머스 컬피퍼를 너무나도 사랑했지만 그에게 작은 비밀까지 일일이 털어놓지 않겠다고 약속했었다.

왕비는 이번 순행에서 만난 백성들에게 지극히 조신하게 처신했다. 귀찮고 산만한 상황에서도 시종 일관 상냥하게 웃으면서 왕의 뒤를 따르며 얌전하게 순종하는 모습을 유지할 줄 알았다. 화대를 받는 창부처럼 침실에서 왕에게 봉사하고 정찬 때는 나란히 앉아 왕이 방귀를 뀌어도 조금도 내색하지 않았다. 이기적이고 맹하기는 해도 시간을 준다면 제법 훌륭한 왕비가 될지 모른다. 아이를 회임하여 잉글랜드에 왕자를 안겨 준다면 만수무강해서 칭송받는 왕비가 되는 법을 배울지도 모른다.

그건 그렇고 왕은 왕비에게 빠져 제정신이 아니었다. 이렇게 왕이 왕비에게 넋을 잃은 덕분에 토머스 컬피퍼를 왕비의 침실에 들락날락하게 하는 일이 훨씬 더 수월해졌다. 하지만 폰테프랙트에서 우리는 어느 날 밤 진땀을 빼는 경험을 했다. 왕이 불시에 앤서니 데니 경을 왕비 처소에 보낸 것이었다. 왕비는 컬피퍼와 방 안에서 문을 잠그고 있어야 했다. 데니 경은 문을 두드리다 아무 말 없이 가 버렸다. 또 어느 날 밤에는 두 사람이 문 반대편에서 거사를 한창 치르는 와중에 왕이 눈을 뜨는 바람에 캐서린이 땀과 키스 침이 채 마르기도 전에 후다닥 노인네한테 달려가야 하는 사태가 벌어지기도 했다. 왕은 본인의 고약한 방귀 냄새로 공기가 탁해지지 않았다면 필시 욕망의 냄새를 맡았을 것이다. 크래프턴 레지스의 옥외 화장실에서도 두 연인은 그 짓을 했다. 그러니까 컬피퍼가 층계를 살금살금 기어올라 해자 위에 돌로 지어진 작은 옥외 변소로 들어간 후 왕비는 시녀들에게 속이 메스껍다고 이르고는 시녀들이 밀크 주를 담그는 사이에 그 변소 안에서 그와 미친 듯이 몸을 섞으며 오후를 보냈다. 여기에 위험 요소가 없었다면 재미있는 일일지도 모르겠다. 사실 두 사람이 그 행위를 하는 소리를 들으면 나는 두려움과 성적 충동이 교차해서 아직도 숨이 막힌다.

나는 절대 웃지 않는다. 우리 남편과 시누이를 생각하면 입에서 웃음이 싹 가신다. 어떤 고난이 닥치더라도 앤의 남자가 되겠다던 그이의 약속이 생각난다. 분명 헨리 왕이 줄 수 없는 아들을 기를 쓰고 회임하려 했던 앤이 떠오른다. 두 사람 사이에 오갔던 사악한 약속이 생각난다. 그런데 나는 작게 탄식하면서 이 모든 것이 내 두려움이자 환상이요, 어쩌면 아예 일어나지도 않은 일일지도 모른다는 생각이 든다. 두 사람의 죽음에서 최악의 일은 무슨 일이 일어났는지 앞으로도 영영 모른다는 점이다. 그들이 한 짓과 내가 했던 역할을 둘러싼 생각을 억누르는 방법은 단 하나, 지난 몇 년 동안 내 머릿속에서 그 생각을 떨쳐 버리는 길밖에는 없었다. 그 생각은 절대 하지도 입 밖에 내지도 않았으며, 아무도 내가 듣는 데서 두 사람의 얘기를 입에 담지 않았다. 마치 두 사람이 세상에 존재한 적도 없다는 듯. 이것만이 내가 살아 있고 그들이 죽었다는 현재의 상황을 견딜 수 있는 유일한 방법이다. 나는 그들이 과거에 존재한 적이 없었던 척한다.

"그럼 앤 불린 왕비가 반역죄로 체포되었을 때 정말로 간통 때문이었어요?"

왕비가 물었다. 이렇게 정곡을 찌르는 예리한 질문은 내게는 비수와 같았다. 내가 되물었다.

"무슨 뜻이지요?"

시월, 화창하고 쌀쌀한 어느 날 아침이었다. 우리는 콜리웨스턴에서부터 앰프실까지 말을 타고 가는 길이었다. 왕은 앞에서 궁정의 젊은 신하들과 질주하면서 그들이 뒤로 처지면 자기가 이기고 있다고 생각했다. 그들 틈에 토머스 컬피퍼도 끼어 있었다. 회색 암말을 타고 천천히 달리는 캐서린 왕비 곁에서 나는 하워드가의 말을 타고 나란히 가던 중이었다. 다른 사람들은 잡담들을 하느라 뒤처져서 왕비가 나에게 캐묻는 말을 방해할 사람은 아무도 없었다.

"부인이 일전에 앤 왕비와 다른 남자들이 간통죄로 기소되었다고 했잖아요."

이렇게 캐서린이 캐물었다.

"몇 달이나 지난 얘기예요."

"알아요. 하지만 그 생각을 쭉 했어요."

"참 오래도 하는군요."

나는 불쾌하다는 듯 쏘아붙였다. 그런데도 왕비는 아주 태연하게 받아넘겼다.

"나도 알아요. 그리고 앤 불린이 전하께 불성실했다는 이유만으로 반역죄로 참수당한 생각이 내 머릿속에서 떠나질 않아요."

왕비는 말하다 말고 주위를 훑어보더니 말을 이었다.

"나도 똑같은 처지라는 생각이 떠나질 않아요. 누군가 그걸 알면 나도 전하한테 불성실했다고 비난받을지 몰라요. 그것도 반역죄라고 할 텐데요. 그렇게 되면 난 어떻게 되나요?"

"그래서 우리가 절대 아무 소리도 하지 않는 겁니다. 그래서 조심하는 거고요. 알았어요? 내가 애초부터 왕비한테 조심하라고 경고했잖아요."

"그런데 왜 토머스 컬피퍼를 만날 수 있도록 날 도와준 거죠? 그게 얼마나 위험한 짓인지 알면서……. 이유가 뭐예요? 부인의 시누이가 똑같은 일로 처형되었는데도 말이에요."

나는 말문이 막혔다. 왕비가 이런 질문을 할지 꿈에도 생각하지 못했다. 하지만 왕비가 맹하니까 이렇게 노골적으로 물어보는 것이다. 나는 쌀쌀한 초원 너머, 최근에 비로 불어난 강물을 바라보는 척하면서 고개를 돌렸다. 강물은 프랑스의 검처럼 반짝였다.

"왕비가 나한테 도와 달라고 했으니까요. 난 왕비의 친구예요."

"부인은 앤 불린 왕비도 도왔잖아요?"

"천만에! 앤은 내 도움이 필요 없었어요!"

내가 소리쳤다.

"그분의 친구가 아니었어요?"

"그이의 올케였지요."

"그분이 부인을 싫어했나요?"

"처음부터 끝까지 시누이가 날 인정한 적이나 있는지 모르겠어요. 나한테 관심이 없었으니까."

이렇게 말하면 왕비의 추측을 막으리라 기대했는데 오히려 불난 집에 부채질을 한 격이 되었다. 나는 왕비가 천천히 무슨 생각들을 하는지 얼추 짐작할 수 있었다.

"그분이 부인을 싫어했어요? 그분과 전하와 그분의 언니, 세 분은 항상 같이 있었어요. 그런데 부인은 따돌림을 당했죠."

나는 소리 내어 웃은 것 같은데 웃음이 제대로 나오지 않았다.

"공터에서 뛰노는 철부지 같은 소릴 하는군요."

내 말에 캐서린은 고개를 끄덕였다.

"궁정에서 뛰노는 것도 딱 그런 식이지요. 부인을 끼워 주지 않으니까 그분들을 미워했어요?"

"난 불린 가의 여자예요. 그들 못지않은 불린 가의 여자라고요. 결혼해서 불린 가의 여자가 됐고 그들의 외삼촌 공작은 내 시외삼촌이에요. 그들과 똑같이 내 관심도 우리 가족한테 있어요."

"그렇다면 어째서 그분들에게 불리한 증언을 했어요?"

이렇게 노골적으로 비난하는 바람에 나는 너무나 기가 막혔다. 할 말을 잃고 멍하니 왕비를 쳐다만 봤다.

"그런 소린 어디서 들었는데? 그런 말을 하는 까닭이 뭐지요?"

"캐서린 캐리한테 들었어요."

애송이나 다름없는 어린 것들 둘이서 반역이나, 근친상간, 사형 따위의 비밀을 얘기하는 게 뭐 별것이냐는 식으로 왕비는 말을 이었다.

"부인의 남편과 시누이에게 불리한 증언을 했다면서요. 그분들이 정부이자 반역자라고 증언했다면서요."

"난 하지 않았어. 하지 않았어."

나는 작게 웅얼거렸다. 왕비가 그런 말을 뱉는 순간 더 이상 참을 수가 없었다. 이런 생각은 추호도 한 적이 없다. 오늘 그 생각은 하지 않겠다. 그래서 조용히 대꾸했다.

"그런 게 아니었어요. 왕비는 아직 어려서 잘 몰라요. 그 일이 일어났을 때 왕비는 아이였으니까. 난 두 사람을 구하려고 했어요. 시누이를 구하려고 했다고요. 그건 왕비의 큰아버지가 세운 커다란 계획이었어요. 실패하긴 했지만 성공했어야 했지요. 내가 증언하면 남편을 구할 수 있다고 생각했는데 모든 게 빗나가고 말았어요."

"그랬어요?"

"얼마나 애간장이 녹았는지 몰라요! 남편을 구하려고 무진 애를 썼어요. 그이를 진심으로 사랑했으니까요. 그이를 위해선 무슨 짓이라도 할 수 있었죠."

내가 고통스럽게 울부짖자 그 예쁘고 어린 왕비는 동정 어린 눈빛으로 물었다.

"남편을 구하려고 했단 말인가요?"

나는 얼른 장갑 낀 손등으로 눈물을 훔쳤다.

"그이를 위해서라면 죽음도 불사했을 겁니다. 그이를 구할 줄 알았지요. 구할 작정이었고, 구할 수 있다면 무슨 짓이든 했을 겁니다."

"어째서 일이 틀어졌는데요?"

"왕비 큰아버지와 난 두 사람이 유죄를 인정하면 전하는 시누이와 이혼하고 시누이를 수녀원으로 보낼 줄 알았지요. 남편의 사권을 박탈하고 추방하리라 생각했어요. 시누이와 연루되었다고 거론된 남자들은 일말의 죄도 없었어요. 누구나 다 알았던 일이지요. 그 사람들은 조지의 친구에다 시누이의 정부가 아닌 신하들이었어요. 우리 생각에는 그들도 토머스 와이엇처럼 모두 용서받을 줄 알았어요."

"그래서 어떻게 됐어요?"

이런 얘기를 다시 하다니. 그 순간 꿈을 꾸는 것 같았다. 나에게 자주 엄습하는 그 꿈, 그 꿈 때문에 나는 몽유병 환자처럼 한밤중에 일어나 침대에서 나와 어두운 방에서 걷고 또 걸었다. 하늘에 새벽 여명이 비치면서 내 시련이 끝났다는 사실을 자각할 때까지.

"두 사람은 본인들의 죄를 부인했어요. 그건 왕비의 큰아버지와 내 계획에 없었던 겁니다. 두 사람이 순순히 죄를 인정했으면 좋았을 텐데……. 전하를 비난했다는 것 외에는 모조리 부인했어요. 조지는 전하가 발기부전이라는 사실까지 불어 버렸어요."

두 사람이 사형에 처해진 지 다섯 해가 지났다. 오늘같이 화창한 가을날에도 나는 여전히 누구 귀에도 들리지 않게 하려고 목소리를 낮추고 주변을 살폈다.

"두 사람은 배짱 때문에 죽은 셈이지요. 죄를 부인하고 선처를 구하지 않았어요. 난 왕비의 큰아버지가 시킨 계획대로 그대로 했어요. 그래서 작위를 지켰고, 땅도 지켰고, 불린 가의 유산은 물론 두 사람의 재산도 지켰어요."

왕비는 내 입에서 다른 말이 나오길 기다렸다. 이게 내 사연의 끝인 줄을 모르고. 이것이 바로 내가 훌륭하게 해낸 공적이요, 승리다. 난 작위와 땅을 지켜 냈다. 왕비는 갈피조차 잡지 못하는 기색이다.

"불린 가의 유산을 지키려고 나는 내가 응당 해야 할 일을 했을 뿐이에요. 조지와 앤의 부친이신 우리 시아버지는 평생을 두고 재산을 모으셨어요. 조지가 그 재산을 불렸어요. 앤의 재산도 거기에 들어갔고 나는 그 재산을 지켰어요. 우리 가족을 위해 로치포드 홀을 지켰어요. 작위도 지켰고. 그래서 내가 지금 로치포드 부인이 된 겁니다."

"부인이 유산은 지켰지만 그분들이 부인에게 유산 상속은 하지 않았잖아요."

왕비는 내 말을 이해하지 못하고 딴 소리를 했다.

"돌아가신 남편은 부인이 그분께 불리한 증언을 하리란 걸 분명 알았을 걸요. 본인의 유죄를 인정하지 않았을 때 부인이 그분에게 죄를 씌운다는 생각을 분명 했을 거예요. 부인은 남편의 죄를 고발한 증인이었던 거예요."

왕비는 천천히 생각하고 말도 느릿느릿 하면서 서서히 최악의 독설을 내뱉었다.

"부인의 남편은 부인이 작위와 땅을 지키려고 본인을 죽음으로 몰았다고 생각했을 게 뻔해요. 사실 부인이 그분을 죽인 것이나 다름없지만."

이런 말 때문에, 이 악몽 같은 말 때문에 나는 왕비에게 악을 썼다. 구겨진 내 얼굴을 펴기라도 하듯 나는 장갑 낀 손등으로 얼굴을 비벼대며 절규했다.

"아니야, 아냐! 그럴 리가 없어! 그이가 그렇게 생각했을 리가 없어. 내 사랑과 자기를 구하려고 애를 쓰는 내 마음을 알았어. 죽으면서 그이는 내가 전하 앞에 무릎 꿇고 자기를 살려 달라고 빌었다는 걸 알았어. 시누이도 처형당하던 순간에 내가 전하 앞에 무릎 꿇고 자기를 살려 달라고 빌었다는 걸 알았어."

캐서린이 고개를 끄덕였다.

"그렇다 치고, 부탁하는데 제발 날 구하려고 증언하진 말아요."

제 딴에는 익살을 부렸지만 나는 하도 불쾌해서 웃음으로 받아넘길 수가 없었다.

"그건 내 인생의 끝이었어. 두 사람의 인생이 끝났을 뿐 아니라 내 인생도 끝났지."

우리가 한동안 말없이 달리는데 왕비의 친구 두서너 명이 속도를 갑자기 올리더니 왕비 옆으로 다가왔다. 앰프실이나, 우리가 해야 할 인사말이나, 왕비가 노란색 드레스가 필요 없어 캐서린 타일니에게 줄지 따위를 놓고 수다를 떨었다. 잠시 후에 왕비가 그 옷을 벌써부터 조앤에게 주기로 약속했지만, 마거릿이 자기한테 주어야 한다고 우기는 통에 말다툼이 벌어졌다. 그때 뒤처져 가던 내가 이들을 나무랐다.

"둘 다 조용히 해. 왕비님이 세 번밖에 입지 않은 드레스야. 필요 없다고 하시기 전까지는 왕비님 옷장에 그대로 둬."

그러자 왕비가 한마디 했다.

"난 상관없어. 언제든 다시 주문하면 되니까."

안나
1541년 11월, 리치몬드 궁

성당에 들어서면서 나는 성호를 긋고 제단을 향해 정중하게 고개를 숙인 후 칸막이가 달린 내 전용석으로 들어갔다. 전용석으로 들어가 문을 닫으면 높이 둘러 쳐진 칸막이 때문에 아무도 나를 볼 수 없다. 앞에는 격자무늬 창이 있어 나는 밖을 볼 수 있지만 다른 사람들은 나를 볼 수 없다. 신부들도 높이 있는 성가대석에 서 있을 때만 나를 내려다 볼 수 있다. 내가 성체를 받치지 않거나, 성호를 그어야 할 때를 놓치거나, 실수로 왼손을 사용하거나, 성호를 틀리게 긋는다 해도 나를 이단으로 고발할 사람은 없다. 이런 전용석이 없는 사람들 다수는 동작 하나하나에 온 신경을 집중해야 한다. 이러한 것들을 제대로 못한다는 이유로 처형한다면 처형당할 사람은 수백 명은 될 것이다.

나는 정해진 순서대로 일어서고, 인사하고, 무릎을 꿇고 자리에 앉는다. 하지만 나는 오늘 미사가 그다지 즐겁지 않았다. 미사 전례는 왕이 정한 대로 진행되었고 신부의 말 한마디 한마디에서 하느님이 아니라 헨리의 권력이 느껴졌다. 그동안 나는 여러 곳에서 하느님을 느꼈다. 클레베스의 루터파 교회와 런던의 우뚝 솟은 세인트 폴 성당에서도 하느님의 존재를 느꼈으며 메리 공주와 함께 햄프턴 궁의 왕실 기도실에서 무릎을 꿇었을 때도 하느님 나라의 평화가 우리 곁에 내릴 것임을 느낄 수 있었다. 그런데 지금은 왕이 나를 비롯한 많은 사람들에게서 소중한 교회를 빼앗아 간 느낌이 든다. 나는 이제 조용히 홀로 있을 때만 하느님을 느낀다. 공원을 조용히 걷거나 강가를 거닐 때, 검은색 찌르레기가 지저귀며 한낮의 창공을 가를 때, 기러기 떼가 줄을 지어 머리 위를 날아갈 때, 새장에서 풀려난 매가 하늘 높이 날아오를 때 나는 하느님의 존재를 느낀다. 그러나 헨리가 원할 때, 헨리가 원하는 방식으로, 말하는 하느님은 내 마음을 움직이지 못한다. 나는 왕을 피해 몸을 숨겼고 그의 하느님의 목소리는 내 귀에 들리지 않는다.

우리가 무릎을 꿇고 왕실의 건강과 안녕을 기원하는 기도를 올릴 때였다. 익숙한 기도문 사이에 새롭게 추가된 기도문을 듣고 나는 깜짝 놀랐다. 사제는 조금도 부끄러운 기색 없이 내 시녀들과 바로 나에게 왕이 새 아내 캐서린을 만난 것에 대해 하느님께 감사드리라고 말하고 있지 않은가.

"오, 주님. 그동안 왕의 결혼 생활에서 이상한 불상사가 많이 있었는데 이제야 비로소 우리 국왕에게 캐서린 같은 왕비를 허락하여 기쁨을 주시니 감사드립니다."

그 순간 나는 경배와 순명의 표시로 숙였던 고개를 나도 모르게 번쩍 들고 말았다. 성가대석에 서 있던 리치몬드 궁의 사제가 깜짝 놀라 나를 쳐다보았다. 사제는 왕의 새 아내를 칭송하는 기도문을 읽는 중이었다. 기도문을 읽는 게 아니라 새로 제정된 법률을 선포하는 듯했다. 미쳐버린 헨리는 자신의 결혼 생활에 '이상한 불상사'가 많이 있었는데 이제 자기 취향에 맞는 아내를 맞이하게 해 주신 하느님께 감사드리라고 잉글랜드 전역의 교회에 명한 것이다. 나는 그 발상과 표현에 화가 치밀었고 무릎을 꿇고 이 모욕적인 언사를 들어야 한다는 사실도 참을 수 없었다. 그래서 무슨 말이든 한마디 하려고 엉거주춤 일어섰다.

바로 그때 누군가가 내 가운 뒷자락을 세게 잡아당기며 나를 자리에 주저 앉혔다. 나는 비틀거리며 다시 무릎을 꿇었다. 나를 주저앉힌 사람은 통역관 로테였다. 로테는 언제 그랬냐는 듯 얼굴에 미소를 띤 채 경건한 자세로 양손을 모으고 눈을 감았다. 로테를 보자 마음이 가라앉았다. 저렇게 저속하고 생각 없는 소리를 하다니 정말 모욕적인 처사이긴 하지만 말대꾸를 했다가는 위험한 상황이 벌어질지 모른다. 왕은 내가 무릎을 꿇고 내 자신이 바로 '이상한 불상사'였음을 전 잉글랜드 왕국 앞에서 인정하기를 바라는 것이다. 그렇다고 내가 우리의 결혼이 불상사가 아니라 신중하게 계획된 계약이었다고 말할 입장은 아니다. 그렇다. 왕이 내가 아닌 다른 신자가 더 맘에 들었다는 이유만으로 그 계약을 쉽게 깨 버렸다고 말할 입장은 더군다나 아니다. 우리는 합법적으로 결혼했으며 지금 다른 아내와 살고 있는 왕은 간통이나 중혼이라는 죄악을 저지르고 있다고 말할 입장도 물론 아니다. 속없고 철없는 어린 캐서린 하워드가 그의 취향에 맞는 유일한 여자라면 캐서린이 탁월한 사기꾼이라고 말하거나 손녀뻘 되는 어린 소녀와 결혼한 왕이 정신 나간 멍청이라고 말해도 주제넘는 일이 될 것이다.

이제 헨리는 미쳤다. 망령 든 노인네처럼 어린 여자 아이에게 푹 빠져서 본인이 저지른 어리석은 일을 하느님께 감사하라고 온 잉글랜드에 명을 내리고 있다. 잉글랜드 도처의 교회에서 사람들은 웃음을 참느라 입술을 깨물고 있겠지. 현명한 사람이라면 이렇게 어처구니없는 기도문으로 지껄이는 헨리의 교회에 다닐 수밖에 없는 자신의 운명을 저주할 것이다. '아멘' 하고 큰 소리로 말하며 자리에서 일어서니 신부의 엄숙하고 경건한 얼굴이 눈에 들어왔다. 교회를 나올 때는 머릿속에 온통 메리 공주에 대한 걱정뿐이었다. 허드슨에 있는 가여운 메리 공주는 분노로 숨이 꽉 막혔을 것이다. 어머니를 모욕하고, 캐서린 하워드를 위해 기도하라는 불경을 저지른 아버지의 어리석음에 얼마나 기가 막혔을까. 제발 공주가 슬기롭게 대처해 아무 말도 하지 않았기를……. 왕이 무슨 일을 하건 우리 모두 입을 다물고 있어야 할 것 같다.

화요일이었다. 창밖을 내다보던 시녀 하나가 말했다.

"저기 대사님이 오시네요. 배에서 내려 정원으로 달려오고 있어요. 무슨 일이죠?"

나는 벌떡 일어섰다. 하르스트 대사는 온다는 전갈도 없이 나를 찾아 온 적이 없었다. 틀림없이 궁정에 무슨 일이 일어난 것이다. 엘리자베스와 메리가 우선 머리에 떠올랐다. 두 사람에게 무슨 일이 생긴 게 아닐까 걱정되었다. 혹시 부왕의 뜻을 거역한 죄로 왕이 메리를 내친 게 아닐까!

"여기들 있어요!"

나는 시녀들에게 짧게 말하고는 어깨에 솔을 두르고 대사를 만나러 내려갔다.

내가 층계를 내려갈 때 대사가 막 홀로 들어섰다. 심각한 일이 일어났다는 걸 단번에 알 수 있었다. 우리 둘은 방으로 들어갔다. 그리고 내가 독일어로 물었다.

"무슨 일이에요?"

대사는 나를 보고 고개를 절레절레 흔들었다. 나는 우선 하인들을 불러 대사에게 포도주와 비스킷을 주라고 이른 다음 모두 방에서 내보냈다.

"무슨 일이에요?"

"급히 오느라 잘 알아보지는 못했지만 공녀님께서 알고 계셔야 할 것 같아 왔습니다."

"무얼요? 메리 공주 일인가요?"

"아뇨. 왕비에 관한 일입니다."

"왕비가 회임이라도 했나요?"

대사는 고개를 가로저었다.

"무슨 일인지는 정확히 모르겠어요. 어제부터 방에 유폐돼 있대요. 왕은 왕비를 보려고도 하지 않는답니다."

"어디 아픈 거 아니에요? 왕은 전염병이라면 벌벌 떠는 사람이에요."

"아니에요. 의사를 부르진 않았어요."

"혹시 역모를 꾸몄다고 고발당한 건 아니겠죠?"

나는 가장 크게 걱정되는 것을 물었다.

"아는 대로 다 말씀드리죠. 왕의 사실에 심어 놓은 하인에게 전해들은 얘기입니다. 일요일에 왕과 왕비는 함께 미사에 참석했대요. 사제가 왕의 결혼에 대한 감사의 기도를 올렸지요. 알고 계시죠?"

"물론 알죠."

"일요일 저녁에 갑자기 왕이 조용해지더니 혼자 식사를 하겠다고 하더랍니다. 옛날 병이 도진 것처럼. 왕비 처소에도 가지 않고요. 월요일에 왕은 처소에 틀어박혀 나오지 않았고 왕비는 왕비 처소에 유폐되었습니다. 오늘은 크랜머 대주교가 찾아와 왕비와 얘기를 하더니 아무 말 없이 나가더랍니다."

나는 깜짝 놀라 대사를 쳐다보며 말했다.

"캐서린이 유폐됐다고요? 왕은 처소에 틀어박혀 있고요?"

대사가 조용히 고개를 끄덕였다.

"그게 무슨 뜻일까요?"

"왕비가 기소된 것 같아요. 무슨 죄목인지 아직은 알 수 없지만 혹시 공녀님까지 이 일에 말려들지 않을까 염려됩니다."

"제가요?"

"왕비가 교황주의자들과 음모를 꾸몄다거나 왕에게 주술을 걸어 남자 구실을 못하도록 했다고 기소되었다면 사람들은 공녀님을 떠올릴 거예요. 공녀님도 교황주의자들과 음모를 꾸몄다고 기소된 적이 있는 데다 왕이 공녀님과 결혼해서도 남자 구실을 못했으니까요. 그리고 사람들은 공녀님과 캐서린 왕비가 가까이 지냈다는 걸 기억해 내겠죠. 크리스마스에 공녀님이 왕비와 춤추었고 공녀님이 떠나자마자 사순절 무렵에 왕이 편찮았다는 사실을 기억해 낼 겁니다. 그러면 공녀님과 왕비 두 사람이 왕을 해하려는 음모를 꾸몄다고 생각할 수도 있어요. 어쩌면 캐서린 왕비와 공녀님이 함께 왕에게 저주를 내렸다고 생각할지도 몰라요."

나는 대사의 입을 막으려고 손을 쭉 내밀며 말했다.

"아니에요. 아니에요."

"사실이 아니라는 건 압니다. 하지만 최악의 상황을 고려해서 대비해 두어야 해요. 제후님께 편지를 쓸까요?"

나는 시무룩하게 대답했다.

"동생은 나를 돕지 않을 거예요. 저는 혼자예요."

"그러면 대비를 해 두어야지요. 마구간에 좋은 말들이 있죠?"

나는 고개를 끄덕였다.

"그러면 제게 돈을 좀 주세요. 도버 해협 가는 길목에 말을 여러 필 더 준비해 두겠습니다. 공녀님이 이 일에 휘말렸을 때 이 나라를 떠날 수 있게요."

그의 목소리는 단호했다.

"하지만 왕이 항구를 봉쇄할 거예요. 저번에도 그랬잖아요."

"이번에는 다시 덫에 걸리지 않을 겁니다. 우리가 타고 갈 만한 어선을 한 척 빌려 두겠습니다. 이제는 그가 무슨 일을 할 수 있는지, 어떤 일까지 서슴지 않는지 알고 있으니까 그들이 공녀님을 체포하겠다고 결정을 내리기 전에 달아날 수 있어요."

나는 닫힌 방문을 쳐다보며 말했다.

"제 밑에 있는 사람들 중 대사님이 제게 위험을 알리러 온 것을 아는 사람도 있을 거예요. 우리가 정보원을 심어 놓듯 왕도 이곳에 첩자를 심었을 거예요. 저를 감시하는 사람이 있을 거예요."

"누군지 제가 압니다."

하르스트 대사가 싱글거리며 조용히 말했다.

"그 사람은 오늘 제가 이곳에 다녀갔다고 보고하겠지만 더 이상 말하지 않을 겁니다. 이제는 저희 쪽 사람이니까요. 저희는 안전합니다."

"썩은 서까래 밑에 사는 생쥐들만큼 안전하겠죠."

이런 내 말에 대사가 고개를 끄덕였다.

"칼날이 다른 사람들에게 떨어진다면 우린 안전할 수 있죠."

나는 몸을 떨며 말했다.

"칼날이 누구에게 떨어질까요? 저는 아니에요. 어린 캐서린 하워드

220

도 아니에요! 캐서린이나 저나 시키는 대로 결혼한 죄밖에 없잖아요?"

대사가 대답했다.

"공녀님이 이번 위험을 피해 간다면 저로서는 할 일을 다 한 겁니다. 왕비야 자기 친구들에게 도움을 구하겠죠."

캐서린

1541년 11월, 햄프턴 궁

한번 볼까? 내가 가진 게 무엇이 있나?

말도 안 돼, 말도 안 돼! 수십 명씩 득실대던 친구들은 온데간데없다. 찰거머리처럼 항상 나를 따르던 구애자들도 모두 사라졌다.

내겐 심지어 가족도 남아 있지 않았다. 이제 와서 보니 모두 나를 두고 가버린 것이다.

나는 남편도 없다. 나를 보려고도 하지 않으니 남편이라고 할 수 없지. 그리고 고해 신부조차 없이 버려졌다. 내 고해를 들어줘야 할 대주교가 오히려 심문관이 되었다. 모두 나에게 못되게 군다. 이건 정말 너무 억울하다. 무슨 생각을 해야 할지, 무슨 말을 해야 할지 모르겠다. 내가 시녀들과 춤 연습을 하고 있는데 사람들이 들어와 나를 왕비 처소에 유폐하라는 왕의 명령이 떨어졌다고 전했다.

세상에 나보다 더 멍청한 계집아이는 다시는 없을 거라던 새할머니 말이 옳았다. 잠시 동안, 나는 정말 바보스럽게도 이 모든 것이 가면극인줄 알았다. 누군가 변장을 하고 들어와 나를 잡아 가두고, 또 다른 누군가가 다른 변장을 하고 와서 나를 구해 주고, 그리고 강변에서 마상 창 시합이나 가짜 전투 같은 재미난 볼거리가 이어질 줄 알았다. 일요일만 해도 온 나라가 나를 보내 준 데 대해 감사 기도를 올렸다. 그래서 다음 날 어떤 종류의 축하 연회라도 벌어질 것으로 기대하고 있었고 난 내 방에서 기다렸다. 잠긴 문 뒤에서 나를 구해 줄 방랑 기사가 오기를, 아니면 마술처럼 탑이 내 방 창문으로 다가오기를, 또는 가짜 포위 공격이 벌어지거나 기마행렬이 정원으로 행군해 들어오기를 기다렸다. 그래서 시녀들에게도 '이건 그저 장난일 거야, 두고 봐!' 라고 말했다. 하지만, 방 안에서 하루 종일 기다렸지만, 심지어 급히 옷까지 갈아입고 맞을 준비를 했지만, 아무도 오지 않았다. 분위기를 띄워 보려고 악사를 불렀지만 대신 크랜머 대주교가 와서 춤추는 건 이제 끝났다고 했다.

대주교가 갑자기 너무 무섭게 굴었다. 마치 뭔가 아주 나쁜 일이 벌어지기라도 한 것처럼 엄청나게 심각한 얼굴을 하고 있었다. 그러더니 내게 프랜시스 데르햄에 대해 묻는 것이 아닌가! 다른 사람도 아니고 프랜시스 데르햄에 대해서! 프랜시스는 지엄하신 새할머니가 직접 청탁을 넣어 왕비 시종단에 들어온 사람이지 않나! 그런데도 그게 다 내 잘못인 것처럼 묻다니! 그것도 몇몇 얼빠진 아랫것들이 대주교에게 가서 램버스에서 누가 무슨 연애를 했다느니 하고 쫑알댄 것을 가지고 이러다니! 그리고 설사 그랬다손 쳐도 지금에 와서 그게 무슨 큰 문제라고 이러느냔 말이다! 정말이지, 만약 내가 대주교라면 그런 하찮은 뒷얘기에 귀를 기울이지는 않을 것이다. 그럴 바에는 훨씬 더 훌륭한 일을 찾겠다.

그래서 나는 이건 모두 터무니없는 이야기일 뿐이며 당장 왕을 뵙고 싶다고 했다. 나를 모함하는 그런 이야기는 한마디도 귀담아듣지 마시라고 말씀드리면 왕도 곧 이해하실 거라고 했다. 그러자 크랜머 대주교는 너무나 무서운 목소리로 이렇게 말하는 게 아닌가.

"바로 그겁니다, 마담. 귀하께서 완전히 오명을 벗을 때까지는 국왕 전하를 뵐 수 없습니다. 귀하와 관련된 더러운 의혹과 오점이 한 조각 남김없이 불식될 때까지 모든 정황을 낱낱이 조사할 겁니다."

나는 겁에 질려 버렸다. 난 아무 대답도 하지 않았다. 내 오점이 완전히 불식되거나 할 성질의 것이 아니라는 걸 알고 있었기 때문이다. 하지만 분명, 램버스에서 있었던 일은 모두 그저 어린 시녀와 한 젊은 남자 사이에 있었던 일에 불과하다. 나는 이제 왕과 결혼한 몸이고 모두 다 이미 오래전에 지나간 일인데 도대체 누가 그 일을 두고 분란을 만든단 말인가? 이미 옛날에, 그것도 꼬박 2년 전에 있었던 일인데 말이다! 이제 와서 그게 왜 이러쿵저러쿵 논란거리가 되는가 말이다.

어쩌면 그저 잠시 이러다가 내일 아침이면 끝날 일일지도 모른다. 왕은 가끔 이해할 수 없는 변덕을 부린다. 괜히 이 사람 저 사람 괘씸하게 여겨 목을 베어 놓고 나중에 후회하기도 한다. 한편 불쌍한 클레베스의 안나는 왕에게 미움을 사서 쫓겨나기는 했지만 리치몬드 궁도 챙기고 왕의 최고 여동생이라는 자격까지 얻었다. 그래서 우리는 애써 유쾌한 기분으로 잠자리에 들었다. 나는 로치포드 부인에게 어떻게 생각하는지 물었다. 부인은 알 수 없는 요상한 표정으로 내가 정신 바짝 차리고 모든 걸 부인하면 무사히 지나갈 수도 있을 거라고 했다. 자기 남편이 모든 걸 부인했으면서도 결국 처형당하는 꼴을 봤던 여자 입에서 나오는 위로 치고는 참 썰렁하기 그지없다. 하지만 부인을 화나게 할까 봐 그렇게 말하지는 않았다.

캐서린 타일니가 나와 함께 갔다. 침대에 들어오면서 하는 말이 나와 함께 잘 사람이 토머스 컬피퍼가 아니라 자기여서 안됐다며 깔깔거린다. 나는 역시 아무 말도 하지 않았다. 사실이기 때문이다. 토머스였으면 얼마나 좋을까 하는 생각에 그의 이름을 외치고 싶을 정도였다. 캐서린이 코를 골며 잠든 후에도 나는 오랫동안 잠들지 못하고 상황이 지금과 다르게 흘렀다면 얼마나 좋을까 생각했다. 만약 토머스가 램버스에 왔다면, 그럼 프랜시스와 싸워 그를 죽였을지도 몰라. 그런 다음 먼 곳으로 가서 나와 결혼하자고 하겠지. 하긴 그때 그가 나를 데리러 왔다면 내가 왕비가 되는 일도 테이블 다이아몬드(table diamond, 위는 평평하고 아래로 갈수록 뾰족하게 깎은 다이아몬드; 옮긴이)로 만든 목걸이도 없었겠지. 하지만 적어도 밤새도록 아무런 눈치 안 보고 그의 품에 안겨 있을 수는 있었을 텐데. 어떤 때는 그게 훨씬 행복한 선택처럼 느껴졌다. 다른 때는 몰라도, 특별히 오늘 밤은 그 편이 훨씬 더 좋았을 것 같다.

나는 밤새 뒤척이다 새벽에 눈을 떴다. 아침 햇살이 덧창 틈으로 어슴푸레 들어오는 걸 보면서 가만히 누워 있었다. 문득, 토머스 컬피퍼를, 그의 웃는 얼굴을 볼 수만 있다면 내가 가진 보석을 모두 기꺼이 내놓겠다는 생각이 들었다. 내 전 재산을 바치고라도 그의 품에 안기고 싶었다. 하느님, 제발 제가 처소에 갇혀 있다는 것을, 제가 일부러 피하는 게 아니라는 것을 그이가 알게 해 주세요. 처소에서 풀려났을 때 그간 내가 멀리해서 화가 난 그가 다른 여자와 연애라도 하고 있다면 그보다 더 끔찍한 일은 없을 것이다. 만에 하나 그가 다른 여자를 좋아하게 된다면 난 죽고 말 것이다. 그건 정말 내 심장을 갈가리 찢어 놓는 일이 될 것이다.

그에게 쪽지라도 보내고 싶지만 지금은 감히 그럴 수가 없다. 내 처소를 나갈 수 없을 뿐 아니라 하인에게는 그런 전갈을 믿고 맡길 수가 없기 때문이다. 사람들이 방으로 아침을 가져다주었다. 심지어 식사하러 나가는 것조차 금지된 것이다. 성당에 가는 것도 허락되지 않았다. 그 대신 고해 신부 한 사람이 내 방으로 와서 기도해 준다고 했다. 그런 다음 대주교가 나와 이야기하러 다시 올 거라고 했다.

이건 정말 온당치 않은 처사라는 생각이 든다. 아무래도 항의를 해야 할 것 같다. 나는 잉글랜드의 왕비다. 못된 여자애에게나 하듯 이렇게 방에 가두다니 말도 안 된다. 나는 다 자란 성인이고, 귀족이며, 그것도 하워드 가문의 딸이다. 나는 왕의 배우자다. 어떻게 감히 나에게 이럴 수가 있나? 어찌됐든 나는 잉글랜드의 왕비다. 대주교가 오면 나를 이렇게 취급할 수는 없는 법이라고 따끔하게 일러 줘야겠다. 자꾸 이런 생각을 하다 보니 계속 화가 치밀어 올랐다. 대주교가 오면 나를 대할 때 마땅한 예의를 갖추라고 강하게 요구해야겠다.

그런데 대주교는 오지 않았다! 갑자기 문이 열리고 대주교가 걸어들어올 때를 대비해 진지하게 일하는 분위기를 내느라고 우리는 오전 내내 바느질거리를 내놓고 둘러앉아 뭔가 꿰매는 시늉을 하고 있었다. 그런데 모두 허사였다! 지겹고 음울한 오후가 다 지나고 해가 거의 다 넘어가게 될 때쯤 문이 열리더니 대주교가 들이닥쳤다. 평소에는 상냥하던 얼굴이 잔뜩 심각하게 굳어서 왔다.

시녀들은 마치 자기들이야말로 곰팡이 낀 징그러운 벌레와 함께 갇혀 있던 죄 없는 나비 떼라도 되는 양 한꺼번에 일어나 퍼덕거리며 인사를 했다. 나는 그대로 앉아 있었다. 어쨌거나 나는 왕비니까. 사람들이 안나 왕비를 궁궐에서 쫓아내려고 왔을 때 안나 왕비가 보여 준 모습처럼 그렇게 침착할 수 있었으면 하는 마음뿐이었다. 그때 왕비는 정말 죄 없는 사람의 표정이었다. 정말로 부당한 지탄을 받는 사람의 태도를 취했다. 내가 그때 왕비에게 불리한 증언을 담은 서류에 서명한 것이 지금은 몹시 후회된다. 억울한 의혹을 받는 것이 얼마나 기분 나쁜 일이었을지 지금은 알 것 같다. 하지만 언젠가 나도 그와 똑같은 입장이 되리란 것을 내가 무슨 수로 알았겠는가?

대주교는 몹시 유감스럽다는 얼굴로 내게 걸어왔다. 머릿속에서 어떤 내키지 않는 생각과 씨름하고 있는 듯 어딘지 서글퍼 보이기까지 한 표정이었다. 잠시나마 나는 대주교가 어제 내게 불손하게 대했던 것을 사과하고 내게 용서를 빌면서 이곳에서 풀어 줄 거라 확신했다.

"왕비님."

대주교가 매우 조용히 입을 열었다.

"왕비께서 프랜시스 데르햄 같은 자를 왕비전에 기용하신 사실이 밝혀져 실로 안타깝기 그지없습니다."

나는 잠시 너무 기가 막혀 아무 말도 하지 못했다. 그 사실을 모르는 사람도 있었나? 맙소사, 프랜시스는 궁정에 들어온 이래 하도 말썽을 일으켜 그의 존재를 모르는 사람은 아무도 없었다. 그는 절대 신중하게 행동하는 법이 없었다. 그런데 누구나 다 아는 사실을 두고 대주교가 새삼스레 뭘 밝혀냈단 말인가? 차라리 헐 시가 있다는 사실을 밝혀냈다고 하시지!

"그건 그래요. 누구나 다 아는 일이죠."

내가 대꾸했다.

대주교는 다시 눈을 깊이 내리깔고 수단(성직자가 제의 밑에 받쳐 입거나 평상복으로 입는, 발목까지 오는 긴 옷; 옮긴이)을 걸친 배 위에 두 손을 꽉 모아 쥐더니 이렇게 말했다.

"노퍽 공작 부인 저택에 계실 때 왕비와 프랜시스 사이에 육체관계가 있었다는 것을 알고 있습니다. 프랜시스가 실토했습니다."

아이! 바보 같은 인간. 이제 난 빼도 박도 못하게 생겼다. 도대체 그는 왜 그런 말을 한 거야? 도대체 그 허풍선이는 왜 그렇게 입이 싼 거냐고?

"그러니 왕비께서 계획적으로 정부를 궁정에 들여 왕비전에 자리를 마련해 주었다고 생각할 수밖에 없는 이 상황을 어떻게 이해해야 할까요? 서로 매일 만날 수 있는 자리에, 그것도 시녀들의 수행 없이, 심지어 따로 알현한다는 사실을 알리지 않고도 자유로이 만날 수 있는 위치에 말입니다."

대주교가 말했다.

나는 퉁명스럽게 대답했다.

"이해하고 말고 할 것도 없어요. 그리고 그 사람은 내 정부가 아니에요. 전하는 어디 계시죠? 전하를 뵈어야겠어요."

"램버스에서는 프랜시스와 정을 통하지 않았습니까? 왕과 결혼하실 때 이미 처녀가 아니셨죠. 그리고 결혼 후에도 그자와 통정했고요. 왕비께서는 간통을 저지르신 겁니다."

대주교가 말했다.

"아니에요!"

나는 다시 부인했다. 진실과 거짓이 온통 뒤섞여 있었다. 저들이 무엇을 얼마나 알고 있는지 도통 알 수가 없었다. 프랜시스만 최소한의 앞가림을 하고 입을 다물었다면 이런 일이 없었을 텐데.

"전하는 어디 계시죠? 당장 전하를 뵈어야겠단 말이에요!"

"저에게 왕비의 행실을 자세히 조사하라는 명령을 내리신 분이 바로 전하십니다. 제가 묻는 말에 모두 대답하시기 전에는, 그리고 왕비께서 한 점 의혹 없이 모든 혐의를 벗기 전에는 전하를 뵐 수가 없습니다."

"전하를 뵙게 해 줘요! 내 남편도 못 보게 나를 가둬 둘 수는 없어요. 분명 법에 어긋나는 일이에요!"

나는 답답한 마음에 발을 굴렀다.

"어쨌든 전하는 떠나셨습니다."

"떠나시다니요?"

순간 마치 배 위에서 춤을 출 때처럼 방바닥이 내 발 밑에서 솟구쳤다가 꺼지는 느낌이 들었다.

"떠나셨다고요? 어디로 가셨는데요? 떠나시다니 말도 안 돼요. 크리스마스를 지내러 화이트홀로 출발하기 전까지 여기 머물기로 되어 있잖아요. 달리 가실 데가 있나요? 날 여기 놔두고 떠나셨을 리가 없어요. 어디로 가셨단 말이에요?"

"전하는 오틀랜드 행궁으로 가셨습니다."

"오틀랜드 행궁?"

그곳은 우리가 결혼식을 올린 곳이다. 왕이 나도 없이 그곳에 가다니 말도 안 된다.

"거짓말이야! 언제 가신 건데요? 그럴 리가 없어!"

"제가 말씀드리지 않을 수 없었습니다. …… 왕비께서 프랜시스와 관계했고 지금도 여전히 정을 통하고 있다는 말씀을 드리려니 제 인생에서 가장 슬픈 순간이었죠."

크랜머가 말을 이었다.

"제가 얼마나 전하께 그 사실만은 숨기고 싶었는지 하느님께서는 아실 겁니다. 전하께서 비통한 마음에 거의 제정신이 아니셨습니다. 왕비께서 전하의 마음을 갈가리 찢어 놓으신 겁니다. 최소의 수행단만 꾸려 오틀랜드 궁으로 급히 떠나셨습니다. 아무도 만나지 않으실 겁니다. 왕비께서는 전하를 비탄에 빠뜨리셨고 본인까지도 파멸시킨 겁니다."

"맙소사, 이건 아니야. 세상에, 이럴 순 없어."

나는 힘없이 말했다. 아주 나쁜 소식이었다. 하지만 만약 왕이 토머스도 데리고 떠났다면 적어도 내 연인은 안전하다는 뜻이다. 그는 의심의 대상이 아니라는 뜻이다.

"저 없이는 적적하실 거예요."

난 대주교가 왕이 데리고 떠난 사람들을 거론하길 바라며 이렇게 말했다.

"비통함에 금방이라도 정신 줄을 놓으실 듯했습니다."

대주교가 쌀쌀맞게 말했다.

"맙소사, 이럴 수가."

내가 달리 무슨 말을 하겠는가? 왕이 그 얘기를 듣고 길길이 뛰며 화를 냈다. 하지만 내가 혼자 다 뒤집어쓸 수는 없다. 그건 불공평해.

"전하께서 혼자 가셨나요?"

나는 머리를 굴려 다시 물어보았다. 하느님 제발 토머스가 무사할 수 있도록 해 주세요.

"궁내관을 대동하고 가셨습니다."

대주교가 대답했다. 하느님 감사합니다. 그럼 토머스는 무사하다.

"이제는 자백하시는 일만 남았습니다."

대주교가 덧붙였다.

"하지만 난 아무 짓도 하지 않았어요!"

내가 외쳤다.

"프랜시스 데르햄을 왕비전으로 들이지 않았습니까?"

"할머니의 요청에 따른 거였어요. 그리고 그 사람이 나와 단둘이 있었던 적은 한 번도 없었어요. 하다못해 손을 스친 적도 없었다고요."

나는 이 점에 있어서는 결백했기 때문에 목소리에도 힘이 좀 들어갔다.

"대주교가 그런 말로 전하의 심기를 어지럽힌 건 아주 잘못된 일이었어요. 전하가 화를 내면 얼마나 무서운지 대주교는 제대로 알기나 해요?"

"왕비께서는 이제 자백하실 일만 남았습니다. 이제 자백하셔야 합니다."

마치 화형당하기 위해 장작 다발을 지고 스미스필드를 향해 터덜터덜 걸어가는 불쌍한 죄수가 된 기분이 들었다. 나는 숨 막힐 듯 몰려드는 공포감에 잠시 정신을 놓고 킥킥거렸다.

"대주교님, 난 아무 짓도 하지 않았어요. 그리고 자백하는 걸로 치면 아시다시피 이미 매일 고해하고 있거든요. 그리고 난 아무 잘못도 저지르지 않았다고요."

"지금 웃으시는 겁니까?"

대주교가 질겁하며 말했다.

"오, 너무 충격을 받아서 그런 거예요! 내가 오틀랜드로 갈 수 있게 해 주세요, 대주교님. 제발 좀 그렇게 해 주세요. 전하를 직접 뵙고 설명드려야겠어요."

난 너무 답답했다. 하지만 대주교는 정색을 하고 말했다.

"아니, 먼저 내게 설명하시지요. 램버스에서, 그리고 그 후에 어떤 일이 있었는지 말하세요. 자세하고 정직하게 자백해야 합니다. 그러면 처형대만은 면하게 해 줄 수 있을지도 모르죠."

"처형대?"

난 비명을 지르다시피 처형대란 말을 내뱉었다. 생전 처음 들어 보는 단어처럼 순간 이해가 되지 않았다.

"그게 무슨 말이에요? 처형대라니?"

"만약 왕을 배신한 것이 사실이라면 그건 반역죄에 해당하죠. 그리고 반역죄는 죽음으로 다스리고요. 잘 알고 있을 텐데요."

대주교가 마치 어린아이에게 말하듯 천천히 그리고 똑똑히 말했다.

"하지만 난 전하를 배신한 적이 없어요."

난 대주교의 옷자락을 붙잡았다.

"처형대라니! 성경에 대고 맹세할 수 있어요. 내 목숨을 걸고 맹세할 수 있어요. 난 절대 반역을 저지른 적이 없다고요. 난 아무 죄도 저지르지 않았어요! 아무에게나 물어보세요, 물어봐요! 난 잘못 행동한 적이 없어요. 그건 대주교도 알잖아요. 전하가 날 장미라고, 가시 없는 장미라고 부르잖아요. 난 다른 어느 누구도 아닌 그분만을 위해서……"

"어차피 모든 걸 성경에 대고 맹세하긴 해야 합니다. 그러니 하는 말에 절대 한 치의 거짓도 있어서는 안 됩니다. 이제 램버스에서 당신과 그자 사이에 무슨 일이 있었는지 말해 봐요. 그리고 명심해 둘 것은 하느님께서 당신이 하는 말을 한 마디 한 마디 다 듣고 계신다는 겁니다. 거기다 우린 이미 그자의 자백을 확보했어요. 우리에게 모두 실토했다는 걸 알아두세요."

"그 사람이 뭘 실토했는데요?"

내가 물었다.

"그건 신경 쓸 것 없어요. 말해 보세요. 그때 무슨 일이 있었죠?"

"철없던 시절이었어요."

난 혹시 대주교가 나를 측은히 여기는 마음이 생기지 않을까 해서 대주교의 얼굴을 힐금 올려다보았다. 그렇다! 그렇다! 대주교의 눈에 실제로 눈물이 차올랐다. 이건 좋은 징조다. 나는 훨씬 자신감이 생겼다.

"난 그때 너무 어렸어요. 안된 얘기지만 공작 부인 밑에서 시녀로 있던 아이들은 모두 행실이 좋지 않았어요. 내게 좋은 친구가 되어 주거나 훌륭한 조언을 해 줄 사람이 없었어요."

대주교가 고개를 끄덕였다.

"여자들이 공작 부인 시종으로 있던 젊은 남자들을 시녀 방으로 끌어 들였나요?"

"그랬어요. 그리고 다른 여자와 사귀고 있던 프랜시스도 밤에 방으로 왔어요. 하지만 그러다 대신 나를 좋아하게 됐어요."

나는 잠깐 멈췄다 다시 말했다.

"원래 사귀던 여자는 내 반만큼도 안 예뻤어요. 그리고 당시에는 내게 예쁜 옷도 별로 없었어요."

왠지 모르지만 대주교가 긴 한숨을 내쉬었다.

"모두 부질없는 말이에요. 그자와 어떤 죄를 범했는지 그거나 자백하십시오."

"해요! 하고 있잖아요. 난 그때 굉장히 괴로웠어요. 그 남자가 졸라 댔어요. 아주 막무가내였어요. 공공연히 나를 사랑한다고 했고 난 그 말을 믿었어요. 난 그때 너무 어렸어요. 그 사람이 결혼을 약속했어 요. 나는 우리가 결혼한 것으로 생각했어요. 그 남자가 그렇다고 우겼 으니까요."

"그자가 침대로 갔나요?"

아니라고 대답하고 싶었다. 하지만 만약 그 바보 같은 프랜시스가 이미 모든 걸 실토했다면 이제 내가 할 수 있는 일은 사건을 최대한 축 소시키는 것뿐이었다.

"그랬어요. 나는 싫다고 했는데 그 사람이 고집을 피웠어요. 강제로 밀어붙였어요."

"그자에게 겁탈 당했단 말인가요?"

"네, 거의 그랬어요."

"비명을 질렀나요? 방 근처에 다른 젊은 시녀들도 함께 있었지요? 그들이 비명소리를 들었겠네요?"

"그 사람이 하는 대로 내버려 두었어요. 하지만 정말로 동침하고 싶 은 생각은 없었어요."

"동침을 하긴 한 거죠?"

"네, 하지만 그자가 침대에서 나체로 있었던 적은 없었어요."

"옷을 입은 채로 했다는 말입니까?"

"그러니까 제 말은, 그 사람이 안에 입은 바지를 내리기 전까지는 나체가 된 적이 없었다고요. 속바지를 내린 다음에는 그랬지만요."

"그 다음에는 그랬다니, 뭘?"

"그 다음에는 나체가 되었어요."

내가 듣기에도 한심한 변명이었다.

"그리고 그에게 처녀성을 내주었군요."

이 질문을 피할 방법이 떠오르지 않았다.

"저……."

"그자와 연인 사이였던 거죠."

"딱히 그랬던 것은……."

대주교는 갈 것처럼 자리에서 일어섰다.

"이래 봤자 왕비께 도움 되는 건 하나도 없습니다. 이렇게 거짓 증언을 하면 나도 왕비를 도울 수가 없어요."

나는 대주교가 이대로 가 버릴까 봐 너무 무서워 소리 내어 울음을 터뜨렸다. 대주교 뒤를 따라 달려가 대주교의 소매를 잡았다.

"제발요, 대주교님. 말할게요. 너무 창피해서 그랬어요. 그리고 정말 후회하고 있어요."

나는 엉엉 울었다. 대주교는 차가운 시선으로 나를 바라보았다. 대주교가 내 편을 들어 주지 않는다면 내가 무슨 수로 왕에게 이 일을 납득시키겠는가? 대주교도 두려웠지만 왕은 정말 무서웠다.

"말해 봐요. 왕비는 그자와 동침했어요. 그자와 남편과 아내 사이로 지낸 거예요."

"맞아요, 맞아요. 그랬어요."

난 모든 걸 포기하고 그냥 털어놓았다.

대주교는 마치 내가 무슨 피부병에라도 걸려서 나와 접촉하고 싶지 않다는 듯이, 마치 내가 문둥병 환자이기라도 한 것처럼 자기 팔 위에 얹혀 있던 내 손을 들어 올리더니 휙 치웠다. 불과 이틀 전만 해도 나는 너무나 소중한 존재여서, 왕이 나를 얻은 것을 두고 온 나라가 하느님께 감사 기도를 올리는 존재였다. 그런 내가 문둥이 취급을 당하다니, 있을 수 없는 일이야. 모든 것이 이렇게 빨리 뒤집힐 수 있다니 이건 말도 안 돼.

대주교가 입을 열었다.

"왕비의 자백을 검토해 보겠습니다. 주님께 어떻게 해야 할지 알려 달라고 기도해야겠지요. 그리고 무엇보다 전하께 이 이야기를 고하지 않을 수는 없습니다. 함께 어떤 혐의를 적용해야 할지 강구할 겁니다."

"아예 없었던 일로 할 수는 없을까요?"

나는 양손을 부여잡고 손가락을 비틀며 훌쩍거렸다. 손에 낀 반지가 손가락을 짓누르는 것 같았다.

"벌써 오래 전 일이잖아요. 몇 년이나 지났잖아요. 아무도 기억조차 하지 못할 거예요. 꼭 전하가 아셔야 할 필요가 있을까요? 대주교님도 말씀하셨잖아요. 말씀드리면 또 전하의 가슴을 찢는 일이 될 거예요. 전하께는 그저 별일 아니었다고 말씀드리고 그냥 모두 전처럼 지내면 안 될까요?"

대주교는 미친 사람을 보듯 나를 쳐다보았다. 그러더니 나직하게 말했다.

"캐서린 왕비, 당신은 잉글랜드의 왕을 배신했어요. 왕을 배신한 대가는 죽음뿐입니다. 아직도 이해하지 못하겠어요?"

나는 흐느껴 울며 말했다.

"하지만 모두 제가 결혼하기 전에 있었던 일이에요. 그때는 전하를 배신한 게 아니죠. 그때는 전하를 만난 적도 없었잖아요. 전하께서 내가 철부지 시절에 저지른 잘못을 용서해 주시지 않을까요?"

울음이 목구멍까지 차오르는 게 느껴졌고, 울음을 막을 수도 없었다.

"제가 철부지 시절에 제대로 된 지도를 받지 못해 저지른 실수예요. 분명 가혹한 벌을 내리시지는 않으실 거예요."

난 울음을 꿀꺽 삼키고 말을 이었다.

"전하께서 제게 은혜를 베푸시지 않을까요? 저를 무척 아끼셨고 저도 그동안 전하를 기쁘게 해 드렸잖아요. 하느님께 저를 보내 주셔서 감사하다고 기도까지 하셨는데, 이런 일은, 이런 일 정도는 아무것도 아니잖아요."

눈물이 뺨을 타고 줄줄 흘렀다. 나는 뉘우치는 척 연기를 하고 있는 게 아니었다. 난 이런 상황에 처하게 된 것이, 이 무서운 남자 앞에서 없는 얘기를 지어 내서 어떻게든 상황을 무마해 보겠다고 몸부림쳐야 하는 이 상황이 소름 끼치도록 무서워 기절할 것만 같았다.

"제발요, 대주교님. 제발 저를 용서해 주세요. 제발 전하께 제가 큰 잘못은 저지르지 않았다고 말씀드려 주세요."

대주교는 내게서 몸을 뺐다.

"진정하세요, 진정하세요. 오늘은 이 정도에서 얘기를 마칩시다."

"저를 용서한다고 말해 주세요. 전하께서 저를 용서하실 거라고 말해 주세요."

"그러시길 바라야죠. 그러실 수 있기를 바랍니다. 왕비를 살릴 방도가 있기를 바랍니다."

나는 넋을 놓고 엉엉 울면서 대주교에게 매달렸다.

"제가 무사할 거라고 약속해 주시기 전에는 못 가요."

나는 어린아이처럼 울며불며 대주교에게 계속 매달렸지만 대주교는 나를 질질 끌면서 문 쪽으로 갔다.

"마담, 진정하셔야 합니다."

"전하께서 내게 화가 나 계시다고 하는데 내가 어떻게 진정해요? 벌을 받아 죽게 될 거라는 말을 듣고 내가 어떻게 진정해요? 어떻게 진정해요? 저는 이제 겨우 열여섯 살이에요. 제게 죄를 물을 수는 없어요."

"이거 놓으세요, 마담. 이런 행동은 도움이 되지 않습니다."

"강복을 빌어 주시기 전에는 못 가요."

대주교는 나를 떼어 놓고 황급히 내 머리 위 공중에다 대고 성호를 그었다.

"자자, 합니다. 성부와 성자와 성령의 이름으로, 아멘. 자, 이제 그만 울어요."

나는 바닥에 몸을 던지고 목 놓아 울었다. 대주교가 나가고 문이 닫히는 소리가 들렸지만, 대주교가 가 버리고 더 이상 내 모습을 보지 못한다는 걸 알지만 난 울음을 멈출 수가 없었다. 처소 안으로 통하는 문이 열리고 시녀들이 들어올 때도 나는 내내 엉엉 울고 있었다. 시녀들이 부산스럽게 퍼덕이며 내 주위로 몰려들어 다독여 주었지만 나는 그대로 엎어져 계속 울었다. 나는 정말로 두려웠다. 죽을 것처럼 두려웠다.

제인 불린
1541년 11월, 햄프턴 궁

악마 같은 대주교가 반쯤 정신을 잃은 어린 왕비에게 계속 겁을 준 나머지, 이제 왕비는 거짓인지 자백인지 분간도 하지 못한다. 대주교를 대동하고 왕비를 다시 찾은 공작은 목메어 우는 왕비를 침소에서 끌어내느라 시녀들이 진땀을 빼는 동안 내 곁에서 기다렸다.

"저 아이가 대주교에게 자백할까?"

공작이 하도 작게 속삭여서 나는 그의 곁으로 바싹 다가가 들을 수밖에 없었다.

"공작님이 대주교가 왕비를 설득하도록 계속 내버려 둔다면, 왕비는 다 자백할 겁니다. 제가 왕비의 입을 막을 순 없어요. 대주교는 계속 괴롭힐 것이고, 저주를 하며 위협할 것입니다. 어리석은 철부지에 불과한 왕비를 파멸시키기로 결심한 것 같아요. 계속 위협한다면 왕비는 결국 미쳐 버릴 거예요."

공작은 신음에 가까운 웃음을 짧게 토해 냈다.

"실성하는 편이 낫지. 그것만이 저 아일 구할 수 있어. 이럴 수가! 조카가 둘씩이나 잉글랜드의 왕비가 되었다가 형장의 이슬로 사라지다니!"

"어떻게 하면 구할 수 있을까요?"

공작은 넋이 나간 채 대꾸했다.

"저 아이가 미치면 처형할 수 없네. 미친 사람은 반역죄로 재판받을 수 없어. 수녀원으로 보낼 수밖에 없을 걸세. 저런! 저게 캐서린의 비명 소리야?"

주교와 대면시키기 위해 시녀들이 캐서린을 끌어당기려고 하자, 살려 달라고 애원하는 왕비의 섬뜩한 통곡 소리가 왕비 처소에 울려 퍼졌다.

"어떻게 하실 작정이세요? 이렇게 내버려 둘 순 없잖아요."

내가 다그치자 공작의 대답은 삭막하게 대답했다.

"내 여기서 손을 뗄 작정일세. 오늘 저 아이가 제정신이 있는지 보고 싶었네. 프랜시스와의 죄를 인정하고 토머스 컬피퍼와의 일을 부인하라고 귀띔할 참이었지. 그러면 클레베스의 안나처럼 저 아이도 왕과 결혼 전에 정혼한 죄밖에는 없는 셈이 되거든. 그걸로 무사히 넘어갔을지도 모르지. 심지어 왕이 저 아일 다시 받아 주었을지도 모를 일이고. 하지만 이래 가지고는 사형 집행인이 목을 내려치기도 전에 제 목숨을 스스로 끊게 생겼어."

"손을 떼시다니요? 그러면 전 어떻게 되나요?"

"어떻게 되느냐고?"

공작이 차돌처럼 차가운 표정으로 되물었다. 나는 얼른 말을 꺼냈다.

"프랑스 백작을 받아들이겠습니다. 계약 조건이 무엇이든 그 사람을 택하겠어요. 몇 년 동안 그 사람과 프랑스에서 살게요. 그쪽이 원하는 곳이면 어디서든. 전하가 좀 진정되실 때까지 숨어 지내겠습니다. 다시 추방될 순 없어요. 블리클링으로 되돌아갈 순 없어요. 그렇게는 못 합니다. 다시 그 고생은 못 해요. 진심이에요. 조건이 좋지 않아도 프랑스 백작을 택하겠습니다. 늙고 볼품이 없어도, 불구라도 프랑스 백작과 결혼하겠습니다."

공작은 약이 오른 곰처럼 돌연 웃음을 터뜨리더니 내 면전에 대고 고함을 질렀다. 나는 움찔했으나 공작은 소름 끼칠 정도로 즐거워했다. 시녀들이 캐서린에게 마음을 가라앉히라고 질러 대는 소리에다 세상이 떠나갈 듯 엉엉대며 통곡하는 캐서린의 울음소리 때문에 목이 터져라 기도하는 대주교의 기도 소리로 꽉 찬, 무시무시한 왕비 처소에서 공작은 재미있다는 듯 큰 소리로 웃어 댔다.

"프랑스 백작이라! 으하하하! 프랑스 백작! 미쳤어? 우리 조카딸처럼 자네도 미쳤는가?"

공작의 말이 하도 기가 막혀서 나는 물었다.

"뭐라고요? 뭐가 그리 즐겁다고 웃으십니까? 쉿, 공작님. 웃을 일이 아닙니다."

공작은 참지 못하고 말을 쏟아 냈다.

"웃을 일이 아니라고? 프랑스 백작 따위가 있긴 어디 있어. 프랑스 백작 같은 게 있을 법이나 한 소리야. 프랑스 백작이니, 영국 백작이니 따위는 죽었다 깨어나도 없어. 에스파냐 귀족이니 이탈리아 왕자니 하는 것 따위는 죽었다 깨어나도 없다고. 대관절 어떤 사내가 자네 같은 여자를 원하겠어. 자네 제정신인가?"

"네? 공작님께서……."

"자네가 제 일신의 영달을 위해 무슨 말이나 내뱉듯, 나도 내 일을 지키기 위해 한 소릴세. 하지만 자네가 내 말을 그렇게 철석같이 믿을 줄은 꿈에도 생각하지 못했네. 사내들이 자넬 어떻게 생각하는지 정녕 몰라서 그러나?"

나는 다리가 후들후들 떨렸다. 두 사람을 배신할 수밖에 없다고 생각했던 그 당시에도 이랬다. 배신하는 내 표정을 숨길 수밖에 없다고 느꼈던 그 당시에도.

"난 몰라요. 몰라."

공작은 우악스런 손으로 내 양 어깨를 누르더니 왕비의 값비싼 은거울 중 한곳 앞으로 나를 끌고 갔다. 은은한 은거울에 내 커다란 눈과 저승사자같이 험악한 공작의 얼굴이 비쳤다.

"자, 보시게. 그 모습을 들여다보고 자네가 어떤 인간인지 똑똑히 봐. 이 거짓말쟁이, 사이비 아내야. 세상 천지에 너하고 결혼할 사내가 어디 있어. 제 남편과 시누이를 사형 집행인에게 보낸 여자라는 건 유럽 전역이 다 알고 있는 일이야. 전 유럽 궁정에서 어떤 사람이 남편을 처형장으로 보낼 정도로 사악한 독종 아내를 맞이하겠는가."

이렇게 말하면서 공작은 나를 뒤흔들었다.

"네 남편이 시퍼렇게 살아서 바지에 오줌을 지린 채 몸이 잘렸어."

공작은 또 나를 흔들었다.

"네 남편은 남근부터 목까지 두 동강 나서 죽었어. 복부와 간까지. 허파가 튀어나오는 걸 제 눈으로 보면서 죽었다고. 완전히 죽을 때까지 피를 철철 흘리며 죽었어. 자기 앞에서 사형 집행인들이 간과 허파, 내장을 불태우는 꼴을 보면서 말이야."

공작은 또 나를 흔들어 댔다.

"마지막으로 도살장의 짐승처럼 다시 머리, 팔, 다리가 토막 났다고."

"그인 그렇게 죽지 않았어요."

이렇게 나는 작게 웅얼거렸지만 거울에 비친 내 입술은 움직이지 않았다.

"네 탓이 아니라고 사람들은 기억하지. 조지의 최대 숙적인 왕도 자네처럼 조지에게 고문하진 않았어. 왕은 조지를 처형하라고 명했지만 넌 조지의 배를 가르게 했어. 증인석에서 조지와 앤이 연인 사이에다 조지가 제 누이 사타구니에 올라탔다고 증언했지. 조지가 궁정 사내의 절반과 남색을 했다고, 두 사람이 왕을 시해할 음모를 꾸몄다고 증언했어. 그렇게 넌 남편을 죽였어. 개한테도 하지 못할 짓을 남편한테 한 너야."

"그건 공작님의 계획이었잖아요."

공작이 끝내 거침없이 언성을 높이며 내뱉은 사실 때문에 거울에 비친 내 낯빛은 새파랗게 질렸고, 까만 두 눈은 공포에 질려 툭 튀어나왔다.

"그건 제 계획이 아니라 공작님의 계획이었어요. 제 탓으로 돌릴 일은 아니에요. 우리가 두 사람을 구할 수 있다고 하셨잖아요. 우리가 증언하고 두 사람이 유죄를 인정하면, 두 사람은 사면된다고 하셨잖아요."

"넌 내 말이 거짓인 줄 알고 있었어."

공작은 테리어가 쥐를 물어 흔들듯 나를 흔들어 대며 덧붙였다.

"이 거짓말쟁이, 넌 알고 있었어. 증인석에 선 속셈은 조지를 구하려고 한 게 아니라 재산을 지키려고 한 것이었지. 그걸 넌 네 유산, 불린 가의 유산이라고 했던가. 남편에게 불리한 증언을 하면, 왕이 너한테 작위와 땅을 남겨 주리라는 걸 넌 진작부터 알고 있었어. 그래. 그게 바로 네가 노린 것이었지. 오직 거기에만 관심이 있었어. 비겁하게 유산과 알량한 작위를 지킬 속셈으로 젊은 남편과 미모의 시누이를 처형대로 보냈지. 너를 소외시키고 둘이서만 친하게 지내는 게 보기 좋을 리 없었겠지. 질투가 나서 그 애들을 죽음으로, 그것도 야만적인 죽음으로 몰아넣었어. 넌 원한, 투기심, 비뚤어진 성적 욕망의 대명사야. 그런 여자한테 작위를 다시 줄 사내가 있다고 생각해? 목숨을 내걸고 널 아내로 삼을 사내가 있을 것 같아? 그 애들을 그렇게 죽였는데 말이야?"

거울에 비친 공작과 내 모습을 보면서 나는 이를 악물고 참았다.

"난 그이를 구하려고 했어요. 그이가 자백해서 사면받게 하려고 고발했던 겁니다. 그이를 구하고 싶었어요."

"넌 왕보다 더 사악한 살인마야."

공작은 잔인하게 내뱉더니 나를 옆으로 떠밀었다. 벽에 부딪친 나는 몸을 가누려고 태피스트리를 움켜잡았다.

"시누이와 남편에게 불리한 증언을 한 여자야. 제인 시모어가 죽어가도 병상에서 방관만 했어. 클레베스의 안나에게도 불리한 증언을 해서 하마터면 안나가 처형당하는 꼴을 볼 뻔했지. 자, 이제 인척 하나가 또 처형대로 가는 꼴을 보게 생겼어. 보나마나 저 아이한테도 불리하게 증언하겠지."

"난 그이를 사랑했어요."

다른 비난은 몰라도 이 한 가지 비난만은 도저히 참을 수가 없었다. 나는 고집스럽게 우겼다.

"내가 조지를 사랑한 건 부인하지 못하실 겁니다. 난 진심으로 그이를 사랑했어요."

"그렇다면 넌 거짓말쟁이나 거짓된 친구보다 더 못된 여자야. 그 사랑 때문에 사랑하는 남자를 처참하게 죽였으니까. 그런 사랑이 증오보다 더 사악해. 수많은 사람들이 조지 불린을 미워하기는 했지. 하지만 그 아일 죽인 건 바로 네가 사랑하는, 그 입에서 나오는 말 때문이야. 그래도 네가 얼마나 사악한지 모르겠어?"

"그이가 내 곁에 있었다면, 나한테 충실했다면 난 그이의 목숨을 살렸을 겁니다. 시누이를 사랑했듯이 나를 사랑했다면, 그이의 인생에 나를 끼워 줬다면, 그이가 시누이처럼 나를 아꼈다면……."

나는 아픔이 사무쳐 울부짖었다.

"그 아인 네 옆에 추호도 있고 싶지 않았을 걸. 널 사랑한 적도 없어. 네 아버지가 널 위해 재산으로 조지를 매수했지만 백만금을 싸다 줘도 사랑하지 않았을 거야. 조지는 널 경멸했고 앤과 메리도 널 우습게 알았지. 그래서 넌 그 애들한테 죄를 뒤집어씌웠어. 자기희생이라는 거짓과 야망만 가득하지. 진실이라고는 눈곱만큼도 없어. 넌 조지가 제 누이를 사랑하는 꼴을 보니 차라리 녀석의 죽음 보고 싶었던 거야. 그래서 그 애들을 고발한 거라고."

이렇게 말하는 공작의 목소리에는 독약 같은 멸시가 배어 있었다.

"시누이가 우리 부부 사이를 갈라놓았어요."

난 이렇게 말했다. 난 숨이 막혔다.

"네 남편의 사냥개들이 둘 사이를 갈라놓았어. 그 앤 너보다 마구간의 말들과 새장에 있는 매들을 더 사랑했지. 그랬으니 넌 투기심으로 사냥개와 말, 매 따위를 모조리 죽이고 싶었던 게야. 제인, 이 마녀야, 내 휴지 조각처럼 널 써먹었다만 이젠 저 맹꽁이 캐서린과도 끝냈으니 너하고도 끝장이다. 그러니 캐서린한테 재주껏 제 목숨이나 구하라고 이르게. 저 애한테 유리한 증언을 하든 불리한 증언을 하든 맘대로 하시고. 너희 둘 다 내 알 바 아니야."

나는 내 등 뒤의 벽에다 손을 짚고 몸을 앞으로 당겨 공작의 얼굴을 노려봤다.

"날 그런 식으로 막 대하지 말아요. 난 휴지 조각이 아니라 공작님의 동지예요. 나한테 등을 돌렸다가는 후회하실 날이 올 겁니다. 난 비밀들을 낱낱이 알고 있어요. 비밀을 다 불어 버리면 캐서린은 물론 공작님까지 처형대로 보낼 수 있을 거예요. 저 아인 파멸하겠지요. 공작님도 같이 가게 해 드리지요. 저 아이와 하워드 가문을 모조리 참수대로 보낼 거예요. 이번에는 내가 죽는 한이 있더라도 반드시 그럴 거예요!"

난 얼굴이 시뻘겋게 흥분해서 대들었다.

공작은 다시 웃었으나 이젠 화가 가라앉았는지 차분했다.

"저 아인 이미 깨진 독이야. 왕은 이미 저 아이와 끝장냈어. 나도 끝장이고. 하지만 내 목숨은 내가 구할 수 있지. 그럴 작정이고. 그러니 바람둥이 캐서린하고 처형대로 가시게나. 두 번은 못 빠져나가지."

"토머스 컬피퍼 일을 대주교한테 토설하겠어요. 두 사람이 사통하도록 모의한 주범이 공작님이라고 토설하겠어요. 나한테 두 사람을 만나게 하라고 지시한 주범이 공작님이라고."

나는 공작에게 으름장을 놓았다.

"한껏 지껄여 보시게. 증거를 찾아봤자 헛수고야. 말을 전하고 왕비처소에 그자를 들여보낸 것을 본 사람은 한 사람밖에 없어. 자네밖에는. 나한테 죄를 씌우려 해 본들 네 입으로 네 죄를 자백하는 것밖엔 안 돼. 그 죄로 죽겠지. 하늘만이 아는 일이니 죽이 되든 밥이 되든 내 알 바 아닐세."

이렇게 속 편하게 내뱉는 공작을 향해 소리를 질렀다. 악을 쓰며 무릎을 꿇고 공작의 두 다리를 잡았다.

"어떻게 그런 말을 합니까! 몇 년씩이나 공작님을 모신 나한테 이런 법이 어디 있어요. 공작님의 최고 충복이었던 난데 지금껏 받은 보상이라고는 하나도 없어요. 절 여기서 구해 주세요. 그러면 캐서린과 컬피퍼는 죽어도 공작님과 저는 무사할 겁니다."

공작은 천천히 몸을 구부리더니 내가 자기 다리에 기분 나쁘게 매달린 징그러운 벌레라도 되는 양 내 손을 뿌리쳤다.

"절대로, 절대로. 저 앤 목숨을 부지하기 힘들어. 그리고 난 자넬 구명하기 위해 손가락 하나도 까닥하기 싫네. 제인 불린, 자네가 사라지면 세상은 더 좋아질 거야. 아무도 널 그리워하지 않을 거라고."

"전 공작님의 충복입니다."

나는 공작을 올려다보았으나 다시 붙잡을 엄두가 나지 않았다. 공작은 나를 남겨 두고 밖으로 나갔다. 보초병들이 밖에 서서 늘 사람들을 내보냈지만 이제는 우리를 가두고 있는, 바깥세상으로 나가는 문을 두드렸다.

"전 공작님의 충복이에요. 몸과 마음을 바쳐 공작님을 사랑해요."

난 이렇게 소리 질렀다.

"너 같은 건 필요 없어. 아무도 널 원하지 않아. 철석같이 사랑한다고 맹세한 남편도 네 증언으로 죽었어. 제인 불린, 이 벌레만도 못한 인간. 악마가 벌인 일은 사형 집행인이 끝내면 되니 내 알 바 아니야."

공작은 갑자기 무슨 생각이 들었는지 나가던 걸음을 잠시 멈추고 내게 말했다.

"자네도 앤이 죽은 타워 그린에서 참수될 거야. 운명의 장난 같겠지만 필시 남편과 앤이 지옥에서 웃으며 널 기다리고 있을 테야."

안나

1541년 12월, 리치몬드 궁

캐서린 하워드는 사이온 수녀원으로 이송됐다. 시녀 몇 사람과 함께 그곳에 죄수처럼 갇혀 있다. 캐서린의 할머니 집에서 젊은 남자 두 사람도 체포되었다. 그들은 알고 있는 걸 죄다 말할 때까지 고문당할 것이다. 저들이 원하는 자백을 할 때까지 두 사람은 계속 고문당하겠지. 캐서린과 가깝게 지내던 시녀들도 런던탑으로 끌려가 심문을 받고 있다. 오틀랜드 행궁에서 조용히 생각에 잠겼던 국왕은 다시 햄프턴 궁으로 돌아갔다. 입을 꾹 다물고 몹시 슬퍼하고는 있지만 화를 내지는 않는다고 한다. 그가 화를 내지 않다니 하느님께 감사할 일이다. 그가 분노에 떨며 복수심을 불태우지 않는다면 자기 연민에 빠져 왕비를 쫓아내는 데 그칠 것이다. 왕비의 혐오스러운 언행을 이유로 결혼을 취소하겠지. 혐오스러운 언행, 바로 왕이 의회에 전한 말이다. 캐서린이 왕비감이 못 된다는 왕의 말에 제발 위원들이 동의해서 그 가여운 아이가 풀려날 수 있다면, 그 아이의 친구들도 집으로 돌아갈 수 있다면 좋겠다.

캐서린은 프랑스로 갈 수도 있으리라. 프랑스 궁정은 캐서린을 반길 것이다. 그 허영심과 아름다움을 기꺼이 지켜봐 주리라. 어쩌면 나처럼 왕의 또 다른 여동생으로 이 나라에 살 수도 있으리라. 나와 함께 살 수 있을지도 모른다. 그러면 옛날처럼, 왕이 아끼지 않는 왕비와 왕이 총애하는 시녀였던 그때처럼, 우리는 친구처럼 지낼 수 있으리라. 캐서린이 어리석은 행동으로 왕에게 해를 입히지 않으면서 다른 사람들을 즐겁게 해줄 만한 곳, 현명한 여인으로 성장할 수 있는 곳은 많을 텐데. 캐서린을 처형해서는 안 된다는 데 모두 동의할 것이다. 처형당하기에는 너무 어리지 않은가. 캐서린은 앤 불린과는 다르다. 앤 불린은 여섯 해 동안 애쓰고 머리를 굴린 끝에 왕비가 되었다가 결국 본인의 야망 때문에 무너졌다. 캐서린은 자기가 키우는 고양이만큼이나 판단력이 없는 어린아이다. 누구도 이런 어린아이를 참수대로 보낼 만큼 잔인하지 않으리라. 왕이 화난 게 아니라 슬프다니 얼마나 다행인지 모르겠다. 제발 의회가 왕에게 결혼을 취소할 수 있다고 간언해 주길, 크랜머 대주교가 어린 시절의 불장난 때문에 캐서린을 비난할지언정 왕비가 된 이후의 어리석은 실수들을 조사하겠다고 수선을 떨지 않기를 바랄 뿐이다.

요즘 궁정에서 무슨 일이 일어나는지는 모르지만 크리스마스와 새해에 캐서린을 보았을 때 나는 캐서린이 연인을 갈망하며 사랑을 찾고 있다는 걸 느낄 수 있었다. 어떻게 그걸 억누를 수 있겠는가? 캐서린은 이제 막 여인이 되려는 소녀인데 제 아버지뻘 되는 남자와 결혼을 했으니, 그것도 노쇠하고 남자 구실을 못하는 데다 미치기까지 한 남자와 결혼을 했으니 아무리 현명한 여자라도 그 상황에서 우정과 위안을 찾아 주변의 남자들에게 눈을 돌리는 것은 당연하다. 게다가 캐서린에게는 바람기까지 있지 않은가.

하르스트 대사는 나를 만나러 런던에서 오자마자 단둘이 얘기할 수 있게 시녀들을 내보냈다. 궁정에 뭔가 심상치 않은 일이 있음을 단번에 알 수 있었다. 시녀들이 나가자마자 내가 물었다.

"왕비한테 무슨 일 있어요?"

우리가 무슨 음모를 꾸미는 사람들처럼 나란히 함께 앉았다. 대사가 입을 열었다.

"아직도 심문당하는 중입니다. 왕비에게 짜낼 수 있는 한 다 짜낼 셈인가 봅니다. 왕비는 지금 사이온에 유폐되어 있어요. 아무도 만날 수 없고 정원에서 산책조차 할 수 없답니다. 큰아버지마저 왕비를 저버려서 의지할 곳도 없답니다. 시녀 네 사람이 함께 감금돼 있는데 그들도 기회만 있으면 그곳을 떠나려 한대요. 친한 친구들은 다 체포되어 런던탑에서 심문받고 있어요. 왕비는 계속 울면서 용서해 달라고 애원한답니다. 너무 상심해서 먹지도 자지도 못한답니다. 이러다 굶어 죽을 것 같다고들 하네요."

"아, 불쌍한 캐서린. 하느님, 캐서린을 도와주세요. 사람들은 캐서린과 왕의 결혼을 무효화할 만한 증거를 찾았겠죠? 이제 왕은 캐서린과 이혼하고 풀어 주지 않을까요?"

"아니요. 그들은 왕비에게 더 불리한 증거를 찾고 있어요."

대사가 짧게 대답했다. 우리 둘 다 입을 다물었다. 두 사람 모두 그게 무슨 말인지 알고 있었고 더 끔찍한 사실을 알게 될까 무서웠다. 마침내 대사가 입을 열었다.

"실은 그보다 더 심각한 일이 있어서 왔습니다."

"뭐라고요? 그보다 더 심각한 일이 있다고요?"

"왕이 공녀님을 다시 아내로 맞을까 생각 중이랍니다."

순간 나는 하도 놀라서 말이 나오지 않았다. 나는 조각이 새겨져 있는 의자 팔걸이를 꽉 움켜쥐었다.

"진심은 아니겠죠?"

"진심인 것 같습니다. 프랑스의 프랑수아 왕이 헨리 왕과 공녀님이 재혼하길 몹시 바란답니다. 그러면 동생 분인 제후님과 헨리 왕을 함께 대에스파냐 전쟁에 끌어들일 수 있으니까요."

"왕이 다시 동생과 동맹을 맺길 원한다고요?"

"네, 에스파냐에 맞서려고요."

"제가 없어도 할 수 있잖아요! 제가 없어도 동맹은 맺을 수 있잖아요!"

"프랑스 왕과 제후님은 공녀님이 복위되기를 바란답니다. 그리고 헨리 왕은 캐서린에 대한 기억을 모조리 지우고 싶겠죠. 캐서린이 존재하지 않았던 것처럼, 공녀님이 잉글랜드에 이제 막 온 것처럼, 그래서 모든 일이 계획대로 돌아가는 것처럼 말이죠."

"천하의 헨리 왕이라 해도 시간을 거꾸로 돌릴 수는 없어요."

나는 소리를 지르며 자리를 박차고 일어나 방을 이리저리 서성였다.

"안 할 거예요. 절대 그럴 수 없어요. 그는 일 년도 안 돼 나를 죽일 거예요. 그 사람은 아내를 죽인 사람이에요. 아내로 삼은 여자들을 파멸시키는 사람이라고요. 그건 습관이에요. 내가 왕과 다시 결혼한다면 곧 죽고 말 거예요!"

"만약에 왕이 공녀님을 아내로 존중해 준다면……"

"하르스트 대사님, 저는 이미 그에게서 한 번 달아났어요. 이제까지 그와 결혼해서 살아남은 유일한 여자라고요! 다시 돌아가서 참수대에 오를 수는 없어요."

"왕이 공녀님에게 안전을 보장할 거라고……"

나는 대사의 말을 자르며 소리 질렀다.

"잉글랜드의 헨리 왕을 모르시는군요. 그와 결혼한 아내가 셋씩이나 죽었어요. 그리고 지금 다섯째 아내를 죽일 참수대를 세우고 있다고요! 보장 같은 건 없어요. 그는 살인마예요. 제가 그의 침대에 다시 눕는다면 저는 죽은 거나 다름없어요."

"왕은 캐서린 왕비와 이혼할 겁니다. 틀림없어요. 왕은 의회에 그렇게 제안했어요. 왕비는 결혼할 당시에 처녀가 아니었어요. 왕비의 부정한 행동이 벌써 유럽 전역의 궁정에 알려졌어요. 왕비는 공공연하게 헤픈 여자로 알려졌습니다. 왕은 왕비를 내쫓긴 하겠지만 죽이지는 않을 거예요."

"어떻게 그걸 장담해요?"

이렇게 내가 묻자 대사는 차분하게 대답했다.

"왕비를 죽일 이유가 없지 않습니까. 지금 지나치게 억측하고 계세요. 상황을 분명히 보지 못하시는 것 같습니다. 왕비는 위장 결혼을 했어요. 그건 죄악이에요. 왕비가 잘못한 거죠. 왕은 그 점을 분명히 밝혔어요. 그러니까 그들의 결혼이 성립하지 않는다면 왕비가 바람피운 것도 성립하지 않는 거죠. 왕이 왕비를 내쫓는 것 외에 다른 일은 할 수가 없어요."

"그럼 왜 캐서린을 기소할 다른 증거를 찾는 거죠? 캐서린에게 치욕적인 낙인을 찍고 이혼하는 것으로 충분하다면 왜 다른 증거들이 필요해요?"

"남자들을 처벌하기 위해서죠."

우리는 서로 쳐다보았다. 나도 대사도 무엇을 믿어야 할지 알 수 없었다. 나는 비참한 심정으로 중얼거렸다.

"나는 그가 두려워요."

"당연히 그래야 합니다. 그는 무서운 왕이에요. 하지만 공녀님과 이혼하고 약속을 지켰잖아요. 공녀님에게 근사한 저택을 주고 안락하고 부유하게 살 수 있도록 했잖습니까. 어쩌면 캐서린 왕비와 이혼하고 거처를 마련해 줄지도 몰라요. 이제 그는 참수대 대신 이런 방법을 택하는 것 같아요. 그리고 공녀님과 다시 결혼하길 원할 수도 있어요."

나는 힘없이 대답했다.

"저는 못 해요. 하르스트 대사님, 대사님 말대로 왕이 캐서린을 용서하고 관대하게 대해 준다 해도 저는 그와 결혼할 엄두가 나지 않아요. 다시는 그와 결혼할 수 없어요. 제가 견뎌 낼 수 없을 것 같아요. 지난번 위기에서 벗어날 수 있게 해 주신 하느님께 저는 아직도 무릎 꿇고 감사드려요. 혹시 추밀원 위원이나, 동생이나, 프랑스 대사가 묻거든 저는 이렇게 혼자 살기로 했다고 말씀해 주세요. 저는 지난번에 왕이 말한 대로 이미 혼약한 몸이라 결혼할 수 없다고 생각하기로 했어요. 재혼은 있을 수 없다고 그들을 설득해 주세요. 하늘에 맹세코 저는 재혼할 수 없어요. 참수대에 목을 내놓고 도끼날이 떨어지기를 기다리며 살 수는 없다고요."

캐서린

1541년 11월, 사이온 수녀원

자, 이제 내가 가진 게 얼마나 되는지 어디 한번 볼까.

솔직히 말해 지금은 내 형편이 말이 아니다.

금으로 테두리를 두른 프랑스풍 후드 여섯 개가 남아 있다. 여섯 쌍의 드레스 소매와 아무 장식도 없는 커틀 여섯 벌, 드레스 여섯 벌이 있다. 드레스는 짙은 청색, 검은색, 짙은 녹색, 회색이다. 보석이나 노리개는 하나도 없다. 심지어 내 고양이도 빼앗겼다. 토머스 시모어 경이 내 처소에 와서 왕이 준 모든 것을 압수해 갔다. 하필이면 시모어 가문 사람이 와서 하워드 가문의 딸인 내 물건을 거둬 가다니! 우리 집안사람들이 얼마나 속이 상할까! 전에는 모두 내 것으로 생각했던 것들이 알고 보니 결국 그 어느 것도 내 것이 아니었다. 그것들은 하나같이 빌려 준 물건들이었을 뿐이지 애초에 선물이 아니었다.

나는 여기서 초라하기 짝이 없는 태피스트리가 걸린 방 세 개를 쓰고 있다. 그중 하나는 내 하인들이 쓰고, 나머지 방 두 개는 내가 내 이복 언니 이사벨, 베인턴 부인, 그리고 다른 두 명의 시녀와 함께 쓴다. 이들은 내 사악함 때문에 자신들까지 이 음울한 곳에 갇혀 있다고 생각한다. 이에 앙심을 품은 이들은 내게 말도 걸지 않는다. 하지만 이사벨은 예외다. 이사벨은 내가 죄를 실토하고 받아들이게 하고 구슬리라는 분부를 받고 들어왔기 때문이다. 함께 갇혀 매일 얼굴을 보고 살아야 하는 사람들치고는 이보다 나쁘기도 쉽지 않다. 내가 지금까지 모두에게 부인해 왔던 죄를 모두 인정하고 스스로 목을 매는 바보짓을 할 때를 대비해서 고해 신부가 항상 대기하고 있다. 그리고 이사벨은 하루에도 두 번씩 하인들에게 하듯 나를 꾸짖고 들볶는다. 기도서 몇 권과 성경도 있다. 바느질감으로 가난한 사람들에게 줄 셔츠를 만든다. 하지만 벌써 가난한 사람들의 셔츠를 다 만든 것만 같다. 이제 내겐 시종도, 가신도, 어릿광대도, 악사도, 가수도 없다. 심지어 내가 기르던 작은 개 두 마리도 데려가 버렸다. 개들도 얼마나 주인을 그리워하고 있을까?

내 친구들은 모두 사라졌다. 큰아버지도 마치 아침 안개처럼 자취를 감췄다. 전하는 말에 따르면 왕비전에 있던 사람들 대부분, 로치포드 부인, 프랜시스 데르햄, 캐서린 타일니, 조앤 벌머, 마거릿 모튼, 아그네스 레스트월드 등 모두, 현재 런던탑에서 내 문제로 심문을 받고 있다고 한다.

오늘 이보다 더 끔찍한 소식이 전해졌다. 토머스 컬피퍼도 런던탑으로 끌려갔다고 한다. 불쌍한 토머스! 아, 나의 멋진 토머스를! 그가 흉물스럽게 생긴 근위병에게 체포되어 가는 생각만 해도 소름이 끼친다. 거기다 나의 토머스가 심문받는 생각을 하니 가슴이 미어졌다. 그래서 바닥에 무릎을 꿇고 엎어진 채 침대보 속에 얼굴을 묻고 흐느껴 울었다. 차라리 서로 사랑에 빠졌다는 걸 알았을 때 둘이서 도망쳤더라면. 만약 내가 궁정에 들어가기 전에, 내가 아직 어렸을 때 램버스로 그가 나를 데리러 왔더라면. 아니면 일이 이렇게 꼬이기 전, 내가 궁정에 들어갔을 때 곧바로 그에게 사랑한다고, 오직 그만을 사랑한다고 말했다면.

"고해 신부를 불러다 줘요?"

내가 울고 있는 걸 보자 베인턴 부인이 차갑게 물었다. 사람들은 기회 있을 때마다 이렇게 묻는다. 사람들 모두 내가 한시라도 빨리 무너져 모든 걸 자백하길 원한다.

"아뇨. 난 아무것도 자백할 게 없어요."

나는 얼른 대답했다.

그리고 또 소름 끼치는 것은 내가 있는 이 방이 레이디 마거릿 더글러스가 있던 방이었다는 것이다. 레이디 마거릿이 사랑에 빠졌다는 죄목으로 혼자 갇혀 있었다고 한다. 참으로 얄궂지 않은가! 레이디 마거릿이 여기 있었다. 마거릿도 여기서 지금의 나처럼 한 남자를 사랑한 죄로 구금돼 어떤 죄목을 받아 들지, 어떤 형벌이 내려질지, 그리고 그 벌이 언제 하늘에서 떨어질지도 모른 채 이 방에서 저 방으로, 다시 저 방에서 이 방으로 하염없이 왔다 갔다 했다. 마거릿은 여기 혼자 갇혀 있었다. 왕이 용서해 주기를 바라면서, 앞으로 어떻게 될까 걱정하면서 세상에서 버려진 채 여기서 13개월 동안 살았다. 그리고 바로 며칠 전에 내가 들어올 자리를 내주기 위해 다른 곳으로 이송됐다. 정말 믿기지 않는다! 마거릿은 케닝홀로 이송됐다. 왕이 용서해 줄 때까지 다시 감금되었다. 왕이 용서해 줄 때까지 그곳에 머무를 것이다.

마거릿 생각이 자꾸 머릿속을 맴돈다. 마거릿은 나보다 겨우 몇 살 많은 젊은 여인이다. 그리고 나처럼 한 남자와 서로 사랑한 죄를 저지른 대가로 외로이 갇혀 있다. 이제 와 생각하니 그때 마거릿에게 관용을 베풀어 주십사 하고 왕 앞에 무릎을 꿇고 빌지 않았던 것이 못내 후회된다. 하지만 언젠가 나도 마거릿과 같은 처지가 될 줄 그때 내가 어떻게 알았겠는가? 그것도 같은 방에 갇히게 될 줄은……. 마거릿과 마찬가지로 사랑에 빠진 여자라는 죄를 뒤집어쓰고 말이다. 그때 왕에게 마거릿은 그저 가두고 벌주기보다 잘 이끌어 주어야 할 젊고, 어리석기까지 한 여자일 뿐이니 용서해 주십사 하고 빌지 못한 것이 못내 가슴 아프다. 하지만 난 그때 레이디 마거릿 편을 들지 않았고, 또 가엾은 마거릿 폴 부인을 위해서도, 스미스필드에서 죽어 간 수많은 남자와 여자들을 위해서도 단 한마디 하지 않았다. 왕에 대항해 봉기한 북부 귀족들에 대해서도 한마디 하지 않았다. 토머스 크롬웰을 변호한 적도 없을 뿐더러 그가 죽던 날 결혼식을 올리면서 한순간도 가슴 아파하지 않았다. 왕의 딸 메리 공주에 대해서도 좋은 소리를 하기는커녕 험담만 늘어놓았다. 심지어 나는 내가 섬기던 주인이었고 내가 진심으로 믿고 따랐던 안나 왕비의 편도 들어 주지 않았다. 충성과 우정을 맹세했으면서, 사람들이 와서 내게 왕비에게 불리한 진술서를 내밀었을 때 읽어 볼 생각조차 하지 않고 서명했다. 이제 나를 위해 무릎 꿇고 나에게 자비를 베풀어 달라고 애원할 사람은 아무도 없다.

물론 일이 어떻게 진행되고 있는지 나는 전혀 모른다. 하지만 프랜시스 데르햄과 함께 헨리 매녹스도 체포되었고, 이 두 사람은 저들이 듣고 싶어 하는 말이 무엇이든 다 말할 것이다. 헨리 매녹스와 나는 좋은 감정으로 헤어지지 않았고, 또 그가 프랜시스에 대해서도 좋은 감정을 가지고 있을 리 없다. 그는 프랜시스와 내가 정을 통하던 사이임이 틀림없다고 말할 것이다. 그리고 내가 자기를 버리고 프랜시스 데르햄에게 갔다고 떠벌일 게 분명하다. 내 명예는 쓰레기처럼 더럽혀질 것이고 내 새할머니는 화가 나 펄펄 뛸 것이다.

램버스에서 시녀로 있던 아이들도 나에 대한 심문을 받을 것이다. 아그네스 레스트월드와 조앤 벌머는 내 친구라고 할 수 없다. 속으로는 나를 미워한다. 내가 왕비 자리에 있으면서 선물을 뿌릴 때는 알랑거렸지만 나를 감싸 주거나 나를 위해 거짓말을 할 인간들은 아니다. 그 인간들뿐 아니라 궁정에 들어오지 않은 다른 아이들 대여섯 명도 어디서 뭐하고 살든지, 일단 찾아내서 물어보면 런던 여행을 시켜 준다고만 해도 무슨 말이든 다 지껄여 댈 것이다. 조앤 벌머는 프랜시스에 대해 모두 불어 버릴 것이 뻔하다. 두말하면 잔소리다. 노퍽 저택에 있던 아이들 중에는 프랜시스가 나를 아내로 불렀고 나는 나대로 거기에 호응했던 걸 모르는 아이가 없다. 그와 내가 부부처럼 잠자리를 같이 했다는 사실을 모르는 아이가 없다. 하지만 나는 정말 솔직히 말해 우리가 결혼한 건지 아닌지 잘 몰랐다. 그 문제를 심각하게 생각해 본 적조차 없었다. 캐서린 타일니도 램버스에서 있었던 일을 모두 고해바칠 것이다. 물어보기도 전에 불지 않으면 다행이다. 다만 저들이 캐서린 타일니에게 링컨에서 있었던 일을, 폰테프랙트에서, 헐에서 있었던 일을 물어보지 않기만을 바랄 뿐이다. 만약 캐서린 타일니가 그때 내가 밤에 방을 슬그머니 나간 적이 많았다는 이야기를 하기 시작하면, 그럼 이야기가 불가피하게 토머스로 이어진다. 오, 하느님! 애초에 내가 토머스에게 아예 눈길도 주지 말았어야 했는데. 그럼 지금쯤 그는 무사할 텐데. 그리고 나도 무사할 텐데.

한편 마거릿 모튼은 내 침실 문을 열어 보다가 문이 잠겨 있는 걸 발견한 적이 있다고, 그때 내가 몹시 역정을 냈다고 미주알고주알 일러바칠 것이다. 그때 나는 토머스와 함께 있었다. 사랑하는 토머스와 침대에서 사랑을 나누고 있었다. 문소리가 났을 때 황급히 방을 가로질러 달려가 토머스가 보일 새라 문을 반만 열고 그 애에게 예의를 좀 갖추라고 악다구니를 썼다. 그 애는 내 면전에 대고 웃었다. 누군가 방에 있다는 걸 눈치 챘던 것이다. 오, 하느님. 그 아이들과 그렇게 자주 싸우지 않았다면 얼마나 좋았을까. 선물을 뿌리고 드레스를 나눠 주고 해서 기분을 맞춰 줬더라면 어쩌면 지금쯤 그 애들이 나를 위해 사실을 덮어 주고 있을지도 모르는데…….

그리고 지금 와서 생각해 보니 마거릿은 언젠가 햄프턴 궁에서 내가 토머스와 내실에 단둘이 있었을 때도 바로 바깥 접견실에 있었다. 그날 토머스와 나는 난롯가에 앉아 키스하고, 애무하고, 바로 문 밖에 있는 궁정 사람들 욕을 하면서 오후 내내 함께 보냈다. 그때 나는 우리의 대담함에 잔뜩 들떠 있었다. 그때 내가 왜 그런 바보짓을 했는지 너무 후회가 된다. 내 자신이 너무 미워 지금 나는 피부가 빨갛게 부어오르도록 내 손바닥을 꼬집고 또 꼬집고 있다. 하지만 지금 일이 이렇게 되었다고 해서 그날을 기억 속에서 지우고 싶지는 않다. 내가 그 날 오후의 일로 죽는 한이 있어도 그때 그의 입술이 내 입술에 머물고 그의 손길이 내 몸에 머물렀던 그 순간을 후회하지는 않는다. 우리가 그나마 그런 시간을 가질 수 있었다는 걸 하느님께 감사한다. 그걸 없 었던 일로 빌고 싶지는 않다.

곧 사람들이 내 식사를 쟁반에 담아 들여올 시간이 됐다. 나는 식욕 이 없다. 먹을 수가 없다. 잠도 잘 수 없다. 두 방 사이를 이리저리 서 성이는 것 이외에 아무것도 할 수 없다. 그러면서 레이디 마거릿도 이 렇게 서성이면서 자신이 사랑했던 남자를 그리워했겠지 하고 생각한 다. 레이디 마거릿은 자기를 나쁘게 고해바칠 친구들이 없다. 왕과 자 기 사이를 이간질하는 하워드 가문의 적들도 없다. 레이디 마거릿은 내가 아는 가장 불행한 여인이지만 내 처지와 비교하면 오히려 운이 좋은 편이다.

로치포드 부인은 내 편으로 남아 줄 것이다. 분명히 그럴 것이다. 로치포드 부인은 토머스가 내게 어떤 사람이었는지, 그리고 내가 그 에게 어떤 사람이었는지 잘 안다. 부인은 냉정하게 대처할 것이다. 전 에도 위험에 빠진 적이 있었다. 질문에 어떻게 답하는지 잘 안다. 부 인은 연륜이 있는 성숙한 여인이고 산전수전 다 겪은 사람이다. 헤어 지기 전 부인은 나에게 '무조건 부인해'라고 말했다. 그래, 난 그럴 것 이다. 부인은 어떻게 대처해야 하는지 잘 안다. 부인은 화를 당하지 않고 무사할 것이다. 그럼 나도 부인을 따라 무사할 것이다.

사실 로치포드 부인이야 말로 모든 것을 다 아는 사람이다. 그 점이 가장 마음에 걸린다. 부인은 내가 언제부터 토머스를 좋아하게 되었 는지 안다. 그리고 우리가 몰래 만날 시간과 장소를 정하고 편지도 양 쪽에서 몰래 전해 주었다. 한번은 토머스를 벽걸이 뒤에 숨기고, 또 요크에서는 어두운 계단 구석으로 피신시켜 남의 눈에 띄지 않도록 했다. 이리저리 구부러진 복도를 지나 나를 몰래 궁에서 빼돌려 그가 기다리는 낯선 집으로 데려가기도 했다. 폰테프랙트에서는 토머스가 독방을 썼기 때문에 어느 날 오후에는 사냥에서 돌아와 그의 방에서 만난 적도 있었다. 우리가 어디서 만날지 일일이 정해 준 사람이 로치 포드 부인이었다. 그리고 왕이 나와 잠자리를 할 생각으로 내 처소 바깥문을 열려고 했을 때 부인이 안에서 내가 아파 잠이 들었다고 큰소리로 외친 덕분에 무사했던 적도 있었다. 부인이 잉글랜드 국왕을 돌려보낸 것이다. 그리고 그때 부인의 목소리는 단 한순간도 떨림이 없었다. 정말 배짱이 대단한 여자다. 그런 여자니 울면서 실토하거나 하는 일은 없을 것이다. 감히 말하건대 설사 형틀에 묶여 고문당한다 해도 부인은 심문관들을 그저 차가운 눈빛으로 빤히 쳐다볼 뿐 절대 입을 열지 않을 것이다. 로치포드 부인이 배신할 걱정은 하지 않는다. 나는 부인이 저들이 묻는 말마다 아니라고 할 것으로 믿는다. 부인은 내 편에서 나를 변호할 것이다.

다만…… 다만 계속 마음에 걸리는 것이 하나 있다. 그건 바로 로치 포드 부인이 예전에 자기 남편의 혐의를 벗겨 주지 못했다는 것이다. 죽은 남편의 얘기를 하는 것도 무척 싫어하는데 이 점도 이상하다. 난 언제나 남편 일로 너무 상심해서 그럴 거라고 생각했다. 하지만 지금은 더 끔찍한 사연이 숨어 있는 게 아닐까 하는 생각이 든다. 캐서린 캐리는 부인이 당시 자기 남편과 시누이에게 변론이 아니라 오히려 불리한 증언을 했다고 확신했다. 어떻게 그럴 수 있지? 그리고 부인이 구하려 했던 건 그 두 사람이 아니라 그들의 유산이라고 했다. 하지만 어떻게 그 두 사람은 죽고, 부인은 무사할 수 있었을까? 부인이 왕과 모종의 거래를 하지 않고서야 어떻게 그런 일이 가능할 수 있었단 말인가? 부인은 자기 시누이를 배신하고 자기 남편까지 사지로 몰아넣었던 사람이다. 그런데 나 따위를 살리려 할까?

아, 자꾸 이렇게 무서운 생각이 드는 건 지금 내가 워낙 힘든 처지에 놓여 있기 때문이다. 나도 안다. 가엾은 마거릿 더글러스도 나처럼 자신이 앞으로 어떻게 될지 모르는 채 이 방에서 저 방으로 그저 하염없이 왔다 갔다 하다가 머리가 반쯤 돌아 버렸을 게 뻔하다. 두 방 사이를 왔다 갔다 하면서 자신이 언제 풀려날지 알 길이 없는 상태에서 여기서 이렇게 1년이나 보내다니 정말 끔찍하다. 나는 그렇게 오래 견디지 못할 것 같다. 하지만 난 마거릿과 달리 곧 풀려날 게 분명하다. 결국은 일이 잘 풀릴 것이 분명하다. 하지만 그러면서도 애가 탄다. 사실은 모든 게 궁금해 미치겠다. 앤 불린이 죽은 진짜 이유는 무엇인지, 조지 불린은 또 왜 죽었는지, 그리고 그 아내 제인 불린은 어떻게 풀려났는지 너무 궁금하다. 왜 아무도 그 일에 대해 말하지 않는 걸까? 어떻게 부인은 남편의 유산을 챙기고 혼자 살아날 수 있었을까? 왜 부인의 증언이 남편을 살리지 못한 걸까?

이제 이런 생각은 접어야겠다. 자꾸 이런 생각을 하면 로치포드 부인의 증언이 나 역시 앤 불린과 같은 운명으로 몰아넣을 것 같다. 그리고 그건 말도 안 되는 생각이다. 레이디 앤은 간통을 한 여자였고 또 반역 죄인이었다. 반면 내가 저지른 일이라곤 어린 시절 헨리 매녹스와 프랜시스 데르햄과 조금 깊은 사이였다는 것뿐이다. 그리고 그 다음에 내가 누구와 만났는지는 아무도 아는 사람이 없다. 나는 모든 걸 부인할 것이다.

아아, 하느님! 저들이 토머스를 데려와 심문해도 그는 분명히 나를 보호하기 위해 거짓말을 할 것이다. 하지만 만약 형틀에 묶고 고문한다면…….

아니다. 해서는 안 될 생각이다. 토머스가 형틀에 묶여 끔찍한 고문을 당하는 생각만 해도 너무 두렵다. 난 두려움으로 울부짖고 있다. 토머스가 고통을 당해야 하다니! 지금 내가 울부짖듯 그도 고통에 울부짖고 있을 수도 있다니! 생각하지 말아야지. 그런 일은 있을 수 없어. 그는 왕의 총애를 받던 시종이었어. 왕이 직접 그렇게 말하고 다녔잖아. 내가 사랑하는 아이라고. 왕이 토머스를 해칠 리 없어. 그리고 나도 해칠 리 없어. 왕이 토머스를 의심할 이유가 없지. 그리고 설사 왕이 토머스와 내가 서로 사랑하는 사이였다는 걸 안다 해도 우릴 이해해 줄 거야. 누군가를 사랑해 본 사람이라면 그게 어떤 것인지 잘 알 테니까. 어쩌면 왕은 크게 한 번 웃고 나서 나와 왕의 결혼은 끝났으니 이제 토머스와 결혼해도 무방하다고 말해 줄지 몰라. 어쩌면 우리를 축복해 줄지도 몰라. 왕이 가끔은 사람들을 용서하잖아. 특히 자기가 좋아하는 사람들은. 내가 마거릿 더글러스처럼 왕의 허락 없이 결혼한 것도 아닌데 뭘. 내가 왕의 뜻에 감히 반항한 것도 아니잖아. 난 절대, 절대, 반항하지는 않을 거야.

오, 하느님. 마거릿도 별수 없이 여기서 이렇게 죽나 보다 하는 생각이 들었겠지. 여기 온 지 겨우 며칠 되었을 뿐인데 벌써부터 돌로 된 벽에 내 이름이라도 새기고 싶은 기분이 든다. 내가 있는 방은 정원 쪽으로 창이 나 있어서 연초록빛 잔디 위로 떨어지는 햇살을 볼 수 있다. 여기는 예전에 수녀원이었던 곳인데 여기 살았던 수녀들은 교리를 엄격하게 지키고 성가를 아름답게 부르기로 유명해 잉글랜드의 자랑이었다고 한다. 아무튼 베인턴 부인이 하는 말에 따르면 그렇다. 하지만 왕이 수녀들을 내쫓고, 수녀원은 왕이 쓰기 위해 압수했다. 그러니 여기에서 사는 건 마치 교회에 들어와 사는 것과 비슷하다. 여기 있으면 이곳에서 슬픈 운명을 맞이한 사람들의 원혼이 방 곳곳에 가득하다는 느낌이 절로 든다. 내게는 절대 어울리지 않는 곳이다. 어쨌거나 나는 잉글랜드의 왕비이다. 잉글랜드의 왕비가 아니라고 해도, 난 캐서린 하워드다. 나라에서 가장 막강한 귀족 집안의 딸이란 말이다. 하워드 가문 사람이란, 곧 가장 고귀한 사람 중 하나라는 뜻이다.

자, 어디 보자. 난 어떻게든 기분을 추슬러야 한다. 그러니, 어디 보자, 내가 가진 게 얼마나 되나? 하지만, 아아, 이건 기분에 전혀 도움이 되지 않는다. 속만 더 상할 뿐이다. 고작 드레스 여섯 벌밖에 없다. 그것도 모두 늙은이들이나 입는 칙칙한 색들뿐이다. 그리고 방 두 개와 내 시중을 들 몇 안 되는 시녀가 있다. 하긴 긍정적으로 생각해 보니, 램버스에서 어린 시녀로 있을 때보다는 확실히 수준이 올라갔다. 나를 사랑해 주는 그리고 내가 온 마음을 다 바쳐 사랑하는 남자도 있다. 그리고 여기서 풀려나 그와 결혼하게 될 가능성도 높다. 억지로라도 그렇게 생각해야 한다. 그리고 충직한 친구도 있다. 로치포드 부인이라면 나에게 유리한 증언을 해 줄 것이다. 토머스도 나를 구하기 위해서라면 죽음도 불사할 것이다. 그러니 대주교가 다시 오면 그땐 그저 프랜시스 데르햄과 헨리 매녹스의 일을 모두 실토하고 토머스에 대해서는 입을 꾹 다물고 있기만 하면 된다. 그렇게 할 수 있다. 그 정도는 내가 아무리 바보라 해도 할 수 있다. 그럼 모든 일이 잘 풀려서 다음에 가진 것을 셀 때에는 멋진 물건들이 다시 많이 생길 것이다. 절대 의심하지 않는다. 반드시 그렇게 될 것이다.

하지만 이렇게 나 자신을 다잡고 있는 동안에도 내내 하염없이 눈물이 난다. 울음을 멈출 수가 없어서 계속 흐느껴 울었다. 더할 수 없이 희망찬 상태인데도 영영 울음을 멈출 수 없을 것 같다. 정말이지 모든 게 잘 해결될 것이다. 지금까지 난 행운 빼면 시체였다. 그저 눈물만 흐를 뿐이다.

제인 불린

1541년 11월, 런던탑

　어쩌나 무서운지 이러다 정말 머리가 돌아 버릴 것만 같다. 나는 캐서린과 멍청한 프랜시스를 둘러싼 심문만 계속 받았다. 애초에는 사실을 죄다 부인할 수 있을 것이라 생각했다. 두 사람이 연인 사이였던 당시에 나는 램버스에 있지도 않았고, 그 후에도 두 사람은 절대 그런 사이가 아니었다. 내가 알고 있던 사실을 양심껏 전부 말하면 된다고 생각했다. 그런데 커다란 나무 대문이 쿵 하고 닫친 뒤, 막상 런던탑의 그림자가 차갑게 내 위로 내려앉자 이전에는 느껴 보지 못했던 공포감이 밀려왔다.

　5월 그날부터 끈질기게 붙어 다녔던 원혼들이 이제 나를 데려가려고 한다. 나는 그들이 걸었던 그 자리에 와 있다. 그 당시와 똑같은 벽장 안에서 으스스한 한기를 느끼면서 그들의 공포를 실감하고 있다. 그들이 겪은 죽음을 똑같이 경험하고 있다.

　세상에! 우리 사랑하는 조지, 조지도 분명 이런 기분이 들었겠지. 대문이 쾅 닫히는 소리도 들었을 거야. 틀림없이 하늘을 막고 떡 버티고 서 있는 저 거대한 석조 런던탑도 보았겠지. 친구들과 적이 이 벽 속 어딘가에 갇혀 자기네 목숨을 구하고 그이에게 죄를 씌우기 위해 연신 거짓말을 하고 있다는 것도 알았겠지. 그런데 이제 나도 조지가 걸었던 이곳에 끌려와 갇혀 보니 그이의 심정이 어땠는지 알 것 같다. 나도 그이가 느꼈던 공포감을 이제야 알겠다.

　크랜머와 그 수하의 심문관들이 캐서린이 궁정에 오기 전, 어린 시절의 생활만을 심문한다면 캐서린만 사형시키면 그만 아닌가? 그 외에 무엇이 더 필요해? 캐서린이 매녹스와 프랜시스하고 사랑했다는 자백을 원한다면 내 입에서 얻어 낼 정보는 하나도 없다. 나는 그때 캐서린을 알지도 못했으니까. 나와는 전혀 무관한 일이다. 그러니 두려워해야 할 하등의 이유가 없다. 그렇다면 내가 여기에 있어야 할 이유도 없다.

방은 석조 바닥과 축축한 석벽으로 둘러싸여 답답하기 그지없다. 벽 사방에는 이전에 갇혔던 사람들의 이니셜이 새겨진 작은 구멍들이 숭숭 남아 있다. '조지 불린'의 이니셜 G 자와 B 자는 찾아보지 않을 것이다. 그이의 이름을 볼지도 모르니 창 옆에 가만히 앉아 안뜰만 내려다보자. 벽 쪽으로는 가지도 말자. 차가운 돌을 더듬으며 그이가 새긴 '불린'은 찾지 않을 것이다. 여기에 가만히 앉아 창밖만 보자.

그만 접자. 부질없는 생각이다. 창밖으로 타워 그린이 내려다보인다. 앤이 내 증언으로 참수 당했던 처형장이 이 감옥 안에서 내려다보인다. 나는 차마 그곳을 볼 수가 없다. 눈부시게 푸른 저 잔디밭을 볼 수가 없다. 가을 잔디가 이보다 더 푸를 수 있을까? 잔디를 바라보면 보나마나 미칠 것이다. 앤이 기다리고 있을 때의 심정이 지금의 내 심정과 같았겠지. 앤은 본인이 참수 당한다는 사실을, 내가 익히 알았다는 사실을 눈치 챘겠지. 내가 자기가 처형되길 바랐다는 사실도 아마 알았겠지. 앤은 자기가 나를 괴롭히고 놀리며 비웃어서 내가 투기심에 정신이 나갈 정도였다는 사실도 알고 있었다. 내 사악한 분노가 얼마나 극에 달했으면 자기의 죽음까지 노릴 정도였을까 하고 의아하게 여겼겠지. 그때 앤은 알고 있었다. 내가 후회하는 기색도 없이 낭랑한 목소리로 그들에게 불리한 증언을 했고 비난했다는 사실도 알고 있었다. 그런데 이제 나는 양심의 가책을 느낀다. 내가 후회하는 이 마음은 하늘만이 알 것이다.

지난 몇 년 동안 나는 그 사실을 내 속에 감추었던 것 같다. 하지만 독종 노픽 공작이 나한테 그 사실을 죄다 퍼부어 댔고, 이렇게 차디찬 벽에 갇힌 뒤에야 그걸 깨달았다. 앤과 앤을 향한 그이의 뜨거운 사랑을 질투해서 난 내가 아는 진실이 아니라 그들에게 치명적인 증언을 했다. 하늘이시여, 나를 용서하소서. 나는 누이에게 다정하고 자상하게 신경 쓰는 그이의 마음을 빼앗았으며, 나한테는 자상하지도, 신경을 써 주지도, 다정하지도 않은 그의 태도를 견디지 못해 그만 어둡고 추악하고 사악한 인간으로 돌변하고 말았습니다. 나에게 관심을 쏟지 않은 그이를 응징하려다 죽음으로 몰아넣었다. 관심을 끌려고 그랬는데 신들이 노하는 옛날 연극에서처럼 이제 나에게 관심을 쏟는 이는 아무도 없다. 이렇게 철저하게 혼자인 적은 없었다. 아내가 저지를 수 있는 최악의 죄를 저질렀어도 만족감은 없다.

공작은 시골로 자취를 감춰 버렸다. 캐서린과 나는 영원히 공작을 보지 못하겠지. 공작은 오로지 본인의 체면과 애지중지하는 재산을 지키는 것에만 관심이 있다. 게다가 왕은 자기 대신 진군해서 싸우고 집행할 하워드 가문의 사람이 필요하다. 두 차례의 불륜 사건으로 공작을 싫어할 수도 있지만 아내와 사령관을 동시에 잃는 실책은 저지르지 않을 것이다. 캐서린의 새할머니, 공작 부인은 이번 일로 목숨을 잃을지도 모른다. 자기가 보호하고 있던 캐서린이 한낱 바람둥이에 불과하지 않았다는 사실이 밝혀지면 왕은 반역죄로 공작 부인을 기소할 것이다. 왕에게 미리 고하지 않았다는 죄로 말이다. 공작 부인은 공개 문서를 찢어 버리고 하인들에게 비밀을 지키겠다는 다짐을 받은 다음, 옛날 하인들을 쫓아낸 뒤 자기 처소를 깨끗이 청소할 것이다. 목숨을 건지기 위해 일체를 숨길지도 모른다.

하지만 난 어떻게 하지?

내 복안은 확실하다. 토머스 컬피퍼 얘기는 입도 뻥긋하지 않을 테다. 프랜시스 데르햄에 대해서는 왕비의 새할머니 청탁으로 왕비의 비서관이 되었는데 내가 보는 앞에서 두 사람은 어떤 시선도 오간 적이 없었다고 증언하면 된다. 저들이 토머스 컬피퍼 일을 찾아낸다면 ─ 조금만 조사하면 틀림없이 컬피퍼에 대한 사실을 죄다 찾아낼 것이다 ─ 그 사실을 이 잡듯이 전부 조사하겠지. 그러면 난 이렇게 실토해야지. 캐서린은 왕이 처음 아팠을 때 햄프턴 궁에서 컬피퍼와 사통했고, 자기가 회임했다고 생각한 뒤부터 여름 순행 내내, 그러니까 우리 모두 왕비를 위해 무릎 꿇고 기도하던 바로 그날까지 컬피퍼와 계속 그 짓을 했다고. 그런 첫날부터 나는 캐서린이 헤픈 줄 알았지만 내 처지가 처지인지라 내가 옳다고 생각한 것이 아닌, 캐서린과 공작이 분부한 것을 할 수밖에 없었다고 털어놓으면 된다.

나는 내 각본대로 증언할 작정이다. 내 증언 때문에 왕비는 죽겠지. 공작 역시 죽을지 모르지만 나만은 죽지 않을 것이다.

이것이 내가 구상하는 전부다.

내 방은 동향이라 해가 오전 일곱 시에 뜬다. 해가 뜨는 광경을 보기 위해 늘 이른 아침에 깬다. 앤이 참수됐던 처형장의 푸른 잔디밭 너머로 보이는 런던탑은 내 방 창문을 검은 손가락으로 가리키는 듯, 긴 그림자를 드리우고 있다. 매력적인 미모와 영리하고 재치 있는 두뇌까지 겸비한 앤을 생각하면 미쳐 버릴 것만 같다. 앤 또한 이 감옥에 갇혀 있다가 계단을 내려가서는 ─ 내가 가서 볼 수도 있지만 결코 다가가서 내다볼 수 없는 창가에서 내다보이는 ─ 처형장으로 갔을 것이다. 그런 다음, 참수대에 머리를 놓고 자기의 등극으로 덕을 보았던 모든 이들에게 배신당한 사실을 알면서도 용기 있게 죽었다. 앤은 남동생을 비롯한 친구들과 자기를 그리도 사랑했던 최측근 몇몇이 자기가 죽음을 맞이하기 바로 전날 죽었다는 것을 알았다. 그리고 내가 치명적인 증언을 했으며 그 외삼촌은 형을 선고했고, 왕은 자기의 죽음을 축하했다는 사실도 알고 있었다. 지금 내가 이런 생각할 때가 아니다. 내 코가 석 자이다. 내 일이나 신경 써야지. 한가롭게 딴 생각을 할 때가 아니다.

맙소사, 앤은 내가 자기를 배신했다는 사실을 알고 있었다. 안타깝게도 그이 역시 내가 자기에게 등을 돌린 줄 알면서 반역죄로 처형당했다. 내가 사랑 때문에 그런 줄은 짐작도 못했겠지. 이거야말로 최악의 일이다. 그이는 내가 사랑해서 그런 줄은 영영 모르리라. 너무나 끔찍한 일이다. 내가 그이를 사랑했고, 그이가 앤에게 눈길을 돌리는 바람에 증오심을 키웠다는 사실을 영영 모르겠지. 내가 그이를 사랑했고 그이가 앤에게 눈길을 돌리는 바람에 증오심이 생겨 그런 짓을 했다는 사실을 그이는 영영 모르겠지. 앤은 말할 것도 없고 그이가 앤에게 전부라는 사실이 도저히 견딜 수 없는 현실로 다가왔다.

나는 앉아서 벽만 쳐다보고 있다. 창문 밖은 내다보기도 싫다. 그이의 이니셜이 보일까 봐 독방의 벽 여기저기에 쓰인 글자들은 읽기도 싫다. 한쪽 무릎에 두 손을 포갠 채 앉아 있다. 나를 지켜보는 누구에게나 나는 평온해 보일 것이다. 결백한 여자 같겠지. 창밖, 저곳에서 참수당한 마거릿 폴 부인만큼이나 나는 결백하고 침착하다. 부인을 위해서도 변호 한마디 해 주지 않았다. 맙소사, 내 어찌 이런 곳에서 숨을 쉴 수 있단 말인가?

계단에서 여러 사람이 움직이는 발자국 소리가 들렸다. 얼마나 많은 사람들을 죽일 셈이지? 열쇠가 자물통 속에서 돌아가는 소리가 나더니 문이 벌컥 열렸다. 꾸물대는 게 짜증이 난다. 이렇게 위협만 하며 내 기를 죽일 셈인가? 남자 두 명과 교도관들이 들어왔다. 토머스 뤼오테슬리 경은 알아보겠는데 기록관은 생전 처음 보는 얼굴이다. 이들은 부산하게 탁자를 정리하더니 나에게 의자를 내밀었다. 나는 서서 애써 침착하게 보이려고 두 손을 꼭 잡았다. 그런데 어느새 두 손은 두려움에 떨고 있었다. 마음을 가라앉혀야 한다.

"왕비가 램버스에서 과거에 무슨 짓을 했는지 심문하겠습니다."

이렇게 뒤오테슬리 경이 말을 꺼내더니 기록관에게 기록하라고 고갯짓을 했다.

"나는 그 일에 대해선 아는 바가 없습니다. 기록을 보면 아시겠지만 전 당시에 노퍽 주 블리클링 홀에 있다가 안나 왕비의 시녀로 들어가 지극 정성을 다해 보필했어요. 안나 왕비를 모시고 나서야 캐서린 하워드를 알았습니다."

기록관은 한 가지만 표시했다. 보아하니 여럿 중 하나를 선택해 체크하는 것 같았다. 내가 무슨 말을 할지 예상한 대답이라 기록할 필요가 없다는 뜻이다. 이들은 이번 조사를 위해 철저하게 사전 준비를 했다. 그러니 난 이들의 말을 한마디도 믿어서는 안 된다. 이들은 자기들이 하고자 하는 말과 나한테 듣고 싶은 말을 훤히 알고 있다. 나도 대비를 해야 한다. 그들의 말에 단단히 대비해야 한다. 머리가 팽팽 잘 돌아갔으면 좋겠다. 침착해야 한다. 머리를 잘 써야 한다.

"왕비가 프랜시스 데르햄을 비서관으로 기용했을 때, 그가 왕비의 옛 친구이자 연인이었다는 사실을 알았습니까?"

"아니요, 왕비의 과거사는 하나도 몰랐어요."

기록관이 체크 표시를 했다. 이번에도 예상한 대답이라는 뜻이다.

"왕비가 토머스 컬피퍼를 왕비 처소로 데려오라고 했을 때, 왕비가 무슨 의도로 그랬는지 알았습니까?"

나는 깜짝 놀라 어안이 벙벙했다. 아니 어떻게 프랜시스 데르햄에서 토머스 컬피퍼로 단숨에 건너뛰지? 어떻게 토머스 컬피퍼에 대해 알았지? 그에 대해 얼마나 알고 있지? 그가 이들에게 무슨 말을 했을까? 고문에 못 이겨 사실을 다 불어 버렸나?

"왕비는 그런 지시를 한 적이 없어요."

기록관이 옆으로 줄을 그었다.

"우린 왕비가 부인에게 그를 데려오라고 분부해서 그가 왔다는 사실을 알고 있소. 자, 살고 싶으면 토머스 컬피퍼와 왕비 사이에 어떤 일이 있었는지 자백하시오."

기록관이 기록할 준비를 한다. 바싹 마른 내 입에서 한마디 말이 나왔다. 이제 끝이다. 캐서린은 파멸하고, 컬피퍼는 죽은 사람이고, 나는 또다시 배신하기 일보 직전이다.

안나

1541년 12월, 리치몬드 궁

노퍽 공작의 미망인은 병상에 누운 채 손녀딸의 행실에 대해 심문을 받았다. 부인은 손녀딸이 처녀가 아니라고 왕에게 고하지 않았다는 죄목으로 재판을 받을 것이다. 이 나라에서는 이제 이런 것도 반역이다. 손녀딸에게 연인이 있었다는 이유로 부인은 반역죄로 기소되었다. 유죄 판결을 받는다면 헨리가 참수대에서 두 번째로 처형한 노부인이 된다.

프랜시스 데르햄은 토머스 컬피퍼와 함께 반역 혐의로 기소되었다. 왕비와 사통한 죄 때문이다. 프랜시스는 반역 혐의에 대한 증거도 없었고, 사실 그가 캐서린과 관계를 가진 것은 캐서린이 왕비가 되기 훨씬 전, 아니 내가 왕비가 되기도 전이었다. 모두가 아는 사실인데도 그는 기소되었다. 이제는 이런 것마저도 반역이니까. 왕은 캐서린 하워드를 '거리의 창부'라고 한다. 오, 캐서린. 너처럼 입이 거친 사람이 또 있다니! 프랜시스 데르햄과 토머스 컬피퍼, 두 젊은이는 혹시 용서를 받지 않을까 하는 기대로 반역 혐의를 인정했다. 하지만 두 사람 모두 왕비와 사통한 것은 부인했다. 재판관은 그 누구보다 그 점을 잘 알 것이다. 어처구니없게도 재판관은 헨리 왕의 충복, 노퍽 공작이었다. 공작은 조카 캐서린이 프랜시스와 결혼을 약조하고 그를 왕비 처소로 들였다는 증언을 받아 내기 위해 시골 영지에서 돌아왔다. 공작은 이미 캐서린 왕비의 처소에 간 적이 있다는 프랜시스의 증언을 들었고 그것만으로도 이 젊은 연인들의 죄를 입증하기에 충분했다. 심문관들은 하나같이 분개한 목소리로 프랜시스가 왕비를 유혹하러 온 게 아니라면 왕비전에 들어올 이유가 없지 않느냐고 물었다. 프랜시스가 신분이 상승한 캐서린 덕을 좀 보려 했을지도 모른다는 얘기를 꺼내는 사람은 없다. 갑자기 왕비가 된 캐서린 덕을 보려 한 사람이 어디 한둘인가? 그 큰아버지도 그런 사람 아닌가.

토머스 컬피퍼는 처음에는 모든 것을 부인했다. 하지만 로치포드 부인을 비롯한 왕비의 시녀들이 증언하고 나자 이제 모든 게 끝났음을 깨닫고 모두 인정했다. 두 사람은 잔혹하게 처형될 예정이다. 사형 집행인들은 이들을 교수대에 매단 후 목숨이 반쯤 붙은 두 젊은이의 배를 가르고 창자를 꺼내서 피를 흘리며 죽을 때까지 놔둘 작정이란다. 왕과 결혼한 어여쁜 아이를 사랑한 죄 값이다.

이제 캐서린의 운명은 암울하기만 하다. 나는 매일 무릎을 꿇고 캐서린을 위해 기도하고 있다. 캐서린을 사랑한 죄로 기소된 남자들이 잉글랜드에서 가장 잔인한 방법으로 처형되는데, 캐서린이 용서받고 사면될 가능성은 희박해 보인다. 캐서린이 런던탑에 평생 갇혀 살게 될까 두렵다. 오, 하느님. 그 아이는 이제 겨우 열여섯입니다. 2년 전에는 기소할 수도 없을 만큼 어린 나이였는데……. 사람들은 그 사실을 잊고 있는 걸까. 캐서린의 큰아버지는 제멋대로 살도록 내버려 둔 열네 살짜리가 유혹을 이기기 어려웠으리라는 생각은 해 보지 못했을까? 헨리가 무슨 생각을 하는지는 알고 싶지도 않다. 그는 미친 사람이니까. 자신의 쾌락밖에 모른다. 헨리는 캐서린이 정말 자기를 좋아한다고 믿은 본인에게 분개하고 있을 뿐이다. 캐서린의 죄는 미친 남자의 헛된 꿈을 짓밟은 것이다. 바로 나처럼.

로체스터에서 그가 역겨워 고개를 돌렸기 때문에 그는 나를 미워했다. 그리고 기회가 생기자마자 내게 보복했다. 내가 못생겼다는 둥, 가슴과 엉덩이가 축 처졌다는 둥, 뚱뚱하다는 둥, 처녀도 아니며 암내가 코를 찌른다는 둥 떠들고 다녔다. 캐서린이 그의 비대하고 썩어 가는 몸뚱이 대신 젊고 잘생긴 남자를 좋아하자 왕은 이제 캐서린을 부정한 창부라고 한다. 나를 궁정에서 내쫓고 나서는 내게 아량을 베풀며 즐거워했다. 하지만 캐서린은 그렇게 쉽게 넘어갈 수 있을 것 같지 않다.

기도실의 장궤틀에 무릎을 꿇고 있을 때였다. 뒤에서 문이 열리는 소리가 들렸다. 요즘은 내 그림자를 보고도 놀란다. 나는 몸을 휙 돌렸다. 통역이자 비서인 로테였다. 얼굴이 창백했다.

나는 벌떡 일어서며 물었다.

"무슨 일이에요?"

벌떡 일어서다 뒤꿈치로 가운 밑단을 밟아 나는 휘청거리면서 넘어질 뻔했지만 앞에 놓인 작은 제단을 붙들고 간신히 넘어지지 않았다. 하지만 그 바람에 십자가가 흔들리며 바닥에 떨어져 부서졌다. 로테가 말했다.

"시녀 프랜시스가 체포됐어요. 마부인 리처드 타버너도요."

나는 두려움에 숨이 막혀 말이 나오지 않았다. 내 멍한 표정을 보고 로테는 내가 무슨 말인지 못 알아들은 줄 알고 독일어로 그 끔찍한 소식을 다시 전했다.

"사람들이 와서 시녀 프랜시스를 체포하고 리처드 타버너를 데려갔어요."

"무슨 혐의로?"

나는 작은 소리로 간신히 물었다.

"그건 모르겠어요. 지금 집에 조사관들이 와 있어요. 우리 모두 심문당할 거래요."

"그 사람들이 뭐라고 했을 거 아니야."

"그냥 우리 모두 심문받을 거라고요. 공녀님까지요."

나는 공포로 얼어붙었다.

"얼른 마구간에 가서 시동이랑 배를 타고 런던에 있는 하르스트 대사에게 가요. 내가 대단히 위험하다고 전해요. 지금 즉시요. 정원 계단으로 가요. 사람들 눈에 띄지 않게 조심하고요."

로테는 고개를 끄덕이고는 정원으로 통하는 작은 비밀 문으로 달려갔다. 바로 그때 내 사실로 통하는 맞은 편 문이 벌컥 열리면서 남자 다섯이 들어왔다.

"거기 멈추시오."

그들 중 하나가 열린 문을 향해 소리쳤다. 로테가 멈췄는데 나를 쳐다보지도 못하고 영어로 말했다.

"정원으로 나가려는 중이었어요. 신선한 바람을 좀 쐬려고요. 몸이 좋지 않아서요."

"당신을 체포합니다."

그 남자가 다시 말했다. 내가 앞으로 나서며 물었다.

"무엇 때문에요? 죄목이 뭔가요?"

그 남자는 내가 모르는 사람이었다. 나이가 좀 들어 보였다. 남자는 내게 다가오더니 가볍게 고개 숙여 인사하고는 말했다.

"레이디 안나. 귀댁에서 심각한 범죄가 일어나고 있다는 소문이 런던에 돌고 있습니다. 전하께서 우리에게 조사를 명하셨습니다. 무언가를 숨기려 하거나 우리 조사에 협조하지 않는 사람은 전하의 적이며 반역자입니다."

"저희는 모두 전하의 충직한 백성들입니다."

내가 얼른 대답했다. 그러나 나조차도 내 목소리에 묻어 있는 두려움을 느낄 수 있었다. 그 역시 느꼈을 것이다.

"저희 집에서 범죄가 일어났다고요? 아닙니다. 저는 어떤 범죄도 저지르지 않았습니다."

그가 고개를 끄덕였다. 아마 캐서린 하워드도 나처럼 말했겠지. 토머스 컬피퍼도 프랜시스 데르햄도 나처럼 말했을지 모른다. 남자가 말했다.

"지금은 힘든 시기입니다. 우리는 죄악을 근절해야 합니다. 원하신다면 이 숙녀분과 함께 이 방에 계셔도 좋습니다. 저희는 그동안 귀댁의 하인들을 심문하겠습니다. 그리고 다시 이곳으로 오겠습니다."

"제 대사도 이 사실을 알아야 해요. 저를 평범한 여자처럼 대하시면 안 됩니다. 제 대사도 당신들이 저를 조사한다는 걸 알아야 합니다."

그가 웃으며 말했다.

"대사는 지금 자기 집에서 조사를 받는 중입니다. 아니 그가 머무는 여인숙에서 조사를 받는 중이라고 해야겠지요. 고귀한 제후님이 보낸 대사인 줄 몰랐더라면 저는 그저 별 볼일 없는 장사치인 줄 알았을 겁니다. 재산이 별로 없으신가 봐요?"

나는 창피해서 얼굴이 빨개졌다. 동생이 하는 일이란 늘 이런 식이다. 하르스트 대사는 보수다운 보수를 받지 못했다. 그럴듯한 저택도 없었다. 이제 인색한 동생 때문에 내가 비웃음거리가 되고 말았다. 나는 용기를 내어 대답했다.

"원하시면 누구든 심문하실 수 있습니다. 저는 숨길 게 없으니까요. 저는 이혼에 합의했던 당시 전하가 제게 명령한 대로 살고 있습니다. 저 혼자 살고 있어요. 저는 옳고 합당한 일이 아니면 하지 않았습니다. 임대료를 받아 생활하고 있지요. 제가 아는 한 하인들도 모두 계율에 따라 살고 있습니다. 우리는 전하께서 정하신 대로 성당에 다니며 기도를 합니다."

"그러면 두려워하실 게 없으시겠군요."

그는 내 창백한 얼굴을 보고 웃으면서 말했다.

"두려워하지 마십시오. 죄 지은 사람만이 두려움을 느끼는 거니까요."

나는 간신히 웃으면서 의자에 앉았다. 그의 시선이 바닥에 떨어진 십자가와 장궤틀에서 흘러내린 덮개에 머물렀다. 충격을 받은 듯 눈살을 찌푸리며 두려움이 밴 목소리로 작게 말했다.

"우리 주님의 십자가를 집어던지셨습니까?"

"사고였어요."

나는 기어 들어가는 소리로 대답했다.

"로테, 얼른 십자가를 집어요."

그는 중요한 증거를 보았다는 듯 다른 사람들과 시선을 교환하더니 방에서 나갔다.

캐서린

1541년 크리스마스, 사이온 수녀원

자, 한번 볼까? 지금 내게 남은 게 얼마나 될까?

내겐 아직 드레스 여섯 벌과 후드 여섯 개가 있다. 그리고 정원이 내다보이는 방이 두 개 있다. 정원은 곧장 강으로 이어져 있다. 지금은 원하면 강가를 산책할 수도 있다. 하지만 나가고 싶지 않다. 날이 무척 춥고 하루 종일 비가 내리고 있기 때문이다. 방 안에는 돌로 만든 훌륭한 벽난로도 있고 장작도 충분히 쌓아 놓았다. 벽이 얼음장 같은 데다 동풍이 불기라도 하면 습기까지 차기 때문이다. 지난날 평생 여기 살아야 했던 수녀들이 불쌍하다. 최대한 빨리 여기서 나가게 해 달라고 하느님께 기도할 뿐이다. 방 안에는 성경책과 기도서도 있다. 내게 보석 하나 박히지 않은 아주 수수한 십자가와 무릎에 대거나 깔고 앉을 방석도 하나 있다. 마지못한 태도로 옷시중을 드는 하녀가 두 명, 그리고 오후에 나와 시간을 보내는 베인턴 부인을 포함한 시녀 세 명이 있다. 이들 중 어느 누구도 나와 있는 걸 좋아하지 않는다.

이상이 지금 내가 가진 전부인 듯싶다.

기분을 더욱 울적하게 만드는 건 지금이 크리스마스고, 다른 해 이맘때는 무척 행복했다는 점이다. 작년 크리스마스 때는 궁에서 안나 왕비와 춤추고 있었고 왕은 그런 내게 미소를 보냈었다. 테이블 다이아몬드 스물여섯 개로 만든 목걸이를 걸고 진주가 박힌 연회복을 입고 있었다. 안나 왕비는 내게 보라색 벨벳 장식을 덮은 말을 선물로 주었다. 매일 저녁 토머스와 춤을 추었고 헨리 왕은 우리에게 온 세상에서 제일가는 선남선녀라고 했다. 크리스마스로 넘어가는 날 자정에 토머스가 내 손을 잡고 내 볼에 키스했다. 그리고 내 귀에 대고 '당신은 정말 아름다워요' 라고 속삭였다.

아직도 그의 목소리가 들리는 듯하다. 아직도 '당신은 정말 아름다워요' 라는 그의 속삭임이 들리는 것 같다. 이제 그는 죽었다. 그의 아름다운 머리가 몸에서 떨어졌다. 아마 나는 여전히 아름답겠지만 내겐 거울조차 없어서 그 사실을 확인하며 위로받을 길이 없다.

이런 말을 하는 게 바보스럽다는 건 알지만, 이렇게 짧은 기간 동안 상황이 이렇게 딴판으로 바뀔 수 있다는 것이 다른 무엇보다 경악스럽다. 내가 갓 결혼해서 세상에서 가장 아름다운 왕비로 찬사를 받았던 크리스마스가 바로 1년 전이었다. 바로 1년 전 이맘때였다. 그런데 지금 나는 내가 상상조차 해 보지 못한 최악의 처지로 추락했다. 어쩌면 세상 그 누구보다 더 비참한 처지일 것이다. 지금 나는 고통에서 큰 지혜를 배우고 있다는 생각이 든다. 지금까지는 한심하기 짝이 없는 계집애였지만, 지금은 다 큰 여인이 되었다. 다시 왕비가 될 기회가 있다면 그때는 정말 훌륭한 여인으로 살 수 있을 것 같다. 이번에는 정말 훌륭한 왕비가 될 수 있을 것 같다. 그리고 이제 내 사랑, 토머스도 죽었으니 이번에는 정말로 왕에게 지조 있는 아내가 될 수 있을 것 같다.

토머스가 나 때문에 죽었다고 생각하니 괴로워 견딜 수가 없다. 그가 더 이상 이 세상에 없다는 것이, 죽은 사람이라는 것이 전혀 실감나지 않는다. 전에는 한 번도 죽음에 대해 생각해 본 적이 없었다. 죽으면 이렇게 마지막이라는 것을 예전에는 미처 몰랐다. 내가 그를 다시는 이 세상에서 만날 수 없다는 것이 전혀 믿기지 않는다. 그래서 더욱 천국을 믿게 되었다. 언젠가 거기서 다시 그를 만날 수 있게 되기를 빈다. 그리고 우리가 다시 연인이 되기를 바란다. 또, 그때는 내가 이미 결혼한 상태가 아니길 바란다.

내가 여기서 풀려나면 누구나 내가 전보다 더 나은 사람이 되었다는 걸 알게 될 것이다. 나는 토머스가 그랬던 것처럼 재판받지 않았다. 그리고 그처럼 고문당하지도 않았다. 하지만 나도 나대로 내 바보스러움 때문에 고통을 받았다. 그를 생각하며, 그리고 우리가 서로 나눈 사랑을 생각하며, 바로 사랑 때문에 그가 목숨을 잃었다는 생각에 고통당했다. 그가 우리 비밀을 지키려 노력하면서, 내 안전을 걱정하면서 죽어 갔다는 생각에 가슴이 찢어졌다. 그가 보고 싶다. 그는 더 이상 이 세상 사람이 아니지만, 그래서 더 이상 그가 나를 사랑해 줄 수 없지만 나는 아직도 그를 사랑한다. 이제 그는 죽었지만 나는 아직도 그를 사랑한다. 연애 초기에 한시도 자신의 연인을 보지 못하면 애가 타는 어느 젊은 여인처럼 나도 그가 그립다. 그를 다시 만날 희망을 버리지 못한다. 그럴 때마다 그를 다시는 볼 수 없다는 생각에 괴롭다. 내가 상상했던 것보다 훨씬 괴롭다.

어쨌든 상황이 이렇게 되어서 좋은 점이 한 가지 있다면 그건 이제 더 이상 나에게 불리한 증언을 할 사람이 없다는 것이다. 토머스와 프랜시스 둘 다 죽었으니 말이다. 무슨 일이 있었는지 아는 유일한 사람들이었는데, 둘 다 이제는 내게 불리한 증언을 할 수 없게 되었다. 그러니 왕이 나를 풀어 줄 수밖에 없을 것이다. 어쩌면 새해가 오면 여기서 풀려나 어딘가 끔찍하게 지루한 곳으로 가게 될지도 모른다. 아니면 이제 토머스도 죽었으니 왕이 나를 용서하고 안나 왕비처럼 나를 자기 여동생으로 삼아 줄지도 모른다. 그러면 적어도 여름 축제와 크리스마스 때 궁에 초대받아 갈 수 있다. 어쩌면 내년 크리스마스에는 다시 행복한 시간을 보내고 있을지도 모른다. 내년에는 멋진 선물들이 쏟아지고, 지금의 슬픈 크리스마스를 되돌아보면서 바보처럼 인생이 끝났다고 슬퍼했던 기억을 떠올리며 웃게 될지도 모른다.

해가 이렇게 늦게 뜨고 또 이렇게 빨리 저무는데도 하루하루가 끔찍하게 길다. 고통당하는 만큼 고상한 사람이 되어 가는 것 같아 다행이다. 그게 아니면 이건 정말 끔찍한 허송세월이다. 이 삭막한 곳에서 청춘을 죽이고 있는 것일 뿐, 아무것도 남아 있는 게 없는 것이다. 올 생일이면 나는 열일곱 살이 된다. 열일곱 살이면 좋은 시절이 다 지나간 거나 다름없다. 이런 곳에서 젊은 날을 보내며 한 주 두 주 하염없이 기다리고만 있어야 하는 것이 너무 무섭다. 창문 옆 벽에 작은 표시를 하며 날짜를 세고 있다. 벽을 긁어 표시한 작대기들이 영원히 계속 늘어날 것만 같다. 어떤 날은 일부러 표시를 하지 않고 지나간다. 그러면 여기서 보낸 시간이 덜 길어 보일 것이다. 하지만 그것 때문에 정확한 날짜 계산이 힘들어져 영 성가시게 생겼다. 날짜 하나 제대로 세지 못하다니 정말 한심하기 짝이 없다. 하지만 내가 정말 정확한 날짜를 알고 싶어 하는 건지는 잘 모르겠다. 만에 하나 왕이 나를 여기 몇 년씩이나 가둬 놓으면 어떡하지? 아니, 그럴 리 없어. 왕은 화이트홀에서 크리스마스를 지낼 것이다. 그리고 12일절이 지나면 나를 풀어 주라는 명을 내릴 것이다. 그런데 내가 날짜 계산을 망치는 바람에 그게 언제쯤인지 알 수 없게 되었다. 어떤 때는 새할머니가 늘 말하던 대로 나는 정말 멍청한 인간이라는 생각이 든다. 이런 생각이 들면 정말 기운이 빠진다.

크랜머 대주교가 생각하듯이 일이 이렇게 된 게 모두 내 탓이라고 생각하지는 않겠지만, 그건 확실하지만. 그래도 왕이 아직도 나를 괘씸하게 생각하고 있을까 봐 겁이 난다. 하지만 설사 그렇더라도 일단 내가 왕을 직접 만나게 되면 나를 용서해 줄 것이다. 왕은 공작 부인의 시골집에 있던 늙은 하인장과 비슷하다. 우리가 마구간 건초 더미 위에서 뛰거나 사과나무 가지를 꺾는 등 못된 짓을 하면 혼을 내 주겠다고 펄펄 뛰면서 실제로 남자애들 한두 명에게 매질을 했다. 하지만 내 차례가 되어 내가 눈에 눈물을 가득 담고 하인장을 올려다보면, 하인장은 내 볼을 톡톡 두드리며 울지 말라고 하면서 모두 나보다 나이 많은 아이들의 잘못이지 내 잘못은 아니라고 다독여 주곤 했다. 왕도 하인장과 다르지 않을 것이다. 분명 왕은 모든 걸 다 아는 사람이니까, 내가 하도 멍청하다 보니 항상 남의 꾐에 빠져 실수했을 뿐이라는 걸 알아주지 않을까? 그리고 분명 왕은 지혜로운 사람이니까, 내가 사랑에 빠져 나도 내 자신을 어쩔 수 없었다는 걸 이해해 주지 않을까? 왕처럼 나이 지긋한 사람은 사랑에 빠진 젊은 여자는 뭐가 옳고 그른지 잘 판단할 수 없다는 것을 알아주지 않을까? 여자가 사랑에 빠지면 사랑하는 남자를 언제 다시 만날지 외에 다른 생각은 전혀 못한다는 걸 말이다. 그리고 이제 불쌍한 토머스를 영원히 잃어버리고 두 번 다시 그를 만나지 못하게 되었으니 이미 충분히 벌을 받은 것 아닐까?

제인 불린
1542년 1월, 런던탑

그러고 나서 우리는 기다렸다.

그토록 오래 학수고대한 아내이니 왕은 분명 바람둥이 왕비를 용서할 마음이 있을 것이다. 왕이 왕비를 용서하면 나도 너그러이 봐줄 테니 나는 다시 참수용 도끼를 면할 수 있다.

하 참, 이럴 수가! 내가 궁정과 궁정 생활을 떠나 노퍽에서 무사히 숨어 있었던 당시, 남편은 런던탑에 갇혀 자기에게 닥칠 운명을 기다렸다. 그런데 그이가 그랬던 이곳에서 내 인생이 막을 내린다면 이 무슨 운명의 장난이란 말인가! 나는 한 번 죽음을 면했다. 작위와 연금을 건지고 목숨을 부지했다. 그런 내가 어째서 서둘러 궁정으로 돌아왔단 말인가?

나는 내가 그이의 혐의를 벗겨 줄 수 있다고 철석같이 믿었다. 그이를 위해 모든 것을 자백하면 앤이 이른바 그들이 말하는 마녀요, 간부임을 저들이 알겠거니 생각했다. 그이가 함정에 거듭 빠졌다는 사실을 밝히면, 그이가 풀려나서 나와 같이 살리라 믿었다. 그러면 나는 그이와 함께 우리 집 로치포드 홀로 돌아가 그이를 다시 건강하게 만들어 자식도 낳고 다복하게 살려고 마음먹었었다.

그게 내 계획이었다. 일은 내 의도대로 되었어야 마땅했다. 앤은 응당 처형당하고, 그이는 구명되리라고 생각했다. 앤의 고운 목이 잘려

나가면, 이윽고 나는 안심하고 내 곁에 남편을 재울 수 있겠거니 하고 철석같이 믿었다. 내가 앤을 잃은 그이를 위로하면, 앤을 두고 그렇게 가슴 아파할 일이 아니라고 그이가 절감할 줄 알았다.

그런데 그게 아니었다. 전혀 아니었다.

나는 이따금씩 앤이 교활한 창부였으니 그 응분의 벌을 받아 처형되었으며 그이가 죽은 것도 앤의 탓이라고 생각했었던 듯하다. 그리고 그이도 처형대에서 앤을 떠나 나를 사랑할 걸 하고 후회했으리라 생각했던 것 같다. 내가 그이의 진짜 아내이고, 앤은 언제나 그이의 못된 누이였음을 그이가 깨달았을지 모른다고 생각했던 것 같다. 그이가 처형대 계단에 올라가서라도 앤이 얼마나 가증스러운 여자였는지 깨달았다면 죽을 가치가 있다고 생각했던 것 같다. 두 사람이 세상을 떠나 이승에서 영영 보지 못할 줄은 꿈에도 상상하지 못했다. 그들이 내 인생과 이승에서 사라져 영원히 보지 못하리라는 생각은 추호도 해 본 적이 없었다. 어찌 그런 생각을 할 수 있겠는가? 앤이 그이의 까만 곱슬머리까지 올라오는 높은 후드를 쓰고 그이의 팔짱을 낀 다음, 두 사람이 은밀하게 주고받는 우스갯소리에 웃어 대며 문 밖으로 산책 나갔다 영영 돌아오지 못할 줄을 누가 감히 상상이나 했겠는가. 아름답고 자신감에 넘치고, 당당했고, 궁정에서 제일 명석하고 재치와 매력이 넘치던 이들 남매가 그리 될 줄 누가 알았겠는가. 남편과 부부의 연을 맺고 사는 아내가 남편의 여자를 바라보고, 잘나고 오만한 두 남녀가 팔짱을 끼고 걸어가는 것을 보면서, 그런 꼴을 보느니 차라리 둘 다 죽기를 바라지 않고 어떻게 배기겠는가?

아, 부디 올해는 봄이 빨리 왔으면 좋겠다. 어둑어둑한 오후는 이 작은 방에서 떠나 줄 모르는 악몽과도 같다. 아침 여덟 시까지 어둡다가 오후 세 시쯤 되면 해가 저물었다. 저들이 촛불을 갈아 주는 일도 잊어버릴 때가 있어 나는 불빛을 보려면 난로 옆에 앉아야만 한다. 온종일 춥다. 봄이 일찍 와서 내가 석조 창턱 위로 비치는 아침의 황금빛 햇살을 볼 수 있다면 반드시 이렇게 어두운 대낮의 나날들을 이겨 내고 살아서 사람들을 볼 수 있을 것이다. 자부하건대 왕을 나보다 더 잘 아는 사람은 없다. 부활절까지 처형하지 않으면 왕은 절대 캐서린을 참수하지 않을 것이다.

왕이 캐서린을 부활절까지 참수하지 않으면 나도 살아날 수 있다. 캐서린을 살려 주고 캐서린과 함께 기소된 나를 죽일 까닭이 없지. 정신을 바짝 차리고 모든 사실을 부인한다면 캐서린은 살아날 수 있다. 컬피퍼를 부인하고 하느님 앞에서 프랜시스와 결혼했다고 자백하면 살아날 수 있다고, 누군가 캐서린에게 귀띔해 줬으면 좋겠다. 프랜시스의 아내였다고 자백하면 프랜시스에게만 부정한 짓을 했지, 왕에게는 부정한 짓을 한 게 아니니까. 프랜시스의 머리가 런던 다리에 걸려 있으니 이제 그는 그 사실을 부정할 처지도 아니다. 내가 캐서린에게 그게 확실하게 빠져나갈 길이라고 웃으며 말해 줄 수 있는데, 이렇게 일러 줄 사람이 없다면 캐서린은 모자라는 팔푼이라 죽을지도 모른다.

맙소사, 앤 불린의 올케였던 내가 어쩌다 창부 캐서린 같은 팔푼이와 음모를 꾀했단 말인가?

노퍽 공작을 믿었던 내 잘못이었다. 난 그치가 협력자라고 믿었다. 공작이 내 남편감을 찾아 주면 훌륭한 신랑감을 만나겠지 하고 떡하니 믿었다. 이제야 그치가 믿을 위인이 못 된다는 사실을 알았다. 진즉에 알아봤어야 했는데. 그치는 캐서린을 감독할 꿍꿍이로 나를 이용했다. 그러고 나서 캐서린을 컬피퍼와 엮는 일에 다시 나를 이용했다. 이제 그치는 시골로 가 버렸고, 그치의 새어머니와 이복 남동생과 아내는 여기 런던탑 어딘가에 갇혀 있으니 앞으로 왕을 함정에 빠뜨린 죄로 모조리 처형당하겠지. 공작이라는 작자는 자기 조카딸을 구

하기 위해 손 하나 까닥하지 않겠지. 날 살리려 애쓰지 않으리라는 것
도 하늘만이 안다.

내가 여기서 살아남는다면, 여기서 목숨을 건진다면 그치를 반역죄
로 기소할 방도를 찾아낼 것이다. 감옥에 갇혀 저 창문 밑에서 처형대
를 세우는 소리를 들으며, 내일이 처형일이라는 교도관의 통보를 기
다리면서 매일 공포 속에 사는 그자의 모습을 내 꼭 보고야 말리라.
여기서 내가 살아 나가면 그치가 나한테 했던 말과 나에게 명했던 일,
나에게 했던 짓에 대한 대가를 톡톡히 치르게 하고야 말겠다. 내가 지
금 이렇게 당하고 있듯이 그치도 이 작은 방에서 고스란히 당하게 해
주련다.

처형된다는 생각을 하면 무서워 미쳐 버릴 것만 같다. 공포로 내가
미치면 처형되지 않는다는 생각만이 내 위안이고 피난처다. 미친 사
람을 처형할 수는 없다. 나는 벽 사방에서 울리는 내 웃음소리가 무서
워 웃을 수가 없다. 실성한 사람은 처형할 수 없다. 그러니 내가 막판
에 심하게 미치면 나는 캐서린이 처형될 참수대 신세를 면할 수 있다.
내가 미친 척하면 저들은 교도관을 붙여 나를 블리클링으로 보낼 테
고 나는 서서히 제정신을 차리면 된다.

나에게 미치는 증세가 있다는 것을 저들이 알게끔 나는 낮에 약간
씩 헛소리를 해 댔다. 낮에 비가 온다고 소리치고 흐느끼며 창밖의 슬
레이트에 내 눈물이 떨어진 것을 저들이 와서 볼 수 있게 한다. 밤에
는 나에게 달이 달콤한 꿈을 속삭인다고 소리 지른다. 솔직히 말하면
나도 나한테 흠칫 놀랄 때가 있다. 며칠 낮을 미친 척하면 내가 정말
로 미친 것만 같다. 나는 어린 시절부터 미쳐도 단단히 미친 게 틀림
없다. 나를 손톱만큼도 사랑하지 않은 조지와 미치도록 결혼하고 싶
었고, 그런 열정으로 미치게 사랑하고 증오했고, 정부와 있는 그이를
생각하면서 그렇게 강한 쾌락을 미치도록 찾았고, 미친 듯이 그이에

게 불리한 증언을 했고, 무엇보다도 투기심이 극에 달할 정도로 사랑에 미쳐 그이를 처형대로 보냈다.

그만두자. 그만 생각해야 한다. 지금 이런 생각할 때가 아니다. 내발등에 불이 떨어진 이 마당에 그런 생각을 하다니. 미친 척해야 한다. 날 미치게 만들어야 한다. 미친 게 아니라 미친 척해야 한다. 조지를 구하려고 백방으로 뛰었다는 걸 잊으면 안 된다. 암, 나는 백방으로 노력했다. 사람들이 그걸 두고 비난하는 말은 몽땅 거짓말이다. 나는 착하고 충실한 아내였으며 남편과 시누이를 구하려고 노력했다. 게다가 캐서린도 구하려고 애썼다. 세 사람이 누구 할 것 없이 똑같이 나쁜 짓을 저질렀다면 내가 비난받을 리가 없다. 정작 동정받아야 할 사람은 팔자가 기구한 나다.

안나

1542년 2월, 리치몬드 궁

나는 양손을 꼭 마주 잡고 무릎 위에 얹은 채 내 방 의자에 앉았다. 내 앞에는 추밀원에서 나온 세 명의 귀족이 근엄한 표정으로 앉아 있다. 사람들은 하르스트 대사를 데리러 갔다. 지난 몇 주간 하인들을 심문하고, 가계 장부를 들춰 보고, 심지어 마구간지기들에게도 내가 어디를 갔는지, 누구와 함께 갔는지 물어보더니 결국 판결의 순간이 왔다.

그들은 분명 내가 비밀 모임에 나가지 않는지, 에스파냐 황제나 프랑스 왕, 아니면 교황과 모종의 계획을 꾸미고 있는지 조사했을 테지. 하지만 모를 일이다. 혹시 내가 남자를 만나고 다니는지, 아니면 마녀

회의에 나가지 않는지 의심할지도 모른다. 그들은 모든 사람에게 내가 어디를 다녀왔는지, 누구를 정기적으로 만나는지 물었다. 조사의 핵심은 내가 친하게 지내는 사람들이 누구인가였다. 하지만 그들이 내게 씌우려는 혐의가 무엇인지는 알 수 없었다.

역모든, 욕정이든, 주술이든 그 어떤 혐의에도 결백한 나는 고개를 빳빳하게 들고 양심에 거리낄 게 없다고 당당히 말할 수 있어야 하는데 생사가 걸린 이 재판에서 나는 어린애처럼 겁을 집어먹고 말았다. 미사 전례에 대한 생각이 왕과 다르다는 이유만으로 아무 죄 없는 사람들이 화형에 처해지는 나라다. 결백이 더 이상 통하지 않는다.

어쨌든 나는 고개를 쳐들었다. 악의에 찬 잔인한 내 오라비든, 허영심과 광기로 가득 찬 잉글랜드 국왕이든, 내게 위압을 가하는 권력 앞에서는 고개를 쳐들고 용기를 내어 다가올 최악의 상황을 기다리는 게 최선이라는 걸 잘 알고 있기 때문이다. 한편 하르스트 대사는 진땀을 흘리고 있었다. 이마에는 땀이 맺혀 있었고 이따금씩 지저분한 손수건으로 얼굴을 닦았다.

"혐의 주장이 있었습니다."

뤼오테슬리가 거만하게 말했다.

나는 그를 차갑게 쳐다봤다. 나는 그를 한 번도 좋아한 적이 없고 그 역시 나를 좋게 생각한 적이 없다. 하지만 어쩌랴. 그는 헨리의 조신인 것을. 헨리가 원하는 게 무엇이든 이 남자는 법적 근거를 찾아낸다. 자, 이제 헨리가 무얼 원하는지 들어 보자.

"전하께서는 부인이 아이를 낳았다는 소문을 들으셨습니다. 올 여름에 사내아이를 낳았고 부인과 공모한 자들이 그 아이를 멀리 숨겨 놓았다는 소문입니다."

하르스트 대사의 입이 쩍 벌어졌다. 그가 물었다.

"지금 뭐라는 겁니까?"

나는 침착한 표정을 유지하며 말했다.

"거짓말이에요. 저는 전하와 이혼한 이후로 어떤 남자도 만난 적이 없어요. 그리고 위원님들이 이미 입증했듯 저는 전하와도 합궁한 적이 없어요. 전하께서 그때 제가 처녀라고 증언하셨고 저는 아직도 처녀입니다. 제가 정말 아이를 낳았는지 제 하녀들에게 물어보세요."

"벌써 하녀들에게 물어봤습니다."

그는 이 모든 걸 즐기는 듯했다.

"하녀 한 사람 한 사람에게 전부 물었습니다. 대답이 아주 천차만별이더군요. 집안에 적이 좀 있는 것 같아요."

"그렇다면 유감이군요. 집안의 기강을 세우지 못했다면 제 잘못입니다만 하녀들이 거짓말을 할 때도 있는 법이지요. 하지만 그 외의 잘못은 없습니다."

"하녀들이 더 심한 말도 했어요."

하르스트 대사의 얼굴이 붉어졌다. 그는 숨까지 헐떡이고 있었다. 그 역시 나처럼 아이를 몰래 출산한 것보다 더 심한 일이 무엇일까 생각하는 중이겠지. 저들이 공개 재판과 반역죄로 나를 몰아가고 있다면 벌써 내게 불리한 모든 증거를 확보했으리라. 하느님께 맹세하는 증인들과 누군가가 들고 온 갓난아이 앞에서 내가 제대로 변론을 펼 수 있을지 모르겠다. 내가 물었다.

"그보다 더 심한 게 뭔가요?"

"하녀들 말로는 실제로 아이를 낳은 적은 없었다고 해요. 하지만 부인이 아이를, 그러니까 아들을 낳은 척하고는 주변의 공모자들에게 전하의 아이이자 잉글랜드의 왕위 계승자라고 장담했다는 거죠. 반역을 꿈꾸는 교황주의자들과 공모해서 그 아이를 잉글랜드 왕좌에 앉히고 왕권을 찬탈하려 하고 있어요. 어떻습니까, 부인?"

나는 목이 말랐다. 무슨 말을 해야 할지 그럴듯한 답변을 찾아보았지만 도통 아무 생각도 떠오르지 않았다. 저들이 하려고만 하면 이런 의혹만으로도 나를 체포할 수 있다. 내가 아이를 낳은 척하고는 왕의 아이라고 주장했다고 말하는 증인만 찾아내면 내 반역죄를 입증하고도 남는다. 그러면 나는 사이온에 있는 캐서린과 함께 죽게 된다. 참수대 하나에서 왕비 두 사람이 오욕 속에 죽어 가게 생겼다. 나는 담담하게 대답했다.

"사실이 아니에요. 누가 그런 말을 했든 위증하는 겁니다. 저는 어떤 역모도 알지 못하고 앞으로 역모를 꾸미는 어떤 모임에도 끼지 않을 겁니다. 저는 전하의 누이이자 충직한 종복이니까요."

"그러면 부인을 프랑스로 데려갈 말들이 대기 중이라는 것도 부인합니까?"

그가 돌연 질문을 던졌다.

"부인합니다."

대답하자마자 나는 실수를 저질렀음을 깨달았다. 마구간에 대기 중인 말이 있다는 것쯤은 이들도 다 알 테니 말이다.

약점을 잡았다고 생각하는 듯 뤼오테슬리 경이 내게 웃으면서 물었다.

"부인합니까?"

"저를 위해 대기 중인 말입니다."

하르스트 대사가 떨리는 목소리로 대답했다.

"제게 빚이 있어요. 아마 아실 거예요. 말하기 부끄럽습니다만 빚이 많습니다. 그래서 채권자들이 지나치게 압력을 가하면 얼른 클레베스로 가서 제후님께 돈을 더 받아 올 생각이었습니다. 채권자들이 쫓아올 경우에 대비해 말을 준비시켜 둔 거예요."

나는 아연실색해서 대사를 쳐다보았다. 그렇게 재빨리 거짓말을 지어내다니 놀라울 따름이다. 그러나 위원들은 눈치 채지 못했다. 대사는 내게 허리 숙여 인사하며 말했다.

"용서해 주세요, 공녀님. 말씀드렸어야 했는데 창피해서 말씀드리지 못했습니다."

뤼오테슬리 경이 다른 두 위원을 쳐다보았다. 그들은 고개를 끄덕였다. 마음에 드는 답변이든 아니든 이제 해명이 된 셈이다.

그는 유쾌한 음성으로 말했다.

"그러면 부인을 모함한 두 하인을 중상모략 죄로 체포해 런던탑으로 데리고 가겠습니다. 전하께서는 부인이 오명을 입어서는 안 된다고 단단히 말씀하셨습니다."

갑작스러운 전환에 나는 얼떨떨했다. 내가 혐의를 벗었다고 말하는 것처럼 들렸지만 혹시 이게 함정이 아닐까 하는 생각이 들었다. 나는 조심스럽게 대답했다.

"지엄하신 전하의 따뜻한 보살핌에 감사드립니다. 전하께 충성을 바치겠습니다."

뤼오테슬리 경이 고개를 끄덕이며 말했다.

"좋소. 우리는 이만 가보겠습니다. 추밀원에서 부인의 혐의가 벗겨졌음을 알리겠소."

"가신다고요?"

내가 물었다. 내가 안도하는 사이에 그들이 내 허점을 잡아낼 거라 생각했기 때문이다. 내가 얼마나 두려움에 떨고 있는지 그들은 알지 못한다. 나는 이번 일에서 무사히 빠져나왔다고 자축하지 않을 것이다. 결코 믿을 수 없으니까.

꿈결인 듯 자리에서 일어서 나는 그를 배웅하기 위해 함께 나갔다. 계단을 지나 앞문으로 나가니 왕실 깃발을 앞세운 그의 수행원들이 대기 중이었다. 내가 말했다.

"전하는 잘 지내시지요?"

"상심이 크십니다. 정말 끔찍한 일이지요. 끔찍해요. 다리 때문에 고통스러운데 캐서린 하워드의 일로 무척 속이 상하셨어요. 이번 크리스마스 기간 동안 궁정 전체가 초상집 분위기였어요. 정말 왕비가 죽은 것 같았어요."

"캐서린은 풀려날까요?"

그는 경계하는 표정으로 나를 쏘아보며 물었다.

"어떻게 생각하세요?"

나는 고개를 가로저었다. 내 생각을 솔직히 말할 만큼, 그것도 금방 심문을 받고 나서 내 생각을 말할 만큼 바보는 아니다.

진실을 말한다면 나는 이렇게 말할 것이다. 지난 몇 달 지켜본 바로는 왕이 제정신이 아닌데 아무도 그에게 직언할 만한 용기가 없다고, 왕이 캐서린을 풀어 주고 다시 아내로 받아들이든, 아니면 이혼하고 누이라고 부르든, 그도 아니면 참수시키든 자기 마음대로 할 수 있을 거라고, 왕은 극악무도한 미치광이인데 나 말고는 아무도 그걸 모르는 것 같다고 말할 것이다.

"전하께서 판단하실 일이지요."

내 속내를 읽은 듯 그가 대답했다.

"전하만이 하느님의 인도를 받으시니까요."

제인 불린

1542년 2월, 런던탑

나는 깔깔대고 웃다가 뛰어다니다, 이따금씩 창밖을 내다보고 갈매기들과 떠들었다. 재판도 없고, 심문도 없고, 결백을 증명할 기회도 없으니 내가 아무리 주도면밀하게 준비해 봤자 아무 소용이 없다. 저들이 맹한 캐서린을 법정 앞에 세울 엄두조차 내지 못하고 있는지, 아니면 캐서린이 출두하지 않았는지는 모르겠지만 내 알 바 아니다. 저들이 나한테 무슨 말을 하는지만 알면 그만이다. 저들은 내가 실성한 게 아니라 귀가 먹었거나 늙은이나 되는 양 귀청이 떠나가라 소리 지르며 말했다. 의회에서 반역 공모 죄로 캐서린과 나에 대한 사권 박탈 법안이 통과되었단다. 우리는 재판도, 판사도, 배심원도, 변호사도 하나 없이 유죄 판결을 받았다. 이것이 헨리 왕의 정의다. 나는 멍한 표정으로 낄낄대며 동요를 부르다가 우리가 언제 사냥하러 가는지 물었다. 많이 남았을 리 없다. 며칠 내에 캐서린을 사이온에서 데려오면 캐서린을 처형할 것이다.

나를 살피려고 왕의 주치의인 버트 박사가 출두했다. 의사는 매일 와서 이 방 한복판에 있는 의자에 앉아 내가 무슨 짐승이나 되는 것처럼 진한 눈썹을 내리깔고 나를 지켜보았다. 내가 실성했는지 진단해야 하니까. 그게 웃겨서 나는 진짜로 깔깔대며 큰 소리로 웃었다. 사람이 언제 실성했는지 아는 의사라면 왕이 내 남편을 죽이기 6년 전에 일찍이 왕을 가두었어야 한다. 나는 고명하신 의사 선생에게 인사하고는 그 주변을 빙글빙글 돌며 춤추다가 의사가 내 이름과 가족에 대해 묻기에 깔깔대며 웃었다. 미쳤다고 생각하는 눈치다. 나는 안됐다는 그의 시선에서 그걸 알 수 있었다. 틀림없이 의사는 왕에게 내가 정신이 나갔다고 보고할 테고, 그러면 저들은 나를 방면할 수밖에 없을 것이다.

잠깐! 잠깐! 아, 들린다! 톱과 망치 소리가 들린다. 나는 창밖을 엿보고는 일꾼들이 처형대를 세우는 광경을 보고 즐겁다는 듯이 손뼉을 쳤다. 캐서린의 처형대다. 저 밑에서 캐서린을 참수할 모양이다. 내가 간이 크다면 처형 광경을 다 지켜볼 수 있다. 여기서는 누구든 다 잘 보일 듯싶다. 캐서린이 죽으면 나를 블리클링에 있는 우리 가족한테 보낼 테니, 그때 조용히 남몰래 제정신으로 돌아오면 그만이다. 서두르면 안 된다. 아무도 내 안부를 묻지 말아 주었으면 좋겠다. 한두 해쯤 지나 춤추고 노래도 하고 구름과 대화도 하면서 지내다, 일이 다 마무리되고 에드워드 왕이 왕위에 오른 뒤, 과거사가 잊혀지면 그때 나는 궁정으로 돌아가 마음을 다해 새 왕비를 보필해야지.

아이쿠! 지지대가 쿵 하고 떨어지자, 한 젊은 남자가 부주의한 바람에 자기가 맞았다고 싸운다. 나는 창턱에 쿠션을 바치고 온종일 그들을 지켜보았다. 그들이 치수를 재고 톱질해서 처형대를 세우는 광경을 구경하니 궁정 가면극 못지않게 재미있다. 쇼는 2~3분 만에 끝나는데 무대를 저리도 요란스럽게 만들게 뭐람! 저녁을 가져왔을 때 내가 손뼉을 치면서 손가락질을 하자, 교도관들은 고개를 설레설레 흔들더니 저녁을 내려놓고는 슬그머니 가 버렸다.

캐서린

1542년 2월, 사이온 수녀원

여느 아침과 다름없이 아침이 밝았다. 조용하고, 아무 할 일도 없다. 유흥거리도, 재미있는 일도, 이야기 상대도 없는 것이 다른 때와 똑같다. 창밖도 그렇고, 내 자신도 그렇고, 너무나 지루하다. 이렇게 지루해하고 있는데 창문 밖 길 위에서 쿵쿵거리는 발걸음 소리가 났다. 난 무엇이 됐든 뭔가 새로운 일이 생길 것 같은 기대감에 갑자기 신이 났다. 그래서 어린아이처럼 창문가로 후다닥 뛰어가 밖을 내다보았다. 왕의 의장대가 강 쪽에서 정원 쪽으로 올라오고 있었다. 배를 타고 도착한 일행 중에는 큰아버지 노퍽 공작의 깃발을 앞세운 공작 수행단도 있었다. 그리고 맨 앞에는 대여섯 명의 추밀원 고문관들과 큰아버지가 있었다. 큰아버지는 변함없이 권세 있고 심성 사나워 보이는 모습이었다.

드디어 왔구나! 나는 너무나 마음이 놓여 큰아버지를 보고 눈물이 날 것만 같았다. 큰아버지가 나에게 돌아온 것이다! 큰아버지가 옛날처럼 내게 할 일을 일러 주러 돌아온 것이다. 내가 드디어 풀려나는구나. 드디어 큰아버지가 나를 데리러 온 것이다. 나는 이제 풀려날 것이다. 따분하기 그지없는 큰아버지의 시골집 중 한 곳으로 데려가겠지만 여기보다는 나을 거다. 아니면 그보다 더 먼 곳으로 가야 할지도 모른다. 어쩌면 프랑스로 갈지도 모른다. 프랑스라면 갈 만하겠다. 다만 내가 프랑스 어 중 '브왈라!' 밖에 모르는 게 마음에 걸리기는 하지만, 거기 사람들도 대부분 영어를 하지 않겠어? 영어를 못한다면 배우겠지.

문이 열리고 교도관장이 들어왔다. 교도관장은 눈에 눈물을 글썽이며 말했다.

"마담, 이분들이 모시러 왔습니다."

"알아요!"

나는 환호성을 지르다시피 큰소리로 말했다.

"내 옷은 따로 챙길 필요 없어요. 그 옷들은 없어도 아쉬울 게 없으니까요. 옷은 새로 주문하면 돼요. 언제 출발하죠?"

문이 더 활짝 열리더니 큰아버지가 예의 그 준엄한 표정으로 들어섰다. 지금은 아주 중대한 순간이니 너무나도 당연했다.

"공작님!"

나는 인사하며 큰아버지에게 눈이라도 찡긋거리고 싶은 걸 애써 참았다. 우리가 무사히 버텨낸 거죠? 그렇죠? 나와 큰아버지가 다시 이렇게 만났다. 큰아버지는 엄숙한 얼굴로 서 있고, 나는 큰아버지의 명령을 기다리며 서 있다. 큰아버지는 한 달 안에 나를 다시 왕비 자리에 올려놓을 것이다. 분명히 왕의 용서를 얻어 낼 방책이 있을 것이다. 나는 내 처지가 아주 곤란해지고 큰아버지마저 나를 버린 줄만 알았다. 하지만 큰아버지가 다시 왔다. 그리고 어디가 됐든 큰아버지가 가는 곳에는 성공이 따라다닌다. 무릎을 굽혀 인사를 하고 다시 몸을 일으킬 때 나는 미소를 흘리며 큰아버지의 얼굴을 제대로 살폈다. 큰아버지의 표정은 심하다 싶을 정도로 진지해 보였다. 그래서 나도 심각한 표정을 지었다. 나는 눈을 내리깔고 누가 봐도 감탄할 만한 참회의 표정을 지었다. 계속 실내에서 지낸 탓에 내 얼굴은 몹시 창백했다. 그런 얼굴로 눈을 내리깔고 입까지 슬프게 꾹 다물고 있으니 분명 엄청 경건해 보였을 것이다.

"공작님!"

내가 나직하고 서러운 목소리로 다시 불렀다.

"귀하에 대한 판결을 전하러 왔습니다."

공작이 말했다.

나는 기다렸다.

"왕의 의회가 심의 끝에 귀하에 대한 사권 박탈법안을 통과시켰습니다."

그게 뭔지 알았다면 좀 더 그럴싸한 반응을 보일 수 있었을 텐데. 그게 무슨 말인지는 몰랐지만 어쨌든 일단은 눈을 조금 크게 뜨면서 순종하겠다는 표정을 지어 보이는 게 좋을 것 같았다. 나는 사권 박탈법이 일종의 공식적 사면을 말하는 줄 알았다.

"전하도 거기에 동의하셨습니다."

'그래요, 그래. 그래서 뭐가 어떻게 되는 건데요? 그러니 이제 나는 어떻게 되는 거죠?'

"귀하는 런던탑으로 이송된 다음, 가까운 시일 내에 타워 그린에서 처형이 비공식적으로 집행됩니다. 귀하의 땅과 재산은 국고로 환수됩니다."

나는 큰아버지가 무슨 말을 하는지 도통 이해가 되지 않았다. 큰아버지는 내 왕비 자리를 보존해 주지 못했다. 이젠 내 앞으로 된 땅과 재산도 남김없이 빼앗기게 생긴 모양이다. 지금도 토머스 시모어가 와서 내 보석을 빼앗아 가던 것이 잊혀지지 않는다. 그 보석이 아직도 자기 여동생 것이라는 양 당당하기 짝이 없었다.

공작은 내가 조용히 있는 걸 보고 조금 놀라는 눈치였다.

"이해했습니까?"

나는 아무 말 없이 계속 경건한 표정만 지었다.

"캐서린! 알아듣기는 한 거냐?"

"사권 방탕이 무슨 말인지 잘 모르겠어요."

난 솔직하게 말했다. 무슨 뜻인지는 몰랐지만 마치 상한 고기를 받은 것처럼 어쩐지 찜찜한 느낌이 든다.

큰아버지는 팔푼이를 보듯 나를 쳐다보더니 내 말을 고쳤다.

"박탈, 방탕이 아니고 박탈."

난 어깨를 으쓱했다. 정확한 발음이 뭐든 그게 무슨 상관이란 말인가? 내가 다시 궁으로 돌아간다는 뜻인지가 중요하지.

"의회가 너에게 사형 선고를 내렸고 왕이 거기에 동의했다는 뜻이야."

큰아버지가 차근차근 설명했다.

"그리고 재판 없이 그대로 형이 집행될 거란 뜻이야. 캐서린, 너는 곧 죽게 된다. 런던탑 처형장에서 참수될 거야."

"죽는다고요?"

"그래."

"내가요?"

"그래."

나는 큰아버지 얼굴을 쳐다보았다. 당연히 큰아버지에겐 뭔가 방책이 있겠지.

"그럼 내가 어떻게 해야 하죠?"

나는 속삭이듯 물어보았다.

"네 죄를 인정하고 용서를 빌어야 한다."

큰아버지가 얼른 대답했다.

그럼 그렇지, 나는 너무나 안심이 돼 울음이 날 것 같았다. 물론 잘못했다고만 하면 난 당장 용서받게 될 것이다. 나는 조금 당당해진 목소리로 물었다.

"그럼 어떻게 용서를 빌어야 하죠? 내가 뭐라고 말해야 하는지 정확히 일러 주세요."

큰아버지는 재킷 주머니에서 둘둘 말아 놓은 종이를 하나 꺼내서 내게 건넸다. 큰아버지는 항상 해결책을 가지고 있다니까. 하느님, 큰아버지께 축복을……. 큰아버지는 어김없이 해결책을 가지고 있단 말이야. 나는 종이를 펴 들고 큰아버지를 쳐다보았다. 글은 끔찍하게 길었다. 큰아버지는 나를 보며 고개를 끄덕였다. 어쩔 수 없이 그걸 모두 읽어야 하나 보다. 나는 큰소리로 읽기 시작했다.

첫 번째 문단은 내가 왕에 대해, 그리고 신성한 신에 대해, 그리고 모든 잉글랜드 국민에 대해 씻지 못할 죄를 지었다는 사실을 인정하는 내용이었다. 솔직히 이건 좀 과장됐다는 느낌이 없지 않았다. 사실 내가 저지른 죄는 다른 젊은 여자들도 매일같이 저지르는 죄가 아닌가? 특히 늙고 괴팍한 남편을 둔 여자라면 더더욱 그렇다. 다만 내 경우는 너무 가혹한 대접을 받은 것뿐이다. 어쨌든 나는 종이에 쓰인 대로 계속 읽어 내려갔고 공작은 고개를 끄덕였다. 추밀원 위원들도 함께 고개를 끄덕거렸다. 그러니 이렇게 말하는 게 잘하는 것이 분명하고, 또 모두들 나를 썩 만족스러워하는 것 같았다. 나를 만족스럽게 생각하는 것, 그거야 말로 제일 중요한 거지. 연습이라도 해 두게 이 서류 사본을 미리 보내 줬더라면 더 좋았을 걸 그랬다. 난 사람들이 보는 앞에서 해야 하는 것이라면 뭐든 제대로 하고 싶으니까 말이다. 나는 다음 부분을 읽기 위해 아래쪽을 보았다. 내 죄를 내 일가와 혈족에게 전가하지 말아 주시고, 다만 그들 모두에게 하해와 같은 은혜와 호의를 베푸시어 그들이 내 허물 때문에 고통받지 않도록 선처를 빈다는 내용이었다.

난 이 대목에서 큰아버지를 살짝 흘겨보았다. 내가 봐도 이건 행여 내 잘못으로 자기에게 피해가 갈까 봐 큰아버지가 따로 신경 쓴 부분인 게 뻔했다. 큰아버지의 표정은 너무나 담담했다. 나는 계속해서, 내가 따로 남길 것이 없는 처지이니 내가 입던 옷가지를 내가 죽은 후 시녀들에게 나눠 주라는 내용을 읽었다. 이 부분은 너무 서글픈 내용이어서 차마 큰소리로 읽을 수 없었다. 웃기지 않은가! 내가, 그동안 그렇게 가진 게 많았던 내가, 지금은 아무것도 줄 게 없는 처지가 되었다니! 내가 다시는 입을 일이 없을 테니 옷을 모두 주어 버리라니 웃기지 않은가! 지긋지긋한 드레스 여섯 벌과 소매 여섯 벌, 커틀 여섯 벌, 그리고 보석 하나 박히지 않은 프랑스풍 후드 여섯 개. 이 세상에는 있을 것 같지 않은 비참한 색의 옷들이야 어떻게 되거나 말거나 내가 손톱만큼이라도 슬퍼할 걸로 생각했다면 그야말로 웃을 일이다. 당장 불태워 버린다 해도 난 눈 하나 깜짝 안 할 거다.

하지만 드레스를 주어 버리는 것과 큰아버지가 면피하는 것 때문은 딱히 아니지만, 낭독을 다 마칠 때쯤에는 그 내용에 슬퍼져 눈물이 줄줄 났다. 추밀원 위원들도 모두 침통해하는 얼굴이었다. 그들이 왕에게 눈물 없이는 보지 못할 장면이었다고 보고할 만한 순간이었다. 내가 다른 사람들의 무사함을 빌고, 또 초라하나마 내 옷가지들을 나눠 주겠다고 말하는 장면을 상상하면 왕은 분명히 감동을 받을 것이다. 이 모든 게 겉으로만 그런 척하는 것뿐인데도 난 너무 슬퍼져서 눈물이 마구 났다. 만약 모든 게 사실이라면 나는 아예 주저앉아서 목 놓아 울었을 것이다.

큰아버지가 다시 고개를 끄덕였다. 이제 내가 큰아버지가 원하는 대로 했으니 큰아버지가 내가 절절히 반성하고 있으며 죽을 각오까지 되어 있다고 왕을 설득하는 일만 남았다. 내 생각에도 그 정도는 누구라도 당연하게 요구할 수 있는 일이었다. 이제 이들은 왔던 길로 되돌아갈 것이다. 그리고 나는 방에 달랑 하나 있는 의자에 칙칙한 드레스를 입고 앉아서 내가 이토록 뉘우치고 있으니 허물을 말끔히 용서받았다는 소식을 가지고 이들이 다시 돌아오기만 기다리면 되는 것이다.

이제 나는 아주 이른 아침부터 창가에 서서 배가 도착하기를 기다린다. 보통 때는 아침에 잠자리에서 일어날 이유도, 할 일도 없기 때문에 아침도 건너뛰고 점심시간까지 내내 잔다. 하지만 오늘만큼은 나를 용서한다는 왕의 칙서가 도착할 거라는 확신이 들었고 최대한 멋진 모습으로 사람들을 맞고 싶었다. 그래서 동이 트자마자 하녀를 불러 드레스를 모두 꺼내 놓으라고 시켰다. 흠, 뻔한 데서 옷을 골라야 하다니! 검은색 드레스가 한 벌, 거의 검은색이나 다름없는 어두운 푸른색 드레스가 두 벌, 역시 검은색이나 다름없는 짙은 초록색 드레스가 한 벌, 회색 드레스가 한 벌, 그리고 여분이 필요할 때를 대비해서 검은색 드레스가 또 한 벌, 이렇게 여섯 벌뿐이다. 이 중 무엇을 입나? 여기서 무엇을 골라야 하지? 나는 검은색 드레스를 고르고 대신 소매와 후드는 짙은 초록색으로 골랐다. 내가 깊이 뉘우치고 있다는 것과 튜더 왕가에 대한 나의 충성심을 드러내 보이기 위해서였다. 그런 것 하나하나도 유심히 보는 사람들이 있기 마련이니까. 거기다 초록색을 입으면 내 눈 색깔이 더 예쁘게 보일 것이다. 예쁘게 보이는 것도 나쁠 것 없으니까.

이 의식이 어떻게 진행될지는 모르겠다. 나는 언제나 의식을 앞두고 꼼꼼히 대비하는 걸 좋아한다. 전에는 항상 내 시종장이 어디에 서야 하는지, 어떤 표정을 지어야 하는지 일러 주었다. 나는 그에 따라 연습을 하곤 했다. 왕비감으로 길러진 게 아니라 중간에, 그것도 꽤 어린 나이에 덜컥 왕비가 되었기 때문에 그럴 수밖에 없다. 하지만 적어도 내가 알기로는, 간통을 저질렀다가, 그리고 거기다 반역 등 다른 죄까지 덮어썼다가 용서받은 왕비는 일찍이 한 번도 없었던 것 같아서, 이번에는 그냥 즉석에서 의식을 새로 만들어 가며 대충할 수밖에 없을 것 같다. 어찌 되었든 늙은 늑대같이 간교한 큰아버지가 식 내내 내가 뭘 해야 할지 일러 줄 테니 무슨 걱정이겠는가.

옷을 갖춰 입고 아홉 시까지 기다렸지만 아무도 오지 않았다. 퉁퉁 부은 얼굴로 미사에 참석하고 아침을 먹었다. 여전히 감감무소식이었다. 그러다 정오 직전에, 돌이 깔린 길을 쿵쿵거리며 올라오는 반가운 발걸음 소리가 들렸다. 나는 냅다 창문으로 달려갔다. 큰아버지의 검은색 사각 모자가 들썩이며 다가오는 게 보였다. 다른 추밀원 위원들의 손에 들린 장대와 맨 앞에 있는 왕의 깃발도 보였다. 나는 얼른 다시 의자로 가서 앉았다. 두 발을 가지런히 모으고 두 손은 무릎 위에 얌전히 포개 놓고 있었다. 그리고 눈은 깊이 참회하는 사람처럼 잔뜩 내리깔았다.

이윽고 문이 양쪽으로 열리고 잔뜩 차려입은 사람들이 열을 지어 들어왔다. 나는 일어서서 가문의 수장에 대한 도리로 큰아버지에게 무릎을 굽혀 인사했다. 하지만 큰아버지는 내게 왕비에 대한 예를 차리지 않았다. 나는 그대로 서서 잠시 기다렸다. 일이 모두 마무리됐는데도 큰아버지의 얼굴은 전혀 풀어진 것 같지 않아 의외였다.

"런던탑으로 이송하기 위해 왔습니다."

큰아버지가 말했다.

나는 고개를 끄덕였다. 케닝홀로 옮겨 가게 될 줄 알았는데 오히려 더 잘됐다 싶었다. 왕이 런던에 있을 때는 탑에 궁정을 꾸미는 일이 잦으니까 거기서 왕을 만나게 해 줄 모양인 듯했다.

"분부 받들겠습니다, 공작님."

나는 상냥하게 대답했다.

공작은 내 점잔 빼는 목소리를 듣고 조금 놀란 표정을 지었다. 나는 킥킥 웃고 싶은 걸 억지로 참았다.

공작이 말했다.

"캐서린, 넌 처형될 거다. 반역 죄인으로 판결이 나서 곧 런던탑으로 이송될 거라고."

"반역 죄인이요?"

내가 되물었다.

공작이 짜증 난 목소리로 말했다.

"지난번에 말했잖아. 다시 말하지만 너는 사권이 박탈된 대역 죄인이야. 너는 재판장에 설 필요도 없어. 그건 이해했겠지? 네 죄를 네 입으로 자백한 거 기억나? 지난번 자백에 따라 유죄가 입증되었고, 이제 그 죄에 대한 판결이 내려진 거야."

"그건 용서를 받으려고 자백한 거였잖아요."

내가 입은 비뚤어졌어도 말은 바로 하자는 투로 말했다. 큰아버지는 화가 치밀어 오르는 얼굴로 나를 노려보았다.

"안됐지만 애초에 용서는 없었어. 남은 일은 판결 내용에 대한 동의뿐이었다고."

"그래서요?"

나는 약간 뾰로통해져서 물었다.

큰아버지는 짜증을 억누르려는 듯 숨을 크게 들이마셨다.

"그래서 국왕 전하께서 너를 사형시키기로 최종 동의하셨다."

"내가 탑에 도착하면 나를 용서해 주시지 않을까요?"

내가 다시 물었다.

점점 더 불안스럽게도 큰아버지는 고개를 가로저었다.

"하느님, 맙소사. 이것아, 바보짓 좀 그만해! 그럴 가능성은 조금도 없어. 그런 걸 바랄 상황이 아니야. 네가 한 짓을 처음 들었을 때 왕이 칼을 빼 들고 자기가 직접 너를 죽여 버리겠다고 펄펄 뛰었단 말이야. 이제 모두 끝났어, 캐서린. 이제는 죽음을 맞을 준비나 해라."

"이럴 수는 없어요. 나는 고작 열여섯이에요. 이제 고작 열여섯 살인 나를 누가 죽일 수 있단 말이에요?"

내가 말했다.

큰아버지가 어둡고 낮은 목소리로 말했다.

"이미 결정 난 일이다."

"전하께서 막아 줄 거예요."

"너를 죽이라고 한 게 전하야."

"그럼 큰아버지가 막아 주세요."

큰아버지의 눈이 대리석 판 위에 놓인 물고기 눈처럼 차갑게 빛났다.

"난 그럴 수 없다."

"그럼, 다른 누군가가 막아 주겠죠!"

큰아버지가 고개를 돌렸다. 그리고 말했다.

"데리고 가."

남자 대여섯 명이 방 안으로 들어왔다. 전에는 나를 호위하고 멋지게 행진하던 왕실 근위병들이었다.

"안 갈래요."

내가 말했다. 그제야 두려움이 엄습했다. 나는 허리를 펴고 있는 대로 버티고 서서 근위병들을 잔뜩 노려보았다.

"난 안 가. 안 갈 거란 말이야."

남자들은 멈칫하며 큰아버지의 눈치를 살폈다. 큰아버지는 단호한 손짓과 함께 다시 말했다.

"데려가."

나는 몸을 돌려 그대로 문을 있는 대로 홱 밀어젖히고 내실로 뛰어 들어갔다. 하지만 남자들은 따라와 문이 채 닫히기도 전에 다시 내 팔을 잡았다. 나는 침대 기둥 중 하나를 꽉 붙들고 놓지 않았다. 그리고 고래고래 소리쳤다.

"난 안 가! 강제로는 못 데려가. 내 몸에 손댈 수 없어! 난 잉글랜드의 왕비야! 아무도 내 몸에 손댈 수 없다고!"

남자 중 한 명이 내 허리를 부둥켜 잡았다. 다른 한 명이 앞으로 와 기둥에서 내 손을 떼어 냈다. 손을 떼어 내자마자 있는 힘을 다해 허리를 잡은 놈의 얼굴을 후려갈겼다. 남자가 놀라 나를 놓았지만 세 번째 남자가 다시 나를 잡았다. 그러는 새 두 번째 남자가 다시 내 손을 잡아 등 뒤로 비틀었다. 발버둥을 쳤지만 소용없었다. 소매 하나가 터졌다. 나는 비명을 질렀다.

"이거 놔! 나를 붙잡아 갈 순 없어. 난 캐서린이야. 잉글랜드의 왕비 캐서린이라고. 내 몸에 손댈 수 없어. 난 신성한 몸이야. 이거 놔!"

큰아버지는 악마처럼 음침한 얼굴로 문가에 서 있었다. 큰아버지가 내 옆에 있던 남자에게 고갯짓을 하자 남자가 몸을 굽혀 내 발을 잡았다. 나는 남자를 발로 차려 했지만 남자는 나를 마치 저항하는 새끼 말 잡듯 들어 올렸다. 남자 셋은 나를 들쳐 맨 채 방 밖으로 나왔다. 시녀들은 온통 눈물범벅이 되었고 교도관장은 험한 광경에 하얗게 질려 있었다.

"이자들을 막아 줘요!"

내가 외쳤다. 하지만 교도관장은 아무 말 없이 고개만 가로저었다. 그는 문에 기댄 채 겨우 몸을 가누고 있었다.

"도와줘요! 누구라도 좀 불러 줘요!"

나는 다시 소리를 지르려고 하다가 멈칫했다. 도움을 청할 사람이 아무도 없었다. 내 큰아버지, 내 후견인이자 내 정신적 지주인 큰아버지는 바로 옆에 서 있었다. 이 모든 일이 큰아버지의 명령에 따라 이루어지고 있었다. 새할머니와 내 자매들과 새어머니는 모두 구금 상태였다. 나머지 가족들은 저마다 나를 모르는 사람이라고 우기기에 바빴다. 내 편을 들어 줄 사람은 아무도 없었다. 프랜시스 데르햄과 토머스 컬피퍼 외에는 나를 조금이라도 사랑했던 사람은 아무도 없었다. 그리고 두 사람 모두 벌써 죽었다.

"탑으로는 갈 수 없어!"

나는 엉엉 울었다. 남자들은 나를 자루처럼 어깨에 맨 채 성큼성큼 걸어 나갔다.

"탑으로는 제발 데려가지 말아요. 이렇게 빌게요. 전하께 데려다 줘요. 전하께 부탁할 수 있게 해 줘요. 제발요. 그래도 전하가 마음을 바꾸지 않으면 그땐 내 발로 탑에 갈게요. 그땐 조용히 죽을게요. 하지만 지금은 아직 아니야. 나는 이제 겨우 열여섯이야. 난 아직 죽을 수 없어."

아무도 입을 열지 않았다. 남자들은 나를 맨 채 배에 오르기 시작했다. 나는 차라리 물에 몸을 던져 달아날 생각으로 몸을 격렬하게 비틀었다. 하지만 남자들은 크고 우악스런 손으로 나를 꽉 붙들었다. 그들은 배 뒤쪽 높은 자리에 나를 훌렁 내려놓고 거의 나를 깔고 앉듯이 바싹 붙어서 꼼짝 못하게 내 손과 발을 눌렀다. 나는 울면서 왕에게 데려가 달라고 사정했다. 남자들은 시선을 돌리고 마치 귀머거리들처럼 강물만 쳐다보았다.

큰아버지와 다른 추밀원 위원들은 장례식에 참석하는 사람들 같은 표정으로 뒤따라 배에 올랐다.

"공작님! 제 말 좀 들어 주세요!"

내가 소리치자 큰아버지는 고개를 가로저었다. 그런 다음 내가 보이지도, 내 소리가 들리지도 않는다는 듯 배 앞쪽으로 갔다.

나는 너무나 겁이 나 울음을 멈출 수가 없었다. 얼굴 전체가 눈물범벅이 되었고 콧물도 줄줄 흘렀지만 짐승 같은 남자들이 내 손을 움켜잡고 있어서 얼굴을 닦을 수도 없었다. 양쪽 뺨이 눈물에 젖었고, 입술 위로는 콧물이 흘러내렸다. 하지만 남자들은 아무것도 보이지 않는 듯 행동했다.

"제발. 제발."

내가 애원했다. 하지만 내 말을 듣는 사람은 아무도 없었다.

배는 빠른 속도로 강 아래쪽으로 내려갔다. 사공들은 물길을 제대로 잡은 후에 노를 수평으로 젖혀 저으며 런던 다리로 향했다. 나는 눈을 들었다. 그러지 말았어야 했다. 눈을 들자마자 참수된 지 얼마 안 되어 보이는 머리 두 개가 다리 위에 매달려 있는 것이 보였다. 축 늘어진 괴물 머리처럼 두 눈을 부릅뜨고 입을 떡 벌린 채 토머스 컬피퍼와 프랜시스 데르햄의 머리가 매달려 있었다. 갈매기 한 마리가 프랜시스의 검은 머리 위에 앉으려 퍼덕이고 있었다. 두 머리는 창끝에 꽂혀 끔찍하게 썩어 가는 다른 여러 머리들 옆에 나란히 매달려 있었다. 새들이 곧 눈과 혀를 파먹을 것이다. 날카로운 부리로 귀를 쑤셔서 골수까지 꺼내 먹을 것이다.

"제발."

나는 나직이 중얼거렸다. 이제는 무엇을 바라고 빌고 있는지조차 몰랐다. 그저 이 모든 것이 멈추기를 바랄 뿐이었다. 지금 벌어지고 있는 모든 것이 꿈이기를 바랄 뿐이었다.

"제발, 여러분…… 제발."

배는 수문을 향해 나아갔다. 수문 경비가 우리를 보자마자 수문이 소리 없이 올라갔다. 사공들이 노를 실었고 어두운 성벽 그림자로 덮이는가 싶더니 배가 부두로 미끄러지듯 들어갔다. 런던탑 책임자인 에드먼드 월싱햄 경은 계단 위에서 기다리고 있다가 우리를 맞았다. 내가 왕비였던 시절, 행복하고 예쁜 새 왕비가 되어 런던탑에 임시로 꾸며진 왕비 처소에 머물기 위해 도착했을 때와 다름없는 표정으로, 계단 위에서 우리를 기다리고 있었다. 우리 뒤로 창살문이 내려와 풍덩 소리를 내며 닫혔다. 사람들은 나를 배에서 끌어내린 뒤 양쪽에서 팔을 잡고 질질 잡아 올리다시피 계단을 올라갔다. 나는 다리가 휘청거려 걸을 수가 없었다.

"어서 오십시오, 레이디 캐서린."

월싱햄 경이 그때처럼 정중히 인사했다. 하지만 난 아무 말도 하지 않았다. 울음을 멈출 수 없었기 때문이다. 숨을 쉴 때마다 딸꾹질처럼 울음이 계속 들어갔다 나왔다 했다. 뒤를 돌아보니 큰아버지가 바지선 위에 서서 내가 가는 것을 지켜보고 있었다. 임무가 끝나기가 무섭게 급류를 탄 작은 배처럼 빠른 속도로 수문을 빠져나갈 태세를 갖추었다. 런던탑의 그림자가 자신에게 떨어질까 봐 안절부절 못하고 있었다. 일이 끝나는 대로 큰아버지는 왕에게 달려가 하워드 가문은 그 못된 계집을 완전히 버렸다고 말할 것이다. 하워드 가문이 품었던 야욕의 대가를 치를 사람은 큰아버지가 아니라 바로 나인 것이다.

나는 '큰아버지!' 하고 목이 터지게 불렀다. 하지만 큰아버지는 데리고 가라고 말하는 듯 손짓만 할 뿐이었다. 그리고 사람들은 그 명령에 따랐다. 그들은 화이트타워를 지나고 풀밭을 가로질러 계단 위쪽으로 나를 데려갔다. 일꾼들이 잔디밭 위에 처형대를 세우고 있었다. 높이 1미터 정도 되는 작은 나무 무대를 만들고 그 위로 올라가는 넓은 계단을 설치하고 있었다. 다른 사람들은 처형대로 가는 통로 양옆에 울타리를 만들고 있었다. 내 처형대를 만들고 있는 것이었다. 울타리는 구경하러 온 사람들이 가까이 접근하지 못하도록 막기 위한 것이었다.

"앞으로 몇 명이나 더 올까요?"

내가 물었다. 울음이 계속 잔기침처럼 터져 나와 숨을 쉬기도 힘들었다.

"한 이삼백 명 정도요."

월싱햄 경이 거북한 목소리로 말했다.

"공개 처형이 아니어서 궁정 사람들만 옵니다. 전하께서 특별히 베푸신 배려지요. 왕이 직접 명령하셨습니다."

나는 고개만 끄덕였다. 난 생각했다. 참 대단한 친절이군. 처형대로 올라갈 수 있도록 문이 열렸다. 나는 좁은 돌계단을 따라 올라갔다. 남자 하나가 내 바로 앞에서 나를 위로 끌어올렸고 다른 남자가 뒤에서 밀었다.

"걸을 수 있어요."

내가 말하자 두 사람은 내 몸에서 손을 뗐지만 여전히 뒤에 바싹 붙어서 왔다. 내 처형대는 1층에 있었다. 반질반질하고 커다란 유리창이 풀밭 쪽으로 나 있었다. 벽난로 안에서 불이 타고 있었고, 불 옆에는 작은 의자와 성경이 놓인 탁자가 있었다. 조금 떨어진 곳에는 침대가 놓여 있었다.

나를 끌고 가던 남자 둘은 문 옆에 섰다. 월싱햄 경과 나는 서로 마주보게 되었다.

"뭐 필요한 거라도 있으십니까?"

월싱햄 경이 물었다.

우스꽝스러운 질문에 난 웃음을 터뜨렸다. 내가 되물었다.

"뭐가 필요해요?"

월싱햄 경이 어깨를 으쓱했다.

"맛있는 음식이라도 갖다 드릴까요? 혹시 영적인 위로라도 받고 싶
으시다면……."

나는 고개를 저었다. 이제는 신이 존재하는지에 대한 확신도 없었
다. 헨리 왕이 신의 눈에 특별한 사람이라면, 그가 신의 뜻대로 행하
는 사람이라면, 그렇다면 신은 내가 죽기를 바란다는 뜻이고, 다만 특
별한 배려로 비공개 처형을 원한다는 뜻이다.

"참수대를 여기로 가져올 수 있나요?"

내가 물었다.

"참수대 말씀이십니까?"

"네, 머리를 올려놓는 참수대요. 내 방으로 가져다줄 수 있나요?"

"정 원하신다면……. 근데…… 그건 가져다 뭐하시게요?"

"연습하려고요."

내가 조바심을 내며 말했다.

나는 방을 가로질러 창가로 가서 밑을 내려다보았다. 곧 저곳이 사
람들로 가득 차겠지. 얼마 전까지만 해도 사람들은 내 궁정에 있는 걸
영광으로 생각했는데. 나와 친해지지 못해 안달이 났던 사람들이 이
제는 내가 죽는 걸 구경하러 모여들 거야. 피할 수 없는 것이라면 제
대로 해야겠지.

월싱햄 경이 캑캑거렸다. 물론 내가 무슨 소리를 하는지 이해하지
못하겠지. 자기는 이미 늙은이고 친구들이 마지막 순간을 지키는
가운데 자기 침대 위에서 눈을 감을 테니까. 하지만 나는 수많은 사람
들 앞에서 죽어야 해. 어쩔 수 없이 꼭 해야 할 것이라면 우아하게 하

는 게 중요하다고.

"사람을 시켜 당장 가져다 놓겠습니다. 그리고 고해 신부를 지금 들일까요?"

월싱햄 경이 물었다.

나는 고개를 끄덕였다. 하지만 정말 하느님이 일이 벌어지기도 전에 모든 걸 알고 있다면, 내가 너무 못되게 굴어서 열일곱 살 생일이 오기도 전에 죽어야 한다고 결정한 게 하느님이라면, 고해하는 것이 과연 의미가 있을까? 그건 잘 모르겠다.

월싱햄 경은 정중하게 인사를 한 뒤 방에서 나갔다. 근위대 병사들은 허리 굽혀 인사하고 문을 닫았다. 열쇠가 자물통 속에서 돌아가는 소리가 절커덩 하고 크게 울렸다. 나는 다시 창가로 가서 일꾼들과 처형대를 내려다보았다. 오늘 저녁이면 다 마무리될 것 같았다. 어쩌면 내일이 될지도 모르겠다.

참수대를 들고 오는 데는 두 사람이 필요했다. 엄청 무거운지 낑낑대고 헉헉대며 겨우 들고 왔다. 그리고 곁눈으로 나를 여러 차례 힐끔거렸다. 이런 걸 연습하겠다니 몹시 이상하게 생각하는 눈치였다. 잉글랜드의 왕비 자리에 있는 사람에게는, 그것도 나처럼 어린 나이에 왕비가 된 사람에게는, 의식을 제대로 치르는 게 얼마나 큰 보람인지 모를 거야. 무엇을 어찌 해야 할지 몰라 바보처럼 군다면 정말 못나 보일 거야.

나는 참수대 앞에 무릎을 꿇고 앉아 그 위에 머리를 얹었다. 그렇게 편안하지는 않았다. 고개를 이리 저리 돌려 가며 머리의 위치를 바꾸어 보았다. 어느 쪽으로 얹든 마찬가지였다. 눈앞에 보이는 풍경도 별로 달라지지 않았다. 어차피 당일에는 눈가리개를 할 테고, 또 눈가리개를 하면 아무것도 보이지 않으니 신경 쓰지 않아도 될 것 같다. 내 뜨거운 뺨에 닿은 나무는 부드럽고 시원했다.

이건 어쩔 수 없이 내가 해야 할 일이라는 생각이 들었다.

나는 꿇어앉은 채 다시 몸을 세우고 참수대를 쳐다보았다. 이렇게 눈앞에 끔찍한 게 버티고 있지만 않다면 웃음이라도 나올 것 같았다. 이제껏 나는 내가 가진 기품과 아름다움과 매력이야말로 앤 불린이 내게 남긴 유산이라고 믿었다. 하지만 결국 내 몫으로 남은 것은 이것밖에 없다. 앤의 참수대. 이것이 내게 남은 불린 가의 유산이다. 브왈라! 사형 집행관의 도끼가 떨어질 참수대다.

제인 불린
1542년 2월 13일, 런던탑

캐서린이 참수당하는 날이다. 군중이 벌써부터 처형장에 모여들었다. 창문 밖으로 보니 아는 얼굴들이 꽤나 많다. 저들은 나와 수년 전 한창때부터 친구요, 경쟁자들이었다. 헨리 7세가 왕위에 오르던 당시 우리는 모두 어렸다. 하지만 나이 많은 시녀들도 있었다. 내가 신이 나서 손을 흔들자, 몇몇은 내게 손가락질을 하며 쳐다본다.

야, 참수대다! 일꾼 두 사람이 어딘가에 숨겨 두었던 참수대를 처형장으로 가져오고 주변에 톱밥을 뿌린다. 캐서린의 피를 받기 위한 톱밥이다. 참수대 밑에는 머리통을 받기 위해 짚으로 채운 바구니가 있다. 몇 차례 본 적이 있어 나는 이런 것들에 대해서는 훤히 다 알고 있다. 헨리는 사형 집행인을 자주 고용한 왕이다. 나는 앤 불린이 참수당할 때 현장에 있었다. 참수대 밑에 있는 좁은 계단을 올라가 군중 앞에 서서 죄를 고백하고 자기의 영혼을 위해 기도하는 모습을 지켜봤다. 앤은 약속받았던 사면을 기다리는 듯, 우리 머리에서부터 런던탑 대문까지 훑어보았다. 사면은 내려질 리가 없었다. 앤은 무릎을 꿇고 참수대 위에 머리를 얹고는 검이 내려와도 된다는 신호로 양팔을 쭉 뻗어야 했다. 나는 그 기분이 어떨까 하고 궁금하게 여긴 적이 많았다. 하늘로 날아갈 듯이 양팔을 쭉 뻗은 다음, 바람을 가르며 내려오는 칼날 소리를 들으면 기분이 어떨까?

아무튼 캐서린은 곧 알게 되겠지. 내 뒤에서 문이 열리더니 사제복 차림의 신부가 아주 엄숙한 표정으로 가슴에 성경과 기도서를 안고 들어왔다.

"자매님, 임종할 준비가 되셨습니까?"

나는 한바탕 깔깔대며 웃었다. 내 귀에도 진짜 실성한 사람의 웃음소리처럼 들렸다. 내가 정말 미쳤다고 신부가 생각할지는 모르겠지만, 어쨌든 난 신부에게 손가락질을 하며 떠나갈 듯 큰소리로 떠들어 댔다.

"안녕! 안녕! 안녕하세요!"

신부는 한숨을 내쉬고는 내 앞에서 바닥에 무릎을 꿇더니 눈을 감았다. 나는 방 맞은편으로 경중경중 뛰어가 미친 듯이 또 인사를 했다. 내가 그렇게 미친 듯이 날뛰어도 신부는 오직 자기가 할 일은 고백과 통회의 기도라는 듯 신경도 쓰지 않았다. 그런데 어떤 사람이 내가 죽을 준비가 되었다고 고한 모양이다. 신부와는 입씨름을 할 수 없으니 고분고분 따를 수밖에 없을 것 같다. 하지만 저들이 와서 사형에서 금고형으로 감형해 주겠지. 나는 또 '안녕! 안녕! 안녕하세요!' 하면서 창턱으로 기어 올라갔다.

군중이 웅성거리며 하나같이 목을 빼고 런던탑 위의 문을 쳐다보고 있다. 사람들의 시선이 향한 곳을 나도 쳐다보았다. 발끝을 세우고 서서 차가운 유리에 얼굴을 바짝 들이댔다. 왕비다. 어린 캐서린 하워드가 처형대로 비틀대며 걸어오고 있다. 다리에는 힘이 없어 보였다. 교도관과 시녀가 캐서린을 부축한 채 끌다시피 계단을 올라간다. 캐서린이 작은 발을 휘청거리며 주체를 못하자, 그들은 캐서린을 무대까지 들어 올렸다. 어리디어린 캐서린이 죽음을 향해 가는 모습을 지켜보면서 웃어 대는 내 웃음소리에 나마저 소름이 끼쳐 갑자기 웃음을 멈추었다. 신부가 내 뒤에서 기도를 했다. 난 또다시 미친 여자처럼 깔깔깔 웃었다.

캐서린이 실신한 모양이다. 그들이 가엾은 어린 것의 뺨을 때리며 꼬집어 댔다. 캐서린은 무대 앞에서 휘청대며 난간을 움켜잡더니 무슨 말을 하려고 했다. 하지만 캐서린의 말은 들리지 않았다. 그 누구라도 들을 수 없을 것 같았다. 난 캐서린의 입술을 보았다. 캐서린은 '제발.' 이라고 말하고 있었다.

캐서린은 뒤로 넘어졌다. 그들은 캐서린을 일으켜 세운 뒤 참수대 앞에 무릎 꿇게 했다. 캐서린은 참수대에 매달렸다. 마치 참수대가 그녀를 구해 줄 것처럼. 캐서린은 서럽게 울었다. 그러더니 침대에서 하듯이, 얌전하게 잠들 준비를 했다. 얼굴로 내려온 머리카락을 뒤로 쓸어 올리고는 매끄러운 나무토막에 머리를 내려놓았다. 작은 머리를 돌리더니 나무토막에다 뺨을 댔다. 망설이듯 주저주저하며 바들바들 떨리는 두 팔을 벌리자, 사형 집행인은 순식간에 도끼를 획 내리쳤다.

나는 커다란 핏덩이와 캐서린의 머리가 처형장에서 튀어 오르는 광경을 보고는 비명을 질렀다. 내 뒤에 있던 신부가 조용해진 바람에 나는 한순간도 내 역을 잊지 말아야 한다는 생각이 퍼뜩 들어 큰 소리로 외쳤다.

"캐서린, 너 캐서린이니? 정말 너 캐서린이야? 장난치지 마."

신부가 말했다.

"쯧쯧쯧, 부인의 죄를 고백했다는 서명을 하고 믿음으로 죽음을 맞이하시오. 가엾고 어리석은 양반."

덜거덩거리며 자물쇠를 여는 소리가 들려서 나는 창턱에서 뛰어내렸다. 교도관들이 나를 데리러 온 모양이다. 그들이 나를 뒷문 밖으로 데려간 다음, 부지런히 수문까지 가서는 아무런 표시도 없는 바지선에 태워 그리니치까지 갔다가, 다시 작은 배로 노리치까지 데려갈 것이라고 생각했다.

"갈 때가 됐군요."

"하느님, 이 여인을 축복하시고 용서하소서."

이렇게 말하고 신부는 나에게 성경에 입을 맞추라고 했다.

"갈 때가 됐군요."

이렇게 말하고 나서 나는 성경에 입을 맞추었다. 그리고 침통한 신부의 얼굴을 보면서 깔깔거리며 웃어 댔다.

나를 호송한 교도관들과 나는 계단을 빠르게 내려갔다. 이들이 나를 데리고 런던탑 뒤로 돌아가리라 예상했지만 그 예상은 빗나갔다. 그들은 나를 처형장으로 끌고 가는 것이었다. 나는 갑자기 멈추었다. 오래된 빨랫감처럼 둘둘 말아 놓은 캐서린 하워드의 시신은 보고 싶지 않았다. 이들이 나를 작은 배에 태우는 마지막 순간까지 미친 것처럼 보여야 한다. 참수당하지 않으려면 난 미쳐야 한다.

"빨리, 빨리! 하나, 둘!"

내 구령에 맞춰 교도관들이 내 양팔을 잡아끌었다. 문이 휙 열렸다. 무대 아래에서 또 쇼를 기다리는 구경꾼들처럼 궁정 사람들이 모여 있었다. 나는 나를 아는 것을 영광으로 알았던 친구들 사이로 지나가기는 싫었다. 맨 앞줄에 앉아 있는 우리 친척뻘, 서리 백작이 보였다. 자기 사촌인 캐서린의 피로 물든 톱밥을 좀 메스껍게 쳐다보았다. 하지만 대수롭지 않게 웃어넘기는 얼굴이었다. 나도 깔깔대다 교도관들을 번갈아 쳐다보며 소리쳤다.

"빨리! 빨리!"

내 꼴이 보기 싫다는 듯, 교도관들은 인상을 쓰며 나를 꽉 잡더니 처형대로 향했다. 나는 머뭇대며 말했다.

"싫어!"

내 오른쪽에 있는 교도관이 말했다.

"로치포드 부인, 자 따라오시오. 따라오라고요."

"싫어!"

나는 완강하게 버텼지만 교도관들의 힘이 워낙 세서 도저히 당해낼 수가 없었다. 교도관이 나를 살살 구슬렸다.

"어서요. 자, 착하기도 하셔라."

"날 처형하진 못해. 난 미친 여자야. 미친 사람을 처형할 수는 없어."

"왜 못 해요?"

나는 교도관들에게 꽉 잡혀 끙끙댔다. 교도관들에게 잡힌 손목을 빼려고 손목을 비틀었다. 내가 양쪽 발을 꽉 붙이고 완강하게 버티자, 교도관들은 나를 번쩍 들어올렸다.

"못해, 난 미쳤어. 의사가 미쳤다고 했다니까. 전하가 매일 의사들을 보내 내가 미쳤는지 검사했어."

"전하께서 법을 개정하셨는데, 모르셨소?"

교도관 하나가 숨을 헐떡이며 말했다. 동료 교도관이 합세해서 나를 뒤에서 밀었다. 내 등을 억센 양손으로 밀었다. 무대 앞에 있는 둘둘만 캐서린의 시신을 들어 올렸는데, 그 머리는 바구니에 있었고 그 옆에는 아름다운 금발 머리카락이 널브러져 있었다.

"나는 아니야! 미쳤다니까."

나는 우기며 소리쳤다.

"전하가 그 법을 바꾸셨소."

이렇게 나를 계단 위로 끌어올리려고 드잡이하는 광경을 본 군중들은 폭소를 터뜨렸다. 한 교도관이 소리쳤다.

"미쳤든 말든 반역죄를 지은 자는 누구나 처형당하도록 법이 개정되었소."

"의사가, 전하의 주치의가 날 미쳤다고 했다니까."

"그래 봤자 달라질 게 없소. 어차피 부인은 처형될 거요."

교도관들은 나를 처형대 앞에 세웠다. 나는 웃어 대며 열광하는 얼굴들을 유심히 살폈다. 이 궁정에서 날 좋아한 사람은 아무도 없었다. 그러니 나를 위해 눈물을 흘려 줄 사람도, 부당하게 개정된 법에 항의할 사람도 없겠지.

"난 실성하지 않았습니다."

이렇게 나는 외치며 말을 이었다.

"하지만 전 정녕 결백합니다. 선량하신 여러분, 전하에게 자비를 베푸시라고 간청해 주십시오. 저는 한 가지 끔찍한 일, 무시무시한 짓 외에는 잘못한 일이 하나도 없습니다. 그 죄는 이미 대가를 치렀습니다. 여러분도 다 아시는 사실입니다. 그 죄 말고는 날 비난할 일은 아무것도 없었습니다. 나는 아내로서 저지를 수 있는 가장 사악한 짓을 했지만…… 그이를 사랑했습니다……."

북소리가 울렸다. 다른 소리는 모두 사라지고 내가 울부짖는 소리만 남았다.

"죄송합니다. 정말 죄송합니다. ……"

이들은 단상 앞, 난간에서 나를 끌어내어 핏자국으로 얼룩진 톱밥 위로 밀었다. 그리고 캐서린의 피로 젖은 참수대에 내 양손을 묶었다. 내 양손은 피로 물들었다. 마치 살인자의 손처럼. 양손에 캐서린의 무고한 피를 묻힌 채 난 죽을 것이다.

"나는 결백합니다."

내가 이렇게 외쳤다. 교도관들은 아무것도 보지 못하게 내 눈을 가렸다. 나는 몸을 비틀었다.

"모든 것에 결백해요. 무엇에든.난 언제나 결백했습니다. 내가 저지른 죄라고는 조지를 배신하고, 그이를, 우리 남편 조지를 사랑한 죄밖에는 없습니다. 하느님, 저의 죄를 용서해 주십시오……. 고백하고 싶은 것은……."

내 말 도중에 교도관이 끼어들었다.

"셋까지 세겠습니다. 하나, 둘, 셋."

안나
5년 후(1547년 1월), 히버 성

마침내 그가 세상을 떠났다. 나를 거부했던 남편, 젊은 시절의 꿈을 이루지 못한 남자, 폭군으로 변한 왕, 미치광이가 되어 버린 학자, 사랑스러웠던 소년에서 괴물로 변한 남자. 그가 죽었기에 간통과 이단 죄로 체포되었던 그의 마지막 왕비, 캐서린 파는 가까스로 목숨을 구했다. 오랫동안 그의 동맹군이자, 동료요, 포주였던 저승사자가 결국 왕을 데려갔다.

그동안 왕은 얼마나 많은 사람들을 죽였는가? 죽음이 그의 잔인한 영혼을 데려갔으니 이제 그 수를 세어 볼 때다. 수천? 그 누구도 모를 것이다. 이 나라 장터 곳곳에 이단자를 태우는 불길이 타올랐고 반역자를 매다는 교수대가 세워졌다. 수많은 사람들이 처형됐다. 그들은 왕과 의견이 달랐다는 죄밖에 없었다. 조상 대대로 내려온 종교를 고수했던 로마 가톨릭 신자들도, 새로운 신앙을 갈구했던 종교 개혁자들도 처형되었다. 그중에는 어린 캐서린 하워드도 끼어 있었다. 캐서린의 죄라면 다리가 곪아 가는 아버지뻘 남자가 아닌 제 또래의 젊은

이를 사랑한 죄밖에 없다. 그래도 사람들은 그를 위대한 왕이라고, 잉글랜드 역사상 가장 위대한 왕이라고 부른다. 차라리 왕이란 사람이 없는 편이 낫지 않을까? 사람들은 자유롭게 살아야 하지 않을까? 왕관을 쓴 얼굴이 아무리 잘생겼다 해도 폭군은 폭군일 뿐이다.

로치포드 부인이 그렇게 소중히 여겼던 불린 가의 유산을 상속한 사람은 결국 본인이었다. 부인은 시누이와 남편의 죽음을 상속받았다. 로치포드 부인과 가여운 캐서린이 받은 불린 가의 유산은 이미 세상을 떠난 불린 가 사람들처럼 참수대에서 맞이한 참수형이었다. 나역시 불린 가의 유산을 받았다. 켄트 지방에 있는 이 아담하고 예쁜성, 내가 좋아하는 히버 성 저택이다.

그래. 이제 끝났다. 나는 상복을 입고 왕을 애도할 것이다. 그리고 내가 사랑하는 어린 왕자의 대관식에 참석할 것이다. 이제 에드워드가 왕이 된다. 나는 내 자신과의 약속을 지켰다. 과거에 헨리의 칼날만 피할수 있다면 내 뜻대로 내 인생을 살겠노라고, 정당한 권리를 지닌 여자로서 세상에서 내 몫을 하겠노라고 약속했다. 나는 그 약속을 지켰다.

나는 이제 자유로운 여자다. 그에게서도, 그리고 마침내 공포에서도 해방되었다. 이제 누군가 한밤중에 문을 두드리더라도 침대에서 벌떡 일어나 떨지 않을 것이다. 낯선 사람이 집에 찾아와도 왕이 보낸 첩자가 아닌지 의심하지 않을 것이다. 누군가 내게 궁정 소식을 물어도 혹시 함정에 빠지는 건 아닌지 두려워하지도 않을 것이다.

나는 앞으로 고양이를 키울 것이고 나를 마녀라고 해도 겁내지 않을 것이다. 춤도 출 것이고 헤픈 여자라 불릴까 두려워하지 않을 것이다. 말을 달려서 가고 싶은 곳은 어디든 갈 것이다. 흰 바다매처럼 하늘 높이 훨훨 날아오를 것이다. 나만의 삶을 즐기며 살 것이다. 자유로운 여자가 될 것이다.

여자에게 자유는 결코 하찮은 것이 아니다. 〈끝〉

작가의 말

클레베스의 안나와 캐서린 하워드는 헨리 8세의 두 아내다. 우리는 이들에 대해 잘 모르면서, 흔히 그렇듯이 잘 알고 있다고 생각한다. 이 역사 소설에서 나는 한 아내는 추녀였고 다른 아내는 어리석었다는 기존의 관념을 깨고 잉글랜드에서 가장 중요한 여인이자, 정신 이상 직전의 왕에게 잠시 조강지처였던 아주 젊었던 두 여인의 삶과 처지를 고찰하려고 애썼다.

이들 인물의 역사적 사실은 이 소설에서 쓴 그대로다. 클레베스 안나의 어린 시절에 관한 세부 사실들은 거의 찾아볼 수 없었다. 그러나 안나가 아버지의 질병과 남동생의 지배 때문에 훗날 위험을 무릅쓰고 잉글랜드에 주저앉기로 작정한 점은 흥미로웠다. 안나 왕비의 미모와 매력은 그 당시 세간에서도 널리 알려졌고 홀바인의 초상화에서도 나타난다. 내가 생각하기에는 헨리 왕이 로체스터에서 안나를 만난 뒤 자존심에 상처를 받아 안나를 거절하는 파국으로 이어졌다고 본다. 이혼의 대안으로서 안나에게 마녀나 반역죄를 씌운 음모는, 특히 사학자 리타 워니키(Retha Warnicke)가 사료에서 잘 입증하고 있으며, 조사 위원회에 제시한 안나의 여타 결혼 관련 증거들과 마찬가지로 날조된 것이 확실했다.

캐서린 하워드의 어린 시절은 꽤 많이 알려져 있는데 거의 대부분이 캐서린에 대한 불리한 증언에서 나온 이야기다. 이 소설에서 나는 역사적 사실을 파헤치면서 훨씬 늙고 교활한 사람들이 모인 궁정의 어린 소녀, 캐서린을 이해하려고 했다. 토머스 컬피퍼에게 보낸 캐서린의 실제 편지에서 진정 사랑에 빠진 어린 소녀의 모습이 나타났다고 생각한다.

로치포드 부인, 제인 불린이라는 인물의 성격은 역사적 사실에서 끌어냈다. 제인 불린을 끔찍하게 소름 끼치는 인물로 대담하게 그려낸 작가들도 소수 있다. 제인 불린은 실제로 자기 남편과 시누이가 참수당하는, 결정적 증언을 했는데 그 원인은 질투와 유산을 지키려는 의지 외에는 달리 설명할 길이 없을 것 같다. 제인 시모어의 임종 자리에 있었고 이 소설에 쓰인 대로 클레베스의 안나를 처형대에 보낼 뻔한 증언도 했다. 어린 왕비에게 치명적인 위험인 줄 뻔히 알면서도 캐서린 하워드의 불륜을 부추겼다는 사실은 제인 불린에 대한 증거와 고백에서도 분명하게 나타난다. 나는 왕비의 회임을 목적으로 그렇게 했다고 썼지만 이는 어디까지나 내 개인적인 생각이다. 제인 불린이 사형을 모면하리라는 희망을 품고 미친 척했다고 암시했는데 이 소설과 〈천일의 스캔들 The Other Boleyn Girl〉에서 제인 불린이 절대 제정신이 아니었다는 사실이 나타나길 바란다.

가계도와 이 작품의 배경이 되는 각종 정보는 내 개인 웹 사이트 philippagregory.com에 자세히 실려 있다.

아래의 작품들은 이 책을 집필하는데 매우 귀중한 자료가 된 책들이다.

Baldwin Smith, Lacey, A Tudor Tragedy, The Life and Times of Catherine Howard, Jonathan Cape, 1961.

Bindoff, S. T., Pelican History of England: Tudor England, Penguin, 1993.

Bruce, Marie Louise, Anne Boleyn, Collins, 1972.

Cressy, David, Birth, Marriage and Death: Ritual Religions and the Life - cycle in Tudor and Stuart England, Oxford University Press, 1977.

Darby, H. C., A New Historical Geography of England before 1600, Cambridge University Press, 1976.

Denny, Joanna, Katherine Howard, A Tudor Conspiracy, Portrait, 2005.

Elton, G. R., England under the Tudors, Methuen, 1955.

Fletcher, Anthony, Tudor Rebellions, Longman, 1968.

Guy, John, Tudor England, Oxford University Press, 1988.

Haynes, Alan, Sex in Elizabethan England, Sutton, 1997.

Hutchinson, Robert, The Last Days of Henry VIII, Weidenfeld and Nicolson, 2005.

Lindsey, Karen, Divorced, Beheaded, Survived: A Feminist Reinterpretation of the Wives of Henry VIII, Perseus Publishing, 1995.

Loades, David, The Tudor Court, Batsford, 1986.

, Henry VIII and His Queens, Sutton, 2000.

Mackie, J. D., Oxford History of England: The Earlier Tudors, Oxford University Press, 1952.

Mumby, Frank Arthur, The Youth of Henry VIII, Constable and Co., 1913.

Plowden, Alison, The House of Tudor, Weidenfeld and Nicolson, 1976.

, Tudor Women: Queens and Commoners, Sutton, 1998.

Randall, Keith, Henry VIII and the Reformation in England, Hodder, 1993.

Robinson, John Martin, The Dukes of Norfolk, Oxford University Press, 1982.

Routh, C. R. N., Who's Who in Tudor England, Shepheard-Walwyn, 1990.

Scarisbrick, J. J., Yale English Monarchs: Henry VIII, Yale University Press,

1997.

Starkey, David, Henry Ⅷ: A European Court in England, Collins & Brown, 1991.

, The Reign of Henry Ⅷ: Personalities and Politics, G. Philip, 1985.

, Six Wives: The Queers of Henry Ⅷ, Vintage, 2003.

Tillyard, E. M. W., The Elizabethan World Picture, Pimlico, 1943.

Turner, Robert, Elizabethan Magic, Element, 1989.

Warnicke, Retha M., The Marrying of Anne of Cleves, Cambridge University Press, 2000.

, The Rise and Fall of Anne Boleyn, Cambridge University Press, 1991.

Weir, Alison, Henry Ⅷ: King and Court, Pimlico, 2002.

, The Six Wives of Henry Ⅷ, Pimlico,1997.

Youings, Joyce, Sixteenth-Century England, Penguin, 1991.

저자와의 대화

이 작품에서 주인공 한 명의 눈을 통해 이야기를 전개하지 않고 클레베스의 안나, 제인 불린, 캐서린 하워드 등 주인공 세 명이 관찰자 시점에서 이야기를 풀어 나가기로 결정하신 이유는 무엇인가요?

저는 작품을 쓸 때마다 소설의 형식을 바꾸는 걸 좋아해요. 역사 소설도 일반적인 소설과 마찬가지로 표현 형식을 통해 실험할 수 있다고 굳게 믿는 편이에요. 이 소설은 삼인칭 시점에서 화자가 서술하는 방식이 딱 어울리는 작품이라고 생각했죠. 각 장마다 세 여자 주인공의 목소리를 뚜렷하고 개성을 살려 표현하면 이야기를 보다 훌륭하게 전달할 수 있다고 생각했습니다.

선생님의 웹 사이트 philippagregory.com에서 〈불린 가의 유산〉이 이제까지 쓰신 소설 가운데 가장 마음에 드는 작품이라고 하셨는데 그 이유는 어디에 있으십니까?

최신작이 가장 마음에 드는 경우가 많아요. 하지만 이 작품은 잘 알려지지 않았지만 재미있는 이야기라고 생각합니다. 이 소설을 통해 기존의 역사에서 경시되고 왜곡되었던 두 왕비의 명예를 회복시켜 줄 수 있을 것이라고 생각했죠. 사학자들은 아직도 클레베스의 안나를 '뚱뚱보'라고 하고 캐서린 하워드를 '바보 멍청이'라고 부릅니다. 그래서 내 경우에는 이들을 역사적인 실제 인물로서 신중하게 보는 게 중요했어요. 이 작품은 참 즐겁게 쓴 작품이에요.

헨리 8세의 두 아내인 클레베스의 안나와 캐서린 하워드는 우리들이 잘 모르면서 잘 알고 있다고 하셨습니다. 과연 왜 그렇다고 생각하시는지요? 이 소설에 필요한 사료를 조사하면서 두 왕비에 대한 사실 중 놀라신 것은 있었나요?

여러 사료를 조사하다가 캐서린이 무척이나 어렸다는 사실에 놀랐어요. 그렇게 어릴지는 몰랐거든요. 가장 충격적인 사실이 아니었나 싶어요. 그리고 안나가 이혼 타협을 썩 잘 해낸 것도 놀라웠고요.

제인 불린은 매력적인 인물인데 역사적으로 덜 알려진 인물이잖아요. 제인 불린에 관해 쓴 전기 문학이 하나도 없는 까닭은 어디에 있다고 보십니까?

제 생각에는 사람들이 제인 불린에 대해 열심히 연구하고 있지만, 아직 출간된 책이 없어서 그런 것 같아요. 사람들은 이 작품에 등장하는 잉글랜드 튜더 왕조의 위대한 인물과 같은 비중이 큰 이야기에 관심이 많은 것 같아요. 보통 제인 불린에 대해 평가할 때 '사악하다', '미쳤다' 는 식으로만 생각하는 사람들이 많은데, 이처럼 단순하지는 않다고 봐요. 이런 관점으로 보면 보다 심층적인 연구가 필요한 거죠.

헨리 8세의 여섯 아내 가운데 네 명의 아내, 즉 아라곤의 카타리나, 앤 불린, 클레베스의 안나, 캐서린 하워드에 관해 쓰셨습니다. 헨리 8세의 나머지 왕비, 제인 시모어와 캐서린 파를 주인공으로 한 소설을 쓸 계획은 없으신지요?

캐서린 파에 대한 관심은 많아요. 〈천일의 스캔들(The Other Boleyn Girl)〉에서 제인 시모어 이야기를 꽤 많이 써서 제인 시모어 왕비를 봤다는 느낌이 들 정도예요. 한편 캐서린 파는 흥미로운 왕비이자 또 다른 생존자이기도 합니다.

〈불린 가의 유산〉의 집필 과정을 들려주실 수 있나요? 헨리 8세의 궁정 관련 사전 지식이 이 소설을 쓰는 데 많은 도움이 되었나요?

그 시대의 사료와 지식이 많이 쌓이면 쌓일수록 튜더 왕조에 관한 소설을 쓰는 게 점점 쉬워지고 있어요. 하지만 신작을 쓸 때마다 저는 새롭고 흥미로운 무언가에 끌려요. 이 작품에서는 헨리 8세 말기의 궁정과 늙은 왕의 건강에 관심이 많았어요. 작품을 통해 헨리 8세와 함께한 지도 몇 년은 된 거 같네요. 그의 매력적인 어린 시절부터 이렇게 늙고 위험한 폭군이 되기까지의 삶을 쭉 살펴보니까 정도 좀 들었어요. 역사서로 되돌아가서 헨리와 그 궁정을 생각하는 게 즐거워요. 역사서는 친숙하면서도 언제 봐도 놀라운 이야기입니다.

제인 불린과 어린 캐서린 하워드의 생은 비극적으로 끝납니다. 이렇게 비극적인 이야기에서 지나치게 감정에 빠지지 않고 평정심을 유지하시는 비결은 무엇인가요?

독자들도 느낄지 모르겠지만 캐서린의 죽음에 가슴이 저리도록 아팠던 것 같아요. 그리고 사형 예행연습을 한 대목은 역사서에도 나온 이야기로 진짜 사실일지도 몰라요. 제인의 죽음은 독자에게 충격을 주지요. 이것도 제인 불린이 실제로 미쳤다고 쓴 당시의 기록들에 바탕을 둔 겁니다. 이 소설의 결말을 보완하는 특징은 클레베스의 안나의 생존과 결말 부분에서 안나가 하는 말입니다. 즉 '나는 앞으로 고양이를 키우고 나를 마녀라고 해도 겁내지 않을 것이다"는 말이 내가 이제껏 쓴 글에서 최고의 백미라고 생각해요. 내 가슴과 체험에서 우러나온 말이에요. 전 여성들이 자유로워야 한다고 생각해요. 여기에서 중요한 점은 자유를 어떻게 인식하느냐 하는 것이라고 생각해요. 여성들 스스로 두려움에서 벗어나야 합니다.

〈천일의 스캔들〉은 나탈리 포트만과 스칼렛 요한슨, 에릭 바나 주연의 장편 영화로 제작되었습니다. 이 소설 역시 영화로 제작되길 바라는지요? 영화 각본을 쓰거나 영화 제작 과정에 참여하셨습니까?

제작이 이뤄지는 내내 그 프로젝트의 역사 컨설턴트로서 작가 피터 모건과 만났어요. 촬영 현장에도 가보고 제작 중인 편집용 프린트도 보았습니다. 무척 재미있었고 즐거웠어요. 연기를 보고 무척 놀랐어요. 그 작품이 크게 흥행하길 진심으로 빌어요. 하지만 전 영화의 원작이면서 제 영상이기도 한 내 작품으로 돌아오기 마련이지요. 영화는 본질상 다른 버전이거든요.

최근 런던탑에서 열린 작가 행사에 참가하셨는데, 선생님의 작품에서 중요한 역할을 했던 사적지에 들른 느낌은 어땠습니까?

작품에 등장한 역사적 인물들이 걸었던 사적지를 걸어 보았는데 아주 신비하더라고요. 그날 저녁 런던탑은 일반인들에게 개방되지 않았지요. 우리는 어둠 속에서 튜더 왕조의 의상을 입은 배우들을 간간이 볼 수 있었는데, 아직도 기억에 생생하네요.

앞으로 집필할 작품의 주인공으로 염두에 두고 있는 역사적 인물은 누군지요?

현재 스코틀랜드의 메리 여왕을 다룬 소설을 구상 중인데 쓸 시간이 별로 없네요. 전작들이 워낙 성공적이어서 시간 내는 게 쉽지는 않네요. 하지만 어디를 가나 조사 사료 서적들과 노트북 컴퓨터를 가지고 다니지요. 작품에 나오는 인물을 연구하는 건 참 재미있거든요.

지은이 필리파 그레고리 Philippa Gregory
세계적인 베스트셀러 작가이며 영국의 라디오와 텔레비전에서 활동하고 있는 여성 방송인이다. '18세기 문학 연구'로 에든버러 대학에서 박사 학위를 받았으며 저널리스트 수업을 받은 뒤 BBC 방송의 라디오 솔렌트(Radio Solent)와 내셔널 라디오 프로그램에서 일하고 있다. 대표적인 작품으로는 《블러디 메리(The Queen's Fool)》《천일의 스캔들(The Other Boleyn Girl)》을 비롯한 《The Virgin's Lover》《The Constant Princess》《Earthly Joys》《A Respectable Trade》《The Favoured Child》《Wideacre》 등이 있다. 현재 가족과 함께 영국 북부에서 살고 있다.

옮긴이 황옥순
명지대학교에서 영어영문학을 전공했다. 졸업 후, 가톨릭 선교단체 성 골롬반 외방선교회에서 15년 동안 근무하면서 주말에는 영어번역 프리랜서로 일했다. 전문 번역가의 길을 걷기 위해 동국대 국제정보대학원 영어통번역학과 3학기를 마치고, '펍헙 번역그룹'에서 번역가로 활동하고 있다. 역서로는 《인도인들의 행복 처방전》이 있고, 출간 예정인 《나만의 성공 신화 만들기》를 번역했다.

불린 가의 유산 2
The Boleyn Inheritance

초판 1쇄 인쇄 2009년 9월 5일
초판 1쇄 발행 2009년 9월 10일

지은이 필리파 그레고리 | **옮긴이** 황옥순
발행인 양장목 | **발행처** 현대문화센타 | **출판등록** 1992년 11월 19일 제3-448호
주소 경기도 고양시 일산동구 백석동 1309 | **대표전화** 031-907-9690~1
팩스 031-813-0695 | **이메일** hdpub@hanmail.net
교정·교열 이현정 | **북디자인** 앨리스프로젝트

ISBN 978-89-7428-361-2 04840
ISBN 978-89-7428-359-9 04840 (전 2권)

값 12,000원

잘못 만들어진 책은 구입하신 서점에서 교환하여 드립니다.